Resgatado pelo amor

NORA ROBERTS

Romances

A pousada do fim do rio
O testamento
Traições legítimas
Três destinos
Lua de sangue
Doce vingança
Segredos
O amuleto
Santuário
A villa
Tesouro secreto
Pecados sagrados
Virtude indecente
Bellissima
Mentiras genuínas
Riquezas ocultas
Escândalos privados
Ilusões honestas
A testemunha
A casa da praia
A mentira
O colecionador
A obsessão
Ao pôr do sol
O abrigo
Uma sombra do passado
O lado oculto
Refúgio
Legado
Um sinal dos céus
Aurora boreal
Na calada da noite

Trilogia do Sonho

Um sonho de amor
Um sonho de vida
Um sonho de esperança

Saga da Gratidão

Arrebatado pelo mar
Movido pela maré
Protegido pelo porto
Resgatado pelo amor

Trilogia do Coração

Diamantes do sol
Lágrimas da lua
Coração do mar

Trilogia da Magia

Dançando no ar
Entre o céu e a terra
Enfrentando o fogo

Trilogia da Fraternidade

Laços de fogo
Laços de gelo
Laços de pecado

Trilogia do Círculo

A cruz de morrigan
O baile dos deuses
O vale do silêncio

Trilogia das Flores

Dália azul
Rosa negra
Lírio vermelho

Saga da Gratidão - vol. 4

NORA ROBERTS

Resgatado pelo amor

Tradução
Renato Motta

5ª edição

Rio de Janeiro | 2023

Copyright © 2002 by Nora Roberts

Título original: *Chesapeake Blue*

Capa: Renan Araújo
Imagem de capa: Markus Gann / Shutterstock

Texto revisado segundo o
Acordo Ortográfico da Língua Portuguesa de 1990

2023
Impresso no Brasil
Printed in Brazil

CIP-BRASIL. CATALOGAÇÃO NA PUBLICAÇÃO
SINDICATO NACIONAL DOS EDITORES DE LIVROS, RJ

R549r 5ª ed.	Roberts, Nora Resgatado pelo amor / Nora Roberts ; tradução Renato Motta. – 5ª ed. – Rio de Janeiro: Bertrand Brasil, 2023. 336 p. ; 23 cm. (Saga da gratidão; 4)

Tradução de: Chesapeake blue
Sequência de: Protegido pelo porto
ISBN 978-85-286-2392-5

1. Ficção americana. I. Motta, Renato. II. Título. III. Série.

CDD: 813
18-54508   CDU: 82-3(73)

Vanessa Mafra Xavier Salgado – Bibliotecária – CRB-7/6644

Todos os direitos reservados. Não é permitida a reprodução total ou parcial desta obra, por quaisquer meios, sem a prévia autorização por escrito da Editora.

Direitos exclusivos de publicação em língua portuguesa somente para o Brasil adquiridos pela:
EDITORA BERTRAND BRASIL LTDA.
Rua Argentina, 171 – 3º andar – São Cristóvão
20921-380 – Rio de Janeiro – RJ
Tel.: (21) 2585-2000

Atendimento e venda direta ao leitor:
sac@record.com.br

A todos os leitores que algum dia me perguntaram:
"Quando é que você vai contar a história de Seth?"

Existe um destino que nos torna irmãos;
Ninguém segue sozinho em seu caminho:
Tudo o que enviamos para a vida de outros
Volta para nós mesmos.

— Edwin Markham

A arte é cúmplice do amor.

— Rémy de Gourmont

Capítulo Um

E le estava voltando para casa.

A costa leste de Maryland era um mundo de pantanais e terras lamacentas deixadas a descoberto pela maré baixa, um mundo de extensos campos com plantações enfileiradas como soldados, de rios rasos e sinuosos, cheios de córregos secretos secundários que surgiam ao sabor da maré, onde as garças se alimentavam.

O mundo dos caranguejos azuis, da baía e dos trabalhadores da água que os pescavam.

Não importa onde ele tivesse vivido nos miseráveis primeiros dez anos de sua vida, nem nos anos mais recentes, que o levavam rumo à sua terceira década de vida, apenas aquela costa representava realmente o seu lar.

Havia inúmeras circunstâncias e lembranças daquele lar, e cada uma delas era tão viva e brilhante em sua mente quanto o sol que cintilava nas águas da baía de Chesapeake.

No instante em que atravessou a ponte de carro, seus olhos de artista desejaram capturar aquele momento — o rico azul do mar e os barcos que deslizavam pela superfície, as ondas rápidas com cristas brancas e o mergulho vertiginoso das gulosas gaivotas. O jeito poético com que a terra desbastava suas margens e se recolhia em tons de marrom e verde. Toda a folhagem espessa dos eucaliptos e dos carvalhos, com suas nuanças de cor que se assemelhavam a flores se deleitando sob o calor da primavera.

Ele desejava gravar aquele momento de forma tão vívida quanto a lembrança da primeira vez que atravessara a baía, rumo ao litoral leste, um menino rude e assustado ao lado de um homem que lhe prometera a vida.

Seguia sentado no banco do carona em um carro estranho, com um homem ao volante que ele mal conhecia. Levava apenas a roupa do corpo e uma sacola de papel com os poucos bens que possuía.

Sentia um frio na barriga devido ao nervosismo, mas colocara uma expressão de tédio no rosto e olhava para fora pela janela do veículo.

Estava ao lado de um velho, mas, pelo menos, não estava com *ela*. Só isso já era uma grande vantagem.

Além do mais, o velho até que era legal.

Não fedia a bebida ou a drops de hortelã para disfarçar o hálito, como os idiotas que Gloria levava para o buraco onde eles moravam. E, nas poucas vezes em que haviam se encontrado, ele e o velho, que se chamava Ray, lhe trouxera um hambúrguer ou uma pizza.

E conversara com ele.

Adultos, pela experiência que tinha, não conversavam com crianças. Falavam olhando para elas, falavam junto delas e a respeito delas, mas não com elas.

Ray não era assim. E ouvia também. E quando Ray perguntara, sem rodeios, se ele, apenas um garoto, queria morar em sua companhia, não provocara aquela sensação de medo ou puro pânico. E ele achou que talvez fosse a sua chance, uma oportunidade.

Longe dela. Essa era a melhor parte. Quanto mais eles rodavam pela estrada, mais longe ele ia ficando dela.

Se as coisas ficassem esquisitas, ele poderia fugir. O cara era muito velho. Grande, sem dúvida, mas velho. Tinha um monte de cabelos brancos e um rosto largo cheio de rugas.

Lançou olhares de lado para o velho e começou a desenhar mentalmente aquele rosto.

Os olhos do homem eram muito azuis, o que era um fato estranho, pois os dele também eram.

O velho tinha uma voz poderosa também, mas, ao falar, não saíam apenas gritos. Era uma voz tranquila, talvez até meio cansada.

Ele certamente parecia cansado naquele momento.

— Estamos quase em casa — avisou Ray ao se aproximarem da ponte. — Você está com fome?

— Não sei. Acho que sim.

— Pela minha experiência, sei que meninos vivem com fome. Criei três garotos com uma barriga que era um buraco sem fundo.

Havia alegria em sua voz poderosa, mas era meio forçada. O menino mal completara dez anos, mas já reconhecia a falsidade pelo tom da voz.

Estavam bem longe agora, pensou. Se ele precisasse fugir, fugiria, mas era melhor colocar logo as cartas na mesa e descobrir que história era aquela.

— Por que o senhor está me levando para a sua casa? — perguntou o menino.

— Porque você precisa de um lugar para ficar.

— Ah, cai na real! As pessoas não fazem coisas desse tipo.

— Algumas fazem sim. Stella, a minha mulher, e eu costumávamos fazer coisas desse tipo.

— E o senhor avisou a ela que está me levando para morar lá?

Ray sorriu, mas era um sorriso triste, e respondeu:

— Avisei sim, mas a meu modo. Ela morreu há alguns anos. Você iria gostar muito dela. E garanto que ela daria uma boa olhada em você e arregaçaria as mangas para encarar o novo trabalho.

O menino ficou sem saber o que dizer diante disso.

— E o que eu devo fazer quando chegarmos a esse lugar para onde estamos indo?

— Você deve viver — disse-lhe Ray. — Ir para a escola, se meter em encrencas. E vou ensinar você a velejar.

— Em um barco?

Ao ouvir isso, Ray soltou uma gargalhada gostosa, um som trovejante que encheu o carro e, por motivos que o menino não conseguiu compreender, ajudou a aliviar o medo que sentia.

— Sim — confirmou Ray —, em um barco. Tenho também um cãozinho desmiolado, como todos os que pego. Estou tentando ensiná-lo a fazer suas necessidades fora de casa, e talvez você possa me ajudar com isso. E você também vai ter outras tarefas, vamos resolver isso mais tarde. Vamos determinar as regras e você vai segui-las. Não pense que por eu ser velho, vai ser fácil me enrolar.

— O senhor deu dinheiro a ela.

Ray desviou o olhar da estrada por um momento, fitou os olhos do menino, da mesma cor que os seus, e confirmou:

— Sim, eu fiz isso. Essa é a única linguagem que ela compreende, pelo visto. Ela jamais entendeu você, não é, garoto?

Algo começou a se remexer por dentro do menino, um movimento que, de início, ele não reconheceu como esperança.

— Se o senhor ficar zangado comigo, cansado de me ver por perto ou mudar de ideia, vai querer me mandar de volta, mas não vou voltar!

Eles haviam acabado de atravessar a ponte. Ray desviou o carro para o acostamento e parou o veículo. Virou-se de lado no banco, ficou cara a cara com o garoto e disse:

— Provavelmente vou ficar zangado com você de vez em quando e, com a minha idade, ficarei muito cansado às vezes. Mas vou lhe fazer uma promessa, aqui e agora, e lhe dou a minha palavra: não mandarei você de volta para ela.

— E se ela...

— Não vou deixar que ela leve você — cortou Ray, antes que ele perguntasse. — Não importa o que eu tenha que fazer. Você agora é meu. Você agora é da minha família e vai continuar comigo por tanto tempo quanto queira. Quando um Quinn faz uma promessa — acrescentou, estendendo a mão para o menino —, ele a cumpre.

Seth olhou para a mão estendida e sentiu a própria mão ficar úmida na mesma hora.

— Não gosto que ninguém me toque — avisou o menino.

— Tudo bem. — Ray concordou com a cabeça. — De qualquer modo, já lhe dei a minha palavra. — Voltando para a estrada, lançou um último olhar para o garoto e disse: — Estamos quase em casa — repetiu.

Poucos meses depois, Ray Quinn morrera, mas cumprira a promessa. E manteve a sua palavra através dos três homens que ele criou como seus filhos. Foram aqueles homens que deram uma vida nova ao menino franzino, muito desconfiado e traumatizado.

Eles lhe ofereceram um lar e o transformaram em um homem.

Cameron, o nômade impaciente e estourado; Ethan, o homem das águas, tranquilo e estável; Phillip, o executivo elegante e inteligente. Eles o haviam abrigado, lutaram por ele. E o salvaram.

Eram os seus irmãos.

A luz dourada do sol de fim de tarde brilhava sobre as folhagens do pântano, nos charcos e também nas planícies com plantações enfileiradas. Com os vidros do carro abaixados, ele sentiu o aroma da água ao passar pela pequena cidade de Saint Christopher.

Planejava dar uma volta na cidade e ir direto para o velho galpão construído em tijolinhos que era o estaleiro para a fabricação de pequenos barcos. A firma Embarcações Quinn continuava a construir barcos de madeira, sob encomenda, de forma artesanal. Nos dezoito anos desde que a empresa fora inaugurada, na base do sonho, da garra e do suor, adquirira boa reputação no mercado pela alta qualidade, durabilidade e beleza dos barcos que fabricava.

Eles provavelmente estavam lá naquele instante. Cam xingando, enquanto dava os últimos retoques em algum detalhe da cabine. Ethan aparando os cantos da madeira, com toda a calma do mundo. Phil no escritório do primeiro andar, bolando alguma nova campanha publicitária.

Pensou em dar um pulinho no Crawford's para pegar um engradado de cerveja. Talvez eles bebessem um pouco da cerveja gelada ou, mais provavelmente, Cam ia lhe colocar um martelo na mão assim que o visse, mandando-o fazer algo útil, ralando com outros outros.

Ele adoraria aquilo, mas não era essa ideia que o impelia naquele momento. Não era isso que o levava pela estreita estrada rural, onde o pântano continuava a se derramar, vindo das sombras e das árvores com seus galhos torcidos que espalhavam as brilhantes folhagens do mês de maio.

De todos os lugares que já vira na vida — as imensas cúpulas e pináculos de Florença, as belas ruas e avenidas floridas de Paris, as impressionantes colinas verdes da Irlanda —, nada lhe tirara tanto o fôlego nem lhe preenchera por completo o coração quanto a velha casa branca com detalhes em azul desbotado localizada sobre o gramado irregular que descia suavemente até a beira das águas plácidas.

Estacionou na calçada, atrás do velho Corvette branco que havia sido de Ray e Stella Quinn. O carro parecia novo como no dia em que saíra da concessionária. Obra de Cam, pensou. Cam gostava de dizer que manter o carro impecável era uma questão de respeito por uma máquina excepcional. Tudo, no fundo, tinha a ver com Ray e Stella. Tudo tinha a ver com família. Tudo tinha a ver com amor.

Os arbustos de lilases que ficavam no jardim da frente estavam floridos. Aquilo tinha a ver com amor também, refletiu ele. Seth dera uma pequena muda de presente para Anna no Dia das Mães, quando ele tinha doze anos.

Ela chorou de emoção, lembrou ele. Seus maravilhosos olhos castanhos se inundaram de lágrimas enquanto ela ria e discutia com ele e Cam sobre a melhor maneira de plantá-la no jardim.

Ela era a esposa de Cam e isso a tornava sua irmã. Por dentro, no entanto, e isso era o que importava, Anna era a sua mãe.

Os Quinn sabiam tudo o que ele sentia de verdade.

Saltou do carro e curtiu aquela adorável tranquilidade. Já não era mais um menino franzino com pés grandes demais e olhar desconfiado.

Crescera bem mais que os pés. Tinha um metro e oitenta e seis de altura, magro, mas de constituição física muito forte. Tão alto, porém, que corria o risco de parecer desengonçado se não mantivesse o físico sempre em forma. Seus cabelos haviam escurecido e tinham um tom castanho-acobreado, em vez do louro arrepiado de quando era criança. Tinha a tendência de não cuidar muito do cabelo também, e passava os dedos por eles naquele momento com um jeito descuidado; franziu o cenho ao lembrar-se de sua intenção de mandar apará-lo antes de sair de Roma, algo que não fizera.

Os rapazes iam cair na pele dele, debochando do seu pequeno rabo-de-cavalo, o que significava que seria obrigado a mantê-lo por mais algum tempo, por uma questão de princípios.

Encolhendo o ombro e enfiando as mãos nos bolsos do jeans surrado, começou a caminhar na direção da casa, observando tudo à sua volta. As flores de Anna, as cadeiras de balanço na varanda da frente, o pequeno bosque que ficava ao lado da casa, por onde ele correra livre quando criança.

O velho cais flutuando sobre a água e o pequeno veleiro de um mastro, com a vela branca, amarrado a ele.

Parou e se deixou fitar o além, com o rosto fino e bronzeado voltado na direção da água.

Seus lábios firmes e cheios se curvaram formando um sorriso. O peso que trazia no coração, sem se dar conta, começou a ficar mais leve.

Ao ouvir um farfalhar de folhas vindo do bosque, virou-se depressa em um movimento defensivo, talvez pelo resto do menino assustado que ainda existia no homem. Um bólido preto saiu do bosque em disparada.

— Paspalhão! — Sua voz tinha um tom de autoridade e de humor ao mesmo tempo. A combinação dos dois fez o cão parar de repente, derrapando na terra, com as orelhas balançando e a língua pendurada, enquanto estudava o homem com cuidado.

— Ah, qual é? Não faz tanto tempo assim, desde a última vez que você me viu. — Agachando, estendeu a mão. — Lembra de mim?

Paspalhão exibiu o sorriso tolo que serviu de inspiração para o seu nome, rebolou ligeiramente e se deitou no chão de barriga para cima, à espera de um afago.

— Muito bem, é assim que eu gosto!

Sempre houve um cão naquela casa. Sempre um barco no cais, uma cadeira de balanço na varanda e um cão no quintal.

— Sim, estou vendo que você se lembra de mim agora. — Enquanto fazia carinho em Paspalhão, olhou para os fundos do quintal, onde Anna plantara um arbusto de hortênsias, exatamente sobre o local onde o seu cão do tempo de infância havia sido enterrado. O leal e muito amado Bobalhão.

— Eu sou o Seth — murmurou ele para o cãozinho. — Estive fora por muito tempo.

Nesse instante, ele percebeu um ruído de motor, acompanhado de um barulhento cantar de pneus, provocado por uma curva fechada demais e em uma velocidade ligeiramente acima da permitida por lei. Enquanto se punha de pé, o cão pulou e já saíra em disparada na direção do portão.

Querendo saborear o momento, Seth o seguiu, bem devagar. Ouviu a porta do carro bater e percebeu a voz muito aguda, feminina e alegre que cumprimentava o animal.

Então simplesmente olhou para ela. Anna Spinelli Quinn, com a cascata de cabelos escuros despenteados pelo vento da estrada e os braços cheios de compras, que pegava no banco de trás.

O sorriso dele se ampliou ao vê-la tentar escapar das desesperadas demonstrações de afeto do cão.

— Quantas vezes vou ter que lhe ensinar essa regra tão simples? — brigou ela. — Você não deve pular assim em cima das pessoas, especialmente em cima de mim, e principalmente quando estou usando um tailleur.

— E é um lindo tailleur — gritou Seth. — Embora as pernas sejam ainda mais lindas.

A cabeça dela se ergueu de repente e seus olhos castanhos se arregalaram, exibindo surpresa, prazer e boas-vindas, tudo ao mesmo tempo.

— Oh, meu Deus! — Sem se preocupar com a integridade das compras, ela jogou as sacolas de volta no carro pela porta ainda aberta e correu na direção dele.

Ele a recebeu, segurou-a no colo, levantou-a um palmo no ar e rodopiou com ela, para só então colocá-la de volta no chão. Mesmo assim não a largou. Em vez disso, enterrou o rosto em seus cabelos.

— Oi!

— Seth! Seth! — Ela o abraçava com força, ignorando o cão que pulava, ganindo enquanto tentava enfiar o focinho entre as pernas dos dois. — Não posso acreditar! Você está mesmo aqui?!

— Não chore.

— Só um pouquinho. Deixe-me dar uma boa olhada em você. — Emoldurando o rosto dele com as mãos, ela se afastou ligeiramente. Tão bonito, pensou ela. Tão adulto. — Olhe só para isso! — murmurou, enquanto passava a mão pelos cabelos dele.

— Eu planejava cortar o cabelo antes de vir.

— Eu gosto. —As lágrimas continuavam a rolar, enquanto ela ria. — Dá um ar boêmio à sua figura. Você está lindo. Incrivelmente bonito.

— E você é a mulher mais linda do mundo.

— Puxa vida — fungou ela, balançando a cabeça. — Não adianta tentar me agradar só para eu parar de chorar. — Enxugou algumas lágrimas. — Quando você chegou? Achei que estivesse em Roma neste exato momento.

— E estava mesmo. Mas queria estar aqui.

— Se tivesse avisado, teríamos ido pegar você.

— Queria fazer uma surpresa a todos — disse e foi até o carro para ajudá-la a carregar as compras. — Cam está no estaleiro?

— Creio que sim. Deixe que eu levo isso para dentro, vá pegar as suas coisas.

— Eu pego minhas tralhas depois. Onde estão Kevin e Jake?

Ela começou a acompanhar-lhe o passo, olhando para o relógio enquanto pensava nos filhos e perguntando:

— Que dia é hoje? Minha cabeça ainda está rodando.

— Hoje é quinta-feira.

— Bem, então Kevin está no ensaio da peça da escola, e Jake tem treino de softball. Kevin acabou de tirar carteira de motorista, que Deus nos proteja, e vai dar uma carona ao irmão quando voltar para casa. — Destrancando a porta da frente, continuou: — Devem chegar em menos de uma hora, e então nós não teremos mais paz.

Tudo ali continuava como antes, avaliou Seth. Não importava a cor da tinta que cobria as paredes, nem se o velho sofá fora substituído ou se um novo abajur enfeitava a mesinha. Tudo continuava como antes, porque essa era a *sensação* que o ambiente transmitia.

O cão se espremeu entre as suas pernas e saiu disparado em direção à cozinha.

— Quero que você se sente — disse Anna, sinalizando com a cabeça para a mesa da cozinha, sob a qual Paspalhão já se espalhara, mordendo alegremente uma tira de couro. — Vamos lá, conte-me tudo. Quer um pouco de vinho?

— Claro, mas só depois de ajudá-la a guardar as compras. — Ao reparar que as sobrancelhas dela se ergueram, ele parou, com um litro de leite na mão. — O que foi?

— Estava apenas lembrando como todos, inclusive você, desapareciam por completo sempre que era hora de guardar as compras.

— Isso é porque você sempre reclamava quando eu colocava as coisas no lugar errado.

— E você sempre fazia isso mesmo, de propósito, só para que eu o expulsasse da cozinha.

— Então você sacou o golpe, hein?

— Sei de tudo que tem relação com os meus meninos. Nada me escapa, garoto. Aconteceu alguma coisa em Roma?

— Não — disse ele, sem parar de desempacotar as coisas. Sabia direitinho onde guardar cada produto, sempre soubera o lugar certo de cada coisa na cozinha de Anna. — Não estou em nenhuma encrenca, Anna.

Mas está preocupado, pensou ela, deixando o assunto de lado por ora.

— Vou abrir um bom vinho branco italiano. Poderemos tomar uma taça enquanto você me conta as coisas maravilhosas que anda fazendo. Há séculos que não conversamos assim, só nós dois.

Ele fechou a porta da geladeira e se virou na direção dela, desculpando-se:

— Sinto muito por não ter vindo passar o Natal em casa.

— Ora, querido, nós compreendemos. Você estava com uma exposição marcada para janeiro. Ficamos todos tão orgulhosos. Cam deve ter comprado uns cem exemplares da *Smithsonian* quando saiu aquele artigo sobre você. O jovem artista americano que seduziu a Europa.

Ele encolheu os ombros, um gesto típico dos Quinn, e ela sorriu, ordenando:

— Sente-se.

— Eu sento, mas queria que você me contasse as novidades. Como está todo mundo? O que andam fazendo? Comece por você.

— Certo. — Ela terminou de abrir a garrafa e foi pegar duas taças. — Estou basicamente desempenhando mais tarefas burocráticas do que propriamente fazendo os serviços de uma assistente social ultimamente. Meu trabalho envolve muita papelada, e fazer isso é importante, mas não é nem de longe tão gostoso quanto atuar em campo, em contato com as pessoas. Mesmo assim, com o trabalho e dois adolescentes em casa, não me sobra tempo para ficar entediada. E o negócio dos barcos não para de crescer.

Anna se sentou, entregou uma das taças para Seth e informou:

— Aubrey está trabalhando lá.

— Sério?! — Só de pensar nela, a jovem que considerava sua irmã, ele sorriu. — Como ela está?

— Está ótima! E linda, esperta, teimosa e, segundo Cam, um gênio na arte de trabalhar com madeira. Acho que Grace ficou meio desapontada quando Aubrey não quis seguir a carreira de bailarina, mas é difícil reclamar quando vemos nossos filhos tão felizes. Além do mais, Emily, a filha de Ethan e Grace, já está seguindo os passos da mãe.

— Ela vai mesmo para Nova York no fim de agosto?

— Vai. A oportunidade de dançar com a American Ballet Company não aparece todos os dias. Ela está agarrando a chance com unhas e dentes e nos garantiu que vai chegar aos papéis principais na companhia antes dos vinte anos. Deke tem o jeitão de Ethan, é tranquilo, muito inteligente e adora estar dentro de um barco. Meu amor, você quer comer alguma coisa?

— Não — garantiu ele, esticando o braço e pousando a mão sobre a dela. — Continue contando.

— Muito bem... Phillip continua sendo o guru de marketing e publicidade da Embarcações Quinn. Acho que nenhum de nós, incluindo o próprio Phillip, imaginou que ele largaria a agência de publicidade em Baltimore, desistiria da vida na metrópole e viria se enfiar aqui em Saint Christopher. Só que isso já aconteceu há, deixe ver, quatorze anos. Então, acho que não foi um capricho passageiro. É claro que Phil e Sybill ainda mantêm o apartamento de Nova York, e ela está trabalhando em um novo livro.

— Eu sei. Já conversei com ela a respeito disso. — Seth afagou a cabeça do cão com a ponta do pé. — Parece que o livro trata da evolução das comunidades através do ciberespaço. Ela é fantástica. Como vão as crianças?

— Loucos, como todo adolescente típico. Bram estava perdidamente apaixonado por uma garota chamada Cloe na semana passada. A essa hora o fogo já deve ter se apagado. Quanto a Fiona, seus interesses se dividem entre os meninos e as compras. Enfim, aos quatorze anos, acho que isso é natural.

— Quatorze! Minha nossa! Ela havia acabado de completar dez anos quando eu fui para a Europa. Mesmo os vendo apenas de vez em quando, nesses últimos quatro anos não percebi que... puxa, não imaginei que Kevin já estivesse dirigindo, que Aub estivesse construindo barcos ou que Bram já estivesse atrás das garotas. Eu ainda me lembro... — Parou de falar de repente, balançando a cabeça.

— Lembra o quê?

— Eu me lembro de quando Grace engravidou de Emily. Foi a primeira vez que eu acompanhei a gravidez de alguém ou, pelo menos, de alguém que queria o bebê. Parece que isso aconteceu há menos de cinco minutos, e agora Emily vai para Nova York. Como é que dezoito anos podem ter passado, Anna, e você continua sem aparentar um dia a mais?

— Puxa, senti saudades de você. — Ela riu e apertou a mão dele.

— Eu também senti muitas saudades de você. De todos vocês.

— Então vamos resolver isso já, já... Vamos convocar todo mundo e fazer uma grande e barulhenta festa de boas-vindas, à moda dos Quinn, no domingo. O que acha?

— Melhor impossível.

O cão ladrou, saiu debaixo da mesa e correu para a porta da rua.

— É Cameron — disse Anna. — Vá até lá recebê-lo.

Seth foi andando por dentro da casa, como fizera incontáveis vezes. Abriu a porta telada da frente, como tantas vezes no passado, e olhou para o homem que estava no gramado, fazendo cabo-de-guerra com o cão, ambos puxando um pedaço de corda.

Ele continuava alto, com a compleição de um corredor de longa distância. Estava com alguns cabelos grisalhos, tinha as mangas da camisa arregaçadas até os cotovelos e seu jeans estava quase branco em vários lugares de tão desbotado. Usava óculos escuros e tênis Nike muito gastos.

Mesmo com cinquenta anos, Cameron Quinn ainda parecia um garoto.

Como cumprimento, Seth deixou a porta telada bater com força atrás dele. Cameron olhou em sua direção e o único sinal de surpresa que demonstrou foi largar a corda.

Milhares de palavras passaram pela cabeça dos dois, sem serem ditas. Um milhão de sentimentos e inúmeras lembranças. Seth desceu os degraus enquanto Cameron atravessava o gramado. Então ficaram de frente um para o outro, cara a cara.

— Espero que aquele monte de merda motorizada que está estacionado junto à calçada aí em frente seja alugado — disse Cameron.

— É alugado sim. Foi o melhor que consegui sem fazer reserva. Pensei em devolvê-lo amanhã para a locadora e usar o Corvette por algum tempo.

— Só em sonhos, meu chapa foi a reação de Cameron, lançando um sorriso mordaz. — Só em seus sonhos mais loucos.

— De que adianta o carro ficar ali sem ser usado, só enferrujando?

— Nenhum pintorzinho vagabundo com mania de grandeza vai sentar a bunda atrás daquele volante, meu chapa.

— Ora, mas foi você mesmo quem me ensinou a dirigir.

— Tentei. Uma velha de noventa anos com o braço quebrado sabe dirigir um carro com cinco marchas muito melhor do que você. — Apontou com a cabeça em direção ao carro alugado por Seth e completou: — Aquele objeto embaraçoso parado na porta de casa não serviu para aumentar a minha esperança de você ter melhorado nessa área.

Com ar presunçoso, Seth se balançou para a frente e para trás sobre os calcanhares e disse:

— Fiz um test drive em um Maserati, uns dois meses atrás.

— Ah, deixa de história! — reagiu Cam, erguendo as sobrancelhas.

— Alcancei cento e oitenta quilômetros por hora e quase me caguei de medo.

Cam riu muito ao ouvir isso e socou Seth de leve no braço, de forma afetuosa. Em seguida, suspirou, dizendo:

— Seu filho da mãe! Seu grandessíssimo filho da mãe! — repetiu e puxou Seth para junto de si, em um abraço apertado. — Por que não nos avisou que estava voltando para casa?

— Foi uma decisão tomada por impulso — explicou Seth. — Eu queria estar aqui. Simplesmente precisava disso.

— Certo. Anna já está provocando um congestionamento nas linhas telefônicas, comunicando a todos que vamos matar um novilho?

— Provavelmente. Ela disse que íamos fazer isso no domingo.

— Então está marcado. Você já desfez as malas?

— Não, ainda está tudo no carro.

— Por favor, não chame aquela lata velha de "carro". Vamos pegar suas tralhas.

— Cam... — Seth esticou a mão e segurou-o pelo braço. — Eu quis voltar para casa. Não é só por poucos dias nem por algumas semanas. Quero ficar de vez. Posso?

Cam levantou os óculos, prendendo-os sobre a testa, e os seus olhos cinza-claros se encontraram com os de Seth.

— Por que diabos você acha que é necessário me fazer essa pergunta? Está tentando me deixar puto?

— Nunca precisei me esforçar para obter esse resultado; ninguém precisa em se tratando de você. De qualquer modo, quero ajudar nas despesas.

— Você sempre ajudou nas despesas. E nós estávamos com saudade da sua cara feia circulando por aqui.

Essas, pensou Seth, enquanto caminhavam lado a lado, em direção ao carro, eram as boas-vindas que ele precisava receber de Cameron Quinn.

Eles haviam mantido o seu quarto exatamente do jeito que era. É claro que o aposento mudara de aspecto ao longo dos anos, com cores diferentes nas paredes e um novo tapete no chão, A cama, porém, ainda era a que ele havia dormido quando criança, a mesma em que sonhara e acordara durante tantos anos.

A cama onde ele acariciara Bobalhão quando menino.

A cama onde acariciara Alice Albert, quando achou que já era um homem.

Seth sabia que Cam havia percebido a respeito de Bobalhão, e muitas vezes se perguntara se ele também não percebera tudo a respeito de Alice.

Atirou as malas de forma despreocupada sobre a cama e, em seguida, pegou o seu velho estojo de pintura que Sybill lhe trouxera de presente quando ele completou onze anos e o colocou sobre a bancada que Ethan construíra.

Precisava encontrar um espaço para montar um estúdio de pintura, pensou. Enquanto o tempo continuasse firme, ele poderia trabalhar ao ar livre. De qualquer modo, preferia isso mesmo. Porém, precisava de um lugar onde pudesse guardar as suas telas e o seu equipamento. Talvez houvesse espaço no velho galpão do estaleiro, mas isso de pouco adiantaria a longo prazo.

E ele queria se estabelecer ali de vez.

Viajara muito e vivera tanto tempo entre pessoas estranhas que já lhe bastava pelo resto da vida.

Quando era mais jovem, sentira a necessidade de ir embora e de se manter sobre as próprias pernas. Precisava aprender a fazer isso e também pintar, desesperadamente.

Assim, estudou em Florença e trabalhou em Paris. Vagara pelas colinas da Irlanda e da Escócia e também visitara os penhascos da Cornualha.

Vivera de forma modesta, em um estilo quase rústico a maior parte do tempo. Quando precisou escolher entre comprar comida ou tinta, passara fome.

Seth já passara fome antes disso, quando criança. Esperava que se lembrar desse fato lhe fizesse algum bem. Lembrar-se de como era não ter ninguém no mundo que se preocupasse em mantê-lo bem alimentado, seguro e aquecido.

A porção Quinn que havia nele era a responsável, imaginou, por fazê-lo buscar sempre o próprio caminho.

Pegando o caderno de esboços, separou o carvão e os lápis para desenhos. Decidiu que ia passar algum tempo trabalhando com materiais básicos antes de voltar a usar o pincel.

As paredes do quarto exibiam alguns dos seus primeiros desenhos. Cam o ensinara a fazer molduras em uma velha bancada do estaleiro. Seth pegou um deles da parede e o examinou com atenção. O trabalho era promissor, analisou ele, apreciando os traços ainda grosseiros e sem técnica.

Mais que aquilo, porém, muito mais, o desenho mostrava uma promessa de vida.

Seth retratara a todos de forma bastante expressiva naquele desenho. Cam, com os polegares enfiados nos bolsos, em uma postura de confronto. Ao seu lado, Phillip, muito sofisticado, exibindo uma elegância que disfarçava quase por completo o seu jeito de menino de rua. Ethan, paciente e sólido como uma sequoia, usando roupas de trabalho.

Ele desenhara a si mesmo junto com os outros. Seth aos dez anos, pensou. Magro, com ombros estreitos, pés grandes e queixo levantado, como se tentasse mascarar algo que parecia mais dor do que medo.

Esperança.

Um momento da vida, pensou Seth, capturado com um pedaço de grafite. Ao desenhar aquela cena ele começara a acreditar, bem no íntimo, que era um deles.

Um Quinn.

— Se alguém sacaneia um Quinn — murmurou ele ao pendurar novamente o desenho na parede —, sacaneia todos eles.

Virando-se na direção da cama, olhou para as malas e perguntou a si mesmo se conseguiria convencer Anna, com jeitinho, a desfazê-las para ele.

Sem chance...

— Oi.

Seu rosto se iluminou ao ver Kevin parado à porta. Já que ele ia ter que cuidar das roupas, era bem melhor fazer isso acompanhado.

— Oi, Kev.

— É verdade que você vai ficar aqui de vez? Para sempre?

— Parece que sim.

— Que legal! — Kevin entrou no quarto com toda a calma do mundo, jogou-se na cama e apoiou os pés sobre uma das malas. — Mamãe ficou toda empolgada com a notícia. Quando a mamãe fica feliz, todos ficam também. Acho que ela vai ficar tão relaxada que é capaz até de me deixar usar o carro dela no fim de semana.

— Fico feliz por ter ajudado. — Empurrando os pés de Kevin de cima da mala, Seth a abriu.

O rapazinho era parecido com a mãe, avaliou Seth. Cabelos escuros e encaracolados. Olhos grandes, bem italianos. Seth imaginou que as garotas já deviam andar caidinhas por ele.

— Como está indo a montagem da peça?

— Estamos arrebentando! Arrebentando de verdade! *West Side Story*. Eu faço o papel de Tony. Quando você é um dos Jets, cara...

— Você vai até o fim — completou Seth, que conhecia o texto. Em seguida guardou as camisas, de forma desordenada, dentro de uma gaveta.

— Você morre no final, não é?

— Morro sim. — Kevin apertou a cabeça e fez uma cara exagerada de dor. Depois desabou para trás, sobre a cama. — É o máximo e, antes do lance da morte, tem uma cena muito boa de briga. A apresentação é na semana que vem. Você vai assistir, não vai?

— Da primeira fila, meu chapa.

— Saca só, uma garota chamada Lisa Maxdon, que faz o papel de Maria. É uma gata! Fazemos algumas cenas românticas na peça. Temos ensaiado bastante essas cenas — acrescentou ele, piscando o olho.

— Tudo em nome da arte.

— É... — Kevin mudou logo de assunto: — Muito bem, agora eu quero saber das garotas europeias. Elas são quentes, não são?

— São a melhor maneira de queimar os dedos. Havia uma garota em Roma. Anna-Theresa.

— Uau! Uma garota com nome duplo. — Kevin sacudiu os dedos, como se os tivesse encostado em algo muito quente. — Garotas com nome duplo são mais sexy ainda.

— São mesmo. Ela trabalhava em uma pequena *trattoria*. E o jeito especial com que servia massa *al pomodoro* era espetacular.

— E então? Você se deu bem com ela?

Seth lançou um olhar de pena para Kevin.

— E você ainda tem dúvida? Por favor, com quem acha que está falando? — Seth colocou os jeans em outra gaveta. — Os cabelos dela iam até abaixo da cintura e desciam sobre o traseiro, que, aliás, era um belo traseiro. Seus olhos pareciam chocolate derretido, e sua boca era incansável.

— Você a pintou nua?

— Fiz uns doze esboços, mais ou menos. Ela era supernatural, totalmente relaxada, completamente desinibida.

— Cara, assim você me mata.

— E você precisava ver o tamanho da sua... — Seth parou de falar, levando as mãos à altura do peito para demonstrar— personalidade — disse, abaixando os braços na mesma hora. — Oi, Anna!

— Vejo que estão discutindo arte — comentou com um tom seco. — Seth, é tão bom ver você compartilhando algumas das suas experiências culturais com Kevin.

— É... Isto é... Bem... — O sorriso arrasador que ela lançava em sua direção sempre teve o poder de dar um nó na língua de Seth. Em vez de tentar usá-la, ele devolveu um sorriso inocente.

— Só que agora a aula de arte e cultura acabou, Kevin. Acho que você tem dever de casa para fazer.

— Tá legal, já estou indo... — Percebendo que o trabalho para a aula de história era uma forma de escapar dali, Kevin saiu na mesma hora.

— Você acha — perguntou Anna a Seth, com a voz agradável, enquanto entrava no quarto — que a mulher em questão apreciaria se ver reduzida a um par de peitos?

— Ahn... Eu também mencionei os olhos dela, os quais, por falar nisso, eram quase tão fabulosos quanto os seus.

Anna pegou uma das camisas que ele atirara na gaveta e a dobrou com todo o capricho, perguntando:

— Você pensa que essa conversa mole vai funcionar comigo?

— Não. Bem que eu gostaria. Por favor, não me esculhambe. Acabei de voltar para casa.

— Kevin tem dezesseis anos. — Anna pegou outra camisa da gaveta e também a dobrou com cuidado. —Já percebi claramente que os seus maiores interesses no momento são bustos femininos e um ardente desejo de apalpar tantos quanto conseguir.

— Puxa, Anna... — Seth franziu o cenho.

— Já percebi também — continuou ela, sem perder o embalo — que esta predileção de Kevin, ainda que se torne mais civilizada e controlada no futuro, permanecerá enraizada por toda a sua vida, como acontece com os espécimes masculinos.

— Olhe... Você não quer ver alguns dos esboços que fiz das paisagens da Toscana?

— Vivo cercada de homens. — Suspirando de leve, pegou mais uma camisa na gaveta. — Estou em desvantagem numérica, como aconteceu desde que entrei nesta casa. Isso, porém, não significa que não possa puxar as orelhas de cada um de vocês sempre que for necessário. Compreendeu?

— Sim, senhora.

— Ótimo. Agora mostre os seus esboços.

Mais tarde, quando a casa já estava silenciosa e a lua cavalgava as águas, refletindo-se nelas, Anna foi se encontrar com Cam na varanda dos fundos. Assim que colocou os pés ali, lançou-se em cima dele.

Ele a envolveu com os braços, esfregando com carinho o ombro dela, para afastar o frio da noite.

— Já colocou todo mundo na cama? — perguntou ele.

— Sim, como sempre. Está frio hoje. — Olhou para o céu e fixou o olhar nas estrelas, que pareciam pontinhos de gelo. — Espero que o tempo continue firme até domingo. — Nesse momento, virou o rosto e o enterrou no peito dele. — Puxa, Cam!

— Eu sei... — Ele acariciou os cabelos dela e esfregou o próprio rosto sobre eles.

— Vê-lo ali, entre nós, sentado à mesa da cozinha. Olhar enquanto ele ria e lutava com Jake e aquele cãozinho idiota. Até ouvi-lo conversar com Kevin a respeito de mulheres nuas...

— Que mulheres nuas?

Anna riu e balançou os cabelos ao olhar para ele, avisando:

— Ninguém que você conheça. É tão bom tê-lo aqui novamente.

— Eu lhe disse que ele ia voltar. Os Quinn sempre acabam voltando para o ninho.

— Acho que você tem razão. — Ela o beijou, unindo seus lábios em um encontro quente e demorado. — Por que não vamos lá para cima? — sugeriu ela, abaixando as mãos e dando um sugestivo apertão no traseiro dele. — Posso colocar você na cama, também.

Capítulo Dois

Coloque essa bunda para fora da cama, meu chapa. Isso aqui não é uma pensão.

A voz, com um ar divertidamente sádico, fez Seth gemer. Ele se virou de barriga para baixo, enfiou a cabeça debaixo do travesseiro e pediu:

— Cai fora! Vá para bem longe daqui!

— Se está achando que vai continuar dormindo sempre até meio-dia, pode desistir. — Com um ar satisfeito, Cam arrancou o travesseiro de cima dele, ordenando: — Levante-se!

Seth abriu um olho, girando-o até encontrar o mostrador do relógio na mesinha-de-cabeceira. Ainda não eram nem sete da manhã. Enterrou a cara no colchão e resmungou algumas palavras rudes em italiano.

— Ei, se acha que eu convivi com Anna Spinelli por todos esses anos e não sei que o que falou significa "vá à merda", você é burro, além de preguiçoso.

Para resolver o problema de vez, Cam arrancou os lençóis de cima de Seth, agarrando-o pelos tornozelos e arrastando-o para fora da cama.

— Merda. *Merda!*— Nu, esbarrando na mesinha com o cotovelo ao cair no chão, Seth olhou fixamente para o seu feitor. — Que bicho mordeu você? Esse é o meu quarto, essa é a minha cama e estou tentando dormir.

— Vista alguma coisa. Tenho um serviço para você lá atrás.

— Caramba! Você bem que podia me deixar em paz por vinte e quatro horas, pelo menos, antes de pegar no meu pé.

— Garoto, eu comecei a pegar no seu pé quando você tinha dez anos e não estou nem perto de terminar. Tenho trabalho para você; portanto, vamos andando!

— Cam! — Anna chegou na porta do quarto. — Eu pedi para você acordá-lo, não para colocá-lo fora da cama a pontapés.

— Puxa! — Envergonhado, Seth pegou o lençol das mãos de Cam e o amarrou na cintura. — Puxa, Anna, eu estou pelado!

— Então se vista! — sugeriu ela, saindo.

— Estou te esperando lá fora — avisou Cam, antes de sair do quarto. — Cinco minutos.

— Tá, tá... Já sei!

Certas coisas jamais mudam, pensou Seth enquanto vestia um jeans. Mesmo que ele continuasse morando naquela casa até chegar aos sessenta anos, Cam continuaria a arrancá-lo da cama como se ele tivesse doze.

Pegou às pressas uma camiseta amarrotada da Universidade de Maryland, enfiou-a sobre a cabeça e saiu do quarto.

Se não houvesse um pouco de café quente recém-preparado esperando lá embaixo, ele iria reclamar com vontade.

— Mãe! Onde estão os meus tênis?

Seth olhou na direção do quarto de Jake, que já corria rumo às escadas.

— Eles estão aqui embaixo — berrou Anna —, largados na cozinha, onde, aliás, não é o lugar deles!

— Não são *esses* tênis, mãe. Eu quero os *outros* tênis!

— Tente procurá-los no seu traseiro — foi a sugestão de Kevin para o irmão, feita com um tom de voz suave. — Sua cabeça já está lá mesmo.

— Se fosse o *seu* traseiro, seria fácil de encontrar — foi a reação de Jake, que falou entre os dentes. — Ele fica grudado nos ombros.

Aquela dinâmica familiar que ele conhecia tão bem normalmente faria Seth sorrir. O problema é que ainda não eram nem sete da manhã e seu cotovelo estava latejando por causa da batida na mesinha; além do mais, ele precisava de uma dose de cafeína.

— Nenhum de vocês dois conseguiria encontrar o próprio traseiro, nem que ele estivesse pendurado no pescoço — resmungou ele, enquanto descia as escadas com a cara amarrada.

— Que diabos está acontecendo com Cam? — perguntou a Anna assim que entrou na cozinha. — Tem café por aí? Por que todo mundo sempre acorda aos berros nesta casa?

— Cam quer que você vá lá fora. Sim, sobrou meio bule de café, e aqui todo mundo acorda aos berros porque é assim que costumamos saudar a manhã. — Ela serviu café em uma caneca grossa branca. — Você vai ter que se virar sozinho para preparar o seu café-da-manhã, porque eu tenho uma reunião agora, bem cedo. Não faça cara feia, Seth, e eu prometo que lhe trago um sorvete.

— Rocky Road? — perguntou ele, começando a se animar.

— Rocky Road. Jake! Venha pegar os seus tênis aqui na cozinha, senão vou entregá-los para o cachorro roer. Vá logo lá para fora, Seth, para não estragar a luminosa manhã de Cam.

— Sim, ele realmente me pareceu empolgado quando me arrancou da cama. — Fingindo estar emburrado, Seth saiu pela porta da cozinha.

Ali estavam eles, quase do mesmo jeito que Seth os desenhara tantos anos atrás. Cam, com os polegares enfiados nos bolsos da frente da calça; Phillip todo elegante, envergando um terno; Ethan com um boné desbotado sobre os cabelos bagunçados pelo vento.

Seth engoliu o café e o coração que lhe subira para a garganta de tanta emoção.

— Foi só para isso que você me arrancou da cama?

— Continua com a língua afiada, hein? — reagiu Phillip, puxando-o em um abraço apertado. Seus olhos, que tinham o mesmo tom dourado dos cabelos, analisaram Seth de cima a baixo, reparando na camiseta amarrotada e no jeans desfiado. — Puxa, você não aprendeu nada comigo mesmo, hein?! — Balançando a cabeça, apontou para a manga da camiseta, em um tom desbotado de cinza. — Foi um desperdício todo esse tempo que você passou na Itália.

— São apenas roupas, Phil. Temos que usá-las só para não sentirmos frio nem sermos presos.

— Puxa, onde foi que eu errei? — reagiu Phillip, franzindo o cenho e dando um passo para trás.

— Pois para mim ele está ótimo. Continua meio magro. — Ethan segurou as pontas dos cabelos de Seth. — Os cabelos estão compridos demais, parecem os de uma garota.

— Ele estava com um lindo rabo-de-cavalo ontem à noite — contou Cam. — Estava realmente uma gracinha!

— Não enche! — reclamou Seth, rindo.

— Vamos arranjar uma fitinha cor-de-rosa para colocar nele — interveio Ethan, com uma gargalhada, abraçando-o com força.

Phillip pegou a caneca que estava na mão de Seth e tomou um gole.

— Achamos que seria bom dar uma passada aqui só para ver você antes de domingo — comentou ele.

— É bom ver todos vocês. Muito bom mesmo. — Seth deu uma olhada em Cam. — Você podia ter me avisado que tínhamos visita em vez de ter me chutado para fora da cama.

— Do jeito que eu fiz foi muito mais divertido. É isso aí... — Cam balançou o corpo para a frente e para trás, apoiado nos calcanhares.

— É isso aí — concordou Phil, pousando a caneca na grade da varanda.

— É isso aí — repetiu Ethan, dando mais um puxãozinho nos cabelos de Seth. De repente, agarrou o braço dele com força.

— Que foi? — reagiu Seth.

Cam simplesmente sorriu e apertou com força o outro braço. Seth nem precisou ver o brilho em seus olhos para compreender tudo.

— Ah, qual é?! Vocês estão de brincadeira, não estão?

— Isso é algo que precisa ser feito — informou Phillip, prendendo as duas pernas de Seth antes que ele tivesse a chance de se debater. — Você nem precisa se preocupar, porque não vai estragar nenhuma roupa nova e elegante.

— Ah, corta essa! — Seth tentou se abaixar e deu alguns chutes no ar enquanto era carregado pela varanda. — Sem essa, galera! A água está fria pra cacete!

— Provavelmente ele vai direto para o fundo que nem uma pedra — garantiu Ethan, falando com suavidade enquanto carregava Seth em direção ao cais. — Pelo jeito, morar na Europa o transformou em um fracote.

— Fracote o cacete! — reagiu ele, lutando com todas as forças enquanto prendia o riso. — É preciso vocês três se juntarem para me carregar. Vocês é que são um bando de velhotes fracos — rosnou. Velhotes com punhos de aço, pensou.

Phillip franziu o cenho ao ouvir isso e perguntou aos outros:

— A que distância do cais vocês acham que conseguimos arremessá-lo?

— Sei lá! Vamos descobrir. Um... — anunciou Cam, balançando-o com mais força, já na beirada do cais.

— Vou matar vocês! — Seth xingou, riu e tentou escapar, debatendo-se como um peixe.

— Dois — Phillip continuou a contagem. — É melhor poupar o fôlego, garoto.

— Três! Bem-vindo de volta ao lar, Seth!— completou Ethan, e os três o lançaram com força sobre a água.

Seth tinha razão. A água estava fria demais. Ele perdeu o fôlego, pois não prendera a respiração, e sentiu os ossos congelarem assim que atingiu a água. Quando voltou à superfície, cuspindo água e passando a mão pelos cabelos, ouviu os irmãos, que se dobravam de tanto rir, e os viu juntos sobre o cais, com o sol ainda fraco banhando-os com uma luz suave que se estendia até a velha casa branca desenhada por trás deles.

Sou Seth Quinn, pensou. E estou em casa.

O mergulho forçado, logo de manhã cedo, ajudou a afastar o cansaço provocado pela diferença de fuso horário entre Maryland e Roma. Já que estava de pé, Seth decidiu que poderia adiantar algumas coisas. Dirigiu de volta a Baltimore, devolveu o carro alugado e, depois de chorar um pouco para conseguir um desconto na concessionária, voltou para o litoral, no papel do orgulhoso dono de um possante Jaguar conversível, em um tom bem claro de prata.

Sabia que um carro como aquele era um convite ao excesso de velocidade e à obtenção de uma multa, mas não conseguiu resistir e pisou fundo no acelerador.

Vender seus quadros era uma espécie de faca de dois gumes. Cortava-lhe o coração se separar de qualquer uma de suas pinturas. Porém, ele as estava vendendo em grande quantidade e podia se dar ao luxo de colher alguns benefícios.

Seus irmãos, pensou ele, com certa presunção, ficariam cheios de inveja quando colocassem os olhos em seu carro novo.

Diminuiu a velocidade ao passar por dentro de Saint Chris. A cidadezinha à beira do mar com suas docas movimentadas e ruas calmas era uma pintura especial em sua memória, uma imagem que ele recriara inúmeras vezes, sob inúmeros ângulos.

Lembrou-se da Market Street, com suas lojas e restaurantes, correndo paralela às docas, onde os pescadores de caranguejo armavam grandes tablados nos fins de semana para realizar exibições para os turistas. Era para ali que trabalhadores da água, como Ethan, levavam o que pegavam durante o dia de trabalho.

A cidade se espalhava por trás da Market Street, com suas antigas residências vitorianas, casas de dois andares em estilo mais simples e outras revestidas com tábuas horizontais, sempre à sombra de árvores frondosas. Os gramados eram impecáveis. Saint Chris era um lugar bem cuidado, charmoso, com um ar de cidade histórica, e isso atraía os turistas, que vinham às centenas, a fim de olhar as lojas, comer nos restaurantes e descansar em uma das pousadas em busca de um fim de semana relaxante à beira da praia.

Os habitantes locais haviam aprendido a conviver com eles da mesma forma que aprenderam a aceitar as ventanias que sopravam do Atlântico, sempre seguidas de períodos de seca que castigavam as plantações de soja, além dos caprichos da própria baía, cuja pesca vinha escasseando.

Seth passou pelo Crawford's e lembrou-se com carinho dos sanduíches tipo submarino, dos sorvetes de casquinha que derretiam pelo caminho. Ali era o ponto de fofocas da cidade.

Ele andara de bicicleta por aquelas ruas, apostando corrida com Danny e Will McLean. Circulara, sempre em companhia deles, com o Chevy usado que ele e Cam haviam consertado e colocado novamente para funcionar no verão em que completara dezesseis anos.

E ele sempre se sentara ali, misturando o homem e o menino que havia dentro dele, sob um dos guarda-sóis diante das docas, em meio ao burburinho da cidade, tentando compreender o que lhe parecia tão brilhante naquele pequeno ponto do planeta.

Jamais conseguira resposta para isso, e não tinha certeza se algum dia conseguiria.

Estacionou o carro para caminhar ao longo das docas. Queria estudar a luz, as sombras, as cores, as formas, e lamentava não ter se lembrado de trazer consigo o bloco de desenho.

Seth se sentia constantemente surpreso pela beleza do mundo. Como as coisas se modificavam e variavam no exato instante em que ele as observava. A forma como o sol incidia sobre a água em um momento determinado ou como seus raios se espalhavam ou desapareciam em um piscar de olhos atrás de uma nuvem.

Ou como iluminavam a curva do rosto da garotinha diante dele, que elevava a cabeça para ver melhor uma gaivota. O modo como o sorriso se formava em seu rosto ou a maneira com que seus dedos se entrelaçavam com os da mãe em um momento de absoluta confiança.

Havia muita força em todas aquelas imagens.

Ele permaneceu ali, observando um barco branco que deslizava sobre a água muito azul, com as velas enfunadas ao vento.

Sentiu vontade de lançar-se ao mar novamente, compreendeu então. Ser parte de tudo aquilo. Talvez conseguisse raptar Aubrey por algumas horas para navegar com ele. Faria mais algumas paradas no caminho, e então iria para o galpão da Embarcações Quinn para tentar convencê-la.

Observando os dois lados da rua, resolveu voltar para o carro. Um cartaz acima de uma das lojas em frente às docas atraiu a sua atenção. *Botão & Flor*, estava escrito. Uma floricultura. Aquilo era novidade. Foi chegando perto da loja, devagar, reparando nos festivos jarros com flores pendurados dos dois lados da entrada.

A vitrine também exibia uma quantidade imensa de plantas e pequenos enfeites. Alguns deles eram interessantes, avaliou Seth, achando divertida a pequena vaca malhada carregada com violetas que lhe transbordavam por sobre as ancas.

No canto inferior direito da vitrine, escrito em letras ornamentais, lia-se: *Drusilla Whitcomb Banks, Proprietária*.

Aquele era um nome estranho para ele e, como a tabuleta informava também que a loja havia sido inaugurada em setembro do ano anterior, imaginou a dona como alguma viúva agitada e idosa. Cabelos brancos, decidiu ele, vestido florido muito bem passado que combinava com sapatos de salto baixo e óculos em meia-lua pendurados no pescoço, presos por um cordão dourado.

Ela e o marido costumavam vir a Saint Chris para longos fins de semana e, quando ele morreu, ela se viu de repente com muito dinheiro nas mãos e tempo vago para administrar. Assim, mudara-se para a pequena cidade do litoral e abrira uma loja de flores, para relembrar os dias despreocupados que passara ali em companhia do marido, ao mesmo tempo em que fazia algo que secretamente acalentara durante anos.

O enredo que criou o fez gostar de imediato da simpática Sra. Whitcomb Banks e de sua gata esnobe. Afinal, era *obrigatória* a existência de uma gata, provavelmente chamada Ernestine.

Na mesma hora, Seth resolveu fazer a velha senhora feliz e também agradar a todas as mulheres de sua vida. Com flores em mente, abriu a porta da loja e ouviu o tilintar alegre da sineta da entrada.

A proprietária, conforme reparou de imediato, tinha bom gosto e um olhar artístico. Usava as flores como ele manipulava as tintas. Espalhara-as pelo lugar e as salpicara e misturara criativamente. Um jogo de cores, uma mistura de formas e um contraste de texturas cobriam o espaço, que funcionava como uma tela propriamente dita. Tudo estava muito bem organizado, como ele esperava, mas sem excesso de rigidez ou formalismo.

Seth sabia muito a respeito de flores e arranjos, depois de viver por tantos anos em companhia de Anna, e reparou a forma equilibrada com que a Sra. Whitcomb colocara, lado a lado, gérberas rosa-avermelhadas e delfínios em um tom forte de azul, emoldurando-os com lírios brancos e rosas vermelhas. Misturados a essas explosões de cor havia pontos, respingos e pinceladas de verde.

E mais alguns detalhes excêntricos, notou encantado. Porcos em ferro trabalhado, sapos tocadores de flauta e gárgulas mal-encaradas.

Havia muitos potes e vasos, laços e fitas, pratos rasos cheios de ervas e viçosas plantas internas. Tudo lhe transmitia a sensação de um apanhado diversificado, mas muito organizado, em um espaço bem utilizado.

Acima do cenário havia um título que parecia ter saído de um conto de fadas: "Tarde de um Fauno."

Muito bem, Sra. Whitcomb, elogiou mentalmente, e se preparou para gastar muito dinheiro ali, com todo o prazer.

A mulher que entrou pela porta que ficava atrás do comprido balcão não tinha a imagem da viúva talentosa que Seth criara, mas certamente estava no lugar certo, pois combinava com um jardim bem cuidado.

Seth outorgou à viúva, de imediato, alguns pontos extras por contratar uma ajudante que fazia um homem pensar em fadas e princesas encantadas.

— Olá. Posso ajudá-lo em alguma coisa?

— Pode sim. — Seth se aproximou do balcão e simplesmente a fitou.

Alta, magra e perfeita como uma rosa, pensou. Seus cabelos eram pretos como carvão, cortados bem curtos, acompanhando o adorável formato da cabeça, ao mesmo tempo em que deixavam exposto o pescoço comprido, fazendo-o parecer a haste de uma flor. Um estilo despojado que exigia coragem e autoconfiança da mulher que o usava.

Um estilo que deixava o rosto totalmente sem moldura, de modo que o marfim delicado de sua pele formava uma tela perfeitamente oval. Os deuses deviam estar de muito bom humor no dia em que a criaram, desenhando ainda um par de olhos rasgados, amendoados, em um tom verde-musgo, acrescentando em seguida um leve toque âmbar em torno das pupilas.

Seu nariz era pequeno e reto, a boca tinha lábios carnudos, que combinavam com os olhos, e ela os pintara em um tom de rosa forte e sedutor.

Seu queixo exibia uma covinha discreta, como se o Criador tivesse deixado ali uma pequena marca de aprovação.

Ele ia retratar aquele rosto em tela, sem dúvida alguma. Ia pintar o resto de seu corpo também. Ele a via deitada sobre um leito de pétalas de rosas vermelhas, com os olhos de fada brilhando com um poder suave e sedutor, os lábios levemente entreabertos em um sorriso, como se tivesse acabado de acordar depois de ter sonhado com o amante.

O sorriso dela não desapareceu durante o tempo em que ele a analisou, mas suas sobrancelhas se ergueram como dois pássaros negros alçando voo.

— E que ajuda seria essa, senhor?

A voz era bela, refletiu ele. Forte, mas com um timbre suave. Seth percebeu de imediato que ela não era da cidade.

— Podemos começar pelas flores — disse-lhe ele. — É uma linda loja.

— Obrigada. Que tipo de flores o senhor tem em mente?

— Chegaremos em breve a esse detalhe — disse e se inclinou sobre o balcão, encostando-se com descontração. Em Saint Chris sempre havia tempo para bater papo. — A senhorita trabalha aqui há muito tempo?

— Desde que abrimos a loja. Se o senhor está pensando em comprar algo para o Dia das Mães, tenho algumas maravilhosas...

— Não, o Dia das Mães já está resolvido. Percebo que a senhorita não é daqui, pelo sotaque. Deve ter vindo de algum lugar um pouco ao norte, talvez.

— Muito bem observado. Vim da cidade de Washington.

— E quanto ao nome da loja... Botão & Flor. Essa expressão foi usada por um famoso pintor... Whistler, não é?

Um ar de surpresa e especulação surgiu em seus olhos.

— Para falar a verdade, foi sim. O senhor é a primeira pessoa a descobrir isso.

— Um dos meus irmãos é ótimo para reconhecer citações. Só que eu não me lembro exatamente da frase completa. Algo a respeito de ser tão perfeito em botão como é em flor.

— A obra de arte deve parecer como uma flor ao pintor: perfeita tanto ainda em botão quanto depois de aberta.

— Isso, a frase é exatamente essa! Provavelmente me lembrei dela porque é exatamente isso que faço. Sou pintor.

— Ora, é mesmo? — Ela lembrou a si mesma que devia ser paciente, aprender a relaxar e acompanhar o ritmo. Parte do encanto de morar em uma cidade pequena estava nas conversas lentas e descompromissadas com estranhos. Ela já formara uma opinião a respeito daquele cliente. Seu rosto era vagamente familiar, e seus olhos, em um tom forte e penetrante de azul, eram francos e diretos. Ela não pretendia flertar com ele, especialmente com o objetivo de vender algumas flores, mas poderia se mostrar simpática.

Afinal, ela viera para Saint Chris com o intuito de se tornar amigável.

Como entendeu que seu novo cliente era um pintor de paredes, tentou imaginar um arranjo de flores para lhe oferecer, algo que se adequasse ao seu orçamento curto.

— O senhor trabalha aqui na cidade?

— No momento, sim. Estive fora por algum tempo. A senhorita trabalha aqui sozinha? — Seth olhou em volta, imaginando a quantidade de trabalho que seria necessária para manter aquele ambiente que a viúva criara funcionando bem. — A proprietária da loja costuma aparecer por aqui?

— Bem, eu trabalho sozinha, por enquanto. Eu sou a proprietária.

Ele levantou os olhos, fitou-a por alguns instantes e começou a rir.

— Nossa, então eu não cheguei nem perto nas minhas especulações. Prazer em conhecê-la, Drusilla Whitcomb Banks. — Estendeu a mão. — Meu nome é Seth Quinn.

Seth Quinn. Aceitando o cumprimento de forma automática, ela fez um ajuste rápido na imagem que criara dele. Realmente, aquele não era um rosto que ela conhecera da cidade, compreendeu, vendo que o reconhecia de uma revista. Não é um pintor de paredes, afinal, apesar do jeans velho e da camisa desbotada. Trata-se de um artista. O jovem originário daquela pequena cidade e que fora aclamado por toda a Europa.

— Eu admiro muito o seu trabalho — disse-lhe ela.

— Obrigado. E eu estou admirado com o seu. Devo estar atrapalhando as suas atividades, puxando assunto desse jeito, mas pretendo recompensá-la. Há algumas mulheres a quem pretendo impressionar.

Poderia me ajudar?

— Mulheres? No plural?

— Sim. Três... não, quatro — corrigiu ele, lembrando-se de Aubrey.

— É espantoso que ainda consiga tempo para pintar, Sr. Quinn.

— Chame-me de Seth, por favor. Bem, sempre consigo.

— Aposto que sim. — Certos tipos de homem sempre conseguem tempo para tudo. — Deseja flores avulsas, arranjos mistos ou plantas decorativas?

— Ahn... Flores avulsas, dispostas em uma linda caixa de presente. Assim é mais romântico, certo? Deixe-me ver... — Calculando a rota a seguir e o tempo que ia levar, resolveu que passaria primeiro na casa de Sybill. — A primeira dama é uma mulher sofisticada, requintada, intelectual, com a mente muito prática e uma ternura inata. Rosas, suponho.

— Se quiser parecer previsível.

— Então sejamos imprevisíveis — propôs ele, olhando para Drusilla.

— Espere um momento. Tenho algo lá nos fundos da loja que talvez possa lhe agradar.

Aqui mesmo há uma coisa da qual estou gostando, pensou ele no instante em que ela se virou para a porta dos fundos. Em seguida, deu uma palmadinha no próprio coração.

Phillip certamente aprovaria o corte clássico e o ar discreto do tailleur cor de pêssego que ela usava. Ethan, provavelmente, ia logo procurar um jeito de dar a ela uma mãozinha, avaliando a quantidade de trabalho que devia dar manter uma loja como aquela. E Cam... bem, Cam ia lançar-lhe um olhar longo e sugestivo para em seguida sorrir.

Seth imaginou que tinha um pouco do jeito de cada um deles dentro de si.

Ela voltou dos fundos da loja trazendo uma braçada de flores de hastes longas, muito exóticas, em um tom exuberante de berinjela.

— Copos de leite   disse ela. — Elegantes, simples e com muita classe, especialmente nessa cor inesperada e espetacular.

— A senhorita conseguiu captar o espírito da futura dona.

Ela os colocou em um vaso em forma de cone, perguntando:

— Como é a próxima dama?

— Calorosa, uma mulher à moda antiga, da melhor forma possível. — Só de pensar em Grace, Seth sorriu. — Igualmente simples. Doce, mas sem ser tola, e com uma determinação de aço.

— Tulipas — sugeriu Drusilla, indo até o balcão refrigerado junto à frente da loja. — Neste tom de rosa-claro. Esta é uma flor suave e delicada, mas muito mais resistente do que aparenta — acrescentou enquanto as trazia para a avaliação de Seth.

— Acertou de novo! A senhorita é boa nisso.

— Sim, sou mesmo. — A essa altura ela já estava curtindo aquilo, não apenas pela venda em si, mas pelo jogo em que tudo se transformara. Afinal, fora exatamente essa a razão principal de ela ter aberto a loja. — Dama número três...?

Aubrey, pensou Seth. Como descrevê-la?

— Jovem, leve, divertida. Com personalidade forte e lealdade a toda prova.

— Espere um instantinho só... — Com a descrição em mente, Drusilla desapareceu novamente pela porta dos fundos e voltou em seguida com um apanhado de girassóis com miolos muito grandes e coloridos.

— Nossa, elas são perfeitas. A senhorita escolheu o ramo certo de negócios, Srta. Drusilla.

Aquele era o maior cumprimento que ela poderia receber.

— De nada adianta trabalhar na área errada. Por falar nisso, já que você está prestes a quebrar o meu recorde de vendas para um único cliente, me chame de Dru.

— Certo.

— E como descreveria a quarta mulher de sorte?

— Corajosa, linda, inteligente e sexy. Com um coração que parece... — Como retratar o coração de Anna?, perguntou a si mesmo. — Um coração que não dá para descrever. A mulher mais incrível que conheci na vida.

— E conhece muitas, pelo que estou vendo. Um minuto só... — Ela desapareceu novamente. Seth estava admirando os girassóis quando Dru voltou, trazendo lírios asiáticos em um tom triunfante de escarlate.

— Puxa vida! Eles são a cara da Anna. — Esticando o braço, tocou uma das pétalas em vermelho vivo. — São exatamente como Anna. Você acaba de me transformar em herói.

— Fico feliz por poder ajudar. Vou colocá-las em caixas individuais, com fitas combinando com a cor das flores. Você vai conseguir carregar todas?

— Acho que dou um jeito...

— Os cartões estão incluídos no preço. Pode escolher o que achar mais apropriado para cada uma, eles estão em cima do balcão.

— Não preciso de cartões. — Ele a observou enquanto ela protegia a ponta da haste de cada uma das flores antes de embrulhá-las. Não usava aliança, reparou. Ele a teria pintado de qualquer modo, casada ou não, mas, se ela tivesse um marido, isso colocaria um ponto final em seus outros planos.

— Que flor você é? — perguntou a ela.

Dru ergueu os olhos, olhando para ele de relance enquanto preparava a primeira embalagem, forrada de um papel fino.

— Sou todas elas — garantiu ela. — Gosto de variedade. — Colocando uma fita vermelha em volta da caixa, completou: — Parece que você também.

— Bem, saiba que eu detesto acabar com a sua ilusão de que eu tenho um harém por aqui, mas a verdade é que todas elas são para as minhas irmãs — garantiu Seth, gesticulando na direção das flores. — Embora os girassóis sejam para uma sobrinha, que também é uma espécie de prima e irmã. A relação exata é meio indefinida.

— Hum, hum.

— São esposas dos meus irmãos — explicou —, e uma delas é a filha mais velha de um deles. Acho melhor esclarecer logo tudo isso, já que vou pintar você.

— Ah, vai? — perguntou ela, amarrando a segunda caixa com uma fita cor-de-rosa rendada. — Vai mesmo?

Ele pegou o cartão de crédito e o colocou sobre o balcão enquanto ela continuava a trabalhar, embrulhando os girassóis.

— Você deve estar achando que isso é apenas uma tentativa de fazer com que você fique nua na minha frente, e eu não teria a menor objeção quanto a isso.

— E por que teria? — comentou ela, formando um laço com fita dourada.

— Exato. Porém, por que não começamos com o seu rosto? É um lindo rosto. Gosto muito do formato da sua cabeça.

— Você gosta do... do formato da minha cabeça? — Pela primeira vez, desde o início da conversa, seus dedos pareceram tremer ligeiramente. Deu uma risada curta, parou e olhou para ele com mais calma, fixamente.

— Claro. E você gosta também, ou jamais usaria o seu cabelo desse jeito. O corte valoriza o seu rosto com o mínimo de trabalho.

— Você parece muito bom na arte de definir uma mulher com poucas e bem escolhidas palavras. — Ela começou a amarrar a última fita.

— Gosto de mulheres.

— Já deu para perceber. — No instante em que ela acabava de embrulhar os lírios vermelhos, um casal de clientes entrou na loja e começou a olhar tudo, com interesse.

Ainda bem, pensou Dru. Já estava na hora de dispensar o artístico Sr. Quinn.

— Sinto-me lisonjeada pelo fato de você admirar o formato da minha cabeça. — Pegando o cartão de crédito dele, ela o passou na máquina, continuando: — E também por alguém com o seu talento e reputação ter vontade de me retratar em tela. O problema é que o meu trabalho me mantém muito ocupada, quase sem tempo livre, e, quando aparece algum, eu o guardo apenas para mim.

Informando-lhe o total da compra, entregou o recibo do cartão.

— A loja fecha às seis da tarde e não abre aos domingos.

Ela deveria se sentir aborrecida, mas, em vez disso, viu-se intrigada e comentou:

— Nada escapa ao seu poder de observação, hein?

— Todos os detalhes são importantes. — Depois de guardar o recibo, ele pegou um dos cartões da loja que estavam sobre o balcão e o virou ao contrário. Fez um esboço rápido do rosto dela como se fosse uma flor que brotava de uma haste longa, e então colocou o seu telefone de casa, antes de assinar o desenho. — Isso é para o caso de você mudar de ideia — explicou, oferecendo-lhe o cartão.

Ela olhou para o cartão, analisou a representação do seu rosto e não conseguiu reprimir um sorriso, avisando:

— Acho que se eu colocasse isso em leilão pela Internet conseguiria uma boa soma.

— Você tem muita classe e jamais faria isso. — Ele empilhou as caixas e as levantou do balcão com um só movimento. — Obrigado pelas flores.

— Disponha. — Dando a volta no balcão, ela abriu a porta da loja para ele poder sair. — Espero que as suas... irmãs... as apreciem.

— Vão apreciar sim. — Ele se virou ligeiramente para trás e lançou um último olhar para ela, por sobre o ombro. — Eu volto.

— Estarei aqui. — Enfiando o cartão com o esboço no bolso, ela fechou a porta.

*

Foi fantástico rever Sybill, passar uma hora a sós com ela e notar o prazer com que preparou um lindo arranjo com as flores, colocando-as em um vaso alto e transparente.

Eram perfeitas para ela, concluiu, assim como a casa que Phillip e ela compraram e mobiliaram. A imponente residência em estilo vitoriano, cheia de detalhes estilizados, também era perfeita para ela.

Sybill mudara o estilo do penteado ao longo dos anos, mas agora estava com o cabelo do jeito que ele gostava mais, balançando suavemente, cortado à altura dos ombros, com a cor densa de um caríssimo casaco de vison.

Não se preocupara em passar batom, pois planejara trabalhar em casa, e usava uma blusa branca simples, bem passada, e uma calça preta muito pregueada, sendo essa a sua versão de roupa casual.

Era mãe de duas crianças muito ativas, além de ser uma socióloga conceituada e escritora de muito sucesso. Parecia, observou Seth, extremamente serena.

Ele bem sabia que aquela serenidade fora conquistada a duras penas.

Sybill crescera na mesma casa que a mãe de Seth. Eram meias-irmãs, mas tão diferentes uma da outra que pareciam os lados opostos de uma moeda.

Sabendo que, só de pensar em Gloria DeLauter, sentia um nó no estômago, Seth colocou aquela lembrança de lado e se concentrou em Sybill.

— Quando você, Phil e os meninos estiveram em Roma, há poucos meses, jamais imaginei que o nosso próximo encontro seria aqui.

— Pois eu queria que você voltasse. — Ela serviu um copo de chá gelado para cada um. — Sei que é egoísmo de minha parte, mas era isso que eu mais desejava. Às vezes, no meio de uma atividade qualquer, parava de repente e pensava comigo mesma: "Há algo faltando por aqui. O que será? Ah, sim, é Seth que está faltando em sua vida, sua tola."

— Que sentimento bonito! — Ele se comoveu e apertou-lhe a mão com carinho, antes de pegar o copo que ela servira. — Obrigado.

Eles conversaram a respeito do trabalho dele e do dela. Falaram das crianças. Comentaram sobre o que havia mudado e sobre o que continuava o mesmo.

No momento em que ele se levantou para ir embora, ela o abraçou com ternura e se manteve junto dele por alguns instantes, agradecendo:

— Obrigada pelas flores. São lindas!

— Vieram da nova loja de flores na Market Street. A proprietária parece conhecer muito bem o negócio — disse e foi caminhando de mãos dadas com Sybill em direção à porta. —Você já esteve lá?

— Uma ou duas vezes. — Como o conhecia muito bem, Sybill sorriu. — Ela é linda, não é?

— Quem? — Quando viu que Sybill simplesmente colocou a cabeça meio de lado, sorriu. — Fui apanhado. Sim, ela tem um rosto impressionantemente belo. O que sabe a respeito dela?

— Nada, para falar a verdade. Ela se mudou para cá no verão passado, eu acho, e inaugurou a loja no outono. Acho que veio de Washington ou de algum lugar ali perto. Parece que meus pais conhecem a família Whitcomb e a família Banks. Talvez sejam parentes dela. — Encolheu os ombros. — Não sei dizer ao certo, porque eu e meus pais não... não nos comunicamos com muita frequência hoje em dia.

— Lamento muito — ele disse e tocou-lhe o rosto.

— Não lamente. Eles têm dois netos maravilhosos que ignoram solenemente. — Como ignoraram você também, pensou ela, sem completar a frase. — A perda é deles — disse apenas.

— Sua mãe jamais a perdoou por você ter ficado ao meu lado.

— A perda foi dela — disse Sybill com determinação, enquanto emoldurava o rosto dele com as mãos. — Eu saí da história ganhando. E não fiquei sozinha. Ninguém jamais fica só nesta família.

Ela tinha toda a razão com relação àquilo, pensou Seth, enquanto guiava em direção ao estaleiro. Um Quinn jamais se via só.

Ele, porém, não tinha muita certeza de que deixaria de trazer problemas para eles, e tinha muito receio de que eram problemas o que ele acabaria encontrando agora que voltara para casa.

Capítulo Três

Quando Dru acabou de fazer a venda seguinte e se viu novamente sozinha na loja, pegou o cartão com o desenho que guardara no bolso. Seth Quinn. Seth Quinn queria pintá-la. Aquilo era fascinante. E tão intrigante quanto o artista em si. Ora, uma mulher podia se sentir curiosa a respeito de um homem sem estar, necessariamente, interessada nele.

E ela não estava interessada.

Não tinha a mínima vontade de posar, de ser inspecionada de perto ou imortalizada. Mesmo por mãos tão talentosas. Mas estava curiosa a respeito dele, a respeito do conceito em si. Curiosa com Seth Quinn,

O artigo que lera sobre ele mencionava alguns detalhes a respeito de sua vida pessoal. Ela sabia que ele viera para a Costa Leste, para a baía de Chesapeake, ainda criança, trazido por Ray Quinn, pouco antes de ele morrer em um acidente automobilístico. Partes da história eram um tanto nebulosas. Não havia menção alguma aos seus pais, e Seth fora muito discreto na entrevista. Havia de concreto, apenas, o fato de que Ray Quinn era seu avô e, após sua morte, Seth fora criado pelos três filhos adotivos de Ray. E também por suas esposas, à medida que eles foram se casando.

Irmãs, foi o que ele dissera, lembrou Dru, pensando nas flores que vendera. Talvez ele estivesse se referindo às esposas dos irmãos, que considerava irmãs.

Não dera muita importância a esse fato ao ler a reportagem.

Ficara mais interessada no que o artigo falava sobre o seu trabalho e na forma como a família encorajara o seu talento desde cedo. E como eles deram apoio irrestrito aos seus planos de estudar na Europa.

Ele foi uma criança afortunada, na opinião de Dru. Alguém que possuía uma família que o amou o bastante para deixá-lo seguir o seu caminho e que permitira que ele falhasse ou conseguisse sucesso por meio do seu próprio esforço e talento. E, avaliou ela, que aparentemente o recebia de volta agora sem cobranças nem egoísmo.

Contudo, era difícil imaginar o homem que os italianos haviam apelidado de *il maestro giovane* — o jovem mestre — se instalando permanentemente em Saint Christopher para pintar marinhas.

Da mesma forma, reconhecia que era difícil para muitas pessoas que a conheciam imaginar Drusilla Whitcomb Banks, jovem socialite, feliz da vida, vendendo flores em sua lojinha em frente às docas de uma cidade pequena.

A ela não importava o que as pessoas achavam ou diziam, e sentia que o mesmo acontecia com Seth Quinn. Ela fora para Saint Christopher a fim de escapar das constantes demandas, das expectativas e das garras firmes de sua família, bem como da sua constante revolta por se ver usada como cabo-de-guerra entre os pais.

Ela fora para Saint Chris em busca de paz, a paz que buscara durante a vida inteira.

Finalmente, ela a encontrara.

Apesar de saber que a sua mãe ficaria empolgada pela perspectiva de sua preciosa filha se tornar o foco do interesse romântico de Seth Quinn — ou talvez *exatamente* por causa disso —, Dru não queria cultivar aquilo. Não pensava apenas em termos de interesse artístico, e considerava também o interesse mais elementar e a atração obviamente sexual que notara em seus olhos quando ele a analisou.

E considerava ainda menos, para ser honesta consigo mesma, a atração igualmente de cunho sexual que sentira por ele.

Os Quinn eram, segundo o que ouvira pela cidade, uma família imensa, complexa e difícil de controlar. Só Deus sabia o quanto ela estava farta de famílias.

Uma pena, admitiu, batendo com o cartão na palma da mão antes de atirá-lo no fundo de uma gaveta. O jovem mestre era muito atraente, divertido e simpático. E qualquer homem que se dava ao trabalho de comprar flores para as irmãs e fazia questão de que cada flor combinasse com a pessoa que a receberia já merecia uma atenção especial, nem que fosse apenas por isso.

— Uma pena para nós dois — murmurou ela, fechando a gaveta com determinação.

Ele estava pensando em Dru no mesmo instante em que ela pensava nele, e tentava descobrir quais ângulos e que tons funcionariam melhor no retrato que faria dela. Gostou da ideia de pintar apenas o seu rosto, com a cabeça virada um pouco para a esquerda e os olhos olhando para um ponto além, localizado fora da tela.

Isso combinaria com o seu jeito e a sua atitude controlada, em estilo sexy e sofisticado.

Nem por um momento duvidou de que ela aceitaria posar para ele. Seth possuía um imenso arsenal, com armas preparadas para combater a relutância de uma modelo. Tudo o que precisava fazer era descobrir que tática funcionaria melhor com Drusilla.

Tamborilando com os dedos no volante ao ritmo marcante do Aerosmith que saía do som do carro, Seth pensou nela.

Certamente vinha de alguma família rica, decidiu. Seth aprendera a reconhecer uma roupa feita sob medida e um bom tecido, ainda que seu interesse ficasse concentrado mais na forma do que nas variações da moda. E havia também a cadência em sua voz. Parecia-lhe a de alguém da classe alta, talvez de uma aluna de escolas caras e exclusivas.

Ele descobrira que o nome da loja fora tirado de uma citação poética do pintor James McNeill Whistler. Isso significava, imaginou, que ela recebera uma educação muito sofisticada ou alguém cultivara nela o gosto por poesia e literatura, como Phil fizera com ele.

Provavelmente as duas coisas.

Ela parecia à vontade com sua aparência e não se mostrava perturbada ao perceber que atraía alguém do sexo oposto.

Não era casada e seu instinto lhe dizia que não tinha compromisso com ninguém. Uma mulher como Dru não se mudava para ir atrás de um namorado ou amante. Se resolvera sair de Washington para ter seu próprio negócio e administrá-lo sozinha, é porque essa era a sua vontade.

Nesse momento, lembrou-se de como errara por completo com relação à fictícia viúva Whitcomb Banks, e resolveu especular menos e fazer uma pesquisa verdadeira antes de voltar a vê-la.

Seth entrou com o carro no pequeno estacionamento do velho galpão com paredes de tijolinho que os Quinn haviam comprado de Naney Claremont, depois que o seu marido sovina e astuto caíra duro, vitimado por um infarto, enquanto discutia com Cy Crawford por causa do preço de um sanduíche.

A princípio, eles assinaram um contrato de locação do enorme galpão, que havia sido um depósito de tabaco no século 18, uma fábrica de enlatados no século 19 e um importante armazém por quase todo o século 20.

Por fim, o espaço se converteu em um estaleiro, devidamente adaptado e equipado pelos irmãos Quinn, e há oito anos lhes pertencia legalmente.

Seth olhou para o telhado da construção ao sair do carro. Quando menino, ele ajudara a trocar as telhas do lugar, e certa vez quase quebrara o pescoço ao fazer isso.

Aplicara muitas camadas de piche quente nas junções dos barcos e queimara os dedos. Aprendera a aplainar tábuas com a ajuda do poço de infinita paciência representado por Ethan. Suara como um porco ao lado de Cam, restaurando o cais. E conseguira escapar de todas as maneiras possíveis sempre que Phil tentara ensiná-lo a cuidar dos livros contábeis da firma.

Foi caminhando até a entrada e parou apoiando as mãos nos quadris, analisando o letreiro em madeira tão castigado pelo tempo:

EMBARCAÇÕES QUINN. Reparou que mais um nome fora adicionado aos quatro que estavam entalhados ali desde o início.

Aubrey Quinn.

No momento em que ele sorria, a própria Aubrey saiu apressada pela porta da frente.

Trazia um cinto de ferramentas preso à cintura e um boné dos Orioles enterrado na cabeça, caído sobre a testa. Seus cabelos, com a cor de mel queimado, passavam pela abertura posterior do boné, como um rabo-de-cavalo, e lhe escorriam pelas costas.

Suas botas de trabalho cheias de manchas e arranhões eram tão pequenas que pareciam pertencer a uma boneca.

Aubrey tinha pés miúdos e muito delicados.

E uma voz muito potente, ele pensou, ao vê-la soltar um urro de alegria e vir correndo em sua direção.

Ela pulou, levantando-se do chão, agarrou-se ao pescoço dele, firmou-se nos ombros e abraçou sua cintura com as pernas. A aba do boné bateu na testa de Seth no momento em que ela lhe deu um beijo forte e estalado na boca.

— Meu Seth! — Soltando uma gargalhada ainda mais alta, ela apertou-lhe o pescoço com os braços, com muita força. — Não vá embora nunca mais! Droga, não se atreva a fazer isso!

— Não posso ir embora mesmo. Acontece muita coisa por aqui quando eu não estou por perto. Vá para trás um pouquinho... — ordenou ele, afastando-a ligeiramente para poder analisar o seu rosto.

Aos dois anos ela fora uma pequena princesa para ele. Aos vinte se transformara em uma mulher com compleição atlética e muito atraente.

— Puxa, você ficou linda! — elogiou ele.

— É mesmo? Você também.

— Por que não está fazendo faculdade?

— Não comece! — Ela revirou os brilhantes olhos verdes e desceu do colo dele. — Fiz dois anos e senti que ficaria mais feliz fazendo trabalhos forçados. Isso aqui é o que eu quero da vida — disse e apontou com o polegar para o letreiro. — Meu nome está ali em cima para provar.

— Você sempre conseguiu enrolar o pobre do Ethan.

— Talvez. Só que dessa vez nem foi preciso. Papai compreendeu e, depois do drama inicial, mamãe também. Jamais fui uma estudante tão boa quanto você, Seth, e você sabe que jamais foi um construtor de barcos tão bom quanto eu.

— Puxa, eu fico fora por alguns anos e você começa a ter delírios de grandeza. Se começar a me insultar, não entrego o seu presente.

— Onde está? O que é? — Começou a atacá-lo fazendo cócegas em suas costelas, onde sabia que ele era mais vulnerável. —Anda, me dá logo!

— Tá legal, mas parc com isso! Você não mudou nada, hein?

— Por que mudar o que é perfeito? Agora levante as mãos, passe a grana e ninguém fica ferido.

— Está no carro. — Ele riu, apontando para o estacionamento e tendo a satisfação de ver o queixo dela cair.

— Um Jaguar? Uau! — Aubrey saiu correndo pelo gramado recém-aparado até o estacionamento e passou os dedos com reverência sobre o brilhante capô prateado. — Cam vai chorar de emoção quando colocar os olhos nisso aqui. Aposto que ele vai sentar na calçada e chorar. Empreste as chaves que eu vou testá-lo para você.

— Empresto sim, mas só no dia em que estiverem servindo sorvetes de casquinha no inferno.

— Ah, não seja mau. Não precisamos ir até o inferno, temos ótimos sorvetes no Crawford's, e você pode ir até lá comigo para... —Aubrey parou de falar ao ver a caixa branca e comprida que ele pegou no porta-malas. Piscou uma vez, de espanto, e tornou a piscar ao olhar para ele. Então se mostrou comovida e seus olhos se encheram de lágrimas.

— Você me trouxe flores! Um presente típico para garotas. Puxa, deixa eu ver! Que flores são essas?—Pegando um canivete no cinto de ferramentas, rasgou o laço e levantou a tampa, com ar apressado. — Girassóis! Olhe só como eles parecem felizes.

— Sim, me fizeram lembrar de você.

— Puxa, eu realmente amo você, sabia? — Olhou fixamente para as flores. — Fiquei muito zangada por você ter ido embora. — Sua voz ficou presa na garganta e Seth deu-lhe um tapinha nas costas, de forma meio desajeitada. — Pode deixar que eu não vou chorar — resmungou ela, recuperando o controle. — Qual é? Pensa que eu sou fresca?

— Nunca.

— Ainda bem. Ora, de qualquer modo você voltou. — Ela tornou a abraçá-lo. —Adorei as flores!

— Ótimo! — disse Seth, afastando a mão de Aubrey, que já entrava no bolso dele para pegar as chaves do carro. — Pode desistir que eu não vou emprestar o carro. De qualquer modo, tenho que ir embora agora. Comprei flores para Grace também. Quero dar uma passada lá para vê-la antes de ir para casa.

— Minha mãe não está. Hoje é o dia em que ela fica de motorista. Vai resolver algumas coisas, depois pega o Deke na escola, o deixa na aula de piano e em seguida vai fazer um monte de outras coisas. Não sei como consegue dar conta de tudo. Pode deixar que entrego as flores a ela — ofereceu Aubrey. — Isso vai ajudar a esquecer a tristeza de ainda não ter visto você.

— Diga-lhe que vou tentar dar uma passada lá amanhã. Se não conseguir, nos vemos no domingo. — Ele pegou a outra caixa com flores e a entregou a Aubrey, que a colocou junto com a que ganhara sobre o banco de sua pequena e ágil caminhonete azul.

— Agora que você não precisa mais ir ver a minha mãe, sobrou algum tempo. Vamos chamar Cam para exibir o seu carro novo. Ele vai desmontar só de ver essa máquina, e vai chorar de emoção como uma criança. Mal posso esperar para ver essa cena.

— Você tem um jeitinho cruel, Aub — brincou Seth, colocando o braço sobre o ombro dela. — Gosto disso em você. Agora me conte tudo o que sabe sobre Drusilla, a dona da loja de flores.

— Ahá! —Aubrey lançou-lhe um olhar malicioso enquanto andavam lado a lado em direção ao galpão. — Descobri o jardim onde você pegou todas essas flores.

— Talvez.

— Vamos combinar o seguinte: encontre-se comigo no bar do Shiney depois do jantar, lá pelas oito horas. Pague-me um drinque e conto a você tudo o que sei sobre ela.

— Você ainda não tem idade para beber por aí.

— Sei... até parece que eu nunca provei uma cervejinha — retorquiu ela. — Então eu tomo um refrigerante, papai. Mas lembre-se de que daqui a menos de seis meses serei maior de idade.

— Mas até lá vai tomar apenas Coca-Cola, pelo menos quando eu estiver pagando. — Puxou a aba do boné dela para baixo com força, e então empurrou a porta do galpão, ouvindo na mesma hora o ruído das poderosas ferramentas.

Cam não desmontou nem caiu no choro, pensou Seth, mais tarde, mas babou um pouco sobre a camisa, e quase dobrou os joelhos, de forma reverente. Pouco antes, lembrou Seth, ao estacionar na frente do bar do Shiney, Cam conseguira pegar as chaves do carro — pois era bem maior e mais astuto do que Aubrey — e saiu com ele para dar uma volta.

Depois, é claro, os dois passaram uma hora muito agradável caminhando em volta do carro e admirando o motor.

Seth reparou na caminhonete azul ao lado da vaga que escolheu. Aubrey sempre fora pontual.

Ao abrir a porta do bar sentiu-se invadido por uma nova sensação de hospitalidade. Aquele lugar era outro dos símbolos de Saint Chris, pensou. O bar do Shiney tinha a eterna aparência de que precisava ser lavado com uma mangueira de pressão, as garçonetes sempre exibiam pernas lindas e compridas, e no pequeno palco se apresentavam as piores bandas de todo o estado de Maryland.

Enquanto o vocalista massacrava um sucesso dos Barenaked Ladies, Seth perscrutou com os olhos todas as mesas e o bar, em busca de uma lourinha com boné de beisebol.

Seus olhos passaram direto por ela, e então voltaram como uma flecha.

Aubrey estava realmente sentada junto ao bar, com um aspecto elegante, cheia de curvas, em um lindo vestido preto, por onde seus cabelos cor-de--mel queimado cascateavam em espirais. Conversava animadamente com um sujeito parecido com Joe College.

Com a boca seca e o corpo pronto para um confronto, Seth foi direto para lá, disposto a mostrar ao sujeito o que acontecia com rapazes que davam em cima de sua irmã.

— Papo furado esse seu! — A voz de Aubrey estalava no ar como um chicote, e a boca de Seth se abriu em um sorriso. — Você está por fora! A rotação do lançador é perfeita, os jogadores das bases estão em ótima forma e os batedores, melhorando muito. Quando chegar a época do All-Star Game, os Orioles vão ter alcançado a marca dos quinhentos lançamentos.

— Qual é? Eles não chegam a quinhentos lançamentos nem no fim da temporada — garantiu o rapaz. — E pode escrever: na semana do All-Star Game eles vão estar na lanterna.

— Quer fazer uma aposta? — Aubrey pegou uma nota de vinte dólares e a colocou sobre o balcão com estardalhaço.

Seth suspirou. Ela podia ser um mulherão que já sabia cuidar de si, mas ninguém ia se meter com a sua Aubrey.

— Seth! — Ao vê-lo chegar, ela esticou a mão, enganchou-a em seu braço e o puxou para o bar. — Este é Sam Jacoby— apresentou ela, acenando com a cabeça para o homem sentado ao seu lado. — Acha que só por ser um bom jogador de softball entende muito dos times grandes.

— Já ouvi muito falar de você — cumprimentou Sam —, através dessa bobona sentimental aqui que acha que os Orioles têm alguma chance de escapar da mediocridade nessa temporada.

Seth apertou a mão dele e advertiu:

— Escute, Sam, se pretende cometer suicídio, é melhor conseguir um revólver. Vai ser bem menos doloroso do que ter a pele arrancada lentamente por um canivete cego manuseado por essa garota aqui.

— Gosto de viver perigosamente — disse Sam, levantando-se do banco alto. — Pode sentar aqui, eu estava guardando o lugar para você. Preciso vazar. A gente se vê por aí, Aub.

— Guarde vinte dólares para me pagar a aposta em julho — gritou ela e, em seguida, voltou toda a atenção para Seth. — Sam é um cara muito legal, a não ser pela mania insana de torcer para os Mariners.

— Pois achei que ele estava dando em cima de você.

— Sam? — Aubrey olhou para as mesas com um ar convencido e um olhar muito feminino que fez Seth prender o riso. — Ele estava mesmo, mas por enquanto está no banco de reservas. Estou saindo com Will McLean.

— Will?! — Seth quase engasgou. — Will McLean? — A ideia de saber que o seu velho amigo de infância estava de namoro com Aubrey o obrigou a fazer um sinal desesperado para o barman. — Puxa, preciso de uma cerveja agora mesmo!

— Na verdade, eu e Will não temos muita chance de ficarmos juntos. — Sabendo que estava deixando Seth abalado, continuou, alegremente. — Ele é médico no Saint Chris General e os horários do hospital são muito apertados. Quando conseguimos nos encontrar, porém, vale a pena.

— Deixe disso! Ele é velho demais para você.

— Sempre curti homens mais velhos. — Deu-lhe um beliscão na bochecha, só para provocá-lo. — Ele é um gato! Além do mais, a diferença de idade entre nós dois é de cinco anos apenas. De qualquer modo, se você faz questão de continuar conversando a respeito da minha vida amorosa...

— Não, não faço. — Seth pegou a cerveja que o garçom servira e tomou um gole demorado. — Não faço a mínima questão.

— Ótimo, então, chega de falar de mim. Vamos falar de você. Com quantos idiomas diferentes você teve contato em seus ataques às mulheres europeias?

— Agora você está parecendo o Kevin. — Aquele era um assunto muito menos agradável de abordar tendo Aubrey como interlocutora. — Não fui à Europa disputar uma maratona sexual. Estava trabalhando.

— Algumas mulheres ficam caidinhas por um artista. Quem sabe a dona da loja de flores seja uma dessas e você acabe se dando bem?

— Estou vendo que você anda em companhia dos meus irmãos por mais tempo do que deveria. Eles encheram a sua cabeça. Conte-me o que sabe a respeito dela.

— Certo. — Ela pegou alguns *pretzels* na tigela de salgadinhos do bar e começou a mastigá-los. — Ela chegou aqui na cidade há cerca de um ano. Passou uma semana simplesmente circulando pelo local em busca de uma loja. —Acenou com a cabeça. — Quem me contou isso foi Doug Motts. Você lembra de Dougie, um carinha meio gorducho que estava dois anos atrás de você na escola?

— Lembro dele vagamente.

— Pois bem, ele não é mais gordo e agora trabalha na Imobiliária Shore. Pelo que comentou, a Srta. Whitcomb sabia exatamente o que procurava e pediu para ele entrar em contato com ela em Washington, caso pintasse algum imóvel do jeito que queria. Pois bem... — Fazendo uma pausa, chamou o atendente do bar e apontou para o copo vazio — como Doug estava começando a trabalhar como corretor na época, não queria perder um negócio como esse e andou xeretando por aí, tentando descobrir mais coisas sobre a possível cliente. Ela contou a ele que visitara Saint Chris algumas vezes quando era criança, e isso serviu a Doug como ponto de partida.

— Mamãe Crawford — compreendeu Seth, dando uma risada.

— É isso aí! O que Mamãe Crawford não sabe é porque não vale a pena saber. E a coroa tem a memória de uma manada de elefantes. Lembrava dos Whitcomb Banks. Também com um nome desses fica mais fácil, né? E Mamãe Crawford foi mais longe ainda, pois se lembrava da sra. Whitcomb, a mãe, do tempo em que *ela* era menina e vinha passar as férias aqui com a família, a qual, aliás, já era podre de rica. Você conhece a Whitcomb Technologies, aquela empresa que fabrica de tudo e cujo dono aparece entre os quinhentos mais ricos da revista *Fortune*? Conhece o famoso James P. Whitcomb, senador pelo estado de Maryland?

— Ah, sei... São *esses* Whitcomb, então.

— Exatamente esses. Pois bem, o senador, que deve ser o avô da florista, adorava esta parte do litoral de Maryland, especialmente a baía de Chesapeake. Sua filha, a atual Sra. Whitcomb Banks, se casou com um sujeito chamado Proctor Banks, e adivinhe só quem é esse Proctor? É um dos donos da Banks and Shelby, a famosa empresa da área de comunicações. A megaunião desses dois nomes forma, então, uma megafortuna.

— Sei... e a jovem Drusilla, muito rica e vendo que se aproxima a idade de casar, resolve alugar uma loja diante do cais de Saint Chris para vender flores — completou Seth, incrédulo.

— Nã-nã-não... compra um prédio inteiro em Saint Chris — corrigiu Aubrey. — Ela comprou o lugar no coração da área nobre de nosso pequeno reino. É que, alguns meses depois de Doug estar trabalhando na imobiliária, a loja foi oferecida para locação. Os donos moravam na Pensilvânia e alugavam a loja para um comerciante que veio de lá. Você lembra da loja esotérica, com pedras, cristais, velas para rituais e fitas de meditação?

— Lembro. O gerente tinha um dragão tatuado nas costas da mão direita.

— Pois é... a loja até que se manteve por mais tempo do que o pessoal daqui imaginava, mas na renovação do contrato de locação, no ano passado, o dono desistiu do negócio. Doug, farejando possibilidades, deu um telefonema para a Srta. Drusilla para avisá-la de que aparecera uma loja para alugar bem diante das docas, na Market Street, e ela o deixou com a boca cheia d'água ao perguntar se o proprietário não estaria interessado em vender a loja. Quando o dono topou e a negociação foi concluído, Doug passou vários dias cantarolando "Aleluia". Logo depois, ela o transformou no homem mais feliz de Saint Chris ao lhe pedir que procurasse uma residência para ela também. A herdeira veio até aqui e foi visitar as três casas que ele selecionou para ela, e pareceu gostar da mansão vitoriana caindo aos pedaços que fica na Oyster Inlet. Outro grande negócio para a imobiliária — acrescentou Aubrey. —A florista não é de deixar a bola quicando não.

— Você está falando daquela mansão azul decrépita? — perguntou Seth. — Aquela que mais parece uma casa feita de biscoito, toda esfarelada nos cantos? Ela comprou *aquilo*?

— Porteira fechada! — confirmou Aubrey, enquanto comia uns *pretzels*. — Na verdade, um sujeito comprou a propriedade há três anos, reformou tudo e passou adiante.

— Mas não há nada por lá, só um charco cheio de arbustos. — Mas Seth lembrou que a propriedade fora erguida acima de uma curva do rio da planície. Aquelas águas cor-de-tabaco ficavam com um tom âmbar quando o sol penetrava por entre os carvalhos e os eucaliptos.

— A sua garota gosta de privacidade — comentou Aubrey. — É fechada. Muito amável, simpática e prestativa com os clientes. Muito educada, até mesmo amigável, mas cautelosa. No fundo, é meio fria.

— Talvez por ser nova aqui... — Só Deus sabia o quanto ele compreendia aquela situação: estar em um lugar que parecia ter tudo o que a pessoa deseja, exceto pela certeza de conseguir se adaptar.

— Ela veio de outro lugar. — Aubrey ergueu um dos ombros, um gesto típico dos Quinn. — Vai se sentir nova aqui pelos próximos vinte anos.

— Talvez ela precise de um amigo.

— Ora, você anda em busca de novos amigos, Seth? Alguém para ajudá-lo a colocar iscas nas armadilhas para caranguejos?

Ele pediu outra cerveja e, em seguida, se inclinou para a frente, até encostar o nariz no de Aubrey, caçoando:

— Talvez... É isso que você e Will fazem nas horas vagas?

— Dispensamos as armadilhas e trabalhamos só com as iscas. Aliás, eu posso levá-lo para dar um passeio de barco, se você quiser. Eu vou ser a capitã, é claro. Já faz tanto tempo que você manejou uma vela que provavelmente faria o barco virar.

— Quer apostar? Podemos fazer isso amanhã.

— Combinado. Aliás, por falar em programas, sua nova amiga acaba de chegar.

— Quem? — Mas ele já sabia, antes mesmo de se virar no banco alto para avistá-la entre a clientela noturna do bar.

Ela parecia deslocada, de uma forma quase sublime, entre os pescadores de rosto castigado pelo vento e mãos calejadas, além dos universitários com sapatos da moda e calças largas.

Sua roupa continuava impecável, sem dobras, e seu rosto parecia uma forma ovalada esculpida em alabastro sob a luz tênue do lugar.

Ela sabia que as cabeças se voltavam à sua passagem, pensou Seth. As mulheres sempre sabem. Mesmo assim, movia-se com determinação e graça por entre mesas manchadas e cadeiras desconjuntadas.

— A moça é classuda — resumiu Aubrey.

— E como... — Seth tirou algum dinheiro do bolso para pagar as bebidas e o atirou no balcão. — Agora eu vou abandonar você, garota.

— Nossa, não brinca! —Aubrey arregalou os olhos, fingindo estar surpresa.

— A gente se vê amanhã — disse ele e se inclinou para dar um beijo rápido no rosto de Aubrey, antes de seguir pelo salão, a fim de interceptar Dru.

Ela parou ao lado de uma das mesas e começou a conversar com uma das garçonetes. Seth estava com a atenção tão focada em Dru que levou algum tempo antes de reconhecer a mulher que estava junto dela.

Terri Hardgrove. Loura, mal-humorada e com o corpo cheinho. Ela e Seth haviam saído juntos por alguns meses inesquecíveis no primeiro ano do ensino médio. O namoro não acabara nada bem e, ao lembrar disso, Seth quase desviou do caminho, só para evitar o confronto.

Por fim, resolveu pregar um sorriso descontraído no rosto e seguiu em frente, até chegar tão perto que ouviu um pouco da conversa.

— Resolvi desistir de alugar aquele espaço — disse Terri, balançando a bandeja que apoiara no quadril. — J.J. e eu resolvemos nossas brigas.

— J.J.? — perguntou Dru, com a cabeça meio de lado. — Esse não era o tal vagabundo sem-vergonha que você não queria nunca mais ver na sua frente nem pintado de ouro?

— Bem... — Terri trocou o peso do corpo de um pé para o outro e balançou as pestanas depressa. — É que ainda não havíamos resolvido nossas desavenças quando eu disse aquilo. Pensei: "Ele que se dane, vou arrumar um lugar para morar e tocar a vida." Como eu reparara no cartaz de *Aluga-se* em cima da loja bem na época em que estava pau da vida com ele, disse tudo aquilo. Mas já resolvemos as coisas entre nós.

— Que bom, então. Parabéns. Teria sido melhor ainda se você tivesse passado lá hoje à tarde, como havíamos combinado, e me explicado que mudara de ideia.

— Puxa, eu sinto muito, mas é que foi bem nessa hora que nós estávamos...

— Resolvendo o problema — completou Dru.

— Oi, Terri — cumprimentou Seth.

Ela soltou um guincho escandaloso. Seth se lembrou, na mesma hora, que ela sempre fora escandalosa. Aparentemente não mudara nada, pelo menos nesse aspecto.

Seth! Seth Quinn! — berrou ela. — Vejam só quem está aqui!

— Como vai?

— Vou muito bem. Ouvi falar que estava de volta, e olhe você, bem aqui na minha frente! Cheio de vida, mais lindo do que nunca e famoso ainda por cima. Nossa, já faz um tempão desde o tempo do colégio, hein?

— É, faz algum tempo — concordou Seth, olhando para Dru.

— Vocês já se conhecem? — perguntou Terri.

— Sim, já nos encontramos — confirmou Dru, preparando-se para seguir adiante. — Vou deixá-los recordando os velhos tempos. Espero que você e J.J. sejam muito felizes.

— Você e J.J. Wyatt? — espantou-se Seth.

— Sim — Terri estufou o peito, parecendo orgulhosa. — Estamos praticamente noivos.

— Depois colocamos o assunto em dia e você me conta tudo — disse Seth, saindo depressa atrás de Dru e deixando Terri amuada às suas costas, sozinha.

— J.J. Wyatt... — começou ele, caminhando junto de Dru — atacante dos Sharks, time formado por alunos do colégio local. Seguiu carreira no esporte, quebrando tantas cabeças quanto conseguiu, e queria fazer faculdade, mas nem mesmo a sua excepcional habilidade de ataque, semelhante à de um buldogue, conseguiu evitar que fosse reprovado.

— Obrigada pela fascinante aula sobre a história local.

— Você está chateada com alguma coisa. Por que não deixa que eu lhe pague um drinque, enquanto você me conta tudo a respeito?

— Não quero um drinque, obrigada, e pretendo sair daqui o mais depressa possível, antes que os meus tímpanos sofram algum dano permanente devido ao som incrivelmente barulhento e a falta de talento da banda que está executando ao vivo essa horrenda versão de "Jack and Diane".

Seth considerou um ponto a favor de Dru o simples fato de ela conseguir reconhecer a canção completamente mutilada que trovejava no ar e abriu a porta para ela.

— As flores foram um sucesso.

— Fico feliz em saber. — Ela pegou as chaves na bolsa bege.

Seth pensou em sugerir que eles fossem a algum outro lugar para tomar um drinque juntos, mas viu pelo vinco de irritação que se formou em seu cenho que ela não iria aceitar.

— Quer dizer, então, que você está com um espaço para alugar?

— Parece que sim — disse e foi andando, sem lhe dar muita atenção, na direção de um Mercedes modelo esportivo.

Seth colocou a mão na maçaneta do carro antes dela, e então se encostou no veículo, de forma descontraída, bloqueando a passagem.

— Onde fica esse lugar? — quis saber ele.

— Em cima da loja.

— E você realmente pretende alugá-lo?

— Está vazio. É um desperdício de espaço. Agora, se você me der licença... Não posso dirigir o carro sem antes entrar nele.

— Em cima da loja — repetiu ele, tentando se lembrar do prédio. De fato, era uma construção de dois andares. — Um total de três janelas na frente e mais três nos fundos — disse como que para si mesmo, mas falando em voz alta. — A iluminação deve ser boa. Qual o tamanho do lugar?

— Oitenta e cinco metros quadrados, incluindo uma quitinete.

— O tamanho me serve. Vamos dar uma olhada.

— Como disse?

— Mostre-me o lugar. Talvez eu esteja interessado.

— Você quer que eu vá lhe mostrar o apartamento que fica em cima da minha loja *agora*? — Balançou com impaciência o molho de chaves.

— Se você não quer desperdiçar espaço, por que desperdiçar tempo? — Ele abriu a porta do Mercedes. — Pode ir que eu sigo você no meu carro. Não vai levar muito tempo — e completou com o seu sorriso lento e meio preguiçoso: — Sou rápido para decidir as coisas.

Capítulo Quatro

Ela também era muito rápida para decidir as coisas, pensou Dru ao sair do estacionamento do bar do Shiney. E já conseguira sacar tudo sobre Seth.

Um homem confiante e muito talentoso. Cada um desses aspectos provavelmente alimentava o outro. O seu jeito meio rude que apresentava, ao mesmo tempo, um verniz de sofisticação era algo intrigante, e ele certamente já sabia desse fato.

E usava-o muito bem.

Era atraente. Seu corpo magro e esbelto parecia ter sido projetado para usar jeans desbotados. Todo aquele cabelo louro muito brilhante, com fios escorridos e sem penteado definido; as faces encovadas, os olhos em forte tom de azul, que eram vívidos não apenas na cor, analisou ela, mas também na intensidade; o jeito como ele olhava para ela, como se conseguisse enxergar algo que ninguém mais via. Algo que nem ela mesma conseguia ver.

Eram essas coisas que a deixavam lisonjeada, assustada e ligeiramente irritada ao mesmo tempo e que também a faziam especular a respeito dele. E quando uma mulher especula a respeito de um homem é porque anda pensando muito nele.

As mulheres para ele, concluiu ela, eram como tintas em uma paleta. Ele podia usar qualquer uma delas, conforme a sua vontade e à hora que bem quisesse. A maneira com que ele estava aninhado junto da loura, no balcão, uma cena que Dru reparara assim que colocou os pés no bar, era um caso bem típico.

Depois a forma como ele sorrira para a garçonete, a tola Terri. Um sorriso largo, caloroso e amigável, com uma pontada de intimidade. Era um sorriso muito poderoso, analisou Dru, só que com ela não ia funcionar. Homens que ficavam pulando de galho em galho só pelo fato de poderem fazer isso eram muito comuns para o gosto dela.

No entanto, ali estava ela, admitiu, indo para a loja, a fim de lhe mostrar o segundo andar do prédio, quando o que queria fazer de verdade era voltar para a sua casinha adorável e sossegada.

De qualquer modo, aquela era a coisa mais sensata a fazer, é claro. Não havia sentido em manter o apartamento vazio. O que a incomodava era o fato de se dar ao trabalho e gastar o seu tempo para mostrar-lhe o lugar naquele momento, simplesmente porque ele queria desse modo.

Foi fácil achar uma vaga para estacionar àquela hora. Eram quase nove horas em uma gostosa noite de primavera, mas a rua em frente ao cais estava quase deserta. Alguns barcos atracados balançavam suavemente, seguindo a maré de forma dolente, e havia apenas um punhado de pessoas, provavelmente turistas, que passeavam de um lado para outro em plena lua minguante.

Ah, ela adorava aquela região em frente às docas. Quase pulara de alegria quando conseguiu o espaço para montar a loja, sabendo que poderia sair a qualquer hora do dia para ver o mar, os pescadores de caranguejos, os turistas, sentindo aquele ar úmido em sua pele.

E o melhor de tudo: sentir-se parte de tudo aquilo pelos seus próprios méritos e pelas suas próprias condições.

Teria sido mais inteligente e muito mais sensato ter se mudado para o apartamento em cima da loja. Ela, porém, tomara a decisão consciente e deliberada de não morar no mesmo lugar em que trabalhava. O que fora, a própria Dru admitia, ao entrar pela passagem ao lado da loja e estacionar nos fundos do prédio, um pretexto cômodo para procurar uma casa longe do burburinho da cidade, um lugar também junto da água. Um local de sossego, só para ela.

A casa de Georgetown jamais lhe parecera um lugar só dela.

Apagou os faróis, desligou o motor e pegou a bolsa. Seth já estava lá, abrindo-lhe a porta, antes mesmo que ela tivesse a chance de fazê-lo.

— Está muito escuro aqui, tenha cuidado. — Ele a tomou pela mão e começou a encaminhá-la na direção da escada lateral que levava ao segundo andar.

— Estou enxergando bem, obrigada. — Ela se afastou um pouco dele e abriu a bolsa para pegar as chaves. — Como vê, há vagas para carros aqui nos fundos, bem como uma entrada privativa.

— Sim, também estou enxergando bem, obrigado. Agora escute... — No meio da escada, ele colocou a mão sobre o braço dela e a fez parar. — Simplesmente escute... — tornou a dizer e olhou por sobre as casas que se alinhavam na rua atrás deles. — É fantástico, não é?

Ela não conseguiu conter o sorriso. Compreendia-o perfeitamente. E era realmente fantástico todo aquele silêncio.

— Não será assim tão calmo daqui a algumas semanas. — Ele olhou com atenção para o escuro, para as casas na penumbra, para os gramados. Novamente pareceu a ela que ele via algo ali que os outros não viam. — Depois do feriado em homenagem aos veteranos de guerra, os turistas e os dias de verão vão começar a chegar. As noites vão ficar mais movimentadas, mais quentes, e as pessoas vão sair mais de casa. Isso também pode ser muito gostoso, todo esse barulho. Som de férias, daquele tipo que curtimos com um sorvete de casquinha na mão, sem preocupação com horários.

Ele se virou e fitou-a com os penetrantes olhos azuis. Dru poderia jurar que sentiu um sobressalto dentro dela, uma sensação basicamente física.

— Você gosta de sorvetes de casquinha? — perguntou a ela.

— Haveria algo de errado comigo se eu não gostasse — disse ela, e subiu depressa os degraus que faltavam.

— Bem, não há nada de errado com você — murmurou ele, enfiando os polegares nos bolsos da frente da calça enquanto ela destrancava a porta.

Ela ligou o interruptor junto à porta de entrada e as luzes se acenderam. Deixou a porta deliberadamente aberta depois que ele entrou.

Viu na mesma hora, porém, que não precisava ter se preocupado com isso. Ele não estava prestando a mínima atenção nela naquele momento.

Seth atravessou a sala e foi até a janela da frente antes de mais nada, e ficou ali, olhando lá para fora com um jeito largado e as mãos nos quadris, uma pose que denotava descontração, mas mostrava que ele permanecia alerta. E muito sexy, decidiu ela.

Vestia um jeans surrado, mas com mais estilo do que muitos homens que envergavam ternos de cinco mil dólares.

Havia respingos de tinta em seus sapatos.

Ela piscou e voltou ao momento presente quando ele começou a resmungar algo baixinho.

— Como disse? — perguntou ela.

— O quê? Ah, estou só calculando a luz, o sol, os ângulos. Coisas profissionais. —Atravessou a sala, foi até as janelas que davam para os fundos e ficou ali parado, do jeito que ficara na frente, ainda murmurando coisas para si mesmo.

Ele falava sozinho, reparou Dru. Se bem que aquilo não lhe pareceu tão estranho, na verdade. Ela também já mantivera altos papos consigo mesma.

— A cozinha... — começou Dru.

— Isso não importa. — Franzindo o cenho, ele olhou para o alto com tanta intensidade e concentração que ela se viu olhando para algum ponto incerto no teto, junto com ele.

Depois de alguns segundos ali em pé, em completo silêncio, olhando para cima, ela se sentiu ridícula.

— Há algum problema com o teto? Garantiram-me que o telhado estava em bom estado e sei que não há goteiras.

— Hum-hum... — concordou ele. — Você faz alguma objeção a claraboias, com as despesas de instalação correndo por minha conta?

— Eu... bem, não sei. Acho que...

— Com claraboias poderia dar certo.

Ele caminhou pela sala mais uma vez, instalando mentalmente as suas telas, molduras, cavaletes, uma bancada para esboços, prateleiras para equipamentos e materiais. Teria também que colocar um sofá ali, ou uma cama, pensou. Seria melhor uma cama, caso trabalhasse até mais tarde e precisasse de algum lugar onde se largar para descansar o resto da noite.

— É um espaço muito bom — disse por fim. — Com as claraboias vai me servir. Fico com ele.

Ela lembrou a si mesma que ainda não concordara com a instalação de claraboias. Por outro lado, não via motivos para fazer objeções.

— Puxa, a sua decisão foi rápida, bem que você disse... Não quer dar uma olhada na cozinha, nem no banheiro?

— Eles estão equipados com tudo o que cozinhas e banheiros devem ter?

— Sim. Só não tem banheira, apenas um boxe.

— Tudo bem. Não estou mesmo planejando tomar banhos de banheira, daqueles cheios de espuma. — Voltou para a janela da frente e elogiou: — Grande vista!

— Sim, é muito bonita mesmo. Sei que não é da minha conta, mas imagino que você tenha um monte de lugares onde possa morar aqui na cidade. Por que precisa de um apartamento?

— Não pretendo morar, quero apenas trabalhar aqui. Preciso de um estúdio. — Virou-se de frente para ela. — Estou instalado na casa de Cam e Anna, e isso me serve, por enquanto. Mais tarde, pretendo comprar uma casa só para mim, mas não até descobrir exatamente o que quero. Não estou aqui em Saint Chris apenas de visita. Voltei para ficar.

— Entendo. Bem, espaço para um estúdio, então. Isso explica a necessidade das claraboias.

— Pode acreditar, serei um inquilino melhor do que Terri — disse ele ao sentir a hesitação na voz dela. — Não vou oferecer festas barulhentas nem falar aos berros, coisas pelas quais ela é famosa por aqui. Além do mais, sou muito jeitoso.

— Ahn... jeitoso?

— Conserto coisas, conservo os equipamentos em bom estado, farei a manutenção básica do imóvel. E não vou reclamar com você.

— Ponto para você — murmurou ela.

— De quantos pontos mais eu preciso? Olhe, realmente necessito muito de um espaço. Quero voltar a trabalhar. O que me diz de um contrato inicial de seis meses?

— Seis meses? Eu pretendia fazer contratos de um ano.

— Seis meses servem para cairmos fora mais cedo e beneficiarão nós dois se a coisa não der certo por algum motivo.

— Tem razão — concordou ela, apertando os lábios enquanto considerava o assunto.

— Quanto está pedindo?

Ela lhe informou o preço que tinha em mente e avisou:

— Vou querer o primeiro e o último mês adiantados quando assinarmos o contrato, e mais um mês como depósito, reembolsável no final.

— Uau! Você é mesmo exigente!

— Terri me deixou irritada. — Sorriu. — Agora você está sofrendo por ela.

— Não é a primeira vez que ela me causa problemas. Trago o dinheiro amanhã. Tenho uma reunião de família no domingo e ainda preciso encomendar as claraboias, mas gostaria de começar a trazer minhas coisas de imediato.

— Por mim, tudo bem. — Ela gostou da ideia de tê-lo pintando quadros em cima da sua loja e de saber que um prédio que lhe pertencia iria ajudar um artista a exercitar os seus dons. — Meus parabéns — disse ela, dando--lhe a mão. — Você acaba de conseguir um estúdio.

— Obrigado. — Ele apertou a mão dela e a segurou por um instante. Sem aliança, notou mais uma vez. Dedos longos, como os de uma fada, e unhas por pintar. — Já pensou a respeito da proposta de posar para mim?

— Não.

— Vou convencê-la. — Sorriu ele diante da resposta tão precisa.

— Não sou fácil de influenciar. Vamos deixar isso bem claro logo de cara antes de nos engajarmos no que deve ser uma relação de negócios mutuamente satisfatória.

— Tudo bem, então vamos... Você tem um rosto muito expressivo, realmente lindo. Como artista, e também como homem, sinto-me atraído por qualidades como força e beleza. O artista anseia em traduzi-las em imagens. O homem gosta de apreciá-las. Desse modo, gostaria de pintá-la e também de passar algum tempo em sua companhia.

Apesar da brisa que dançava através da porta que ficara aberta, ela se sentiu inteiramente sozinha no mundo ali com ele. Só, mas como se estivesse encurralada pelo jeito como ele segurou a sua mão e a encarou fixamente.

— Estou certa de que você já teve a sua cota de mulheres para traduzir em imagens e apreciar. Como a louraça peituda vestida de preto em quem você estava pendurado no bar.

— Quem?

De repente uma explosão de humor invadiu o seu rosto. Aquilo, Dru pensou, foi como luz irrompendo das trevas.

— Louraça peituda vestida de preto... — repetiu ele, saboreando as palavras como se aquilo fosse um título. *Nossa, ela vai adorar ouvir isso.* Eu não estava "pendurado" nela. Aquela era Aubrey... Aubrey Quinn. A filha mais velha do meu irmão Ethan.

— Sei... — Ouvir aquilo a fez se sentir idiota. — Só que a cena não me pareceu nem um pouco do tipo "tio e sobrinha".

— É que eu não me sinto como tio dela. É mais uma coisa do tipo irmão mais velho. Ela estava com dois anos quando vim para Saint Chris. Nos apaixonamos um pelo outro; Aubrey foi a primeira pessoa a quem amei na vida. Ela tem força e beleza também, e eu certamente já traduzi e apreciei ambas. Mas não exatamente do jeito que gostaria de fazer com você.

— Então receio que vá ficar desapontado. Mesmo que eu estivesse interessada, não tenho tempo para posar nem inclinação para me sentir desfrutada em nenhum nível. Você é muito atraente, Seth, e se eu estivesse a fim de ser superficial...

— Isso! — interrompeu ele, com outro sorriso fulgurante. — Vamos ser superficiais!

— Desculpe. — Ele conseguiu arrancar mais um sorriso dela. — Eu desisto. Digamos, se eu *fosse* superficial, *talvez* curtisse a sua companhia. Como não sou, vamos ser práticos e objetivos.

— Podemos começar agora, então. Já que você me fez uma pergunta ainda há pouco, tenho o direito de lhe perguntar algo também.

— Está bem. O que é?

Ele notou, pela forma como seu semblante se tornou fechado e cauteloso, que ela se preparava para algo pessoal, e não estava a fim de respostas. Assim, mudou de estratégia.

— Você gosta de caranguejos preparados no vapor?

Ela ficou estática, olhando para ele por quase dez segundos, e ele teve a satisfação de ver o seu rosto relaxar.

— Sim, gosto muito de caranguejos no vapor.

— Ótimo! Poderemos comê-los no nosso primeiro encontro. Amanhã cedo passo aqui para assinar o contrato — acrescentou, já se encaminhando para a porta aberta.

— De manhã está bem para mim.

Ele olhou para Dru de cima, quando ela se inclinou para trancar a porta. Seu pescoço era comprido e elegante, e o contraste com o corte bem curto do cabelo escuro era marcante e dramático. Sem pensar, passou o dedo ao longo da curva que se formava junto ao ombro, só para sentir a textura.

Ela sentiu-se congelada e, por um instante, os dois tiveram um vislumbre de si mesmos. A mulher de tailleur colorido, ligeiramente curvada na direção de uma porta fechada, e o homem em roupas comuns com a ponta do dedo em sua nuca.

Ela endireitou o corpo num movimento brusco, e Seth baixou a mão, desculpando-se:

— Sinto muito, esse é um hábito irritante que tenho.

— Você tem muitos desses hábitos?

— Sim, receio que sim. Isso que acabei de fazer não foi nada pessoal. Seu pescoço forma uma curva muito bonita aqui atrás. — Ele enfiou as mãos nos bolsos, para que a coisa não se tornasse pessoal demais. Pelo menos ainda não.

— Estou acostumada a ouvir cantadas, algumas agradáveis, outras não — anunciou ela, passando na frente dele para descer as escadas.

— Ei. — Ele a seguiu, descendo a escada mais depressa. — Sei dar cantadas muito melhores do que essa.

— Aposto que sabe.

— Vou tentar uma delas com você. Enquanto isso não acontece... — Ele abriu a porta do carro para ela. — Existe algum espaço para que eu possa guardar algumas coisas por aqui, tipo galpão?

— Há um depósito. Ali... —Apontou para uma porta que ficava embaixo da escada. — Há um aquecedor de ar ali dentro, outro de água, esse tipo de coisa. E um bom espaço para guardar objetos.

— Se eu precisar, posso levar algumas das minhas coisas para lá enquanto organizo o espaço no andar de cima? Há coisas minhas que estão vindo de Roma. Provavelmente vão chegar na segunda-feira.

— Por mim, tudo bem. A chave está na loja. Lembre-me de entregá-la para você amanhã.

— Obrigado. — Ele fechou a porta depois que ela entrou no carro e em seguida deu uma batidinha na janela. — Sabe de uma coisa? — comentou quando ela baixou o vidro. — Gosto de passar algum tempo ao lado de mulheres inteligentes, com autoconfiança, que sabem e correu atrás do que querem, a fim de realizar seus planos. Como você, comprando este lugar. Esse tipo de determinação e dedicação é muito sexy.

— Isso foi uma cantada — continuou ele depois de alguns segundos.

Ela manteve os olhos fixos nele enquanto tornava a subir o vidro.

E fez questão de não sorrir até se afastar dali.

A melhor parte dos domingos, na opinião de Dru, era acordar sem pressa e depois se manter em um estado de semiconsciência enquanto os raios de sol passavam tremulando pelas árvores, esgueiravam-se pelas janelas e vinham dançar sobre suas pálpebras fechadas.

Era bom saber que, aos domingos, não era preciso fazer nada e, ao mesmo tempo, inúmeras coisas poderiam ser feitas.

Planejou preparar café e torradas para depois fazer o desjejum na pequena sala de jantar, enquanto folheava catálogos relacionados ao seu negócio.

Em seguida ia curtir o jardim que plantara com as próprias mãos enquanto ouvia música.

Não haveria almoços de caridade, atividades comunitárias, nem jantares obrigatórios em família ou partidas de tênis no clube para atravancar os seus domingos.

Não haveria brigas entre os pais para apaziguar nem sentimentos feridos e olhares magoados por ela ter tomado o partido de um ou de outro.

Haveria apenas um domingo e o jeito preguiçoso de aproveitá-lo.

Em todos aqueles meses em que morou ali ela jamais deixara de apreciar aquilo. E o prazer imenso que sentia ao ficar ali em pé, apreciando a paisagem de sua própria janela, jamais arrefecera.

Era exatamente isso que fazia naquele instante, abrindo a janela para receber aquele ar fresco da manhã. Dali podia admirar a sua curva privativa do rio. Não havia casas no caminho, e ela pensava em outras pessoas apenas quando lhe apetecia.

Via as folhas manchadas da hepática que plantara sob as sombras dos carvalhos e os seus brotos em tom cereja. Via os lírios-do-vale e as suas florações com o formato de pequenos sinos dançando na brisa. Mais além, observava a grama do pântano e os juncos na pequena clareira que ela fizera para as íris amarelas, que gostavam de estar com as raízes sempre encharcadas.

Conseguia ouvir os pássaros, a brisa e o som ocasional de um peixe que pulava ou um sapo que coaxava.

Esquecendo o café-da-manhã, ela vagou pela casa até a porta de entrada só para poder ficar na varanda da frente, simplesmente olhando a vista. Usava o short largo e a camiseta regata com a qual dormira e não haveria ninguém para comentar a respeito da roupa simples e inadequada que a neta do senador estava usando. Nenhum repórter nem *paparazzo* iria aparecer ali em busca de um furo ou de uma foto para a coluna social.

Havia apenas a sensação de paz, adorável paz.

Seth Quinn estava certo a respeito de uma coisa, pensou. Ela era uma mulher que sabia o que queria e corria atrás de seus objetivos. Talvez levasse algum tempo para descobrir que coisas eram essas, mas, quando as identificava, fazia o que era preciso para alcançá-las.

Sentira vontade de dirigir um negócio onde pudesse se sentir criativa e feliz. E desde o início se imbuíra da determinação de ser bem-sucedida por seu próprio esforço. A princípio, pensara em abrir uma pequena estufa para plantas climatizadas ou montar um serviço de jardinagem. Não tinha muita confiança, porém, nas suas habilidades nessas áreas. Suas aventuras no mundo da jardinagem se limitavam ao pequeno jardim da casa em Georgetown e às plantas de vaso. Embora sentisse muito orgulho dos resultados de seus esforços, aquilo não a qualificava como especialista nesses assuntos.

No entanto, conhecia a fundo o mundo das flores.

Queria uma cidadezinha onde o ritmo de vida fosse lento, e as exigências, poucas. E queria ficar junto da água. Sempre sentira atração pela água.

Adorava o visual de Saint Christopher, a alegre organização de tudo, os tons e as emoções sempre mutantes da baía. Gostava de ouvir o tilintar das boias de sinalização nos canais e curtia o apito rouco das buzinas quando a névoa cobria tudo.

Já se acostumara com a descontração dos habitantes locais e se sentia quase à vontade com o seu jeito amigável. E o bom coração de pessoas como Ethan Quinn, que passara por lá no inverno anterior durante uma tempestade violenta, para ver se estava tudo bem com ela.

Não, ela jamais voltaria a viver em uma cidade grande.

Seus pais continuariam com a árdua tarefa de se ajustarem aos poucos à distância que ela impusera entre ela e eles. Geográfica e emocionalmente. No fundo, tinha certeza de que aquilo seria o melhor para todos os envolvidos.

Naquele momento, por mais egoísta que pudesse parecer, Dru estava mais preocupada com o que era melhor para ela.

Serviu se de café e, depois de experimentá lo, levou o com ela para o lado de fora, junto com um regador, pensando em cuidar dos vasos.

Qualquer dia desses, pensou, ia acrescentar uma estufa e tentar plantar as próprias flores para depois vendê-las. Antes disso, porém, tinha que se convencer de que poderia construir uma estrutura como aquela no jardim sem estragar as lindas linhas arquitetônicas de sua casa.

Ela adorava as torres e os enfeites excessivos da residência. Muita gente provavelmente considerava aquilo uma extravagância tola, ainda mais em tons de azul-escuro entre o verde da mata, o charco e o rio. Para ela, porém, era uma questão de personalidade.

O lar pode ser exatamente o que precisamos e o que queremos se a nossa vontade for suficientemente forte.

Dru pousou a caneca de café sobre uma mesa e regou generosamente uma jardineira que transbordava com verbenas e baunilhas-dos-jardins.

Ao ouvir um ruído, olhou para trás e viu uma garça majestosa elevando--se como uma rainha acima do mato baixo, alçando voo por sobre as águas em tons de castanho.

— Estou feliz — disse em voz alta. — Mais feliz do que jamais estive em toda a minha vida.

Naquele momento, decidiu abrir mão da rosca que acompanharia o café, dos catálogos que pretendia analisar e colocou roupas de jardinagem. Por uma hora trabalhou na parte da casa onde o sol batia de frente, determinada a estabelecer uma combinação harmônica entre os arbustos e os canteiros. Os rododendros que plantara na semana anterior cresceriam e suas flores vermelho-sangue iam servir de contraste para o azul da casa quando brotassem. No inverno passado gastara muitas noites, durante mais de um mês, planejando quais flores plantaria no jardim. Queria mantê-lo simples e ao mesmo tempo selvagem, como a frente de um chalé louco onde as marias-sem-vergonha, os delfínios e os goiveiros-amarelos com aspecto suave se misturassem alegremente.

Havia todo tipo de arte, pensou ela, orgulhosa, enquanto plantava mudas perfumadas. Imaginou que Seth aprovaria as suas escolhas de cor e textura.

Não que isso fizesse diferença, é claro. O jardim era para agradar a ela. De qualquer modo, era bom saber que um artista poderia apreciar seus esforços criativos.

Ele não falara muito no dia anterior, lembrou ela. Chegara ao apartamento logo depois dela, à hora marcada, pagou-lhe a quantia combinada, assinou o contrato, pegou as chaves e foi embora.

Sem flertes nem sorrisos persuasivos.

O que era bom, lembrou a si mesma. Ela não precisava de nada disso no momento.

Mesmo assim seria interessante, de certa forma, imaginar-se mantendo as opções em aberto.

Provavelmente ele teve algum encontro, na manhã de sábado, com uma das mulheres que deixara sofrendo com a sua ausência. Parecia ser o tipo de homem de quem as mulheres sentiam saudade. Aquele cabelo comprido, o corpo esbelto...

E as mãos. Como seria possível não reparar nas suas mãos? Palmas largas, dedos longos. Com o tipo de elegância rústica que fazia uma mulher — ou pelo menos algumas mulheres, corrigiu para si mesma — fantasiar ser acariciada por elas.

Dru se apoiou nos tornozelos, de cócoras, e soltou um longo suspiro, pois sabia que já imaginara aquela cena de forma mais detalhada. Ora, isso só aconteceu porque ele era o primeiro homem pelo qual se sentira atraída em... nossa, ela nem lembrava há quanto tempo.

Não saía com um homem há quase um ano.

Por sua própria escolha, lembrou. E não pretendia mudar de ideia e se ver na companhia de Seth Quinn e caranguejos cozidos no vapor.

Continuaria seguindo o caminho que escolhera, montando a sua casa e cuidando do seu negócio enquanto ele cuidaria da vida dele, pintando no andar de cima, dia após dia.

Ela ia se acostumar com a presença de Seth, até que acabaria por se esquecer dele por completo. Depois que o contrato acabasse, pensaria no que fazer com o espaço.

— Droga! A chave do depósito sob a escada!

Ela se esquecera de lhe entregar a chave. Bem, na verdade *ele* é que se esquecera de pedir a ela.

O problema não é meu, pensou, arrancando uma erva daninha. Ele é que se mostrara interessado em usar o depósito e se, não estivesse com tanta pressa de ir embora o mais depressa possível, ela teria se lembrado da chave.

Plantou gerânios e acrescentou algumas esporinhas. Em seguida, praguejando, se pôs-se em pé.

Sabia que ficaria pensando naquilo e se remoendo o dia inteiro, admitiu ao se encaminhar na direção da casa. Ficaria preocupada, perguntando-se o que será que estava para chegar de Roma no dia seguinte. Era bem mais fácil pegar a cópia que mantinha em casa, entrar no carro e dar uma passadinha na casa de Anna Quinn para deixar a chave com alguém.

Não iria levar mais de vinte minutos e, na volta, poderia passar algum tempo na pequena estufa para mudas.

Deixou as luvas de jardinagem e as ferramentas em uma cesta que ficava na varanda.

Seth agarrou a corda que Ethan lhe atirou e prendeu o barco ao cais. As crianças saltaram primeiro. Emily, com seu corpo esguio de bailarina e cabelos louros, seguida por Deke, desengonçado, do alto dos seus quatorze anos, como um cachorrinho.

Seth fingiu que dava uma gravata no menino e olhou para Emily, reclamando:

— Vocês não tinham nada que continuar crescendo enquanto eu estive fora.

— Não conseguimos evitar. — Ela roçou o rosto junto do dele e disse: — Bem-vindo.

— A que horas vamos comer? — quis saber Deke.

— Esse menino deve estar com algum parasita — alertou Aubrey, saltando com agilidade sobre o deque. — Acabou de comer meia baguete não faz nem cinco minutos!

— Estou em fase de crescimento — explicou ele, dando uma risada. — Vou lançar um charme em cima da Anna para convencê-la a me arrumar algo para mastigar.

— O pior é que ele realmente pensa que é charmoso — disse Emily, balançando a cabeça. — Como é que pode?

Nigel, o labrador de Ethan, lançou-se na água com alegria e foi aos pulos até a margem, correndo atrás de Deke.

— Dê uma mãozinha para me ajudar a carregar isso aqui, Emily, já que aquele seu irmão mané foi embora. —Aubrey segurou uma ponta da geladeira de isopor que Ethan colocara sobre o cais.

— A mamãe está vindo atrás de mim e é bem capaz de começar a chorar — avisou ela a Seth, entre os dentes. — Está louca para ver você.

Seth colocou um pé no barco, esticou a mão e agarrou a de Grace. Aubrey fora a primeira pessoa que ele amara na vida, mas Grace fora a primeira mulher que ele amara *e também* em quem confiara.

Seus braços o envolveram assim que ela pisou no cais, e seu rosto acariciou o dele com a mesma doçura e feminilidade de Emily.

— Agora sim! — disse ela, baixinho, com um suspiro e um sorriso. — Agora sim, as coisas estão certas. Tudo está em seu devido lugar.

Afastando ligeiramente o corpo, sorriu para ele, agradecendo:

— Obrigada pelas tulipas. São lindas. Sinto muito por não estar em casa para recebê-las.

— Eu também. Havia planejado trocar as tulipas por um pouco das suas batatas fritas caseiras. Não há nada igual a elas no mundo inteiro.

— Venha jantar conosco amanhã e eu preparo algumas para você.

— Com empadão de carne?

Ela tornou a rir, esticou uma das mãos, a fim de se apoiar em Ethan, e disse:

— Puxa, você não mudou nada, hein? Tudo bem, com empadão de carne. Deke vai adorar.

— E bolo de chocolate para a sobremesa?

— Esse cara está cobrando muito por um ramo de flores — comentou Ethan.

— Pelo menos eu não as arranquei escondido do jardim da Anna para depois jogar a culpa em cervos e coelhos inocentes.

Ethan franziu o cenho e lançou um olhar preocupado em direção a casa para se certificar de que Anna não ouvira aquilo.

— É melhor não tocarmos nesse assunto de novo — pediu ele. — Já faz quase vinte anos, mas ela ainda arrancaria o meu couro por causa disso.

— Soube que você comprou as tulipas com uma florista muito bonita da Market Street. — Grace enlaçou Seth pela cintura, enquanto caminhavam em direção a casa. — Ouvi dizer também que você alugou o apartamento em cima da loja dela para transformá-lo em um estúdio.

— As notícias voam.

— E bem rápido — concordou Grace. — Por que não me conta tudo com detalhes?

— Ainda não há nada para contar. Mas estou trabalhando a respeito.

Ela estava atrasada e só podia culpar a si mesma. Não havia motivo algum para se sentir compelida a tomar uma ducha e trocar suas roupas amarrotadas de jardinagem. Muito menos, pensou, irritada consigo mesma, para gastar tanto tempo do seu precioso domingo se maquiando.

Agora já passava de meio-dia.

Não importava, disse a si mesma. O dia estava lindo para um passeio de carro. Ela gastaria dois minutos com Seth Quinn e a chave, e em seguida iria curtir as suas mudas.

Claro que teria de colocar *novamente* as roupas de jardinagem, mas não havia outro jeito. Ia plantar algumas delas, depois preparar uma limonada gelada e se sentar diante dos canteiros, sentindo o gostinho de um trabalho bem-feito.

Sinta o ar! O frescor da primavera e a umidade da água. Os campos dos dois lados da estrada estavam arados, plantados e com fileiras verdes. Dava para sentir o aroma penetrante do fertilizante e as ricas tonalidades da terra, que mostravam que a primavera chegara ao campo.

Ela fez a curva e reparou no sol que se refletia nos terrenos mais baixos e pantanosos, antes de as árvores tomarem conta do caminho com suas sombras profundas.

A velha casa branca se integrava de forma perfeita à paisagem. Era cercada de bosques, com água circundando-a nos fundos e um jardim bem cuidado e cheio de flores na frente. Dru já a admirara antes pelo jeito com que se destacava ali, tão aconchegante e confortável, com suas cadeiras de balanço nas varandas e venezianas em um tom desbotado de azul.

Apesar de achar que as excentricidades e a privacidade de sua própria casa lhe serviam perfeitamente, conseguia apreciar a residência dos Quinn. O lugar lhe transmitia uma sensação de ordem natural, sem imposições. O tipo de casa, refletiu, onde era permitido colocar os pés de forma descontraída sobre as mesinhas de centro.

Ninguém sequer sonharia em encostar o calcanhar em uma das peças Luís XIV de sua mãe. Nem mesmo o seu pai.

Estranhou o número de carros junto à calçada. Havia um Corvette branco — uma relíquia, certamente —, um utilitário que parecia muito resistente, um carro esporte conversível, um modelo medonho com traseira tipo *hatch*, muito amassado e com uns vinte anos de uso, uma caminhonete de traseira aberta, com ar "masculino", e um Jaguar possante e luzidio.

Ela hesitou, mas logo se viu imaginando quem seria o dono de cada veículo. O utilitário era um carro para a família. O Corvette certamente pertencia a Cameron Quinn, antigo participante de corridas automobilísticas e náuticas, e a caminhonete também devia ser dele. Anna devia ser a dona do conversível, e o carro velho provavelmente pertencia ao filho mais velho, que já aparentava ter idade para dirigir e herdara o veículo de alguém.

O Jaguar era de Seth. Ela admirara o carro na noite anterior. E, mesmo que não o tivesse feito, saberia a respeito da mais recente aquisição do jovem pintor pelas fofocas que ouviu dos clientes da loja.

Estacionou atrás dele.

Dois minutos apenas, lembrou a si mesma, agarrando a bolsa e desligando o motor.

Na mesma hora ouviu o som alto de música. Deviam ser os adolescentes, percebeu, enquanto se dirigia para o portão, caminhando, sem perceber, no compasso do novo sucesso da banda Matchbox 20.

Admirou os canteiros e os vasos de flores na varanda. Anna, ela já sabia, tinha mãos mágicas para combinar as flores. Bateu na porta e tornou a bater, com mais força ainda.

Ninguém ia conseguir ouvi-la com a música alta daquele jeito, nem que usasse um aríete.

Resignada, desceu da varanda e contornou a casa. Ouvia outras coisas além da música agora. Eram gritos, guinchos e algo que poderia ser descrito como gargalhadas descontroladas.

As crianças devem estar dando alguma festa, ela pensou. Ela simplesmente apareceria nos fundos, entregaria a chave a um dos filhos de Anna e depois iria cuidar da própria vida.

O cão surgiu primeiro, como uma bala, o pelo preto e a língua pendurada. Seu latido parecia uma metralhadora. Apesar de Dru gostar de cães, parou na mesma hora.

— Olá, cãozinho... Cachorrinho bonito!

O animal tomou essas palavras como um convite para dar duas voltas agitadas em torno dela e depois xeretar entre as suas pernas.

— Pare com isso! — Ela colocou a mão com firmeza sob o focinho do cão, levantando-o. — Assim já é intimidade demais! — Em seguida fez-lhe um carinho, empurrou-o com cuidado e conseguiu dar mais um passo, antes de um menino surgir aos gritos da lateral da casa. Embora empunhasse um rifle de lançar água, mantinha a arma de encontro ao corpo.

Conseguiu se desviar dela e avisou, ofegante:

— É melhor fugir!

Um segundo depois, ela pressentiu um movimento com o canto dos olhos e foi atingida bem no coração por um jato de água gelada.

O choque e o susto foram tão grandes que sua boca se abriu, mas ela não conseguiu emitir nem um som sequer. Um pouco atrás dela, o menino murmurou.

—Ô-ô... — e fugiu correndo do campo de batalha.

Seth, ainda com o rifle de lançar água nas mãos e os cabelos com água escorrendo, depois de ter sido atacado pouco antes, deu uma boa olhada em Dru e exclamou:

— Caraca!

Pega totalmente de surpresa, Dru olhou para as próprias roupas, sem saber o que dizer. Sua blusa vermelha recém-passada e as calças azul-marinho estavam ensopadas. O esguicho conseguira atingi-la até mesmo no rosto, transformando em tempo perdido os preciosos minutos que gastara caprichando na maquiagem.

Levantou os olhos e a sua expressão passou do espanto à indignação ao notar que Seth estava prendendo o riso.

— Você é *doido*?

— Sinto muito. De verdade. — Ele engoliu em seco, sabendo que, se soltasse a gargalhada que estava prendendo, ela o esmagaria como um inseto. — Desculpe — conseguiu articular ao caminhar na direção dela. — Eu estava atrás do Jake. O safadinho me pegou de jeito e você foi atingida pelo fogo cruzado. — Tentou lançar um sorriso charmoso, enquanto pegava um lenço no bolso de trás do jeans. — Isso prova que todos são vítimas em potencial numa guerra.

— Prova também — reagiu ela, falando entre os dentes — que certos homens se comportam como idiotas quando estão com um brinquedo de criança nas mãos.

— Brinquedo de criança? Ora, mas esta aqui é uma Super Soaker 5000! — Levantou o rifle de água, mas percebeu o brilho de hostilidade nos olhos dela e tornou a abaixá-lo. — De qualquer modo, sinto muito. Que tal uma cerveja?

— Pode pegar a sua cerveja e a sua Super Soaker 5000 e...

— Seth! — Anna surgiu da lateral da casa e lançou um grito de espanto. — Seu retardado!

— Jake... — resmungou baixinho e jurou vingança. —Anna, nós só estávamos...

— Calado! — ordenou ela, com o indicador levantado, enquanto envolvia o ombro de Dru em um abraço fraternal. — Desculpe pelo que essas crianças idiotas lhe fizeram. Vamos lá para dentro, vou lhe arranjar algumas roupas secas.

— Não precisa, eu vim apenas...

— Eu insisto! — interrompeu Anna, levando-a em direção à frente da casa. — Que grande acolhida! Eu poderia dizer que normalmente as coisas não são tão loucas por aqui, mas estaria mentindo.

Segurando Dru firmemente pela mão, pois sabia quando alguém estava prestes a escapar, Anna guiou-a por dentro da casa e subiu as escadas em direção ao segundo andar.

— Hoje a coisa está ainda mais louca, porque a gangue toda está reunida. É uma reunião de boas-vindas para o Seth. O pessoal vai preparar alguns caranguejos e você está convidada.

— Não quero incomodar. — Sua raiva estava rapidamente virando embaraço. — Só parei aqui para entregar a chave do depósito da loja ao Seth. Acho que eu devia...

— Vista roupas secas, coma alguma coisa e beba um pouco de vinho — propôs Anna com tom caloroso. — Um dos jeans de Kevin deve servir em você — sugeriu enquanto pegava uma blusa azul de algodão em seu closet. — Vou ver se consigo encontrar o jeans naquele buraco negro que é o quarto dele.

— Foi só um pouco de água... Você deveria estar lá em baixo com a sua família, e eu deveria ir embora.

— Querida, você está encharcada e tremendo de frio. Agora tire essas roupas molhadas. Vamos colocá-las na secadora enquanto comemos. Vai levar apenas alguns minutos.

Dizendo isso, Anna saiu a passos largos e deixou Dru sozinha no quarto.

Ela nunca parecera assim tão... colossal, decidiu Dru, em suas visitas à loja. Perguntou a si mesma se alguém já vencera uma discussão com ela.

A verdade, no entanto, é que ela realmente estava tremendo de frio. Desistindo de tentar escapar, despiu a blusa molhada, soltou um leve suspiro e tirou também o sutiã, igualmente ensopado. Estava abotoando a blusa quando Anna entrou de volta.

— Consegui! — Entregou uma calça Levis a Dru. —A blusa serviu?

— Sim, ficou ótima. Obrigada.

— Traga as suas roupas molhadas para a cozinha quando acabar de se aprontar. — Virou-se para sair, mas voltou. —Ah, e... Dru? Seja bem-vinda a este hospício.

Chamar aquela casa de hospício não ficava muito longe da verdade, pensou Dru. Dava para ouvir os gritos e risos lá de baixo e a música barulhenta que vinha pela janela aberta. Parecia que metade da cidade estava confraternizando no quintal dos Quinn.

Quando espiou pela janela, porém, percebeu que todo aquele barulho era produzido unicamente pelos Quinn. Havia adolescentes dos dois sexos, em várias fases de crescimento, todos correndo de um lado para outro, e dois... não, três cães. Nossa, os cães eram quatro, notou ao ver um enorme labrador vindo da água e correndo pelo jardim, a fim de sacudir os pelos e molhar o máximo de pessoas que conseguisse.

O menino que Seth perseguia estava fazendo exatamente a mesma coisa. Obviamente, Seth já conseguira atingi-lo.

Alguns barcos estavam amarrados ao cais, o que explicava o fato de o número de carros lá fora não bater com o número de participantes do evento.

Os Quinn velejavam.

Também gritavam, estavam encharcados e eram bagunceiros. A cena que via da janela não era em nada parecida com as festas ao ar livre ou as reuniões familiares de seus pais. A música seria clássica e quase inaudível. As conversas seriam calmas e sussurradas. E as mesas estariam meticulosamente enfeitadas com algum tipo de tema.

Sua mãe era brilhante para pensar em temas e transmitia suas ideias com precisão ao organizador de eventos, que era sempre o melhor.

Sentiu-se insegura, sem saber como interagir, mesmo que por pouco tempo, com tantas pessoas novas em um ambiente caótico. Mas não conseguiria escapar daquilo, pois seria indelicado.

Vestiu a calça Levis. O menino — Kevin era o seu nome — devia ser muito alto. Ela teve de dobrar a bainha duas vezes para a calça ficar na altura certa.

Olhou para o lindo espelho com moldura em madeira trabalhada sobre a cômoda e, suspirando de leve, pegou um lenço de papel para tirar as manchas de rímel que ficaram sob os olhos, graças ao banho inesperado.

Pegou o resto das roupas molhadas e desceu.

Havia um piano na sala de estar. Parecia antigo e muito usado. Os lírios vermelhos que Seth comprara na loja estavam em um lindo vaso de cristal, sobre o piano, e espalhavam sua suave fragrância no ar.

O sofá parecia novo, e o tapete, velho. Aquela, Dru percebeu, era uma adorável sala de estar, muito acolhedora, com cores vivas, almofadões generosos, alguns pelos de cão aqui e ali, mas um inconfundível toque feminino nas flores e velas. Muitos porta-retratos e quadros com fotos estavam espalhados em molduras diversas. Não houve nenhuma tentativa de coordenar os enfeites e isso compunha o charme do cômodo, decidiu.

Havia pinturas também — paisagens, cenas urbanas, naturezas-mortas —, e essas obras provavelmente eram de Seth. Foi um encantador esboço a lápis, porém, que chamou a sua atenção.

Ali estava representada a casa, de estrutura irregular e estilo não definido, cercada pelos bosques e emoldurada pela água. A imagem dizia, com absoluta simplicidade: isto é um lar. E comoveu Dru de tal forma que ela se sentiu preenchida por uma inexplicável nostalgia.

Chegando mais perto, analisou a cuidadosa assinatura no canto inferior. Uma letra tão desenhada que reconheceu como a de uma criança, antes mesmo de ver a data sob ela.

Seth fizera aquele esboço quando ainda era muito jovem, compreendeu. Apenas um menino fazendo o desenho de sua casa. E reconheceu o seu valor, notando que o artista já tinha talento e uma enorme sensibilidade para conseguir transmitir a emoção, o calor e a estabilidade do local com o seu lápis.

Sem conseguir evitar a emoção, sentiu o coração derreter. Ele podia parecer um idiota empunhando um imenso rifle de água, mas era um homem bom. Se a obra realmente reflete o artista, ele era um homem muito especial.

Seguiu o som das vozes e foi se encaminhando para a cozinha. Aquele, reconheceu de imediato, era outro foco da vida familiar, dirigido por mãos femininas que levavam a arte de cozinhar muito a sério. As compridas bancadas de mármore branco eram tão imaculadas que criavam um contraste marcante com os acabamentos em vermelho vivo. Estavam cheias de bandejas e tigelas de comida.

Seth estava ali, o braço envolvendo ombros de Anna. Suas cabeças estavam juntas e, embora ela estivesse em pleno ato de destampar uma das tigelas, havia uma sensação de unidade na postura de ambos.

Amor. Dru conseguiu sentir a emoção que fluía pelo ambiente, em ondas simples, fortes e constantes. O barulho continuava lá fora, as pessoas entravam e saíam pela porta dos fundos, mas aqueles dois, no centro da cozinha, formavam uma pequena ilha de afeto.

Dru sempre se sentira atraída por esse tipo de conexão e se viu sorrindo diante deles, até que outra mulher, que deveria ser Grace, saiu detrás da porta aberta da geladeira com outra imensa bandeja na mão.

— Olá, Dru. Deixe que eu pego suas roupas — disse Grace, pousando a bandeja.

Anna e Seth se viraram e a alegria espontânea de Dru foi substituída por um simples sorriso educado.

Seu coração podia ter amolecido diante da obra do artista, mas ela não estava disposta a deixar o idiota escapar tão facilmente.

— Obrigada, mas elas estão apenas úmidas. A blusa é que ficou pior.

— Fui eu que fiquei pior — Seth bateu com a cabeça de leve contra a de Anna, antes de dar um passo à frente. — Desculpe. De verdade. Não sei como pude confundi-la com um menino de treze anos.

O olhar que ela lhe lançou conseguiria fazer um lago congelar.

— Por que simplesmente não reconhecemos que eu estava no lugar errado, na hora errada, e deixamos tudo como está? — propôs ela.

— Não, esse é o lugar certo. — Ele pegou a mão dela e a levou aos lábios, em um movimento que Dru imaginou ser a versão dele de um gesto charmoso. E, puxa, era mesmo. — Quanto à hora, ela é sempre a certa também.

— Eca! — exclamou Jake diante da cena ao entrar pela porta dos fundos. — Os caranguejos já estão quase prontos — avisou a Seth. — Papai mandou você mexer esse traseiro e ir lá para fora.

— Jake!

Ele lançou para a mãe um olhar de pura inocência e disse:

— Sou apenas o mensageiro. Tô morrendo de fome!

— Coma isso aqui! — Anna enfiou um canapé de ovo cozido na boca do menino e ordenou: — Agora leve essa bandeja lá para fora. Antes, porém, venha até aqui, sem deixar a porta bater, e peça desculpas a Dru.

— Jake resmungou algumas palavras enquanto pegava a bandeja de canapés e em seguida carregou-a porta afora.

— Na verdade, a culpa não foi dele — Dru o defendeu.

— Se isso não foi culpa dele, mas alguma outra coisa foi. Ele sempre tem culpa de alguma coisa. Quer um pouco de vinho?

— Sim, obrigada. — Obviamente ela não conseguiria escapar. E a verdade é que estava curiosa a respeito da família representada por aquele lar retratado no esboço a lápis de um jovem artista. — Ahn... Tem algo que eu possa fazer para ajudar?

— Pegue qualquer uma dessas coisas que estão sobre a bancada e leve lá para fora. Vamos alimentar a multidão em poucos minutos.

Anna franziu o cenho ao ver Seth pegar uma bandeja e segurar a porta para Dru, que passou com uma tigela de salada de repolho. Então mexeu as sobrancelhas para cima e para baixo, olhando para Grace e comentou, baixinho:

— Eles ficam uma gracinha juntos.

— Concordo — disse Grace. — Gostei dela. Esticou o pescoço para olhar pela porta, ao lado de Anna. — Ela é meio fria, a princípio, mas depois se solta ou relaxa, sei lá. Ela é linda, não acha? E tão... educada.

— Dinheiro normalmente faz isso com as pessoas. Ainda está meio rígida, mas, se esse grupo não fizer com que ela se solte de vez, ninguém no mundo vai conseguir. Seth está muito interessado nela.

— Eu reparei... — Grace se virou para Anna. — Acho que precisamos descobrir mais coisas a respeito da moça.

— Isso é exatamente o que eu estava pensando — disse e voltou para pegar o vinho.

Os irmãos Quinn eram exemplos impressionantes da espécie humana, cada um a seu modo. Em grupo, decidiu Dru, eram atordoantes. Apesar de não serem irmãos de sangue, eram incrivelmente fraternais — altos, esbeltos, bonitos e sobretudo viris.

O quarteto reunido em volta do caldeirão fumegante exalava masculinidade de forma instintiva, como acontece com homens que usam loção após barba. Ela tinha certeza de que sabiam disso.

Eles eram o que eram e pareciam muito satisfeitos com isso

Como mulher, ela achava aquele tipo de consciência muito atraente. Respeitava autoconfiança e um ego bom e saudável. Foi se aproximando devagar do lugar cercado de tijolos onde o fogo ardia sob o caldeirão com caranguejos e entregou, a pedido de Anna, quatro cervejas geladas, pegando um restinho da conversa.

— O babaca acha que é a porra do Horatio Hornblower* — afirmava Cam.

— Está mais para a porra do Capitão Kid, o pirata — resmungou Ethan.

— Ele pode ser quem quiser, contanto que as suas verdinhas sejam verdadeiras — arrematou Phillip. —Já fabricamos barcos para outros babacas antes desse, e garanto que vamos voltar a fazer isso, no futuro.

— Um cabeça de merda é igual a qualquer outro, e nós... — Seth parou de falar ao avistar Dru.

— Cavalheiros — ela se anunciou, sem pestanejar. — Uma cerveja gelada para compensar o trabalho duro.

— Obrigado — Phillip pegou as quatro cervejas da bandeja. — Ouvi dizer que você também já se refrescou hoje.

— Sim, e de forma inesperada. — Aliviada do peso das cervejas, ela provou sua taça de vinho, saboreando-a. — Só que prefiro esse método à Super Soaker 5000. — Ignorando Seth, ela se dirigiu a Ethan: — Foi você quem pegou todos esses caranguejos?

— Fomos nós, Deke e eu. — Sorriu ao ouvir Seth pigarrear. — Levamos Seth conosco, mas ele só serviu de lastro — explicou a Dru —, porque estava cheio de bolhas nas mãos finas de rapazinho da cidade grande.

— Uns dois dias ralando conosco no estaleiro talvez o deixem mais forte — especulou Cam —, embora sempre tenha sido o mais fracote de nós quatro.

— Você está me insultando só para ver se eu assumo metade do trabalho pesado de vocês, mas não caio nessa. — Seth tomou um gole da cerveja. — Vá sonhando...

— Fracote — disse Phillip —, mas esperto. Sempre foi espertalhão.

— Será que eu poderia dar uma passadinha lá, uma hora dessas, para ver o trabalho de vocês? — perguntou Dru.

— Você curte barcos? — Cam virou a cabeça meio de lado, olhando para ela.

— Sim, curto muito.

— Por que não saímos para velejar um pouco? — convidou Seth.

Ela lançou-lhe um olhar no limite do desdém e sugeriu:

— Vá sonhando... — e saiu de perto deles.

---

* Personagem principal do filme *O Falcão dos Mares*, estrelado por Gregory Peck. (N.T)

— Classuda — foi a opinião de Phillip, vendo-a se afastar.

— Uma boa moça — disse Ethan, verificando o caldeirão.

— Um tesão! — comentou Cam. — Um tesãozinho!

— Se precisa esfriar alguma coisa, posso enfiar a Super Soaker 5000 no seu traseiro — ofereceu Seth.

— Você tem um fraco pela moça, não é? — Cam balançou a cabeça com ar de pena. — Aquilo é muita areia pro seu caminhãozinho, garoto.

— É... — Seth tomou mais um gole —, mas eu adoro brincar de caminhãozinho.

Phillip observou quando Seth saiu e deu uma risada, comentando:

— Acho que o nosso garoto vai gastar uma fortuna em flores nas próximas semanas.

— E aquela flor em particular tem hastes compridas e esbeltas — observou Cam.

— E olhos cautelosos. — Ethan fez o tradicional gesto da família Quinn, encolhendo os ombros ao notar o franzir de olhos de Cam. — Observa tudo, inclusive Seth, mas sempre com um pé atrás, entendem? Não por ser tímida... Essa mulher não é tímida. É cautelosa.

— Vem de uma família de políticos cheios da grana — comentou Phillip, olhando para a cerveja. — Não é para ela ter um pé atrás?

— E é estranho ela ter vindo parar em Saint Chris, não acham? — Para Cam, a família era o molde das pessoas, não importa se era uma família de sangue ou adotiva. E perguntou a si mesmo como a família de Dru a teria moldado.

Dru planejara ficar ali por, no máximo, uma hora. Um período de tempo adequado, apenas por delicadeza, enquanto suas roupas secavam. De algum modo, no entanto, viu-se entretida em uma conversa com Emily a respeito de Nova York. Depois, emendou uma outra conversa com Anna sobre jardinagem. Em seguida, descobriu que tinha amigos em comum com Sybill e Phillip em Washington.

A comida estava maravilhosa. Quando elogiou a salada de batatas, Grace lhe ofereceu a receita. Dru não teve coragem de lhe dizer que não cozinhava.

Houve algumas discussões — sobre beisebol, roupas e videogames. Ela não demorou muito a perceber que essas altercações eram apenas mais uma forma de interação.

Os cães se aproximaram até se colocarem ao lado da mesa e foram mandados embora, mas só depois de alguém lhes dar um pouco de comida. A brisa soprava suave sobre a água, enquanto nada menos do que seis conversas diferentes aconteciam ao mesmo tempo.

Ela acompanhou o ritmo. Fora treinada desde menina na habilidade de ter sempre algo a dizer a todos e a cada um em situações sociais. Sabia falar de barcos e beisebol, de comida e música, de arte e viagens, mesmo quando os assuntos mudavam repentinamente e pareciam girar em torno dela, como naquele instante.

Tomou uma segunda taça de vinho e ficou muito mais tempo do que pretendia. Não apenas por não conseguir uma desculpa educada para ir embora e sim porque gostou deles. Divertiu-se muito e sentiu certa inveja da intimidade da família. Apesar da quantidade de gente e das diferenças óbvias — como é que irmãs poderiam ser mais diferentes do que a espevitada Aubrey, que adorava esportes, e Emily, a frágil bailarina? —, todos pareciam firmemente interligados.

Como peças de um quebra-cabeça gigantesco, decidiu Dru. O enigma representado pelo conceito de família sempre a fascinara. Certamente a *sua* família continuava a ser um mistério para ela.

No entanto, por mais colorido e alegre esse quadro parecesse à primeira vista, Dru imaginava que o quebra-cabeça da família Quinn tinha a sua cota de sombras e complicações.

As famílias sempre tinham.

Da mesma forma que os homens, pensou ela, virando a cabeça de forma deliberada na direção de Seth, que olhava fixamente para ela. Ela percebera que ele a observara quase o tempo todo, desde que todos haviam sentado para comer. É claro que ele também era muito bom no malabarismo de manter várias conversas ao mesmo tempo, isso ela era obrigada a reconhecer. De vez em quando ele dedicava toda a sua atenção a alguém em particular. Seu olhar, porém, aquele olhar vivido e penetrante com um tom muito forte de azul, sempre acabava voltando para ela.

Podia senti-lo, como um formigamento quente em sua pele.

Ela se recusou a se mostrar intrigada pela sensação. Certamente não pretendia se deixar perturbar.

— A luz da tarde é muito boa aqui—comentou ele, pegando uma garfada de salada de macarrão, com os olhos pregados em Dru. — Talvez possamos trabalhar um pouco ao ar livre. Você tem algum vestido pregueado, bem rodado? Sem alças nem mangas, para exibir seus ombros. Você tem ombros fortes e bonitos — acrescentou ele, comendo mais uma garfada de macarrão. — Combinam com o rosto.

— Que sorte a minha, não? — assentiu ela, dispensando-o com um leve aceno de mão e se voltando para Sybill. —Adorei o seu último documentário sobre estudos e exemplos a respeito da dinâmica de famílias heterogêneas. Imagino que tenha baseado muitas de suas descobertas em experiências próprias.

— Não há como escapar disso. Só com esse grupo reunido aqui eu poderia realizar estudos por umas duas décadas, sem faltar material.

— Todos nós somos porquinhos-da-índia para mamãe — afirmou Fiona, enquanto lidava habilmente com mais um caranguejo. — É melhor tomar cuidado. Se continuar aqui por mais algum tempo, Seth vai colocar você nua em uma tela na parede, e mamãe vai fazer uma análise completa de sua psique em um novo livro.

— Hum... não sei, não — intrometeu-se Aubrey, balançando o copo. — Annie Crawford andou por aqui durante meses, e Seth jamais a pintou, nem nua nem vestida. Aliás, acho que Sybill também não escreveu nada a respeito dela, a não ser que eu tenha perdido algum artigo avulso sobre vadias que não têm nada na cabeça.

— Não concordo com a parte de ela não ter nada na cabeça — afirmou Seth.

— Ela chamava você de Sethinho. Vivia dizendo: "Sethinho, você é mesmo um Michelangelo!"

— Você quer que eu comece a enumerar alguns dos caras peculiares com quem você andou saindo uns anos atrás? Matt Fisher, por exemplo?

— Eu era jovem e superficial.

— Sei... e agora é velha e profunda. Deixe pra lá... Lançou novamente o olhar penetrante na direção de Dru. — Você tem algum vestido comprido e florido? Ou um top bem curto?

— Não.

— Tudo bem, podemos conseguir alguma coisa.

Dru acabou de tomar o resto do vinho, jogou a cabeça meio de lado, para indicar interesse, e perguntou:

— Alguém, alguma vez, já abriu mão da honra de ser pintada por você?

— Não, na verdade, não.

— Então, deixe-me ser a primeira.

— Ele vai pintá-la, quer você pose ou não — avisou Cam. — Quando esse garoto enfia uma ideia na cabeça...

— E olhe que quem está dizendo isso é o mais flexível, mais razoável e mais complacente dos homens—declarou Anna ao se levantar da mesa. —Alguém ainda tem espaço na barriga para a sobremesa?

Tinham, embora Dru não conseguisse imaginar como. Ela recusou bolos e tortas, mas sua força de vontade se desvaneceu diante de um *brownie* com duplo recheio que acabou experimentando antes de subir e vestir novamente as próprias roupas.

Dobrou a blusa e o jeans emprestados e os colocou sobre a cama. Deu uma rápida olhada no quarto acolhedor e depois desceu.

Parou na mesma hora, sob o portal da cozinha, ao avistar Anna e Cam diante da pia, enganchados em um abraço muito mais tórrido do que seria de esperar vindo de pais de adolescentes.

— Podemos subir para o quarto e passar a chave na porta. — Dru o escutou propor junto ao ouvido de Anna, e já não sabia para onde olhar quando notou que as mãos de Cam deslizavam pelo corpo da esposa de forma possessiva, até apertar-lhe o traseiro. — Ninguém vai dar pela nossa falta, querida.

— Foi isso que você disse depois do jantar do Dia de Ação de Graças — replicou Anna, com a voz calorosa e divertida, enquanto colocava os braços em volta de seu pescoço. — E estava enganado.

— Phil simplesmente ficou com ciúme por não ter tido a ideia antes...

— Mais tarde, Cam. Se você se comportar bem, talvez eu o deixe... Oh, oi, Dru!

Pelo sorriso descontraído em seus rostos, Dru concluiu que era a única dos três que ficara sem graça.

— Sinto muito — desculpou-se ela. — Queria agradecer pela hospitalidade. Eu realmente adorei a tarde que passei aqui.

— Ótimo. Então deve voltar. Cam, avise ao Seth que Dru já está indo embora, por favor? — pediu ela, dando um surpreendente apertão no traseiro do marido, antes de se desvencilhar dos seus braços.

— Não precisa se incomodar — disse Dru. — Vocês têm uma família maravilhosa e uma linda casa. Obrigada por me deixarem compartilhar um pouco disso.

— Fiquei feliz por você ter aparecido — assegurou Anna, lançando um sinal mudo para Cam, enquanto colocava o braço sobre o ombro de Dru, caminhando com ela em direção à porta da frente.

— A chave! — Balançando a cabeça, Dru enfiou a mão no fundo da bolsa. — Esqueci completamente a razão de ter vindo até aqui. Poderia entregar isto ao Seth para mim? Ele pode guardar o que quiser dentro do depósito, por enquanto. Depois eu combino outras opções com ele.

Anna ouviu alguém entrar pela porta da cozinha, mas continuou ao lado de Dru e lhe deu um beijo leve e casual no rosto, avisando:

— Você pode dizer isso diretamente a ele. Volte sempre que quiser.

— Já vai embora? — Com ar agitado, Seth correu para alcançar Dru na varanda da frente. — Por que não fica mais um pouco? Aubrey está planejando uma partida de softball.

— Preciso ir para casa. Aqui está a chave. — Entregou-a a ele, que ficou olhando para ela sem entender. — O depósito embaixo da escada? Para você guardar as suas coisas?

— Ah, sim, sim... — Ele a pegou e a colocou no bolso. — Escute, ainda é muito cedo, mas, se você já quer ir embora, podemos ir a algum lugar juntos. Dar uma volta de carro ou algo assim.

— Tenho coisas a fazer — disse ela, caminhando em direção ao carro.

— Precisamos escolher um lugar com menos gente para o segundo encontro.

— Nós ainda nem tivemos o primeiro! — argumentou ela, parando e olhando para ele por sobre o ombro.

— Claro que tivemos! Caranguejos cozidos no vapor, como eu havia profetizado. Agora é a sua vez de escolher o lugar e o cardápio para o segundo encontro.

Balançando as chaves do carro na mão, ela se virou e ficou de frente para ele.

— Eu só vim até aqui para trazer a chave, acabei sendo atingida por uma rajada de água e participei de um almoço com caranguejos em companhia de sua família numerosa. Isso não é caracterizado como um encontro.

— Então isso fará.

Ele fez um movimento suave, tão suave que ela nem notou que ele estava se aproximando. Talvez tivesse se esquivado, se reparasse a tempo. Ou talvez não. Isso, no entanto, não vinha ao caso, pois suas mãos estavam pregadas em seus ombros e sua boca estava quente e firme sobre a dela.

Seth a levantou do chão, ligeiramente. Jogou a cabeça para o lado, bem de leve. Os lábios dele roçaram com mais força nos dela, em uma espécie de provocação sedutora, e suas mãos foram descendo pelo seu corpo, acrescentando um inesperado calor ao momento.

Dru sentiu a brisa que batia em seu rosto e ouviu uma explosão de música ao longe, no instante em que alguém tornou a ligar o som. E quando o corpo magro e firme dele pressionou o dela, Dru percebeu que fora ela que se encostara com mais força nele.

O pulsar líquido e constante em seu estômago serviu-lhe de aviso, mas mesmo assim ela passou os dedos pelos cabelos dele, muito pesados e com as pontas queimadas de sol, e deixou que as mãos dele a percorressem.

Seth pretendia apenas um beijo *leve* para forçar um sorriso dela, ou até mesmo um franzir de cenho, só para ter o prazer de ver qualquer uma daquelas expressões passear em seu rosto.

Pretendia apenas passar os lábios de leve sobre os dela para dar a ambos uma ideia do que poderia estar sob a superfície. Quando, porém, Dru se apertara de encontro a ele, abraçando-o, ele mergulhou fundo no momento.

As mulheres eram uma estonteante multiplicidade de cores. Mãe, irmã, amante, amiga. Mas jamais outra mulher o impressionara tanto. Queria mergulhar de corpo inteiro nela, até ficarem ambos encharcados.

— Deixe que eu a acompanhe até em casa, Drusilla. — Ele passou os lábios de leve sobre o rosto dela, descendo com suavidade até o seu pescoço, e depois de volta, passando o dedo de leve na covinha de seu queixo e levando-o até a boca. — Deixe-me deitar ao seu lado. Deixe-me ficar com você. Deixe-me tocá-la.

Ela balançou a cabeça. Não gostava de velocidade, lembrou a si mesma. Uma mulher esperta jamais se lançava em uma viagem sem olhar no mapa antes e planejar todo o roteiro. E, mesmo assim, ela sempre seguia com cautela.

— Não sou impulsiva, Seth. Não sou precipitada. — Colocando as mãos nos ombros dele, afastou-o ligeiramente, mas seu olhar era direto. — Não me entrego a um homem apenas por sentir atração.

— Está bem. — Encostou os lábios na testa de Dru antes de dar um passo para trás. — Fique aqui. Podemos jogar um pouco ou talvez sair para velejar. Vamos manter a programação bem simples por hoje.

Com alguns homens aquele papo poderia ser apenas uma artimanha para persuadi-la a ir para a cama, mas ela não sentiu essa intenção nele. Ele estava sendo sincero, decidiu ela, e disse:

— Talvez eu acabe mesmo gostando de você.

— Estou contando com isso — replicou ele.

— Só que hoje não posso ficar. Deixei um monte de coisas inacabadas para vir até aqui e acabei ficando muito mais tempo do que pretendia.

— Você nunca fez gazeta na escola?

— Nunca.

Ele colocou a mão na porta do carro antes que ela tivesse a chance de abri-lo e olhou para ela com ar sinceramente chocado ao perguntar:

— Nem uma vezinha?

— Receio que não.

— Ora... uma menina certinha... — ele considerou a ideia. — Isso é sexy.

Ela teve de rir.

— Se eu tivesse confessado que matava aula pelo menos uma vez por semana, você diria que eu era uma menina rebelde e que *isso* é sexy.

— Agora você me pegou. Que tal jantarmos amanhã à noite?

— Não. — Ela o afastou da porta do carro. — Preciso pensar a respeito disso. Não quero ficar interessada em você.

— O que significa que já está.

Ela se instalou atrás do volante.

— Significa apenas que eu não quero ficar. Pode deixar que eu aviso se mudar de ideia. Volte para a sua família. Você tem sorte de tê-los por perto — disse ela, fechando a porta.

Observou-a dar ré e sair dirigindo pela rua. Seu sangue ainda estava quente por causa do beijo, a sua mente tomada por ela e pelas possibilidades à sua frente. Devido a tudo isso, Seth nem reparou no veículo que saiu do acostamento, do outro lado da rua, junto às árvores, e seguiu o carro dela.

Capítulo Cinco

Ela sabia que ele havia se mudado para o apartamento. De vez em quando, nos momentos em que Dru ia até a sala dos fundos da loja, conseguia ouvir música vindo lá de cima, pelas aberturas para ventilação. Não ficou surpresa ao perceber que ele gostava de música alta, nem de notar que suas escolhas variavam de rock pesado a blues melodiosos e até apaixonadas árias de ópera.

Nada relacionado com Seth Quinn a surpreendia.

Ele entrava e saía do apartamento, na primeira semana de locação, sem motivo específico ou padrão que ela conseguisse perceber. Ocasionalmente, dava uma passada rápida na loja para perguntar se ela precisava de alguma coisa, para comunicar que ia instalar as claraboias ou avisá-la de que já havia colocado algumas coisas no depósito e fizera uma cópia da chave.

Parecia sempre amigável e nunca demonstrava pressa. Nem por uma vez tentou dar prosseguimento ao quente beijo daquela tarde.

Isso a deixava irritada, por várias razões. Em primeiro lugar, porque ela havia se preparado para rechaçar qualquer tentativa desse tipo, pelo menos por enquanto. Não queria que Seth ou qualquer outro homem imaginasse que ela estava disponível.

Era uma questão de princípios.

Por outro lado, era de esperar que ele *tentasse* dar prosseguimento àquilo. Afinal, um homem não sugeriria levar uma mulher para a cama em um dia para, no seguinte, tratá-la como uma vizinha comum.

Parece que ele a havia surpreendido, afinal. O que só serviu para deixá-la mais irritada.

É melhor assim, disse a si mesma enquanto montava os pequenos arranjos para centro de mesa que vendera a um dos sofisticados restaurantes que ficavam de frente para o mar. Ela estava se adaptando bem a Saint Chris, ao seu trabalho e ao tipo de vida que sempre desejara — sem saber que desejava, na verdade. Um relacionamento, quer fosse um caso, um romance ou simplesmente sexo sem compromisso, acabaria por destruir aquele equilíbrio.

E ela estava adorando esse momento equilibrado em sua vida.

A única pessoa que precisava de alguma coisa vindo dela, que exigia ou esperava algo dela naqueles dias, era ela mesma. Apenas isso já representava uma dádiva de Deus.

Satisfeita com a combinação de narcisos com flores-de-lis, colocou os arranjos em um refrigerador. O ajudante responsável pelas entregas que trabalhava para ela em meio expediente ia pegá-los mais tarde, junto com as íris, as tulipas e os esplendorosos lírios brancos encomendados por algumas das pousadas locais.

Ela ouviu Seth chegar. Percebeu o som da porta do carro que bateu, os pés sobre o cascalho e em seguida os passos rápidos quando ele subiu a escada.

Momentos depois veio a música. Era rock hoje, notou, olhando para cima na área de trás. Aquilo provavelmente significava que logo em seguida ele estaria em cima do telhado, instalando as claraboias.

Voltou para a loja, pegou um vaso de plantas que havia separado e subiu pela escada dos fundos. Bater na porta de forma educada, com os nós dos dedos, não iria adiantar nada com a música explodindo pelo ar daquela maneira, de forma que ela usou a base da mão para socar a porta.

— Sim, sim, a porta está aberta, galera! Desde quando vocês batem na porta antes de entrar?

Ele se virou no momento em que colocava um cinto de ferramentas e a viu abrindo a porta.

— Oi! — O sorriso dele foi rápido e descontraído. — Achei que era um dos meus irmãos chegando, mas você é muito mais bonita.

— Ouvi você subir. — Ela não se tornaria um clichê, jurou para si mesma. *Não iria* se entregar a fantasias ridículas apenas pelo fato de estar frente a frente com um homem alto e esbelto, usando um cinto de ferramentas. — Achei que você gostaria disto.

— O quê? Espere um instante... — Parecendo se divertir com aquilo, foi até a cozinha minúscula onde ligara o seu minisystem e diminuiu o volume. — Desculpe.

O martelo bateu em seu quadril. Ele usava um jeans que tinha partes iguais de pano e de buracos. Sua camisa tinha um tom de cinza desbotado, estava toda respingada de tinta e exibia pequenas manchas que pareciam ser de óleo. Não fizera a barba.

Ela não se sentia nem um pouco atraída por homens desleixados e com aparência rude.

Normalmente.

— Trouxe uma planta para você. — Seu tom de voz estava mais agudo e mais impaciente do que ela pretendia. Suas próprias palavras ecoaram em sua cabeça, parecendo assombrá-la. Não, ela não queria sentir interesse por Seth Quinn.

— É mesmo? — Apesar do tom de voz dela, ele pareceu muito satisfeito com o presente ao atravessar a sala e pegar o vaso da mão dela. — Obrigado — agradeceu ele, apreciando as folhas verdes e as pequenas flores brancas.

— É uma espécie de trevo — informou ela. — Como o seu nome é Quinn, me pareceu adequado.*

—Acho que sim. — Nesse momento, os olhos azuis se elevaram e se fixaram nos dela. — Gostei muito do presente.

— Não vá deixá-la secar — disse Dru, olhando para ele. Duas claraboias já estavam instaladas. E ele tinha razão, analisou. Elas faziam uma enorme diferença. — Vejo que anda ocupado,

— É... fiz um acordo com Cam e negociei algum tempo de trabalho no estaleiro por horas de estiva aqui. Ele está chegando para me dar uma mãozinha hoje. Vamos acabar a instalação.

— Muito bem, então. — Ela olhou em torno. Afinal, lembrou a si mesma, era a proprietária do lugar e podia demonstrar interesse pelo que acontecia com o imóvel.

Ele colocara telas encostadas em duas das paredes. Um cavalete com uma tela em branco já estava instalado diante da janela. Dru não sabia

---

* O trevo é um dos símbolos da Irlanda, e Quinn é um sobrenome muito comum naquele país. (N.T.)

como ele havia conseguido subir com a gigantesca bancada de trabalho pela escada íngreme e passá-la pela porta estreita, mas o fato é que estava no centro da sala e já coberta com vestígios do artista: pincéis, tintas, uma lata de terebintina, trapos, lápis, pedaços de giz e grafite.

Havia dois bancos altos, uma velha cadeira de madeira, uma mesa ainda mais antiga e, em cima dela, um abajur muito feio.

Prateleiras, também de madeira, exibiam outros equipamentos de pintura.

Ele não pendurara nada nas paredes, notou ela. Havia apenas espaço, ferramentas e luz.

— Pelo visto você está se ajeitando bem com o lugar. Vou embora agora, para que possa ficar mais à vontade. — Uma das telas encostadas na parede, porém, chamou a sua atenção. Era uma explosão púrpura sobre um fundo verde. Um amontoado de dedaleiras silvestres sob uma luz perolada que a atraiu de tal forma que Dru praticamente sentiu o roçar das folhas e das pétalas em sua pele.

— Pintei isso à beira de uma estrada, na Irlanda — explicou ele. — County Clare é o nome do lugar. Passei algumas semanas lá, certa vez. Para todo lado que se olha parece haver pinturas. Não dá para traduzir essa emoção e colocá-la em uma tela.

— Pois eu acho que você conseguiu. É lindo! Simples e forte. Jamais vi dedaleiras crescendo à beira de uma estrada na Irlanda. Agora, porém, é como se eu já tivesse visto. Não é essa a ideia?

Ele olhou para ela por um momento. O sol da manhã penetrava através da claraboia e se espalhava sobre o rosto dela, acentuando a linha do maxilar e as bochechas.

— Fique parada aí! Paradinha, não se mova! — repetiu ele, lançando-se na direção da bancada. — Só dez minutos. Tudo bem... No máximo vinte.

— Como disse?

— Fique simplesmente parada aí. Droga, onde está o meu... ah! — Pegou um pedaço de carvão para pintura e puxou o cavalete. — Não, não olhe para mim. Olhe para o outro lado. Espere!

Ele se moveu com rapidez, levantou do chão o quadro com as dedaleiras, em seguida pegou um prego no receptáculo do cinto e prendeu o quadro na parede.

— Simplesmente fique aí, olhando para o quadro.

— Mas eu não tenho tempo para...

— Olhe para o quadro. — Dessa vez a sua voz foi mais decidida, cheia de autoridade e impaciência, e ela obedeceu sem questionar. — Pode deixar que eu lhe pago pelo tempo que passar aqui.

— Não quero o seu dinheiro.

— Então podemos fazer uma troca. — Ele já estava trabalhando com o carvão sobre a tela — Você tem aquela casa junto do rio. Provavelmente precisa de um ou outro serviço.

— Posso muito bem cuidar da...

— Hum-humm... hum-humm... Levante o queixo, apenas um pouquinho, e vire o rosto para a direita. Nossa, puxa vida, essa luz! Deixe o maxilar relaxado. Pode ficar irritada depois, mas me deixe fazer isso aqui agora.

Quem diabos ele achava que era?, perguntou-se ela. Seth ficou ali parado, com as pernas abertas e o corpo posicionado como se fosse um homem pronto para entrar em uma briga. O cinto de ferramentas estava frouxo, junto ao quadril, e ele se lançava sobre a tela, segurando o carvão como se a sua vida dependesse daquilo.

Seus olhos estavam apertados, tão intensos e *tão focados* que o coração dela dava pulos a cada vez que ele os levantava e os fixava em seu rosto.

No som, a banda AC/DC tocava "Highway to Hell". Através das janelas dava para ouvir os grasnos das gaivotas que sobrevoavam a baía. Sem saber bem ao certo por que se permitia receber ordens, ela permaneceu parada e observou com atenção as dedaleiras.

Começou a imaginar o quadro enfeitando a parede do seu quarto.

— Quanto?

— Pode deixar que aviso quando estiver terminando — respondeu ele, franzindo as sobrancelhas.

— Não, eu estou perguntando a respeito do quadro. Na verdade, estou tentando não me mostrar aborrecida com você. Gostaria de comprá-lo. Você tem um *marchand*, imagino. Devo entrar em contato com ele... ou com ela?

Ele simplesmente soltou um grunhido, nem um pouco interessado em negócios naquele momento, e continuou a trabalhar.

— Não mova a cabeça, apenas os olhos — ordenou ele. — E olhe para mim. Nossa, você tem um rosto realmente marcante.

— Sim, e me sinto muito lisonjeada pelo seu interesse nele, mas preciso descer para abrir a loja.

— Só mais uns minutos.

— Quer saber a minha opinião a respeito de pessoas que não sabem aceitar um não como resposta?

— Não. Pelo menos neste momento. — Mantenha-a ocupada, faça com que ela continue a falar, pensou ele com rapidez. Nossa, aquilo era perfeito... a luz, o rosto, aquele olhar frio lançado por olhos verde-musgo.

— Ouvi dizer que você empregou o velho Sr. Gimball para fazer entregas. Está dando certo?

— Muito certo, e ele vai chegar a qualquer momento para...

— Ele espera. O Sr. Gimball era professor de história quando eu estava na sexta série. Já parecia velho naquela época, decrépito como os presidentes mortos sobre os quais lecionava. Uma vez, um dos alunos achou uma imensa pele de cobra. Levamos para a escola e a enrolamos com cuidado sobre a cadeira do professor, minutos antes de a aula dele começar.

— Certamente você achou isso incrivelmente divertido.

— Está brincando? Eu tinha onze anos e quase fraturei uma costela de tanto rir. Você nunca pregou peças desse tipo nos professores daquela escola particular só para meninas onde estudou?

— Não. E por que está supondo que estudei em uma escola particular só para meninas?

— Ora, querida, está na cara pelo seu jeito e tudo o mais. — Deu um passo para trás e assentiu com a cabeça na direção da tela. — Sim, e saiba que esse seu jeito combina muito bem com o resto de você. — Inclinando-se de leve na direção do quadro, suavizou um traço do carvão com o polegar, antes de olhar para ela, por cima da tela. — Você considerou esses minutos como uma sessão de pose ou acha que foi o nosso segundo encontro?

— Nenhum dos dois. — Ela precisou de toda a sua força de vontade, mas não atravessou a sala para olhar o que ele havia desenhado.

— Segundo encontro — decidiu ele, colocando o carvão de lado e pegando um trapo, de forma distraída, para limpar as mãos. —Afinal, você me trouxe flores.

— Foi uma planta — corrigiu ela.

— Uma questão de semântica. Você realmente quer comprar o quadro?

— Depende de quanto essa vontade vai fazer o preço subir.

— Você é muito petulante.

— A petulância anda meio fora de moda. Por que não me informa o nome do seu *marchand*? Então vamos ver o que acontece.

Ele adorava o jeito com que os cabelos muito curtos dela acompanhavam o contorno da cabeça. Queria mais do que simplesmente esboçá-la. Precisava pintá-la.

E tocar nela. Passar as mãos sobre o preto sedoso e denso de seus cabelos para conhecer-lhes a textura até dormindo.

— Vamos fazer uma troca. Você posa para mim e o quadro é seu.

— Acho que foi o que eu acabei de fazer.

— Não. Quero você retratada em uma pintura a óleo. — E em aquarelas também. Em cores pastéis.

Na cama.

Ele passara muito tempo pensando nela nos dias anteriores. Tempo suficiente para chegar à conclusão de que uma mulher como ela — com sua aparência, sua história de vida e formação — devia estar acostumada ao assédio masculino.

Assim, diminuiu o ritmo deliberadamente e esperou que ela desse o próximo passo. A seu modo de ver, ela fizera exatamente isso. Sob a forma de uma planta.

Ele a queria em nível pessoal tanto quanto a queria em nível profissional. Não importava qual dos dois aconteceria primeiro, contanto que conseguisse ambos.

Ela desviou o olhar e tornou a admirar o quadro. Ele sempre sentia prazer, e uma espécie de surpresa, quando notava desejo nos olhos de alguém que apreciava um trabalho seu. Vendo aquilo no olhar de Dru, sentiu que a conquistara, profissionalmente.

— Tenho uma loja para gerenciar — explicou ela.

— Posso adaptar os meus horários aos seus. Separe uma hora para mim durante as manhãs, antes de abrir a loja, e sempre que lhe for conveniente. E quatro horas aos domingos.

Ela franziu o cenho. Não parecia tanto tempo, colocado dessa maneira. E o quadro que receberia como pagamento era maravilhoso.

— Durante quantas semanas? — quis saber ela.

— Ainda não sei — reagiu ele, sentindo uma pontada de irritação. — Isso é arte, não um contrato comercial.

— E vai ser aqui?

— No início, pelo menos.

Ela debateu o assunto, discutindo consigo mesma. Quem dera jamais tivesse colocado os olhos na droga do quadro. Então, como só uma mulher tola faria um acordo sem analisar todos os termos, foi até o cavalete, colocou-se de frente para a tela e estudou o próprio rosto.

Esperava algo tosco, enfim, apenas um esboço, pois ele não levara mais de quinze minutos para realizá-lo. Em vez disso, porém, viu que a imagem era bem detalhada e espantosa — os ângulos, as sombras, as curvas.

Ela parecia fria, concluiu. Meio desinteressada e muito, muito séria. Petulante?, pensou, e não conseguiu segurar o sorriso que se insinuava em seus lábios.

— Não pareço muito amigável — disse ela.

— Porque você realmente não estava muito amigável.

— Não posso argumentar contra isso. Nem contra o fato de que você tem um dom surpreendente. — Ela suspirou. — Só que não tenho nenhum vestido comprido de saia rodada e sem mangas.

— Podemos improvisar. — Ele sorriu.

— Posso lhe dar uma hora do meu tempo amanhã. De sete e meia às oito e meia.

— Ai! Essa rigidez dói. Tudo bem. — Dirigindo-se até a parede, pegou o quadro e o entregou a ela.

— Você confia em mim?

— Confiança é algo meio fora de moda.

Quando as mãos dela estavam ocupadas segurando o quadro, ele a pegou pelos braços e a levantou de leve, deixando-a na ponta dos pés. Nesse momento a porta se escancarou.

— Não tem jeito, mesmo — murmurou Seth ao ver Cam entrar a passos largos. — Eles nunca batem na porta.

— Oi, Dru. Pode continuar beijando a garota à vontade, meu chapa. Por que não estou sentindo cheirinho de café por aqui? — Sentindo-se perfeitamente em casa, Cam foi até a cozinha, mas avistou o quadro com o esboço do rosto dela. Seu rosto se iluminou de alegria na mesma hora.

— Nossa, esses foram os cinquenta dólares mais fáceis que ganhei na vida.

Apostei com Phil que o nosso Seth aqui ia convencê-la a posar para ele antes do fim de semana — informou a Dru.

— Ah, foi?

— Sem querer ofender. Quando o nosso Rembrandt cisma de pintar alguma coisa, ele arruma um jeito. E seria um tolo se perdesse essa oportunidade — acrescentou. O seu olhar, ao analisar novamente o quadro com atenção, estava tão cheio de orgulho que seu tom ficou mais ameno: — Seth é um pé no saco na maior parte do tempo, mas não é tolo.

— Pé no saco eu já percebi... Quanto a julgá-lo tolo ou não, vou deixar para analisar isso depois que o conhecer melhor. Sete e meia — disse a Seth. — Da manhã, é claro! — E foi embora.

Cam não disse nada, simplesmente olhou para o irmão e colocou a mão espalmada sobre o coração.

— Vá pastar! — reagiu ele.

— Então você vai apenas pintá-la ou instigá-la até conseguir transar com ela? — Cam soltou uma gargalhada gostosa diante da expressão furiosa que Seth fez. — Tudo o que vai volta, garoto. Você passou muito tempo com cara de bunda só de pensar que transávamos com as garotas ou as "cutucávamos", como você mesmo costumava dizer, lembra? E olhe que não faz tanto tempo assim...

— Isso já faz mais de quinze anos e na sua cabeça foi há pouco tempo. Isso prova que está realmente ficando velho. Tem certeza de que deve subir no telhado? Pode ficar tonto e despencar lá de cima.

— Sim e posso também dar um chute bem dado no seu traseiro, sabia?

— Claro! Com Ethan e Phil me segurando, era bem capaz de você conseguir mesmo — disse e riu quando Cam lhe aplicou uma gravata. — Nossa, cara, agora fiquei morrendo de medo!

E os dois se lembraram de que houve uma época em que Seth realmente sentiria muito medo em uma situação como aquela. Um tempo em que ele era um menino franzino e malcriado que congelava de pavor ao ser tocado de forma carinhosa ou não.

Sabendo disso e lembrando-se dessa época, Seth quase colocou para fora os problemas que estavam escondidos no fundo de sua mente.

Não, ele conseguira lidar com aquilo no passado, disse a si mesmo. E saberia como lidar novamente se e quando necessário.

*

Seth era um homem de palavra. Quando acabou de instalar a última claraboia, seguiu com Cam até o estaleiro, a fim de trabalhar lá por algumas horas.

Certa vez chegara a pensar em fazer daquilo a sua vida, trabalhando lado a lado com os irmãos e construindo veleiros de madeira nobre. O fato é que algumas das suas melhores lembranças estavam ligadas àquele velho galpão feito de tijolinhos, temperadas com o seu suor, um pouco de sangue e a empolgação de estar aprendendo a se tornar parte de algo.

O galpão mudara ao longo dos anos. Ficara mais refinado, como diria Phillip. As paredes já não eram mais nuas, com reboco aparente; haviam sido pintadas de branco e o lugar se revestira de um ar apropriado para trabalhadores dedicados.

Eles haviam projetado uma espécie de entrada que se abria para uma escadaria que levava ao escritório de Phillip e ao amplo segundo andar do prédio. Servia, em teoria, para deixar os clientes separados da principal área de trabalho lá embaixo.

Enfeitando as paredes havia inúmeros esboços rústicos emoldurados de forma simples que retratavam vários dos barcos construídos pela Embarcações Quinn ao longo de sua história. Serviam para demonstrar o crescimento da empresa e também o amadurecimento do artista.

Ele soube, por meio de Aubrey, que um colecionador de arte fora até lá, dois anos antes, e oferecera aos seus irmãos um quarto de milhão de dólares pelos cinquenta esboços atualmente em exposição.

Eles recusaram a oferta na hora e se ofereceram para lhe construir um barco inspirado em qualquer dos desenhos que ele escolhesse.

A empresa não fora construída com a única finalidade de ganhar dinheiro, refletia agora, embora tivesse havido algumas épocas de vacas magras, especialmente nos primeiros anos. A finalidade de tudo havia sido manter a unidade entre os irmãos. E a promessa feita a Ray Quinn.

A área de trabalho em si não mudara muito. Continuava sendo um espaço imenso e bem iluminado, onde os sons ecoavam. Havia guinchos e roldanas que pendiam do teto. Serrotes, bancadas, pilhas de tábuas, o cheirinho típico de madeira recém-serrada, óleo de linhaça, suor, café, o ribombar de um rock, o zumbido de poderosas serras elétricas e um persistente cheiro de cebolas, provavelmente vindo do sanduíche que alguém trouxera para o almoço.

Tudo aquilo era tão familiar para Seth quanto o seu próprio rosto.

Sim, houve um tempo em que ele chegou a pensar em passar toda a sua vida ali, ouvindo Phillip reclamar de forma rabugenta sobre as faturas por pagar, observando as mãos pacientes de Ethan lixando madeira e suando junto com Cam no momento de virar um casco recém-fabricado para cima.

A arte, porém, tomara conta dele. O amor por ela o havia levado para longe de suas ambições de garoto. E, por algum tempo, o separara de sua família.

Agora ele era um homem, lembrou a si mesmo. Um homem que teria seu próprio espaço, lutaria as próprias batalhas e faria da vida o que precisasse ser feito.

Nada nem ninguém iria impedi-lo agora.

— Planeja ficar aí parado por muito tempo? — perguntou-lhe Cam. — Ou será que vamos conseguir arrancar algum trabalho de você nesta linda tarde?

Seth balançou a cabeça e voltou ao presente.

— Não me parece que vocês precisem da minha ajuda por aqui — assinalou ele.

Viu Aubrey trabalhando no convés de um esquife, colocando tábuas nele, com o motor da parafusadeira elétrica girando em alta velocidade. Usava um boné dos Orioles e enfiara o longo rabo-de-cavalo pelo buraco de trás. Ethan estava no torno mecânico trabalhando em um mastro, tendo ao lado o seu fiel cão, deitado todo esparramado.

— O casco desse esquife está precisando ser bem vedado e calafetado.

Trabalho pesado, pensou Seth, soltando um suspiro.

— E você, Cam, vai ficar fazendo o quê, enquanto eu ralo?

— Vou ficar me deleitando na glória do meu pequeno império.

Esse deleite incluía fazer os acabamentos no anteparo da cabine, o tipo de trabalho de carpintaria que Cam transformara em arte.

Seth ficou com o trabalho pesado e não era exatamente a primeira vez que isso acontecia. Sabia como aplainar tábuas, pensou, ligeiramente ressentido, enquanto a furadeira que Aubrey usava continuava a fazer um barulho ensurdecedor acima de sua cabeça.

— Ei! — Ela se abaixou para falar com ele. — Will está de folga hoje à noite. Vamos comer uma pizza e depois assistir a um filme. Você está a fim?

Era tentador. Ele queria mesmo reencontrar Will, não apenas pelo fato de eles terem sido amigos de infância, mas porque precisava verificar as intenções de qualquer cara que andasse rondando Aubrey.

Pensou nisso tudo e também na possibilidade de passar a noite segurando vela para o casal de namorados.

— Vocês vão à Village Pizza?

— Continua sendo a melhor pizzaria de Saint Chris.

— Talvez eu apareça por lá — decidiu. — Mas só para dar um alô para o Will. Quanto ao filme, eu dispenso, porque preciso acordar muito cedo amanhã.

— Ué... eu achava que vocês, artistas, decidiam o próprio horário de trabalho.

Seth colocava estopa para calafetar em uma fresta entre as duas pranchas do casco.

— Nesse novo trabalho, quem determina o horário é a modelo.

— Que modelo? — Ela se agachou, apoiando o corpo sobre os calcanhares, e subitamente compreendeu tudo ao ver a expressão no rosto dele. — Ahhh, já entendi! A florista elegante vai posar para o artista famoso. Descobri algumas coisas interessantes a respeito dela.

— Não estou interessado em fofoca. — Ele conseguiu manter o olhar firme depois de falar isso por quase dez segundos. — Que tipo de coisas? — perguntou em seguida, sem resistir mais.

— Um lance suculento, meu amor. Descobri tudo por intermédio de Jamie Styles, que soube da história pela prima dele, que era funcionária do Senado, há alguns anos. Dru e um assistente que trabalhava para um figurão do alto escalão da Casa Branca formavam um casal muito quente na época.

— Quente em que medida?

— Quente o bastante para fazer ferver as colunas sociais do *Washington Post* durante quase um ano. Quente o bastante para render o que a prima de Jamie descreveu como um anel de noivado com um diamante do tamanho de uma maçaneta. Foi então que o diamante saiu de cena, o que era quente ficou frio, mas o assistente de alto nível continuou a incendiar as páginas do jornal, dessa vez circulando com uma loura fenomenal.

— Dru chegou a ficar noiva desse cara?

— Ficou. Por pouco tempo, de acordo com a minha fonte. Parece que a história da loura fenomenal rolou pouco *antes* do rompimento do noivado. Se é que você está me entendendo...

— Quer dizer que o cara estava traindo Dru com essa tal loura?

— Bem, acontece que essa loura era... e ainda é... uma advogada bambambã, consultora da Casa Branca ou algo assim.

— Deve ter sido duro para Dru ver toda a sua vida pessoal dissecada desse jeito pela imprensa.

— Pois ela me parece o tipo da mulher capaz de enfrentar um barraco desses numa boa. Tem jeito de quem não serve de capacho para ninguém. E aposto um mês do meu salário como esmagou o saco do canalha e depois enfiou o anel pela goela dele.

— Você faria isso — disse Seth com ar de aprovação e orgulho. — E depois ainda limparia o chão com a língua do mentiroso. Só que Dru não me parece violenta. É mais provável que o tenha feito virar picolé com um olhar congelante e algumas palavras gélidas.

Aubrey fez ar de pouco caso, comentando:

— Você não entende nada de mulher, meu chapa. Ela é um caso de águas tranquilas apenas na superfície. Aposto que as correntes mais profundas dela não são apenas rápidas, mas também muito quentes, e pode apostar o seu traseiro nisso.

Talvez, avaliou Seth no instante em que recostou as costas sujas e doloridas no banco do carro, atrás do volante. Ele era capaz de apostar com quem topasse que Dru partira o cara em dois sem precisar derramar uma gota de sangue.

Ele sabia bem o que era ver detalhes de sua vida pessoal — detalhes íntimos e embaraçosos — mastigados exaustivamente pelos jornais.

Talvez ela tivesse ido para aquela cidadezinha apenas para escapar de tudo aquilo, afinal. Ele sabia exatamente como ela se sentia.

Olhou para o relógio enquanto saía com o carro. Ele bem que podia aproveitar e comer aquela pizza que Aubrey mencionara, e lhe pareceu um desperdício de energia ter de dirigir até em casa só para tomar uma ducha e se refazer do dia de trabalho para em seguida voltar para o centro da cidade.

Ele podia dar uma passada no estúdio e tomar a ducha que planejava no banheiro de seu novo espaço. Levara algumas toalhas e sabonetes para lá, pensando em situações como aquela. Lembrara até mesmo de levar um par de jeans limpo e uma camisa decente que guardara no armário.

Quem sabe até mesmo encontraria com Dru, que talvez ainda estivesse na loja? Poderia convencê-la a comer uma pizza em companhia de amigos. O que constituiria, pensou, gostando da ideia, o encontro número três.

Ela colocaria na cara aquela expressão de "não estou achando graça nenhuma" quando ele lhe dissesse isso, refletiu. E faria surgir ao mesmo tempo aquela luzinha no olhar que denunciaria o bom humor com que encarava situações como aquela.

Ele estava ficando louco por esses contrastes.

Poderia passar horas... dias contemplando as variedades de luz e de sombra que havia nela.

O carro dela, porém, não estava na pequena vaga atrás da loja. Seth considerou a ideia de telefonar para persuadi-la a voltar para a cidade, mas lembrou que não tinha o número do celular dela.

Ele precisava resolver esse problema, avaliou. Bem, já que não podia falar com ela naquele momento, ia tomar um banho, aparecer no Village Pizza e ligar para o telefone fixo da casa dela.

Alguém na pizzaria devia saber o número.

Melhor ainda, decidiu, enquanto subia com agilidade os degraus: ele pegaria uma pizza para a viagem e passaria na casa dela quando fosse embora. Com uma garrafa de Merlot.

Que mulher seria capaz de dispensar um cara que aparecia trazendo pizza e vinho?

Satisfeito com o plano, ao pisar dentro de casa sentiu algo farfalhar sob seus pés. Franzindo o cenho, abaixou-se e pegou um papel dobrado que fora colocado por baixo da porta.

Sentiu uma fisgada no estômago que pareceu lançá-lo para fora deste mundo.

Dez mil dólares vão servir para quebrar o galho. A gente se fala.

Seth simplesmente se sentou no chão do estúdio, encostado na porta, e amassou o papel até transformá-lo em uma bolinha pequena e dura.

Gloria DeLauter estava de volta. Ele não esperava que ela descobrisse onde ele estava tão depressa. Não se preparara, admitiu para si mesmo, para a possibilidade de tê-la novamente em seus calcanhares menos de duas semanas depois de ter voltado de Roma.

Queria ter um pouco mais de tempo para pensar, decidiu. Lançou a bolinha de papel do outro lado da sala. Bem, pelos menos os dez mil dólares poderiam lhe dar algum tempo, se estivesse disposto a jogar todo aquele dinheiro fora.

Ele já fizera isso antes.

No que dizia respeito à sua mãe, nenhum valor era alto demais para mantê-lo livre dela. E, mais, para manter a sua família livre dela.

E era exatamente com isso, é claro, que ela contava.

Capítulo Seis

Seth estava sentado no cais, pescando com uma vara, depois de ter roubado uma fatia do queijo brie de Anna para usar como isca. O sol de verão queimava as suas costas, fazendo com que o calor típico de agosto encharcasse a sua pele e o fizesse sonhar.

Vestia apenas um jeans com a bainha esfiapada e um par de óculos escuros de aro fino.

Gostava de olhar para as coisas por trás das lentes e reparar como a luz se jogava do céu muito azul para se lançar direto sobre a água. Pensou, distraído, em colocar a vara de pescar de lado, por um momento, e se atirar na água convidativa só para esfriar a cabeça.

A água lambia suavemente o casco do barquinho com velas azuis que estava amarrado ao cais. Uma gralha reclamava em algum lugar, por entre as árvores, e quando uma brisa leve passou, trouxe o aroma de rosas de um arbusto plantado no jardim há muito mais tempo do que ele morava lá.

A casa estava tranquila. O gramado que levava até ela estava exuberante, depois de aparado há pouco tempo. Ele conseguia sentir o cheiro disso também. Grama recém-cortada, rosas, águas preguiçosas. Perfumes do verão.

Nada daquilo lhe pareceu estranho, embora ainda fosse primavera.

Alguma providência precisava ser tomada, e quisera Deus que ele soubesse o que fazer para manter aquela casa tranquila, com um ar de quietude de verão. E a sua família a salvo.

Ouviu o latido de um cão e em seguida um barulho de pequenas patas correndo pelo cais. Seth não olhou para cima nem mesmo quando um focinho gelado encostou em sua bochecha. Simplesmente levantou o braço para que o cão pudesse se aninhar a seu lado.

Era sempre confortador, de certa forma, ter um cão por perto quando os pensamentos ficavam pesados.

Isso, porém, não era o bastante para o cão, que abanou a cauda com força sobre o cais e lambeu generosamente o rosto de Seth.

— Tá legal, tá legal, fique frio agora! Estou tentando pensar um pouco — começou a falar, e então sentiu o coração dar um salto e chegar-lhe na garganta ao se virar para acariciar o animal.

Não era o cachorro de Cam, mas o seu. Bobalhão, o cão que morrera em seus braços cinco anos antes. Completamente mudo, Seth olhou firmemente para aqueles olhos caninos tão familiares, que pareciam rir para ele como se tivessem acabado de ouvir a piada mais engraçada do mundo.

— Ei, espere um instante, espere um instante... — A alegria e o choque se misturaram dentro dele no momento em que ele agarrou o cão com força. Pelos sedosos, focinho gelado, língua molhada. — Mas que diabo é isso?

Bobalhão soltou um dos seus velhos latidos alegres e então se jogou no chão de forma pesada, colocando as patas sobre o colo de Seth e lançando um olhar de veneração para ele.

— Ora, mas aí está você, seu grande idiota — murmurou Seth, sentindo uma torrente de amor percorrer-lhe o corpo. — Nossa, você está aqui de verdade, seu pateta. Puxa, como senti saudades suas! — Sacudindo a vara com força, ele acabou por largá-la e abraçou o cão com força.

Uma mão surgiu de repente e segurou a vara abandonada no ar antes que caísse na água.

— Você não deve perder um queijo sofisticado como este. — A mulher que estava sentada ao lado dele, com as pernas balançando sobre o cais, segurou a vara de pescar com cuidado. — Nós achamos que Bobalhão poderia fazer com que você se animasse um pouco. Não há nada como um bom cão para lhe oferecer companhia, amor, conforto e pura diversão, você não acha? Os peixes não estão mordendo hoje?

— Não, hoje eles não...

As palavras voltaram para a garganta e ficaram engasgadas no momento em que Seth olhou para ela. Conhecia aquele rosto, já o vira em fotos. Comprido e fino, cheio de sardas que se esparramavam por sobre o nariz e as faces. Ela usava um chapéu cáqui que perdera o formato original; o chapéu cobria pouco da massa densa de cabelos ruivos pincelados aqui e ali por fios de prata. E os olhos verdes e profundos eram inconfundíveis.

— A senhora é Stella. Stella Quinn. — A mesma Stella Quinn, refletiu ele, tentando dar um pouco de sentido a tudo aquilo, que morrera há mais de vinte anos.

— Nossa, mas você ficou bonito mesmo, hein? Sempre achei que você viraria um rapagão! — Deu um leve puxão no rabo-de-cavalo espetado que Seth exibia. — Você está precisando é de um bom corte nesse cabelo, menino.

— Só posso estar sonhando!

— Acho que sim — concordou ela, de forma descontraída, mas sua mão desceu dos cabelos para o rosto de Seth e deu-lhe um tapinha carinhoso na bochecha, antes de baixar os óculos escuros dele. — Você tem os olhos de Ray. Foi por eles que me apaixonei logo de cara, sabia?

— Eu sempre quis conhecê-la. — E as pessoas conseguem o que desejam através dos sonhos, decidiu Seth.

— Pois bem, aqui estamos nós, meu rapaz. — Com uma risadinha gostosa, ela colocou de volta os óculos sobre os olhos dele. — Nunca é tarde demais, não é mesmo? Se quer saber, nunca liguei muito para essa história de pescar. Mas gosto da água... para observar, para nadar. De qualquer modo, reconheço que pescar é bom quando se quer pensar nas coisas ou quando não se quer pensar em nada. Já que você vai ficar aí matutando, é melhor jogar a linha na água. Nunca se sabe o que pode beliscar.

— Eu jamais sonhei com a senhora antes. Não desse jeito.

O fato é que jamais, em toda a sua vida, ele sonhara com tanta nitidez. Ele conseguia sentir o calor do pelo do cão sob a sua mão e o coração compassado de Bobalhão, que respirava ofegante, com a língua para fora.

Sentiu a força do sol nas suas costas nuas, e ouviu, a distância, o roncar firme de um barco de pesca. A gralha também continuava com o seu crocitar penetrante.

— Chegamos à conclusão de que já estava na hora de eu vir bancar a vovó — disse Stella e deu uma batidinha no joelho de Seth. — Senti muito a falta disso enquanto estive aqui. Ficar paparicando e babando em cima de bebês assim que acabavam de nascer ou mimar você e os outros. Morrer foi realmente muito inconveniente, pode acreditar.

Quando ele simplesmente a encarou com aquela expressão vazia, ela soltou uma gargalhada comprida, bem alto.

— É natural que você esteja assim, com essa cara assustada. Afinal, não é todo dia que uma pessoa pode sentar na beira de um cais e bater papo com um fantasma.

— Eu não acredito em fantasmas.

— Não posso culpá-lo por isso. — Stella tornou a olhar para o horizonte, por sobre a água, e algo em seu rosto demonstrou que ela estava se deleitando em um momento de absoluto contentamento. — Preparei alguns biscoitos para você, embora jamais tenha sido grande coisa como cozinheira. Enfim, não se pode ter tudo e devemos aproveitar o que recebemos. Você é neto de Ray e isso o torna meu neto também.

A cabeça de Seth parecia girar, mas ele não se sentia exatamente tonto. Seu pulso disparara, mas ele não estava com medo.

— Ele foi muito bom para mim. Eu o tive em minha vida apenas por pouco tempo, mas ele foi...

— Um cara decente. — Ela balançou a cabeça para a frente enquanto dizia isso em sinal de concordância. — Foi isso que você contou a Cam, quando ele lhe perguntou. *Ray era um cara decente* foi a expressão que você usou, e certamente não passara muita gente decente pela sua vida até aquele momento, pobrezinho.

— Ele mudou tudo em minha vida.

— Ele deu a você a chance de mudar tudo em sua vida. E com relação a isso saiba que você fez um excelente trabalho até agora. Ninguém pode escolher o lugar de onde veio, Seth. Meus meninos e você sabem disso melhor do que ninguém. Mas podem escolher aonde pretendem chegar e como alcançar esse objetivo.

— Ray me levou para casa, e foi isso que o matou.

— Se você realmente acredita nessa baboseira, não é tão esperto como todos comentam. Ray ficaria desapontado se o ouvisse dizer uma coisa dessas.

— Ele não estaria naquela estrada naquele dia se não fosse por mim.

— Como é que você pode saber? — Ela tornou a cutucá-lo. — Se não fosse aquela estrada, naquele dia, seria outra estrada, em outro dia. O tolo do seu avô sempre dirigiu depressa demais. As coisas acontecem, e é assim que elas são. Quando acontecem de um modo diferente, as pessoas reclamam do mesmo jeito. Se quer saber, acho uma total perda de tempo essa história de ficar eternamente refletindo sobre "se" ou "talvez".

— Mas...

— Mas uma ova! George Bailey aprendeu a lição, não foi?

Completamente desnorteado, mas fascinado, Seth se ajeitou no lugar.

— Quem? — ele quis saber.

Stella revirou os olhos e olhou para o céu antes de responder por fim:

— *A Felicidade não se Compra*. É um filme clássico, meu rapaz. James Stewart faz o papel de George Bailey e decide que seria melhor para todos se ele jamais tivesse nascido. Então aparece um anjo que lhe mostra como as coisas seriam diferentes se ele não existisse.

— E a senhora vai me mostrar isso?

— Tenho cara de anjo, por acaso? — perguntou ela, com olhar divertido.

— Não. Mas eu também não estou achando que as coisas teriam sido melhores se eu não tivesse nascido.

— Quando você muda uma coisa, muda tudo. Essa é a lição. E se Ray não o tivesse trazido para cá? E se ele não tivesse batido com o carro naquela porcaria de poste? Talvez Cam e Anna não tivessem se conhecido. Então Kevin e Jake não teriam nascido. Você gostaria que eles não existissem?

— Não, nossa, claro que não! Mas se Gloria...

— Ahhh! — Com um aceno de cabeça satisfeito, Stella levantou o dedo indicador. — Esse é o problema, não é? Não adianta nada ficar dizendo "se Gloria" nem "mas Gloria"... Gloria DeLauter é real.

— Ela voltou.

O rosto da velha senhora se enterneceu e sua voz tornou-se mais doce ao dizer:

— Sim, querido, eu sei. É isso que está trazendo esse peso para a sua vida.

— Não vou deixar que ela se meta novamente com eles. Não vou permitir que ela machuque a minha família. Ela só pensa em dinheiro. Foi tudo o que sempre quis.

— Você acha isso? — Stella suspirou. — Se é assim que pensa, imagino que vai dar esse dinheiro para ela. Mais uma vez.

— O que mais posso fazer?

— Você vai descobrir — disse e lhe entregou novamente a vara de pescar.

Ele acordou sentado ao lado da cama, com a mão esticada para a frente, como se segurasse uma vara de pescar.

Quando abriu a mão e afastou os dedos, eles estremeceram ligeiramente. Ao respirar fundo, poderia jurar que sentiu um cheirinho de grama.

Estranho, pensou, e passou os dedos pelo cabelo. Um sonho muito estranho. Tinha a sensação exata de que havia um ponto mais quente sobre a sua perna, no lugar exato em que seu cão se esticara.

Os primeiros dez anos de sua vida foram uma prisão de medo, abuso e negligência. Tudo o que Seth passou acabara fazendo com que ele se tornasse mais forte do que a maioria dos meninos de dez anos. E também muito mais desconfiado.

O caso de amor que Ray Quinn tivera, antes de conhecer Stella, com uma mulher chamada Barbara Harrow fora breve. Ele se esquecera de forma tão permanente daquela época que os seus três filhos adotados desconheciam por completo a história do passado do pai. Do mesmo modo que o próprio Ray jamais soube do resultado daquele caso amoroso.

Gloria DeLauter.

Gloria, porém, depois de adulta, descobrira a respeito de Ray e conseguira localizá-lo. Com suas táticas usuais o chantageou e extorquiu dele o máximo de dinheiro que conseguiu. Basicamente vendera Seth, o seu próprio filho, para o pai que ela acabara de conhecer. Ray, porém, morrera de repente, antes de encontrar um meio de contar aos três filhos adotivos e ao neto recém-chegado a conexão que havia entre ele e o menino.

Para os irmãos Quinn, Seth era apenas mais um dos meninos abandonados que Ray decidira criar. Os três irmãos se ligaram ao garoto simplesmente por uma promessa feita no leito de morte de um homem. Essa promessa, no entanto, fora o suficiente para manter o menino junto deles.

Os três mudaram as próprias vidas por causa dele. Eles lhe deram um lar, permaneceram do seu lado, mostraram a ele o que significava fazer parte de uma família. E lutaram por todos os meios, inclusive judiciais, para ficar com ele.

Anna fora a assistente social responsável pelo caso de Seth. Grace, a sua primeira mãe substituta. E Sybill, meia-irmã de Gloria DeLauter, acabara surgindo em cena, trazendo para a vida de Seth as únicas recordações agradáveis de sua infância.

Ele sabia o quanto cada um deles sacrificara para dar a ele uma vida digna e feliz. Uma vida tão decente como Ray Quinn. Quando Gloria reapareceu com a esperança de sugar mais dinheiro, agora dos três irmãos, Seth já se considerava um deles.

Um dos irmãos Quinn.

Esse episódio mais recente não era a primeira vez em que Gloria se aproximara do filho depois daquela época em busca de dinheiro. Seth tinha acabado de completar quatorze anos e já estava sem vê-la fazia três anos. Esquecera-se dela por completo, sentindo-se seguro com a nova família à sua volta. Foi quando ela se esgueirou de volta a Saint Chris, tentando extorquir dinheiro do jovem que acabara de entrar na adolescência.

Seth jamais contou isso para a família.

Foram algumas centenas de dólares daquela primeira vez, lembrava-se ele. Essa quantia foi tudo o que o menino conseguira usar de suas economias sem que a família percebesse e servira para saciá-la. Mas foi por algum tempo apenas.

Ele dera dinheiro a ela em cada uma das vezes em que aparecera em sua vida, até que ele foi para a Europa. Sua temporada lá não fora apenas para estudar e trabalhar, mas também para escapar.

Ela não podia atingir a sua família se ele não estivesse em companhia deles, e também não conseguiria segui-lo até o outro lado do Atlântico.

Pelo menos foi o que ele pensou.

Seu sucesso como artista e a imensa publicidade que resultou disso deram a Gloria grandes ideias. E exigências ainda maiores.

Seth se perguntava naquele momento se não teria sido um erro voltar para casa, por mais que ele precisasse disso. Sabia que era um erro continuar a dar dinheiro para ela. O dinheiro, porém, não significava nada para ele. Sua família sim... ela significava tudo.

Imaginou que Ray havia sentido a mesma coisa.

Durante o dia, à luz da razão, ele sempre soube que a coisa mais *sensata* a fazer, a única coisa razoável, seria mandá-la às favas, ignorá-la e ver o que aconteceria.

Porém, sempre que recebia um de seus bilhetes e encarava a possibilidade de ter um encontro com ela cara a cara, acabava fraquejando e se via dividido entre a velha infância sem esperanças e a necessidade desesperada de servir de escudo para as pessoas que amava.

Assim, acabava pagando o que ela queria, muitas vezes entregando muito mais do que apenas dinheiro.

Ele sabia como ela agia. Não costumava aparecer na porta de sua casa logo de cara. Sempre o deixava receoso, preocupado e com aquilo na cabeça, até que dez mil dólares parecessem uma mixaria a pagar por um pouco de paz de espírito. Ela certamente não ficaria hospedada em Saint Chris, pois não ia querer se arriscar a ser vista e reconhecida pelos irmãos e irmãs de Seth. Mas se manteria por perto.

Por mais dramático e paranoico que pudesse parecer, Seth seria capaz de jurar que sentia a presença dela — seu ódio e sua ganância —, como se ela estivesse bufando no pescoço dele.

Mas ele não ia fugir novamente. Ela não o faria se privar do lar e da família mais uma vez. Decidiu que ia, como já fizera, mergulhar de cabeça em seu trabalho e viver sua vida. Até ela aparecer de verdade.

Seth conseguiu, na base de adulação, uma segunda manhã de Dru. Pela sessão da semana anterior, já sabia que ela esperava dele pontualidade britânica, com tudo pronto para começar às sete e trinta da manhã. E encerrar exatamente sessenta minutos depois.

Para ter certeza de que não perderia a noção do tempo, ela levou um timer de cozinha com alarme.

Pelo visto, era uma mulher sem tolerância alguma para temperamentos artísticos. Seth não se importava. Em sua opinião, ele não tinha um temperamento típico de artista.

Seth estava trabalhando com crayon colorido, fazendo apenas um estudo básico por enquanto. Era pouco mais do que um desdobramento do esboço em grafite que fizera antes. Um modo de ele aprender tudo sobre o rosto dela, as suas nuanças e a sua linguagem corporal, antes de prendê-la na rigidez formal dos retratos mais intensos que ele planejava executar.

Ao olhar para ela, sentia que todas as modelos que haviam colaborado com ele ao longo de sua carreira foram simples precursoras de Drusilla.

Ela bateu à porta. Seth lhe havia dito que isso não era necessário, mas ela queria manter uma distância formal entre eles. Isso, refletiu ele, enquanto caminhava em direção à porta para abri-la, teria de ser modificado.

Não deveria haver nenhuma formalidade nem distância entre eles para que ele conseguisse pintá-la da forma que precisava.

— Sete e meia em ponto, que surpresa! — brincou ele. — Quer café?

Seth cortara o cabelo. Continuava comprido o bastante para cobrir ligeiramente a gola da camiseta muito surrada que vestia e que parecia ser o seu uniforme de trabalho, mas o rabo-de-cavalo desaparecera. Ela ficou surpresa por sentir falta dele, pois sempre achara esse tipo de coisa afetada demais para um homem.

Ele se barbeara também e podia ser descrito quase como "arrumado", se fosse possível ignorar os buracos nos joelhos do jeans e os respingos de tinta no sapato.

— Não, obrigada. Já tomei uma xícara de café agora há pouco.

— Uma só? — Ele fechou a porta depois que ela entrou. — Pois mal consigo formar uma frase que faça sentido se tiver tomado apenas uma xícara de café. Como é que você consegue?

— Força de vontade.

— Isso você tem de sobra, não é?

— Na verdade, sim.

Com ar divertido, ele notou quando ela colocou o timer sobre a bancada e marcou o alarme para tocar dali a sessenta minutos. Em seguida, dirigiu-se diretamente para a banqueta que ele instalara e se sentou.

Na mesma hora notou um novo elemento no ambiente.

Ele levara uma cama para o estúdio.

A cabeceira do móvel era em estilo antigo, de ferro trabalhado pintado de preto, e os pés exibiam alguns detalhes em relevo. O colchão estava sem lençol algum e ainda exibia etiquetas da loja.

— Está se mudando para cá, enfim?

— Não — disse ele, olhando para trás. — É que uma cama vai ser bem mais confortável do que o chão, caso eu acabe trabalhando até mais tarde um dia desses e resolva dormir por aqui mesmo. Além do mais, é um bom adereço para o ambiente.

— Ah, é mesmo? — Ela levantou uma sobrancelha.

— Você normalmente se preocupa tanto assim com sexo ou isso acontece apenas quando está perto de mim? — Quando a boca de Dru se abriu, demonstrando perplexidade, isso o fez rir. — A cama é apenas mobília, um adereço — garantiu, indo em direção ao cavalete —, tanto quanto aquela cadeira ali ou os jarros de vidro — e apontou para os jarros de boca larga colocados em um canto do estúdio. — Ou o vaso grande e a tigela azul que coloquei na cozinha. Pego as coisas que me chamam mais a atenção... — Pegou os pincéis, e seus lábios se abriram. — Inclusive as mulheres.

Ela relaxou mais os ombros, que estavam tensos, pois ele ia reparar de longe se ela continuasse dura daquele jeito, e isso ia fazê-la se sentir ainda mais tola. Em seguida, o provocou:

— Essa foi uma explicação muito elaborada como reação a um simples "é mesmo".

— Querida, você sabe como colocar um monte de insinuações em um simples "é mesmo". Lembra-se da pose exata?

— Sim. — De forma obediente, ela colocou um dos pés na trave da banqueta, enlaçou o joelho com as duas mãos e olhou por sobre o ombro esquerdo, como se alguém tivesse acabado de lhe dirigir a palavra.

— Isso! Perfeito! Você é mesmo boa nisso, sabia?

— Eu me sentei exatamente nessa posição por uma hora uns dias atrás.

— Sim, uma hora... — repetiu ele, já começando a trabalhar. — Antes da desenfreada boêmia do fim de semana.

— Já estou tão acostumada a gandaias e boêmias desenfreadas que isso não causa impacto algum em minha vida.

— É mesmo? — foi a vez de ele perguntar.

Ele imitou a voz e a entonação dela de forma tão perfeita que ela desfez a pose para olhar para ele, rindo. Ele sempre conseguia fazê-la sorrir.

— Não. Na verdade quase fui reprovada em boêmia na universidade — afirmou ela.

— Hum... até parece! — Os dedos dele se apressaram, a fim de capturar o brilho e a beleza do seu riso. — Conheço muito bem o seu tipo, garota. Você circula por aí, linda, inteligente, sexy e inalcançável diante dos homens só para fazê-los sofrer e sonhar.

Aquilo, obviamente, foi a frase errada, pois o humor no rosto dela desapareceu quase de imediato, como um interruptor que fora desligado.

— Você não sabe nada a meu respeito, nem o tipo de mulher que eu sou — disse ela.

— Não disse aquilo para ferir os seus sentimentos. Sinto muito.

— Eu não o conheço bem o bastante para que você consiga ferir meus sentimentos. Conheço-o o bastante apenas para ficar aborrecida com tudo isso.

— Então sinto muito por isso também. Estava apenas brincando. Gosto de ouvir sua risada. E gosto de ver o seu sorriso.

— Inalcançável... — Ela se ouviu resmungar antes de engolir a raiva, mas logo em seguida lançou a cabeça com força para os lados e não conseguiu se conter: — Você me achou assim tão inalcançável quando me agarrou e me beijou?

— Eu diria que o ato falou por si. Escute... muitas vezes, quando um cara vê uma mulher, ainda mais uma mulher linda, por quem ele se sente atraído, acaba metendo os pés pelas mãos. É mais fácil achar que ela está fora do seu alcance do que analisar a própria falta de jeito. As mulheres...

Fez uma pausa. Se era fúria que ele ia extrair dela naquele dia, então também era essa fúria que ele ia capturar com os crayons.

— As mulheres — continuou ele — são um mistério para nós, os homens. Nós as desejamos. Não conseguimos evitar isso. Mas esse fato não significa que elas não nos deixem apavorados, de um jeito ou de outro, mais da metade do tempo.

Ela teria torcido o nariz e deixado a coisa de lado se ele não tivesse feito um discurso tão previsível, e acabou reagindo:

— Você realmente espera que eu acredite que você tem medo de mulheres?

— Bem, nesse aspecto tive alguma vantagem por ter tantas irmãs.

— Agora ele já estava trabalhando, mas ela pareceu se esquecer de que aquilo era trabalho. Às vezes, era melhor assim. Portanto, ele continuou a conversar, enquanto ela franzia o cenho ao olhar para ele: — Quer saber a respeito da primeira garota que tentei levar a sério? Precisei de duas semanas só para reunir coragem suficiente e telefonar para ela. As mulheres nem desconfiam do sufoco que os homens passam.

— Quantos anos você tinha?

— Quinze. Marilyn Pomeroy, uma morena muito liberal.

— E quanto tempo durou o namoro com essa Marilyn?

— Mais ou menos o mesmo tempo que levei para arrumar coragem e telefonar para ela. Duas semanas, mais ou menos. É assim que as coisas são. Os homens não prestam.

— Isso você nem precisa me dizer. — Ela sorriu de forma quase imperceptível. — Pois, no meu caso, eu me apaixonei por um rapaz quando tinha quinze anos, como você. Wilson Bufferton Lawrence. O quarto de uma linhagem importante. Os amigos dele o chamavam pelo apelido de Buff.

— Puxa, mas por que os ricos sempre ganham apelidos ridículos como esse? O que você faz com alguém que se chama Buff? Joga polo ou squash?

A essa altura a irritação dela já passara. Essa era outra coisa na qual ele era muito bom. Uma vez que Seth parecia não dar a mínima para o fato de ela se mostrar indignada ou zangada, Dru acabava achando que era perda de tempo ficar assim.

— Tênis, na verdade. No que poderíamos chamar de nosso primeiro encontro, fomos jogar tênis no clube. Arrasei com ele em várias partidas e isso foi o fim do nosso lindo romance.

— Bem, era de esperar que alguém que atende pelo nome de Buff fosse um idiota.

— Eu tive uma paixonite por ele e depois me senti furiosa. Prefiro me sentir furiosa.

— Eu também. E o que aconteceu com Buff?

— Hummm. De acordo com as mais recentes informações de minha mãe, com quem estive no fim de semana, ele vai se casar pela segunda vez no próximo outono. Seu primeiro casamento durou pouco mais do que a nossa famosa partida de tênis, tanto tempo atrás.

— Tomara que ele tenha mais sorte agora.

— É... tomara — disse ela, de forma discreta. — Ele trabalha na área financeira, como seria de esperar de um membro da quarta geração da família Lawrence, e o feliz casal, nesse instante, está à procura de uma casinha para montar o seu ninho de amor. Um lugarzinho aconchegante qualquer que tenha cinquenta quartos.

— Que bom perceber que você não está amargurada com isso.

— Minha mãe me lembrou, em nosso último encontro, e repetiu umas cinco vezes, que ainda estou devendo aos meus pais o prazer de fazê-los gastar uma quantia absurdamente alta em uma cerimônia de casamento que servirá para mostrar aos Lawrence, entre outras famílias, algumas coisinhas.

— Quer dizer que... você e sua mãe tiveram um agradável reencontro no Dia das Mães, domingo passado? — Embora a expressão dela irradiasse irritação, ele continuou trabalhando. — Cuidado para não deixar o sangue escorrer por esse sorriso de escárnio.

Ela respirou fundo, ajeitou o ângulo da cabeça novamente para a posição correta e afirmou:

— As visitas que faço à minha mãe estão longe de ser "agradáveis". Quanto a você, imagino que tenha passado o domingo todo visitando cada uma das suas mães que também... são suas irmãs.

— É mesmo difícil determinar o que elas representam para mim. Sim, passei algum tempo com cada uma delas. Levei-lhes presentes. Como todas choraram de emoção, acho que acertei em cheio.

— O que comprou para elas?

— Fiz pequenos retratos da família de cada uma delas. Anna e Cam com os meninos, Ethan com Grace e os filhos, e a família de Phillip e Sybill.

— Que coisa bonita. Isso foi lindo — disse ela com a voz suave. — Eu levei para a minha mãe um vaso de cristal Baccarat e uma dúzia de rosas vermelhas. Ela gostou muito.

Ele guardou alguns dos crayons coloridos, limpou as mãos no jeans e foi até onde ela estava. Pegando o rosto dela entre as mãos, perguntou:

— Então por que parece tão triste?

— Não estou triste.

Como resposta a isso, ele simplesmente encostou os lábios na testa dela, mantendo-os ali enquanto a sentiu tensa, até que, por fim, ela relaxou.

Ela não se lembrava de jamais ter tido uma conversa desse tipo com ninguém, e não conseguia imaginar o porquê de lhe parecer tão natural discutir assuntos como aquele com Seth.

— Seria muito difícil, para você, compreender uma família cheia de conflitos como a minha, já que a sua é tão unida.

— Ora, mas nós temos um monte de conflitos — corrigiu ele.

— Não. No núcleo da família não. Agora preciso descer para abrir a loja.

— Mas eu ainda tenho algum tempo — disse ele, segurando-a no lugar no momento em que sentiu que ela ia sair da banqueta.

— Você parou de trabalhar.

— Mas ainda tenho algum tempo — repetiu ele, apontando para o timer. — Se há alguma coisa sobre a qual eu entendo muito bem são conflitos familiares e o que eles fazem à gente por dentro. Passei um terço da minha vida em um estado permanente de conflito.

— Você está se referindo ao tempo antes de vir para cá, a fim de morar com o seu avô? Já li muitas histórias a seu respeito, mas você nunca discute esse aspecto da sua vida nas entrevistas — disse ela, quando viu a cabeça dele se elevar e olhar para ela.

— Sim. — Ele esperou até que o aperto no seu peito diminuísse. — Foi nessa época. No tempo em que eu morava com a minha mãe biológica.

— Entendo.

— Não, querida, você não entende. Ela era uma prostituta bêbada e drogada, e transformou os primeiros anos da minha vida em um pesadelo contínuo.

— Sinto muito. — Ele tinha razão, pensou Dru. Aquilo era algo que ela não conseguia visualizar. Mas tocou a mão dele e em seguida tomou-a entre as suas, em um gesto instintivo de conforto. — Imagino que tenha sido terrível para você. Mesmo assim ela obviamente não representa nada em sua vida.

— Foi isso que você descobriu a partir de afirmações minhas em alguns dos artigos que leu?

— Não. Foi o que descobri no dia em que comi caranguejo no vapor com salada de batatas, com você e sua família. Agora é você que está triste — murmurou ela, balançando a cabeça com pesar. — Não sei nem por que estamos falando a respeito dessas coisas.

Seth também não tinha certeza do motivo de ter trazido o assunto de Gloria para a conversa. Talvez fosse apenas uma estratégia inconsciente para enfrentar o problema em voz alta e afastar os fantasmas. Ou algo mais complexo, talvez a necessidade de Dru saber quem ele era, desde a infância.

— É isso que as pessoas fazem quando estão interessadas uma na outra. Conversam a respeito de quem são e de onde vieram — explicou ele.

— Mas eu já lhe disse...

— Sei, você me disse que não quer ficar interessada. Mas está. — Passou o dedo de leve sobre o cabelo dela, desde as pontas da franja curta até a nuca suave. — E já que já estamos saindo juntos há várias semanas...

— Nós não "saímos juntos" nem uma vez sequer.

Ele se inclinou para a frente e a agarrou, dando-lhe um beijo tão ardente quanto curto.

— Viu só? — Antes que ela pudesse argumentar alguma coisa, a boca de Seth já estava novamente sobre a dela. Um beijo mais suave agora, mais lento, mais profundo, passando as mãos maravilhosas e hábeis por todo o rosto dela, ao longo do pescoço e dos ombros.

Todos os músculos do seu corpo ficaram flácidos. Todos os votos que ela fizera a si mesma a respeito de homens e novos relacionamentos se desmancharam.

Quando ele afastou o corpo, ela respirou fundo, bem devagar, e mudou o discurso:

— Talvez eu possa até acabar indo para a cama com você, mas nada de namoro.

— Quer dizer... — replicou Seth — que eu sirvo para ir para a cama com você, mas não ganho nem mesmo um jantar à luz de velas? Estou me sentindo um cara desprezível.

Droga. *Droga.* Ela gostava dele.

— O namoro é um caminho indireto e muitas vezes tortuoso para chegar ao sexo. Prefiro pular essa parte e ir direto ao ponto. Apesar de que eu disse que talvez pudesse acabar indo para a cama com você e não que o faria.

— Talvez devêssemos jogar tênis antes.

— Certo, reconheço que você é divertido e isso me atrai. Admiro o seu trabalho e gosto da sua família. É claro que tudo isso é totalmente supérfluo em se tratando apenas de um relacionamento físico, mas, considerando o conjunto, é um bônus. Vou pensar a respeito.

Salva pelo gongo, pensou Dru ao ouvir o alarme tocar. Descendo da banqueta, ela foi, como quem não quer nada, até o cavalete. Viu o seu rosto retratado em seis pequenos esboços, com ângulos e expressões diferentes.

— Não compreendo isso.

— O quê? — Ele se juntou a ela, diante do cavalete. — *Bella donna*— murmurou para si mesmo, arrancando um arrepio dela.

— Pensei que você fosse fazer um esboço da minha figura sentada na banqueta. Vejo que começou a fazer isso, mas depois desenhou esse monte de rostos em volta da figura central.

— É que você não estava com muita disposição para posar hoje. Estava cheia de coisas na cabeça. Dava para notar. Assim, trabalhei com os seus sentimentos. Isso serve para me dar uma percepção mais apurada de você, além de servir para me fornecer algumas ideias do que vou querer para um retrato mais formal.

Ao notar que ela fez um ar de estranheza, lembrou a ela:

— Você me disse que eu poderia ter quatro horas suas aos domingos. Gostaria de trabalhar ao ar livre, sempre que o tempo permitir. Passei pela frente da sua casa. É fabulosa. Você faz alguma objeção quanto a trabalharmos lá?

— Na minha casa?

— É um ponto belíssimo. Você sabe disso ou não estaria morando lá. Você parece ser uma pessoa com particularidades únicas quando se trata de aceitar algo. Além do mais, seria bem mais simples para você. Dez horas é um bom horário?

— Acho que sim.

— Ahn... e quanto às dedaleiras? Quantas sessões a mais eu posso conseguir se emoldurá-las para você?

— Bem, eu não...

— Se você trouxer o quadro de volta para mim, posso montar a moldura, e depois você decide quanto ela vale em troca do seu tempo. Não parece justo?

— O quadro está lá embaixo, na loja. Ia mandar emoldurá-lo esta semana.

— Então eu passo lá para pegá-lo mais tarde antes de ir embora. — Passou os dedos bem devagar pelos braços dela. — Acho que não adianta nem perguntar se você aceita jantar comigo esta noite.

— Não, nem adianta.

— Então eu poderia simplesmente dar uma passadinha na sua casa mais tarde, apenas para uma rodada de sexo vulgar e rápido.

— Nossa, essa oferta é tentadora, mas não creio que seria uma coisa legal. — Ela foi caminhando até a porta e então se virou e olhou para ele. — *Se e quando* nós dois chegarmos a esse ponto, Seth, garanto que não vai ser nada vulgar. E muito menos rápido.

Quando a porta se fechou, ele esfregou a barriga, sentindo-a subitamente retesada pelo provocante olhar de despedida que ela lhe lançou.

Ele olhou novamente para a tela. Ela era várias mulheres ao mesmo tempo, resumidas em um pacote fascinante. E cada uma daquelas mulheres o agradava.

— Tem alguma coisa que o está deixando preocupado. — Anna aproveitou que Cam estava tomando banho para conversar. Ali era quase garantido terem algum espaço para uma conversa sem interrupções em sua casa de loucos. Ela andava de um lado para outro dentro do espaço restrito, falando em direção à silhueta de Cam que se movia por trás da cortina do boxe.

— Ele está bem. Precisa apenas recuperar o ritmo.

— Mas não anda dormindo direito. Eu consigo perceber. E juro que o ouvi falando sozinho uma noite dessas.

— Pois você também tem longas conversas consigo mesma, especialmente quando está irritada com alguma coisa — resmungou Cam.

— O que foi que você disse?

— Nada. Estou falando sozinho.

Com uma expressão entre irritada e divertida — pois ela o ouvira perfeitamente —, Anna puxou a descarga do vaso sanitário e sorriu com fria satisfação ao ouvi-lo xingar diante da água que ficou quente demais subitamente, devido à mudança de pressão no encanamento.

— Que droga, por que você *faz* isso?

— Porque o deixa irritado, e assim eu consigo mais da sua atenção. Agora, com relação a Seth...

— Ele está pintando — disse Cam, exasperado. — Está trabalhando conosco no galpão, está se readaptando ao ritmo da família. Dê algum tempo ao garoto, Anna.

— Pois você já reparou no que ele não anda fazendo? Ele não tem saído com os amigos. Não está se encontrando com Dru, nem com nenhuma outra mulher. Embora esteja na cara, pelo jeito como olha para ela, que não vai *haver* nenhuma outra mulher, pelo menos por enquanto.

Nem nunca mais, concluiu consigo mesma.

— Ele está lá embaixo jogando videogame com Jake — continuou ela.

— Em plena sexta-feira à noite. Aubrey me contou que ele só saiu um dia com ela, desde que voltou para casa. Quantos fins de semana você passava enterrado dentro de casa quando tinha a idade dele?

— Isto aqui é Saint Chris e não Monte Carlo. Tudo bem, tudo bem — completou depressa, antes que ela puxasse novamente a descarga e o escaldasse. Anna podia ser cruel quando queria. Ele adorava isso nela. — Tudo bem, ele anda preocupado, eu não sou cego. Eu fiquei do mesmo jeito quando comecei a me envolver com você.

— Se eu achasse que era só interesse ou um simples caso de saudável tesão por Dru, não ficaria tão preocupada. E o fato é que estou muito preocupada. Não dá para saber ao certo o que está acontecendo, mas quando fico preocupada com um dos meus rapazes é porque existe algum motivo para isso.

— Ótimo. Então, vá até lá e pergunte a ele.

— Não. Quero que você faça isso.

— Eu? — Cam abriu a cortina de repente e ficou olhando para ela. — Por que eu?

— Porque sim. Hum... Você fica tão lindo assim todo molhado e irritado.

— Não adianta que isso não vai funcionar.

— Talvez eu devesse entrar aí com você para esfregar as suas costas — disse ela e começou a desabotoar a blusa.

— Certo, assim vai acabar funcionando.

Capítulo Sete

Cam desceu as escadas correndo. Nada melhor do que alguns momentos agitados embaixo do chuveiro com Anna para levantar o seu astral. Enfiou a cabeça pela porta do escritório, onde seu filho mais novo e Seth travavam uma batalha sangrenta. Ouviu xingamentos, gemidos e gritos.

Apenas alguns deles vinham da animação computadorizada do jogo na tela.

Como sempre, Cam acabou se envolvendo com a cena. Os machados voavam, sangue jorrava, espadas se encontravam. Cam perdeu a noção da realidade até que ouviu Jake soltar um grito de triunfo em direção a Seth.

— Uau! Mandei ver em cima de você!

— Merda, isso foi só um golpe de sorte.

— Eu sou invencível nesse jogo! — garantiu Jake, jogando o joystick para o alto. — Curve-se diante do rei do *Mortal Kombat*.

— Nem sonhando. Vamos partir para mais uma luta.

— Curve-se ao rei — repetiu Jake, com ar alegre. — Renda-me homenagens, seu mero mortal.

— Vou lhe render algumas homenagens já, já...

E Seth o agarrou com força. Cam ficou na porta, observando a luta entre os dois, por um momento. Mais gemidos, ameaças terríveis e as gargalhadas bobas de um menino. Seth e Jake, pensou, tinham quase a mesma diferença de idade que havia entre ele e Seth.

Jake, porém, exibia um ar de inocência que Seth nunca se permitira ter. Jake jamais precisara se perguntar quem era ou se as mãos que o agarravam tinham más intenções.

Graças a Deus.

Cam se encostou no portal com ar indolente, colocou a mão na maçaneta e gritou:

— Venha ver isso, Anna! Eles estão fazendo a maior zona!

Ao ouvir o nome dela, Seth e Jake rolaram um para cada lado no sofá e lançaram idênticos olhares de pânico para a porta.

— Ahá! Peguei os dois!— Riu Cam com ar divertido.

— Isso é golpe baixo, pai!

— Aprenda como ganhar uma batalha sem precisar dar um soco sequer. Você! —Apontou para Seth. —Venha comigo.

— Aonde vocês vão? — quis saber Jake, colocando-se em pé no sofá.

— Posso ir também?

— Depende. Já acabou de fazer o dever de casa, arrumou o quarto, descobriu a cura do câncer e trocou o óleo do meu carro?

— Ah, qual é, pai?! — reclamou Jake.

— Seth, pegue umas cervejas e vá lá para fora. Eu já estou indo.

— Certo. Depois eu volto para pegar você, garoto. — Seth bateu com o punho na palma da mão, em um gesto de promessa. — Vou levar você para dar um passeio.

— Acho que eu não toparia sair com você nem com a ajuda de flores e caixas de chocolate.

— Essa foi boa—comentou Cam enquanto Seth soltava uma gargalhada e saía do escritório.

— Estava guardando essa piada para usar na hora certa — disse Jake. — Por que eu não posso sair com vocês dois?

— Porque eu preciso conversar com o Seth.

— Você está furioso com ele, pai?

— Eu pareço furioso?

— Não — afirmou Jake, depois de analisar o rosto do pai com todo o cuidado. — Mas você sabe disfarçar muito bem.

— Eu simplesmente preciso conversar com ele.

Jake levantou os ombros com ar de desdém, mas Cam viu que ele ficou desapontado pelos seus olhos — os olhos italianos de Anna —, antes de se jogar de barriga no chão novamente e pegar o joystick.

Cam se agachou ao lado dele.

— Jake — disse ele, sentindo um cheirinho de chiclete e criança suada. Havia pedaços de grama grudada nos joelhos de seu jeans, e os tênis estavam com o cadarço desamarrado.

— Jake — tornou a dizer, passando os dedos pelos cabelos do filho —, eu amo você.

— Puxa... —Jake encolheu os ombros e com o queixo levantado pela mão do pai ergueu os olhos e fitou Cam. — Eu sei disso, pai — concordou, meio sem graça.

— Eu amo você — repetiu Cam —, só que, quando eu voltar, vou aplicar um golpe sangrento contra o seu reinado, e haverá um novo rei na Terra dos Quinn. Pode acreditar... você vai se curvar a mim.

— Vá sonhando!

Cam se levantou, satisfeito com o ar arrogante de Jake.

— Seus dias de líder estão contados. Comece a rezar, meu chapa.

— Vou rezar só para que você não comece a babar em cima de mim quando estiver implorando por misericórdia.

Cam tinha de admitir, decidiu, enquanto se encaminhava para a porta dos fundos: criara um bando de garotos metidos a espertos. Isso era de dar orgulho a qualquer homem.

— O que está havendo? — perguntou Seth, jogando uma lata de cerveja na direção de Cam assim que ele saiu pela porta dos fundos.

— Vamos dar uma velejada.

— Agora? — Intuitivamente, Seth olhou para o céu. — Vai escurecer em menos de uma hora.

— Tem medo de escuro, maricas? — Cam foi caminhando no seu jeito lento até o cais, entrando no barco como um autômato. Colocou a cerveja de lado assim que Seth entrou também.

Como já fizera inúmeras vezes, Seth levantou um remo e o apoiou na beira do cais, dando um impulso para trás a fim de afastar o barco. Levantou a vela principal, e o som da lona se erguendo e inflando foi doce como música. Cam manejava o leme, tentando pegar o melhor ângulo para que o vento os fizesse deslizar de modo suave e silencioso, afastando-se da beira da água.

O sol estava baixo, e os seus raios, que atingiam a água de forma oblíqua, fazendo a vegetação junto à superfície brilhar, perdiam força em seguida, já não conseguindo iluminar os canais mais estreitos onde as sombras iam tomando o seu lugar e a água se tornava escura e misteriosa.

Eles foram se movendo de forma constante, manobrando com habilidade para contornar as boias de marcação para pesca, seguindo o rio e o som do vento. Até a baía. Balançando o corpo no ritmo do barco, Seth terminou de içar a bujarrona e ajustou as velas.

Cam capturou o vento, e o barco ganhou velocidade.

Eles pareciam voar no barco de madeira com acabamentos brilhantes, as velas brancas parecendo asas de pombo. Havia um gosto de sal no ar, e as ondas que subiam e baixavam com energia tinham um tom de azul escuro como o do céu.

A velocidade, a liberdade e a alegria absoluta de navegar sobre as águas enquanto o sol se recolhia lentamente em direção ao crepúsculo fizeram ficar para trás todas as preocupações, todas as dúvidas e todo o pesar que havia no coração de Seth.

— Estamos chegando — gritou Cam, ajustando o leme para conseguir pegar ainda mais vento e ganhar mais velocidade.

Nos quinze minutos seguintes não falaram quase nada.

Quando diminuíram de velocidade, Cam esticou as pernas e abriu a cerveja.

— E aí? O que está acontecendo com você?

— Como assim?

— O radar da Anna avisou que há algo de errado com você, e ela me perturbou para descobrir o que está acontecendo.

Seth abriu a sua lata com toda a calma do mundo e bebeu o primeiro gole gelado, dizendo:

— Eu voltei há apenas algumas semanas, e ainda estou com muitas coisas na cabeça, apenas isso. Estou tentando analisar minha vida, me readaptar, esse tipo de coisa. Ela não tem por que se preocupar.

— E você acha que eu posso voltar e simplesmente dizer que ela não precisa se preocupar? Sei... até parece que ela vai engolir isso! — Tomou mais um gole. — Escute, garoto... a gente não precisa daquela xaropada do tipo "você sabe que pode falar comigo a respeito de qualquer problema", não é verdade? Seguir esse caminho só vai fazer com que nos sintamos como dois idiotas.

— Não. — Seth sorriu. — Diga a ela que eu estou simplesmente tentando descobrir o que vai acontecer a partir desse ponto. Vou ter que arrumar um canto para mim mais cedo ou mais tarde. Meu agente vive me enchendo o saco, querendo que eu reúna material para fazer mais uma exposição, e nem sei ao certo que direção tomar na minha carreira. Nem mesmo consegui acabar de montar o estúdio.

— Hum, hum. — Cam olhou na direção da margem e apreciou a linda casa encarapitada em uma curva do rio,

Quando Seth percebeu para onde Cam olhava, foi para a proa. Andara tão ocupado com a posição das velas que nem reparou para que direção Cam estava indo.

— A sexy rainha das flores ainda não chegou em casa—comentou Cam.

— Ou talvez tenha saído com o namorado.

— Ela não sai com namorados.

— É por isso que você ainda não deu o bote?

— Quem disse que eu não dei?

Cam apenas riu e tomou mais um gole da cerveja, afirmando:

— Se tivesse dado esse bote, garoto, aposto que iria parecer muito mais relaxado do que está.

Nessa ele me pegou, pensou Seth, mas simplesmente deu de ombros.

— Se quiser, posso deixá-lo desembarcar aqui. Você pode tentar a velha tática do "estava passando aqui por perto e resolvi visitá-la, só para tentar vê-la nua".

— Essa tática alguma vez funcionou com você?

— Ahhh... — Cam deu um suspiro longo e melancólico, e em seguida olhou para o céu, mergulhado em lembranças oníricas. — Se você soubesse as histórias que tenho para contar... sabe qual é a minha teoria? Quando um cara faz sexo demais, não para de pensar nisso. E, quando faz sexo de menos, também não para de pensar nisso. Pelo menos, quando consegue uma transa, ele dorme bem melhor.

— Tem uma caneta? — Seth apalpou os bolsos. — Preciso anotar essa frase tão profunda.

— Ela é uma iguaria muito apetitosa.

— Mas não é um petisco! — reagiu Seth, e o ar divertido em seu rosto desapareceu.

— Tudo bem! — Tendo conseguido a resposta que esperava, Cam concordou com a cabeça. — Estava só querendo conferir se você está apaixonado por ela.

Seth soltou o ar com força e olhou para trás, observando a linda casa azul instalada no meio das árvores, até que ela desapareceu de vista.

— Não sei como estou — confessou ele. — Tenho que acertar a minha vida, e até fazer isso não tenho tempo para ficar... apaixonado por ninguém. O problema é que eu olho para ela e... — encolheu os ombros — não consigo entender o que acontece. Gosto de estar perto dela. Não que ela seja uma mulher fácil de lidar. Metade do tempo é como brincar com um porco-espinho.

— Mulheres sem espinhos são boas para uma noite só ou para um período curto. Porém, quando a gente começa a pensar a longo prazo...

Choque e pânico surgiram no rosto de Seth.

— Eu não estou falando disso. Comentei apenas que gosto de estar perto dela.

— E ficou com olhinhos apaixonados ao dizer isso.

— Uma ova que fiquei! —Ao sentir o calor que lhe subia pelo pescoço e o fazia enrubescer, sentiu-se arrasado. Torceu para a luz estar fraca demais e Cam não perceber.

— Mais um minuto e você ia começar a choramingar. — Apontou para as velas. — Vai ajustar aquela vela frouxa ou vai deixá-la se enroscar no mastro?

Resmungando baixinho, Seth apertou o cordame.

— Olhe, eu quero pintá-la, e quero passar algum tempo com ela. Quero levá-la para a cama também. Posso conseguir fazer as três coisas por minha conta, muito obrigado.

— Tudo bem. Se conseguir, talvez passe a dormir melhor à noite.

— Dru não tem nada a ver com a forma como estou ou não estou dormindo. Ou, pelo menos, não tem muita coisa.

Cam começou a descrever um arco e virou o barco de volta para casa. A noite estava caindo de vez.

— Então... você vai me contar o que não tem deixado você dormir direito à noite ou também vou ter que arrancar isso? Se não me contar tudo, Anna vai transformar as nossas vidas em um inferno até você abrir o bico.

Seth pensou em Gloria, e as palavras lhe chegaram à boca. Se deixasse a primeira escapar, as outras iriam segui-la em bando, provocando uma avalanche, e ele pensou em sua família soterrada sob aquelas pedras.

Conseguiria contar qualquer coisa a Cam. Qualquer coisa, menos aquilo.

Por outro lado, talvez fosse o momento certo para se livrar de pelo menos uma parte da preocupação.

— Tive um sonho muito estranho — anunciou Seth.

— É sobre sexo? — quis saber Cam. — Porque, se for, vamos precisar pegar mais cervejas.

— Sonhei com Stella.

O bom humor de Cam desapareceu, deixando-o com as emoções à mostra e muito vulnerável.

— Mamãe? Você sonhou com a mamãe?

— Sei que é esquisito. Eu nem mesmo cheguei a conhecê-la.

— O que ela estava... — Era estranho como o pesar podia se esconder dentro de uma pessoa, como um vírus, hibernando por meses, até mesmo anos, para de repente tornar a aparecer e deixá-la fraca e indefesa mais uma vez. — O que vocês estavam fazendo no sonho?

— Estávamos sentados no cais dos fundos de casa. Era verão. O ar estava quente, úmido, envolvente. A princípio eu estava pescando sozinho com uma vara, e havia colocado um pedaço do queijo brie da Anna como isca.

— Ainda bem que foi tudo um sonho, então — Cam conseguiu falar —, senão você já seria um homem morto.

— Viu só? Este é o problema. A linha estava na água, mas eu *sabia* que havia roubado o queijo e o estava usando como isca. Consegui sentir o cheiro das rosas e o calor do sol. De repente, Bobalhão surgiu do nada e pulou no meu colo. Eu sei que ele morreu... isto é, no sonho sabia disso... e fiquei muito surpreso ao vê-lo. Quando olhei, Stella estava sentada no cais ao meu lado.

— Como ela estava?

Aquela pergunta não pareceu tão absurda enquanto o barco deslizava sobre as águas tranquilas à luz do crepúsculo. Pareceu até mesmo absolutamente razoável.

— Ela estava com uma ótima aparência. Usava um chapéu cáqui, sem aba, daqueles que a gente simplesmente enfia na cabeça, e seus cabelos estavam meio soltos por baixo dele.

— Minha nossa! — Cam se lembrava perfeitamente do velho chapéu e de como ela enfiava os cabelos rebeldes nele de qualquer jeito. Será que eles tinham alguma foto de Stella usando aquele chapéu horrível? Cam não se lembrava.

— Não quero deixar você impressionado com essa história.

— O que aconteceu no sonho? — quis saber Cam, simplesmente balançando a cabeça.

— Não muito... simplesmente ficamos ali sentados, conversando. Sobre vocês três, sobre Ray e...

— O quê?

— Sobre como eles resolveram que estava na hora de ela bancar a vovó, já que sentira tanta falta disso antes. O mais marcante da experiência não foram as coisas que ela falou, e sim a forma como tudo pareceu real demais. Mesmo depois que acordei, sentado ao lado da cama, tudo me pareceu extremamente real. Não sei como explicar isso.

— Pois entendo você, garoto. — Então ele próprio não tivera várias conversas com o pai, já morto, no passado? E seus irmãos também não haviam passado pela mesma experiência?

Só que tudo aquilo lhe parecia tão distante. E havia mais tempo ainda, desde que a sua mãe morrera. E nenhum deles jamais tivera essa estranha oportunidade de conversar novamente com ela. Nem mesmo em sonhos.

— Eu sempre quis conhecê-la — continuou Seth. — Agora, sinto como se isso tivesse acontecido.

— Há quanto tempo você teve esse sonho?

— Na semana passada, eu acho. E, antes que você comece a me cobrar, não contei nada no dia porque achei que você ia me chamar de maluco. Admita, não é meio assustador?

Você ainda não viu nada, pensou Cam. Aquela era uma das características que acompanhavam os homens da família Quinn, e Seth teria de descobrir o fato por si mesmo.

— Se você tornar a sonhar a com a mamãe, pergunte-lhe se ela se lembra do pão de abobrinha.

— O quê?

— Simplesmente pergunte a ela — repetiu Cam, já a meio caminho de casa.

Quando chegaram em casa, o jantar estava saindo. E Dan McLean estava em pé ao lado do fogão, com uma lata de cerveja na mão, inclinado na direção de Anna, que colocava uma colher de molho de macarrão em sua boca para ele provar.

— Que diabos esse cara está fazendo aqui? — quis saber Cam e fez uma cara ameaçadora, porque era o que Dan esperaria dele.

— Vagabundeando. Isso está fantástico, Sra. Quinn, ninguém faz um molho tão bom quanto a senhora. Fica até mais fácil encarar a cara feia do sujeito que acabou de entrar — acrescentou, acenando com a cabeça na direção de Seth.

— Você já não esteve vagabundeando por aqui há umas duas semanas? — perguntou-lhe Cam.

— Não. Há duas semanas fui vagabundear na casa do Ethan. Gosto de me espalhar cada vez em um lugar.

— E tem bastante o que espalhar, de certo mais do que na última vez que o vi — comentou Seth, enfiando os dedos nos bolsos do jeans e olhando fixamente para o amigo de infância. Dan crescera para todos os lados, de um jeito que denunciava muito tempo na academia.

— Por que será que os homens não conseguem simplesmente dizer "Oi, que legal tornar a ver você"? — quis saber Anna.

— Oi — ecoou Seth. — Que legal tornar a ver você.

Os dois se aproximaram e agarraram os braços um do outro com força, o que era a versão masculina de um abraço apertado.

Cam começou a cheirar as panelas, enquanto dizia:

— Nossa, estou quase chorando. Este reencontro é tão comovente!

— Então por que não vai até a sala e põe a mesa para mim? — sugeriu Anna. — Se ficar aqui, vai acabar chorando e fazendo papel de bobo.

— Mande a visita pôr a mesa. Ele sabe direitinho onde as coisas ficam guardadas. Preciso destronar e executar o nosso filho mais novo no videogame.

— Então faça isso em menos de vinte minutos, porque o jantar sai em vinte e um.

— Deixe eu pôr a mesa, Sra. Quinn.

— Não, caia fora da minha cozinha. Leve a sua cerveja e o seu jeitão másculo lá para fora. Não sei por que razão não tive ao menos uma garotinha. Será que era pedir demais?

— Da próxima vez que esse cara vier filar o nosso rango, obrigue-o a usar um vestidinho — sugeriu Cam por cima do ombro e se encaminhou para o escritório, a fim de levar o filho a um encontro inesquecível com o destino.

— Cam gosta de mim como a um irmão — explicou Dan e, sentindo-se em casa, abriu a geladeira para pegar uma cerveja para Seth. — Agora vamos lá para fora, como os homens adultos fazem, para coçar o saco e contar mentiras eróticas.

Os dois se sentaram nos degraus e tomaram um gole de cerveja.

— Aubrey me contou que você voltou para ficar. E até arrumou um lugar para servir de estúdio, em cima da loja da florista.

— Isso mesmo. Foi a Aubrey que contou? A informação que tenho é que o seu irmão mais novo anda atrás dela.

— Sim, sempre que tem chance. Vejo mais a Aubrey do que o Will. Andam obrigando o coitado a dar tantos plantões no hospital que ele grita "Fique quietinha!" e outras expressões médicas igualmente *picantes* quando está dormindo.

— Vocês dois continuam morando juntos?

— Sim, por enquanto. Só que na maior parte do tempo o apartamento fica só para mim. Ele vive e respira o hospital. Dr. Will McLean! Isso não é pouca merda não...

— Ele realmente aproveitou as aulas de dissecação de sapos em biologia. Você sempre tentava escapar daquilo.

Só de pensar nisso, Dan fez uma careta.

— Aquelas aulas foram, e continuam sendo, o rito de passagem mais nojento da minha vida. Nenhum sapo jamais me causou mal algum para ser obrigado a passar por aquilo. Puxa, agora que você voltou, estragou os meus planos de visitá-lo na Itália e ficar sentado em um café na beira da calçada...

— O nome é *trattoria*.

— Isso aí... ficar sentado, observando as gatas sexy. Cheguei a imaginar o quanto a gente ia se dar bem nesse aspecto, já que você é um artista famoso e eu sou um cara lindo...

— O que aconteceu com aquela professora com quem você estava saindo? Shelly?

— Shelby. Pois é... isso foi outra coisa que acabou estragando as minhas lindas fantasias italianas. — Dan enfiou a mão no bolso e pegou uma caixinha de joias, levantando a tampa com o polegar.

— Caraca, Dan! — exclamou Seth, piscando diante do anel com um imenso diamante.

— Tenho grandes planos para amanhã à noite. Jantar à luz de velas, música, ajoelhar-me em uma das pernas, o pacote completo — disse e exalou o ar com toda a força. — Estou me cagando de medo.

— Você vai se casar, então?

— Cara, espero que sim, porque estou doidinho pela Shelby. Você acha que ela topa?

— Como é que eu vou saber?

— Você é o artista — disse Dan e enfiou o anel bem debaixo do nariz de Seth. — O que acha dele?

Parecia um anel elegante, com um imenso diamante incrustado no centro. A amizade deles, porém, exigia uma reação especial.

— Nossa, parece o máximo! Sofisticado... clássico!

— Sei, sei... — Obviamente satisfeito, Dan analisou a joia mais uma vez. — É ela, cara... Shelby é exatamente assim. Legal. — Soltando o ar com força mais uma vez, tornou a colocar a caixinha no bolso. — Tudo bem, então. Ela está realmente a fim de conhecer você. Adora esse lance de arte. Foi assim que a vi pela primeira vez. Aubrey me arrastou para uma exposição de arte na universidade, porque Will estava de plantão. E lá estava ela... Shelby, em pé diante de um quadro desses modernos, que parecia ter sido pintado por um chimpanzé. Isto é, que merda de arte é aquela, só borrões e pinceladas toscas? Uma tremenda enganação é o que acho...

— Pollock deve estar se virando dentro da tumba.

— Sei... enfim, cheguei nela com aquele velho papo: "O que esse quadro transmite para você?" E sabe o que ela me respondeu?

Divertido ao ver seu amigo embevecido com a história, Seth se recostou no degrau.

— Não, não sei. O que foi que ela respondeu?

— Que as crianças de cinco anos do jardim de infância onde ela trabalhava faziam muito melhor do que aquilo... e pintando com os dedos! Cara, foi paixão à primeira vista. Nesse momento contei a ela que tinha um amigo que era pintor, mas um desses que pintava quadros de verdade. Quando disse o seu nome, ela quase desmaiou. Acho que foi só naquele instante que saquei que você se transformara num cara realmente fodão.

— Você ainda tem aquele desenho que eu fiz de você e Will sentados na privada?

— Colocamos aquilo em um lugar de honra. Então, que tal você se encontrar conosco num dia qualquer da semana que vem? Podemos tomar um drinque ou jantar juntos.

— Posso fazer isso, mas talvez ela se apaixone por mim e isso vai partir o seu coração.

— Sim, isso vai acontecer mesmo. Só para garantir, podemos convidar também uma amiga dela que...

— Não! — O horror daquela ideia fez Seth levantar a mão para evitar aquilo. — Sem encontros arranjados. Você tem que se arriscar a ver a sua garota cair de paixão, sob a força do meu charme fatal.

Depois da refeição e da barulhada que a acompanhou, Seth deixou que Dan o arrastasse para uma noitada no bar do Shiney, que acabou se transformando em uma maratona de recordações boas e canções ruins.

Eles haviam deixado a luz da varanda da frente acesa para quando ele voltasse. Seth conseguiu subir as escadas sem incidentes, até tropeçar no cão que jazia, esparramado, na porta do banheiro.

Xingando baixinho, foi cambaleando até o quarto, fechou a porta e tirou a roupa toda ali mesmo. Seus ouvidos ainda estavam zumbindo sob o efeito das últimas músicas quando ele emborcou de cara na cama.

Era bom estar em casa. Esse foi o seu último pensamento antes de mergulhar em um sono profundo e sem sonhos.

— Mamãe? — No escritório da Embarcações Quinn, Phillip deixou-se cair pesadamente sobre a cadeira. — Ele sonhou com a mamãe?

— Talvez tenha sido um sonho ou talvez não.

— Ele disse que ela estava usando aquele velho chapéu dela? — perguntou Ethan, coçando o queixo.

— Isso mesmo.

— Ela o usava muito — lembrou Phillip. — Ele provavelmente viu uma foto dela usando aquele chapéu.

— Em nenhuma das fotos que temos lá em casa ela aparece usando o chapéu cáqui. — Cam tivera o cuidado de verificar. — Não estou dizendo que ele não tenha visto uma foto, nem que tudo isso não tenha passado de um sonho. Mas que é estranho, é... ela costumava ir para o quintal só para ficar sentada ao nosso lado no cais, exatamente assim. Não ligava muito para pescaria, mas sempre que um de nós estava ali, refletindo sobre alguma coisa, ela aparecia e se sentava, até que colocássemos para fora o que estava nos incomodando.

— E era muito boa nisso — concordou Ethan. — Conseguia tocar na ferida e descobrir exatamente qual era o foco da questão.

— Mas isso não quer dizer que o que está acontecendo com o Seth seja o mesmo que aconteceu conosco depois que o papai morreu.

— Você também não queria acreditar nisso naquela época — lembrou Ethan, procurando uma das garrafas de água mineral que Phillip estocara na geladeira do escritório.

— O que sei é o seguinte: tem alguma coisa perturbando o garoto e ele não quer conversar a respeito. Pelo menos não comigo... — Aquilo o deixava ligeiramente magoado, admitiu Cam para si mesmo. — Acho que se tem alguém que possa arrancar o problema dele é mamãe. Mesmo em sonhos. Nesse meio-tempo, o que temos a fazer é ficar de olho nele. Agora vou lá para baixo, antes que o garoto perceba que estamos aqui falando dele.

Cam já estava saindo quando parou e se virou, comentando:

— Pedi a ele que perguntasse a ela, caso tivesse outro sonho, a respeito do pão de abobrinha.

Os dois irmãos olharam para ele sem expressão, pois não entenderam nada do que ele estava falando. Ethan foi o primeiro a se lembrar da história e riu tanto, que teve de se apoiar na borda da mesa.

— Puxa... — Phillip se recostou na cadeira. — Eu tinha me esquecido completamente desse lance.

— Vamos ver se ela lembra — disse Cam e foi para o caos da área de trabalho. Acabara de descer o último degrau quando a porta da frente do galpão se abriu, despejando raios de sol que se estenderam como um tapete para a entrada de Dru.

— Oi, gata! Está procurando pelo idiota do meu irmão?

— Qual deles?

— Ponto para você. — Seu sorriso era de pura satisfação. — Seth está batalhando pelo pão de cada dia.

— Bem, na verdade eu não queria... — Mas Cam já estava segurando a mão dela e conduzindo-a pelo galpão adentro.

Com as pernas afastadas e de costas para ela, Seth estava em pé no deque do barco, nu da cintura para cima. Suas costas e braços exibiam uma quantidade de músculos bem maior do que seria de esperar em se tratando de um homem que fazia dos pincéis o seu modo de vida. Bebia de uma garrafinha de água como se estivesse há uma semana sem beber nada.

Ela sentiu a boca seca só de olhar para ele.

Não seja frívola, ordenou a si mesma. É o cúmulo da superficialidade ficar interessada em um homem só por ele ser sexy, ter o corpo sarado e ser bonito. Afinal, ela apreciava mais o intelecto, a força do caráter e... um traseiro realmente bonito, admitiu.

Ninguém podia culpá-la por isso.

Ela conseguiu evitar passar a língua e umedecer os lábios antes que ele se virasse. Ele levantou a mão, inclinou-se ligeiramente para a frente e limpou o suor da testa com o antebraço. Nesse momento ele a viu.

Agora, além do corpo masculino esguio coberto apenas pelo jeans e de botas, os sentidos dela estavam sendo assaltados pelo poder letal do seu sorriso.

Ela reparou que a sua boca se moveu. Era uma boca linda, tão bem desenhada quanto o traseiro, mas as palavras que ele emitiu foram abafadas pela música ensurdecedora.

Em uma tentativa de ajudar, Cam foi até o som e baixou o volume para um nível meramente alto.

— Ei! — A cabeça de Aubrey apareceu por baixo do deque, reclamando:
— Quem foi que mandou baixar o som?

— Temos visita.

Dru observou com atenção e algum interesse o jeito com que Seth passou a mão com carinho sobre o ombro de Aubrey ao descer do deque, perguntando:

— Aub, o lance de amanhã à noite está combinado, não está? — E seguiu em frente, pegando um lenço colorido no bolso para enxugar os braços e o rosto.

— Sim, está combinado.

Dru notou que Aubrey olhava para Seth com considerável interesse.

— Não pretendia interromper o trabalho de vocês — avisou ela. — Precisava resolver algumas coisas na rua, deixei o Sr. Gimball tomando conta da loja e vim dar uma olhada nas atividades aqui.

— Vamos fazer um tour completo — ofereceu Seth.

— Mas você está ocupado. — E a sua amiga loura está olhando para a minha cara como se fosse um cão de guarda, pensou Dru. — De qualquer modo, me avisaram que provavelmente é com você que eu preciso falar — disse, apontando para Cam.

— Viu, garoto? Eu não lhe disse que é isso que todas as mulheres bonitas falam para mim? — Ele se virou para Dru. — Em que posso servi-la?

— Quero comprar um barco.

— É mesmo? — Cam colocou o braço de forma amigável sobre o ombro dela e a levou na direção das escadas. — Então, doçura, você veio ao lugar certo.

— Ei! — reclamou Seth. — Eu também entendo de barcos.

— Ele é um sócio secundário e deixamos que pense assim só para alegrá-lo. Então, em que tipo de barco você está interessada?

— Um veleiro com um mastro só. Dezoito pés. Casco em arco, revestido de cedro. Quilha do tipo *spoon bow,* embora eu esteja disposta a aceitar outras opções do projetista. Quero uma embarcação com bom desempenho e estabilidade confiável, mas que me dê muita velocidade se eu quiser.

Ela se virou e foi analisar a galeria de esboços, dizendo a si mesma que era melhor admirar os desenhos em outro momento. Por ora, queria ser objetiva.

— Este casco, esta quilha — disse, apontando para dois desenhos diferentes. — Tem que ser um barco confiável, muito ágil e rápido, e quero que seja feito para durar muito.

— Um projeto personalizado como esse vai lhe custar uma boa grana — avisou Cam, percebendo que ela entendia de barcos.

— Eu sei que não vai sair de graça. Mas quem cuida dessa parte não é você, certo? Acho que é a área do seu outro irmão, Phillip. E se houver outras modificações no projeto vou ter de resolvê-las com Ethan. Acertei?

— Puxa, você fez uma pesquisa completa, hein?

— Gosto de saber com quem estou lidando e prefiro contratar sempre o melhor. E a melhor firma, pelo que eu soube, é a Embarcações Quinn. Em quanto tempo vocês podem me apresentar um projeto completo?

Nossa, puxa vida, pensou Cam. Você vai acabar deixando o meu garoto com a cabeça virada. E a isso vai ser muito divertido de assistir.

— Vamos lá para cima e podemos montar um cronograma.

*

Foi Ethan quem a trouxe de volta para baixo, meia hora mais tarde. A linda florista, conforme ele descobriu, sabia a diferença entre bombordo e estibordo, tinha ideias muito específicas a respeito do que queria e as manteve, mesmo diante de um grupo de homens que jamais haviam conseguido apagar por completo o seu jeito meio rude.

— Teremos um projeto completo no fim da semana que vem — disse Ethan a ela. — Antes, talvez, se conseguirmos convencer Seth a fazer a maior parte do trabalho.

— Ah, é? — Ela lançou o que esperava ser um olhar casual para a área de trabalho. — Quer dizer que ele ajuda vocês a fazer os esboços?

— Quando conseguimos convencê-lo. Ele sempre teve jeito para a coisa. E é óbvio que desenha muito melhor do que nós três juntos, e mais um pouco.

Ela seguiu o olhar de Ethan e analisou a galeria de desenhos de barcos emoldurados.

— É uma linda coleção... uma espécie de retrospectiva, imagino. Dá para acompanhar o progresso artístico de forma admirável.

— Este desenho aqui — Ethan bateu com a ponta do dedo no esboço de um barco de pesca —, ele fez quando tinha dez anos.

— Dez? — Fascinada, ela chegou mais perto, imaginando como um estudante de arte poderia aproveitar aquele material para fazer um estudo dos primeiros trabalhos de um mestre da pintura. Era algo que merecia estar em uma galeria. — Não consigo imaginar como deve ser para alguém nascer com um talento desses. Dependendo da pessoa, pode acabar virando um fardo, você não acha?

Com o seu jeito típico, Ethan levou algum tempo considerando o que ela dissera, enquanto observava mais uma vez as linhas do velho barco de pesca, vendo-as através dos olhos e do talento de uma criança.

— Um fardo? Acredito que sim. Mas não no caso do Seth. A arte é uma fonte de alegria para ele, como se ele fosse um canal para a sua manifestação. Sempre foi assim. Bem, é isso aí...

Ele nunca tinha sido muito bom em esticar um assunto; então, ofereceu a ela um sorriso suave e estendeu-lhe a mão.

— Será um prazer fazer negócios com a senhorita.

— Digo o mesmo. Obrigada por arranjar alguns minutos do seu tempo para me atender.

— Sempre temos tempo para isso.

Ele a acompanhou até o lado de fora e, em seguida, veio vagando de volta, sob o ritmo marcante de Sugar Ray e das lixadeiras elétricas. Já estava quase chegando à bancada do torno mecânico quando Seth desligou a sua máquina.

— Dru ainda está lá em cima com o pessoal?

— Não. Já foi embora.

— Foi embora? Droga, você podia ter me avisado. — Pulando de cima do barco, ele saiu correndo em direção à porta.

Aubrey franziu o cenho ao vê-lo disparar porta afora e comentou:

— Ele está quase de quatro por ela.

— Pelo jeito, sim. — Ethan virou a cabeça meio de lado ao ver o olhar dela. — Há algum problema nisso?

— Não sei. — Ela encolheu os ombros. — Não sei mesmo... ela simplesmente não é o tipo de mulher que imaginei para ele, só isso. Ela é muito formal, sofisticada demais, com o nariz meio empinado. Pelo menos é o que eu acho.

— É uma pessoa solitária — corrigiu Ethan. — Nem todo mundo tem facilidade para lidar com as pessoas, como acontece com você, Aubrey. Além do fato de que o que Seth acha dela é que interessa.

— Pode ser... — Mas Aubrey estava longe de se convencer sobre Drusilla.

Capítulo Oito

Como ele não especificara que tipo de roupa ela deveria usar para posar, Dru preferiu o simples e vestia uma calça azul de algodão e uma camisa branca larga, de gola. Regou os jardins, trocou de brinco duas vezes e então preparou um bule de café fresquinho.

Talvez os brincos de argola fossem uma escolha melhor, pensou, apalpando as pequenas esferas de lápis-lazúli que pendiam de suas orelhas. Os homens gostavam de mulheres com brincos de argola. Provavelmente elas eram uma espécie de fetiche cigano sensual.

Mas por que ela estava se preocupando tanto com isso?

Ela não tinha certeza se queria que ele tomasse alguma iniciativa mais ousada em sua direção. Afinal, um movimento acaba levando a outro, e ela não estava interessada em entrar no jogo de xadrez que representava um relacionamento, não naquele momento.

Ou será que estava?

Jonah certamente havia lhe dado um xeque-mate, lembrou ela, deixando-se invadir por um pequeno acesso de raiva. O problema é que ela imaginou que tivesse todo o controle do tabuleiro e que todas as peças estivessem nas posições corretas.

Nem por um momento desconfiara que ele estava jogando outra partida ao mesmo tempo, em um tabuleiro diferente.

Sua feita de lealdade e a decepção que isso lhe causou haviam provocado danos ao seu coração e ao seu orgulho. Apesar de o coração ter se curado, talvez até depressa demais, conforme ela mesma admitia, o orgulho continuava ferido.

Jamais alguém tornaria a fazê-la de idiota.

Quanto a ela desenvolver ou não um relacionamento com Seth — e o júri ainda estava em deliberações a respeito dessa questão —, isso teria de ser nos termos dela.

Ela provara a si mesma que era muito mais do que um enfeite pendurado no braço de um homem, uma marca a mais na tabela ao lado de sua cama ou um degrau para a sua escalada profissional.

Jonah se enganara com relação a isso.

O mais importante, porém, é que ela provara que poderia tanto cuidar de si quanto construir uma vida bem satisfatória.

O que não significava, admitiu, que não sentia falta de uma dose de companheirismo, desejo sexual ou do emocionante desafio de manter um jogo de sedução com um homem atraente e interessante.

Nesse instante, ouviu os pneus do carro dele sobre o cascalho da entrada de sua casa. Um passo de cada vez, disse a si mesma, e esperou que ele batesse à porta.

Tudo bem, ela reconhecia que sentiu um calorzinho percorrer-lhe o corpo no instante em que abriu a porta e olhou para ele. Mas aquilo servia apenas para provar que ela era humana e saudável.

— Bom dia — cumprimentou, afastando-se da porta um passo para trás, como exigiam as boas maneiras, a fim de deixá-lo entrar.

— Bom dia. Adoro este lugar. Acaba de me ocorrer que, se você não o tivesse comprado antes de eu voltar para casa, eu o teria feito.

— Sorte minha, então.

— Eu que o diga. — Ele analisou com atenção a sala de estar, caminhando sem pressa. Cores fortes e tecidos caros, percebeu. Não teria usado tantos móveis e objetos se fosse decorá-la com seu gosto usual, muito minimalista; mesmo assim, o lugar o agradou, com suas peças cuidadosamente selecionadas, flores frescas e o ar de arrumação e limpeza em toda parte.

— Você me disse que queria trabalhar ao ar livre.

— Sim. Olhe, eu trouxe o seu quadro. — Pegou o pacote embrulhado em papel pardo que trazia sob o braço e o estendeu na direção dela. — Posso pendurá-lo, se você já tiver escolhido o lugar onde vai colocá-lo.

— Você trabalhou depressa! — Sem conseguir resistir, ela se sentou no sofá e rasgou o papel de embrulho.

Ele escolhera uma moldura de madeira não muito larga, com acabamento em tom de ouro velho, que complementava com perfeição a rica tonalidade das flores e folhagens, e se mostrava tão simples e forte quanto a pintura em si.

— Ficou perfeito! Obrigada. Este quadro vai ser um bom ponto de partida para a minha coleção Seth Quinn.

— Está planejando formar uma coleção?

Passando o dedo de leve sobre a parte superior da moldura, olhou para ele e respondeu:

— Talvez. Vou aceitar a sua oferta de pendurá-lo para mim, porque estou louca para ver o efeito final na parede, mas não tenho um daqueles pregos especiais.

— Como este aqui? — Ele pegou no bolso o prego próprio para pendurar quadros que trouxera consigo.

— Exatamente como esse. — Inclinando a cabeça, ela o analisou. — Você é um sujeito muito habilidoso, não é?

— Sou quase indispensável em uma casa. Você tem um martelo e uma fita métrica ou quer que eu pegue lá no carro?

— Não precisa. Por acaso eu tenho um martelo e um monte de outras ferramentas domésticas. — Levantando-se do sofá, ela foi até a cozinha e voltou com um martelo tão novo que ainda brilhava.

— Onde quer pregá-lo?

— No andar de cima. No meu quarto. — Virando-se, ela foi andando na frente dele. — O que trouxe na sacola?

— Algumas coisas. O sujeito que projetou a reforma deste lugar sabia o que estava fazendo. — Seth examinou o verniz da madeira de alta qualidade com que o corrimão fora revestido, enquanto subia para o segundo andar. — Estou me perguntando o porquê de o antigo dono ter se desfeito desta propriedade.

— Ele gosta de fazer reformas... e do lucro que obtém com o trabalho. Depois de terminar as obras, fica entediado e quer seguir em frente à procura de outro lugar interessante para reformar. Pelo menos foi o que me disse quando lhe fiz essa mesma pergunta.

— A casa tem quantos quartos? Três?

— Quatro, embora um deles seja relativamente pequeno, mais adequado para um escritório ou uma pequena biblioteca.

— Existe um terceiro andar?

— Bem, há um sótão com pé-direito alto e todo preparado, com potencial para se transformar num pequeno apartamento separado. Ou — disse, olhando direto para ele — um estúdio artístico.

Seguindo pelo corredor, ela entrou em um quarto, e Seth viu que Dru selecionara o que mais gostava para colocar ali. As janelas lhe proporcionavam uma visão esplêndida do rio, além de algumas árvores e um jardim sombreado. O acabamento em madeira das janelas era elaborado na medida certa para lhes dar um aspecto charmoso e Dru escolhera um tecido em organza com fios de seda, ligeiramente translúcido, que se entrelaçava por cima das esquadrias e descia reto, à guisa de cortinas formais. Isso permitia que a luz entrasse de forma difusa, sem esconder a vista nem o elaborado trabalho de entalhe que fora feito na madeira.

Escolhera azul-céu para as paredes, espalhara alguns tapetes com flores sobre o piso de pinho e mobiliara todo o quarto com móveis antigos.

A cama estava impecavelmente bem-feita, como ele esperava, coberta por uma colcha branca estampada com anéis entrelaçados em botões de rosa. Parecia ter sido feita sob medida para a cama, que tinha a cabeceira e a parte da frente quase da mesma altura.

— Linda colcha. — Seth se inclinou junto da cama para apreciar melhor os detalhes da estampa. — Herança?

— Não. Eu a comprei em uma feira de bordado e artesanato na Pensilvânia, no ano passado. Pensei em colocar o quadro na parede que fica entre as duas janelas. É um lugar com bastante claridade, mas onde não bate sol direto.

— Boa escolha. — Ele segurou o quadro na altura das janelas. — E ele vai funcionar como outra janela, de modo que você terá flores durante o inverno também.

Foi exatamente o que ela pensara, admitiu Dru para si mesma.

— Nessa altura?

Dru deu alguns passos para trás, verificou a posição de ângulos diferentes e resistiu bravamente — porque seria sugestivo demais — à ideia de se deitar na cama para ver como seria dar de cara com a linda imagem quando acordasse de manhã.

— Está perfeito.

Ele colocou o dedo por trás da moldura, esfregou a parede de leve com a ponta do indicador para deixá-la marcada e colocou o quadro de lado para medir o centro exato entre as janelas.

Era estranho, observou ela, ter um homem novamente dentro do seu quarto. Diga-se de passagem, estava longe de ser desagradável observá-lo ali, lidando com as ferramentas e com o quadro que pintara, com roupas simples e mãos lindas.

Realmente estava longe de ser desagradável, admitiu, imaginando aquelas mãos maravilhosas sobre a sua pele.

— Veja se gosta do que eu trouxe na sacola — propôs ele, sem olhar para trás.

Ela pegou a sacola e a abriu. Suas sobrancelhas se ergueram ao tirar lá de dentro a saia comprida em tecido leve, em um estampado de violetas roxas que explodiam em cor por sobre um fundo azul-claro, além de um top estreito de alças finas, no mesmo tom de azul.

— Você é um homem determinado mesmo, não é?

— Vai ficar bem em você. Forma exatamente o conjunto que estou querendo.

— E você sempre consegue o que quer.

Ele olhou para trás, com uma expressão relaxada e ao mesmo tempo convencida.

— Até agora, sim. Você tem um par daqueles... — fez um círculo com o dedo no ar — brincos de argola? Vão combinar muito bem com o resto.

— Hum... — Eu devia ter desconfiado, pensou Dru, mas não disse nada além disso.

Ela colocou a saia e o top em cima da cama e deu mais um passo para trás, no momento em que ele pendurava o quadro na parede.

— A parte de baixo, no lado esquerdo, você precisa levantá-la um pouquinho... não, foi demais! Isso! Ficou perfeito. Pintado, emoldurado e pendurado na parede por Seth Quinn. Um grande negócio para mim.

— De minha parte, foi um acordo igualmente satisfatório — disse ele, olhando para ela.

Quando ele deu um passo na direção dela, ela considerou a ideia de dar um passo na direção dele também. O telefone, porém, tocou antes.

— Desculpe. — Para manter a pose, ela assumiu uma atitude de auto-confiança e agarrou o telefone na mesinha-de-cabeceira. — Alô!

— Alô, princesa.

— Papai! — Um misto de prazer e, infelizmente, uma pitada de irritação se misturaram dentro dela. — Por que o senhor não está no meio de uma partida de golfe a essa hora, em pleno domingo?

— Estou ligando para lhe dar uma notícia meio chata, querida. — O Sr. Proctor Banks soltou um longo suspiro. — Sua mãe e eu vamos nos divorciar.

— Eu sei. Escute... — Uma dor súbita começou a latejar-lhe na têmpora.

— Preciso que o senhor espere um instantinho. — Apertou o botão *mute* e se virou para Seth: — Desculpe, mas preciso atender a este telefonema. Tem café na cozinha, fique à vontade. Não vou demorar.

— Certo — concordou ele. O rosto dela estava absolutamente sem expressão. Suas feições estavam muito calmas e vazias.

— Vou pegar uma xícara para mim então, antes de arrumar as coisas lá fora. Não precisa se apressar.

Ela esperou até sentir o som de seus passos na escada, e só então se sentou na beira da cama para continuar a falar com o pai.

— Desculpe, papai. O que aconteceu? — Mordeu a ponta da língua antes de completar o que queria dizer: *dessa vez.*

— Para falar a verdade, sua mãe e eu já não estamos acertando os ponteiros há algum tempo. Tentei poupar você desses problemas. Tenho certeza de que já teríamos feito isso há muitos anos, se não fosse por você. Mas... bem, essas coisas acontecem, princesa.

— Sinto muito, muito mesmo. — Ela sabia a sua fala de cor e acabou com a frase: — Há algo que eu possa fazer para ajudá-los?

— Ahn, bem. Acho que eu me sentiria melhor se explicasse em detalhes o que houve para você não ficar muito aborrecida com tudo isso. Só que são coisas muito complicadas para discutirmos ao telefone. Por que não aparece aqui hoje à tarde? Posso esperar para almoçarmos juntos, só você e eu. Nada serviria para alegrar mais o meu dia do que passá-lo com a minha menininha.

— Desculpe, papai, mas já tenho um compromisso marcado para hoje.

— Entendo, mas creio que certamente, diante das circunstâncias do que acabei de contar, isto é mais importante, filha.

Sua têmpora começou a latejar com mais força e um sentimento de culpa começou a dar o ar de sua graça em seu estômago.

— Sinto muito, papai, mas não posso cancelar este compromisso. Na verdade, eu já estava pronta para...

— Tudo bem, tudo bem — disse ele com uma voz que conseguia ser, ao mesmo tempo, ríspida e magoada. — É que eu esperava que você tivesse um tempinho para mim. Trinta anos. Trinta anos de casamento e chegamos a esse ponto.

— Realmente eu sinto muito, papai. — Dru massageou o ponto de tensão que começava a descer para o pescoço.

Ela perdeu a conta do número de vezes que repetiu essa frase durante todo o resto da conversa. Só sabia que, ao desligar, sentia-se exausta de tanto tê-la repetido.

Mal acabara de colocar o fone no gancho e o aparelho tornou a tocar.

Aqueles trinta anos, pensou Dru, talvez pudessem ser os responsáveis pelo sexto sentido que os seus pais haviam desenvolvido com relação um ao outro. Resignada, atendeu o telefone:

— Alô, mamãe.

Ele estendera um cobertor vermelho sobre a grama, junto da margem do rio, onde havia raios de sol e também pontos sombreados. Acrescentou uma cesta de piquenique, feita de vime, e encostou nela uma garrafa aberta de vinho e uma taça de haste comprida. Um livro fino com capa branca em mau estado jazia ao lado de tudo.

Ela colocara as roupas que Seth levara e acrescentara os brincos de argola, conforme ele pedira. E aproveitara esse tempo para se recuperar.

Seth já tinha montado uma pequena mesa, e o seu bloco de desenhos estava sobre ela. Aos seus pés ele ligara o seu minisystem, mas o som que vinha dele, em vez do rock pesado, era Mozart. Isso a deixou surpresa.

— Desculpe por ter feito você esperar — disse ela ao sair da varanda.

— Tudo bem. — Um simples olhar para o rosto dela foi suficiente para fazê-lo se levantar e ir até onde ela estava. Seth colocou os braços em torno de Dru e, ignorando a hesitação que sentiu nela, abraçou-a com carinho.

Uma parte dela quis mergulhar direto naquela inquestionável oferta de conforto.

— Pareço assim tão mal?

— Você parece ter ficado muito triste de repente. — Roçou os lábios nos cabelos dela. — Prefere adiar isso para outro dia?

— Não. Não foi nada, na verdade. Só um pouco da habitual insanidade familiar.

— Ah, sou bom para lidar com essas coisas. — E levantou-lhe o queixo ligeiramente. — Eis aqui um verdadeiro especialista em insanidade familiar.

— Não desse tipo — disse e se afastou ligeiramente. —Acabei de saber que meus pais vão se divorciar.

— Puxa, Dru. — Ele tocou o rosto dela, com carinho. — Sinto muito.

— Não, não, não... — Para espanto dele, ela caiu na risada e botou as mãos sobre a testa. — Você não entendeu. Eles atiram a palavra "divórcio" um na cara do outro como se fosse uma bolinha de pingue-pongue. A cada dois anos, mais ou menos, eu recebo um telefonema desse tipo. É sempre "Dru, tenho más notícias" ou "Dru, nem sei como lhe contar isso...". Uma vez, quando eu tinha dezesseis anos, eles se separaram de verdade por quase dois meses. Tiveram todo o cuidado de programar a separação durante as minhas férias de verão a fim de que mamãe tivesse a oportunidade de dar uma escapadinha comigo até a Europa por uma semana para depois o meu pai me arrastar com ele até Bar Harbor na semana seguinte para velejar.

— Pois então me parece que você é que sempre foi a bola de pingue-pongue.

— Sim, é verdade. Eles me cansam e esse é o motivo de eu sempre fugir correndo, antes... antes de começar a odiá-los. Ao mesmo tempo, gostaria que resolvessem de vez o que querem da vida. Acho que isso parece frio, egoísta e horrível.

— Não, não parece. Não quando você tem lágrimas nos olhos.

— Eles me amam demais — disse baixinho. — Ou talvez não me amem o bastante. Jamais consegui decidir qual possibilidade é a verdadeira. Creio que nem eles. Não posso ficar com os dois, servindo de bengala ou de árbitro pelo resto da vida.

— Já disse isso a eles?

— Tentei, mas eles não me escutam. — Esfregou os próprios braços, como se estivesse com frio. — E eu não tenho o direito de jogar os meus problemas em cima de você.

— Por que não? Praticamente já estamos namorando firme.

— Você é incrivelmente bom nisso... — disse ela, soltando uma risada.

— Sou bom em muitas coisas. A qual delas você está se referindo?

— À capacidade de saber ouvir, em primeiro lugar. — Ela se inclinou para a frente e beijou-o na face. — Nunca fui muito boa em pedir para as pessoas me ouvirem. Com você isso nem mesmo é necessário. Em segundo lugar — ela beijou-o na outra face —, você é muito bom em conseguir me fazer rir, mesmo quando estou chateada.

— Pois então me proponho a ouvi-la um pouco mais e fazê-la rir um pouco mais também, se você tornar a me beijar. E mire neste ponto, quando fizer isso — acrescentou ele, apontando para os lábios com a ponta do dedo.

— Obrigada pela proposta, mas por agora é só. Vamos deixar o assunto dos meus pais de lado. Não há nada que eu possa fazer para ajudá-los. — Ela se afastou mais um pouco dele. — Imagino que você queira que eu vá para cima do cobertor vermelho.

— Por que não esquecemos toda a programação de hoje e saímos para velejar? Isso sempre me ajuda a espairecer.

— Não, você já aprontou tudo isso aqui e posar vai servir para tirar esses problemas da minha mente. De qualquer modo, obrigada, Seth.

Satisfeito ao ver que a tristeza em seu rosto já se dissipara um pouco, ele concordou com a cabeça.

— Certo. Mas se quiser parar, a qualquer momento, é só dizer. Agora, tire os sapatos.

Ela descalçou os sapatos de lona, perguntando:

— Um piquenique descalça?

— Isso. Agora, deite-se sobre o cobertor.

Ela pensou que ia ficar sentada, com a saia espalhada em volta dela, lendo o livro. Mesmo assim, pisou sobre o cobertor e fez o que ele mandava.

— Rosto virado para cima ou para baixo?

— Fique deitada de costas sobre o cobertor. Recoste-se um pouco mais — sugeriu ele, andando em volta dela. — Vamos colocar o braço direito sobre a cabeça. Dobre o cotovelo e deixe a mão relaxada.

— Sinto-me tola. No estúdio eu não me senti assim...

— Não esquente a cabeça. Levante um pouco o joelho. — Ela fez isso e, quando a saia levantou junto, ela tornou a baixá-la, cobrindo os joelhos.

— Ah, não, nada disso. — Ele se ajoelhou ao lado e notou que os olhos dela se estreitaram ao sentir que ele puxava a barra da saia, a fim de expor a perna esquerda até a altura da coxa.

— Esse não é o momento em que você devia dizer que não está se aproveitando da situação e que tudo isso é em nome da arte? — perguntou ela.

— Tudo isso é em nome da arte. — Os seus dedos roçaram-lhe a coxa enquanto ele ajeitava a saia dela. — Mas eu também estou me aproveitando da situação. — Pegou a alça do top, soltou-a do ombro, analisou o resultado e acenou com a cabeça em concordância. — Agora relaxe o corpo começando pelos dedos dos pés. — E passou a mão sobre o seu pé descalço. — Depois, vá subindo... — Olhando para ela, passou a mão de leve por sua panturrilha e depois a colocou atrás do joelho. — Vire a cabeça na minha direção.

Ela fez isso e ficou olhando para os pincéis e o material de pintura que ele colocara ao lado do cavalete.

— Aquilo ali não é material de aquarela? Pensei que você tinha dito que queria me pintar a óleo.

— Este trabalho aqui vai ser em aquarela. Tenho outra coisa em mente para o quadro a óleo.

— Então me diga... Quantas vezes acha que consegue me convencer a posar para você?

— Quantas forem necessárias. Você está curtindo uma tarde tranquila junto do rio — disse ele, enquanto começava a realizar um esboço de leve sobre o papel. — Está meio sonolenta, pela ação do vinho e da leitura.

— Estou sozinha?

— No momento, sim. Está sonhando acordada. Pode ir para onde quiser.

— Se estivesse mais quente, eu mergulharia no rio.

— Pois estará tão quente quanto você desejar. Feche os olhos, Dru. Sonhe um pouco.

Ela fez como ele pediu. A música suave e romântica era uma carícia sobre o ar.

— No que você pensa quando está pintando?

— No que eu penso? — Diante da pergunta, ele ficou sem saber o que dizer. — Não sei. Ahn... na forma, eu acho. Na luz, no jogo de sombras. Puxa, sei lá... na atmosfera da cena. Não sei como responder.

— Pois acaba de responder à pergunta que eu não fiz. É instinto. Seu talento é instintivo. Só pode ser. Afinal, você já era talentoso desde muito novo.

— E você, o que queria ser quando era menina? — O corpo dela era um fino fluxo de texturas e formas serpenteando diante dele.

— Um monte de coisas. Bailarina, estrela de cinema, exploradora... missionária.

— Nossa, missionária? Sério mesmo? — Os raios do sol se moveram através das folhas e pousaram suavemente sobre a pele dela. Luz e sombras.

— Uma ideia de curta duração, mas foi uma aspiração profunda. O que eu jamais imaginaria era me tornar uma mulher de negócios. Foi uma grande surpresa.

— Mas você gosta disso.

— Adoro. Sou apaixonada pela ideia de transformar o que eu imaginava ser apenas uma paixão pessoal e um pequeno talento para cuidar de flores em algo de útil. — Sua mente começou a vagar, como o rio que fluía diante dela. — Acho que jamais consegui falar a respeito dessas coisas com ninguém do jeito que consigo com você.

— Sério? — Ela parecia uma espécie de rainha das fadas; o formato exótico dos olhos, o cabelo muito escuro e sexy, a pose confiante e cheia de feminilidade. Uma rainha das fadas semiadormecida e sozinha em sua clareira particular. Atmosfera e ambiente.

— Por que você acha que isso acontece? — perguntou ele.

— Não tenho a menor ideia. — E, dando um suspiro, caiu no sono.

A música mudara. Uma mulher com voz comovente cantava coisas de amor. Ainda semiadormecida, Dru se mexeu.

— Quem está cantando? — murmurou.

— Darcy Gallagher. Esse som ao fundo são gaitas de foles. Assisti a um show dela com os meus irmãos há uns dois anos, no condado de Waterford, na Irlanda. Um lugarzinho chamado Ardmore. Foi surpreendente.

— Hum... Acho que já ouvi esta música... — Parou de falar ao abrir os olhos e ver Seth sentado ao lado do cobertor com o bloco de desenho na mão, em vez de estar atrás do cavalete. — O que está fazendo?

— Esperando você acordar.

— Nossa... eu peguei no sono? — Sentindo-se embaraçada, ela se apoiou em um dos cotovelos. — Sinto muito. Por quanto tempo eu apaguei?

— Não sei. Não uso relógio. — Colocou o bloco de lado. — E não precisa se desculpar. Você me deu exatamente o que eu estava buscando.

Tentando ficar totalmente desperta, ela olhou para o cavalete que ele montara. A aquarela estava fora de seu ângulo de visão, o que a deixou frustrada.

— Você já terminou? — quis saber.

— Não, mas tive um excelente início. Com relógio ou sem relógio, minha barriga está me dizendo que está na hora do almoço — disse e levantou a tampa de uma geladeira portátil.

— Você preparou um piquenique de verdade!

— A cesta foi para montar o ambiente, em nome da arte. A geladeira foi em nome da praticidade. Temos pão, queijo, uvas e um patê que Phil garante ser excelente. — Foi tirando pratos e talheres, enquanto falava. — Além disso, embora eu tenha me humilhado e implorado para conseguir, um pouco da salada de macarrão da Anna. Para encerrar, um vinho fantástico que descobri em Veneza. Chama-se Dreams e o nome me parece adequado.

— Você está tentando transformar isso em um encontro — disse ela, meio desconfiada.

— Tarde demais. — Serviu a primeira taça e entregou a ela. — É um encontro. Queria lhe perguntar por que foi embora tão depressa ontem, quando esteve no nosso galpão-estaleiro.

— Já havia terminado o que tinha ido fazer lá. — Ela pegou uma uva geladinha e mordeu a sua casca ácida. — Além do mais, precisava voltar para a loja.

— Quer dizer que você quer um barco?

— Sim, quero. Gosto de velejar.

— Venha velejar comigo, então. É uma forma de verificar pessoalmente a confiabilidade de um barco fabricado pela Embarcações Quinn.

— Vou pensar no assunto. — Ao experimentar o patê, ela fez um som sexy de prazer. — Seu irmão Phillip tem um gosto excelente. Seus irmãos são muito diferentes. No entanto eles se completam quando estão juntos, formando algo coeso.

— Isso é família.

— Ah, é? Não, nem sempre. Nem mesmo de vez em quando, pelo menos na minha experiência de vida. A sua família é única, sob vários aspectos. Por que você não é uma pessoa traumatizada?

— Como disse? — perguntou ele, olhando para ela enquanto se servia de um pouco de salada.

— Eu li muitas informações que foram lançadas aos poucos e de formas variadas nas reportagens a seu respeito, e escutei pelas ruas depois que me mudei aqui para Saint Chris. Sei que você teve uma infância muito difícil. Aliás, já ouvi isto de sua própria boca. Como conseguiu superar tudo sem ficar traumatizado?

As reportagens e os artigos que saíram na imprensa mal haviam arranhado a superfície da história, pensou Seth. A mídia não sabia de nada a respeito do menininho que precisou se esconder e lutara mais de uma vez para escapar de bêbados e drogados que tentavam agarrá-lo com mãos escorregadias, todos levados para dentro de casa por Gloria.

Ninguém sabia das surras que levara dela quando era pequeno, nem do medo que permanecia alojado no fundo de seu coração, como uma semente empedrada.

— Eles me salvaram. — Seth disse isso com uma honestidade simples que fez sua garganta queimar. — Não é exagero afirmar que eles salvaram a minha vida. Primeiro, Ray Quinn. Depois, Cam, Ethan e Phil. Eles viraram a própria vida pelo avesso por minha causa e, através disso, viraram a minha do avesso também. Anna, Grace, Sybill e Aubrey também participaram do processo. Todos eles criaram um lar para mim, e nada do que aconteceu antes tem a mínima importância perto do que veio depois.

Incrivelmente comovida com aquilo, Dru se inclinou na direção de Seth e juntou seus lábios com os dele.

— Então essa é a terceira coisa que me faz gostar de você. Descobri que você *é* um homem bom. Não sei como lidar com isso.

— Podia começar confiando em mim.

— Não. — Ela tornou a se afastar dele e partiu um pequeno pedaço de pão. — Nada começa com confiança. Confiança é algo que vai se desenvolvendo aos poucos. No meu caso, é algo que pode levar um tempo considerável.

— Tudo o que posso lhe garantir é que eu não sou nem um pouco parecido com o cara de quem você ficou noiva. — Quando a viu enrijecer, encolheu os ombros. — Como vê, não sou o único sobre quem a imprensa escreve e sobre quem as pessoas comentam.

Ela lembrou a si mesma que, no momento em que comentara sobre fatos pessoais da vida dele, Seth não demonstrara frieza com ela, e confirmou:

— Não, você não tem nada a ver com Jonah. Eu jamais fiz um piquenique com ele, nem comi salada de macarrão preparada por sua irmã.

— Aposto que com ele eram jantares no Jean-Louis, no Watergate, ou qualquer outro restaurante francês sofisticado que estivesse na moda; com ele eram estreias exclusivas no Kennedy Center, badalados coquetéis nas altas-rodas, além dos eventuais encontros de domingo para um almoço tardio em companhia de amigos adequados, todos muito refinados. — Esperou um segundo antes de completar: — Acertei?

— Chegou bem perto. — disse ela. *Acertou na mosca,* pensou.

— Você está bem longe das altas-rodas agora. Quem perdeu foi ele.

— Mas ele parece estar suportando muito bem a minha ausência.

— Você o amava?

Ela abriu a boca e de repente se viu respondendo àquela pergunta com total honestidade:

— Já não sei mais. Certamente acreditava que sim ou jamais teria feito planos para me casar. Ele era um homem atraente, brilhante, tinha um senso crítico e um ar de sarcasmo que muitas vezes passavam por inteligência ou sagacidade, e às vezes eram mesmo. Tinha também, como ficou comprovado, a mesma noção de fidelidade de um gato de beco. Foi melhor descobrir isso antes do casamento do que depois. Além do mais, aprendi algo muito valioso a meu respeito com a experiência. Ninguém me trai publicamente sem sofrer sérias consequências.

— Você acabou com ele, não foi?

— Ora, fiz muito pior — garantiu ela, mordiscando o patê com delicadeza. — Ele havia deixado o terno de casimira favorito, entre outras coisas, no meu apartamento. No momento em que eu estava empacotando os pertences dele, com toda a frieza, peguei o terno da embalagem onde ele o guardava, cortei as mangas, o colarinho e os botões. Vendo que ainda não estava satisfeita, coloquei todos os CDs da Melissa Etheridge, que ele tanto adora, no micro-ondas. Ela é uma artista fabulosa, mas não consigo mais ouvi-la sem me sentir possuída por tendências destrutivas. Em seguida, coloquei os seus finos sapatos Ferragamo na máquina de lavar roupa. Tudo isso pode ter sido ruim para os meus eletrodomésticos, mas foi bom para a minha alma. Já que eu estava empolgada com tudo aquilo, resolvi jogar o meu anel de noivado com o diamante russo de três quilates lapidado em corte quadrado dentro da privada, mas a sanidade falou mais alto.

— Coloquei-o em um envelope, escrevi: "Para pagar os pecados dele", e o coloquei na caixa de esmolas em uma pequena igreja de Georgetown. Um ato melodramático, talvez, mas satisfatório.

Dessa vez foi Seth que se inclinou na direção de Dru e juntou os lábios com os dela, elogiando:

— Bom trabalho, garota!

— Sim, eu também achei. — Trazendo os joelhos para junto do corpo, tomou um pouco mais de vinho enquanto olhava para a água do rio. — Um monte de gente, amigos e conhecidos, acha que eu saí de Washington e me mudei para cá por causa de Jonah. Estão todos enganados. Eu me apaixonei por este lugar desde que vim aqui pela primeira vez em companhia do meu avô. Quando notei que precisava fazer uma pausa em minha vida e começar de novo, tentei me imaginar morando em lugares diferentes, até em outros países. Mas minha cabeça sempre acabava voltando para cá. Não foi uma decisão impulsiva, embora, como já disse, muita gente pense assim. Planejei esse passo durante anos. É desse jeito que faço as coisas, com planejamento apurado. Passo a passo.

Ela fez uma pausa, colocou o queixo sobre os joelhos unidos e analisou a expressão de Seth, acrescentando:

— Obviamente dei um passo errado em algum lugar, com relação a você, ou não estaria sentada aqui na grama, bebendo vinho em uma tarde de domingo, contando-lhe coisas sobre as quais não tinha sequer intenção de mencionar.

Ela tornou a levantar a cabeça, bebeu mais um gole de vinho e completou:

— Você sabe ouvir. Isso é um dom. E uma arma.

— Não vou magoá-la, Dru.

— Pessoas saudáveis não embarcam em um relacionamento com a intenção de magoar um ao outro. Mesmo assim, é o que acaba acontecendo. Talvez seja eu quem acabe magoando você.

— Vamos ver. — Ele colocou a mão em sua nuca e começou a acariciá-la de leve, ao mesmo tempo em que abaixava a cabeça e colocava os lábios sobre os dela. — Não... — disse ele, baixinho, depois de um momento. — Nada de mágoas, por enquanto.

Virando um pouco a cabeça dela, emoldurou seu rosto com as mãos e o levantou, até seus lábios tornarem a se encontrar.

Bem devagar, para em seguida ir mais fundo, arrebatando-a de forma ardente, sua boca começou a se movimentar sobre a dela. Com suaves estocadas, ele brincou com as línguas de ambos, executando uma dança sensual, enquanto os seus dedos desciam lentamente pelo pescoço dela, até a curva dos ombros.

Ele sentiu em sua boca um pouco do sabor do vinho, cujo restinho derramou no momento em que a taça entornou, abandonada por uma mão sem forças. Quando a puxou para mais perto dele, achou a sua inspiração rápida e a expiração profunda tão excitantes quanto um gemido.

Seth a colocou de costas sobre o cobertor, deslizando para o chão ao mesmo tempo, e sentiu as mãos dela entrelaçando-se em volta do seu pescoço.

Dru queria sentir o peso dele sobre ela. Queria as suas mãos. Queria aquela boca assaltando-a e tomando-a por completo. Quando sentiu o roçar de seus dedos em sua clavícula, estremeceu. Eles deslizaram por sobre o tecido leve do top e desceram dançando, até começarem a brincar sobre o seu seio.

Ele murmurou o nome dela antes de roçar levemente os dentes em seu maxilar. E as suas mãos, tão lindamente esculpidas e ásperas pelo trabalho pesado, modelaram o seu corpo.

Uma onda de calor surgiu por dentro dela, incitando-a a dar e a receber. Em vez disso, porém, ela pressionou a mão em seu ombro e pediu:

— Espere, Seth.

Seth voltou a beijá-la com mais força, e ainda mais faminto, exibindo o perigoso sabor da urgência.

— Deixe-me tocá-la — pediu ele. — Tenho que tocá-la.

— Espere.

Ele praguejou baixinho e pousou a testa sobre a dela, sentindo o sangue rugir por dentro. Conseguia sentir o corpo dela vibrando debaixo do dele e sabia que as necessidades de ambos eram imensas.

— Tudo bem, tudo bem — conseguiu dizer. — Por quê?

— Ainda não estou pronta.

— Ora, querida, se ficar mais pronta do que está vai me deixar pra trás.

— Desejar você não é a mesma coisa que estar pronta. — O temor dela, porém, era que ele estivesse certo. — Não pretendia que as coisas chegassem a esse ponto, pelo menos não dessa forma. Não vou fazer amor com um homem que parece estar envolvido com outra mulher.

— Envolvido com quem? Puxa vida, Dru, eu acabei de voltar para casa e nem mesmo olhei para outra mulher desde a primeira vez que vi você.

— Você está envolvido com ela há muito tempo, desde antes de me conhecer. — Ele olhou para ela com um ar tão sem expressão, tão desconcertado e tão frustrado que ela ficou com vontade de rir, mas se manteve firme. — Aubrey.

— O que tem a Aubrey? — Ele levou alguns segundos em suspenso, até compreender o que ela queria dizer. — *Aubrey?* Eu e... Meu Santo Cristo, você está brincando? — Ele poderia ter gargalhado diante dessa ideia se não estivesse se sentindo tão chocado. — De onde foi que tirou essa ideia?

— Não sou cega. — Irritada, ela o empurrou. — Agora chegue para lá, por favor.

— Eu não estou envolvido com... — Ele não conseguia nem mesmo completar a frase, mas se afastou um pouco e se sentou sobre o cobertor. — Não é nada disso. Nossa, Dru, ela é minha irmã!

— Não, não é.

— Sobrinha.

— Também não. Talvez você não perceba exatamente o clima que rola entre vocês dois, embora não me pareça tão burrinho assim, mas duvido muito que ela não perceba.

— Eu não penso nela desse jeito.

— Talvez não em nível consciente.

— Não penso em nível nenhum. — Só a ideia daquilo trouxe pânico ao seu olhar. — Em nível nenhum! — repetiu. — Nem ela.

— Tem certeza? — Dru alisou a saia com cuidado.

— Tenho! — A semente da dúvida, porém, fora plantada nele. — Tenho mesmo. E se você tem alguma noção insana de que eu estar com você representa algum tipo de traição com relação a Aubrey pode esquecer essa ideia maluca.

— O que eu acho — disse Dru, com toda a calma — é que não vou me lançar em um caso com um homem que suspeito sentir atração por outra pessoa. Talvez fosse melhor você resolver esse assunto com Aubrey antes de seguirmos em frente. De qualquer modo, creio que já está bom de trabalho por hoje. Você se incomoda se eu der uma olhada no quadro?

— Sim — respondeu ele com impaciência. — Eu me incomodo sim. Você vai poder vê-lo depois que estiver pronto.

— Muito bem. — Ora, ora, refletiu ela, o temperamento forte, típico dos artistas, estava mostrando a sua cara. — Vou ajudá-lo a guardar a comida, então. Suspeito que você vai querer pelo menos mais uma sessão comigo — disse começando a guardar as coisas na geladeira portátil. — Acho que podemos marcar para uma hora qualquer, domingo que vem.

Ele se levantou e olhou para baixo, na direção dela.

— Você é meio perturbada, sabia? Só porque um babaca traiu você, não quer dizer que todos os homens agem da mesma forma.

— Sim. — Ela compreendia o seu acesso de raiva e sabia que, pela ótica dele, aquela era uma conclusão razoável. Mas não queria perder a calma e continuou: — Não se trata disso, em absoluto. Para falar a verdade, acho que você é um homem completamente honesto. Nem mesmo consideraria a hipótese de estar em sua companhia se fosse de outra forma. Só que, como já disse, ainda não estou pronta para dar este passo, e continuo com minhas reservas quanto aos seus sentimentos por ela e também quanto aos dela por você.

Levantando a cabeça, fixou o olhar nele e completou:

— Fui a vítima típica de outra mulher, Seth. Não vou mais deixar isso acontecer em minha vida.

— Pelo visto, em vez de você perguntar a respeito das minhas cicatrizes, devia ser eu a me interessar pelas suas.

— Sim, talvez devesse ter feito isso. — Ela se levantou nesse momento, concordando com a cabeça. — De qualquer modo, se vai ficar aborrecido com isso, o problema é seu.

Ele a agarrou pelo braço, antes de ela ir embora, e girou o seu corpo com tanta força que ela sentiu um medo súbito explodir em sua garganta como uma bomba.

— Você pode continuar dando os seus passinhos calculados, querida, um de cada vez— disse ele. — Talvez leve algum tempo para você cair de cara no chão, mas, se isso tiver que acontecer, o tombo vai ser feio do mesmo jeito.

— Quer me largar?

Ele a soltou, virou-se de costas e começou a guardar as coisas. Mais abalada do que queria admitir, Dru se obrigou a caminhar bem devagar na direção de casa.

De qualquer modo, compreendeu ela, aquilo continuava sendo uma fuga.

Capítulo Nove

Mulheres! Seth jogou a geladeira portátil no porta-malas e a cesta logo atrás. No exato instante em que um homem achava que as compreendia, elas se tornavam extraterrestres. E daquelas extraterrestres que têm o poder de transformar um homem normal e razoável em um rematado idiota.

Não havia nada que um homem pudesse fazer para acompanhar-lhes o raciocínio.

Atirou o cobertor dentro do carro, chutou o pneu e puxou o cobertor novamente para fora. Olhou para trás, na direção da casa, e soltou um rugido que o deixou mais satisfeito.

Seus resmungos eram uma combinação de xingamentos, observações contundentes e muito blábláblá incompreensível. Ele voltou para pegar o cavalete e o trabalho em aquarela.

E lá estava a imagem dela, dormindo sobre o cobertor vermelho, sob a luz do sol pontilhada de sombras. Seus braços eram compridos e havia muita cor no rosto de rainha das fadas adormecida.

— Então eu não saberia por quem sinto ou não atração? — disse para a imagem dela enquanto carregava a pintura ainda inacabada para o carro. — Um sujeito prova que é sacana e todos nós, homens, pagamos o pato? — Colocando o quadro no banco do carro, fez uma cara feia ao olhar para ele. — Bem, pois saiba que isso é um problema seu, garota.

Puxa, pensou, sentindo uma fisgada desagradável no estômago. Por que diabos ela colocara aquela ideia sobre Aubrey na sua cabeça? Não tinha nada a ver! Ela errara o alvo por quilômetros, muitos quilômetros de distância.

Tinha que ter errado.

Ele amava Aubrey. Claro que sim. Mas jamais pensara nela como... Será que pensara?

— Viu só? *Viu só?*—Apontou um dedo acusador para a pintura. — É isso que vocês, mulheres, fazem com os homens. Confundem as coisas dentro de nossas cabeças, até começarmos a questionar nosso próprio cérebro. Pois bem, isso não vai funcionar comigo.

Por ser mais confortável, voltou à explosão de raiva enquanto acabava de guardar as coisas no carro. Quase tomou o retorno que o levaria de volta para casa, mas desviou o carro no último instante e pisou fundo no acelerador.

— Vamos tirar essa dúvida — disse ele em voz alta, olhando para o quadro. — De uma vez por todas! Então vamos ver quem é o idiota nessa história.

Parou na calçada da casa de Aubrey, saltou do carro e entrou porta adentro, com a raiva e o ar de ultraje abrindo caminho à sua frente. Nem bateu na porta. Ninguém esperaria que fizesse isso.

A sala de estar, como o resto da casa, era linda como uma pintura, cheia de móveis, mas na medida exata do conforto e implacavelmente limpa. Grace tinha muito jeito para essas coisas.

No passado, ela fora uma mãe solteira e ganhara a vida fazendo faxina na casa das pessoas. Agora gerenciava o seu próprio negócio, uma firma prestadora de serviços de limpeza com mais de vinte empregados que limpavam casas e escritórios em todo o litoral.

Sua própria casa era um de seus melhores anúncios e, naquele momento, estava em completo silêncio.

— Aubrey! — berrou ele em direção às escadas. — Tem alguém em casa?

— Seth?—Grace apareceu, vindo da cozinha, correndo. Descalça, vestindo calças compridas com a bainha desfiada, o cabelo preso atrás da cabeça e afastado do rosto de forma descuidada, parecia jovem demais para ter uma filha já adulta por quem uma mulher cabeça-dura cismara que ele sentia atração.

Ora, ele *bancara a babá* para Aubrey diversas vezes quando era garoto, pelo amor de Deus!

— Venha aqui atrás, Seth — chamou Grace, dando-lhe um beijo. — Ethan e Deke estão lá nos fundos consertando o cortador de grama. Eu estava preparando uma limonada.

— Eu só dei uma passadinha aqui para falar com Aubrey a respeito de... — Essa não!, pensou ele. Aquele assunto não dava para discutir com Grace. — Ela está por aqui?

— Ela joga softball nos domingos à tarde.

— Certo. — Seth enfiou as mãos nos bolsos e fechou a cara. — Tudo bem.

— Querido, há algo errado? Você e Aubrey tiveram alguma briga?

— Não, não... eu só queria... falar com ela a respeito de uma coisa.

— Bem, ela deve voltar daqui a uma hora, mais ou menos. Emily também está fora, saiu com o namorado. Por que você não vai lá atrás ajudar Ethan e Deke e depois fica para jantar conosco? Vamos preparar alguma coisa mais tarde.

— Obrigado, mas... tenho algumas coisas para resolver... — Era esquisito para ele, muito esquisito, ficar ali olhando para o rosto de Grace, vendo a imagem de Aubrey duplicada e pensar o que estava pensando. — Tenho que ir embora.

— Mas... — Ela estava falando para as costas dele, que saía pela porta. Anna tinha razão, pensou Grace com um suspiro. Alguma coisa anda perturbando a cabeça desse menino.

O jogo já estava na sexta entrada, com duas ganhas e duas perdidas quando Seth chegou ao parque. O time de Aubrey, os Blue Crabs, estava perdendo por um *run* para o seu rival de longa data, o Rockfish.

Os espectadores mastigavam cachorros-quentes, tomavam refrigerantes por canudinhos em copos de papelão e lançavam os insultos e incentivos de praxe em direção aos jogadores. O mês de junho estava chegando e com ele vinham o mormaço e as mãos suadas, transformando a primavera em doce lembrança. O sol castigava o campo, deixando-o quente e úmido.

O vapor parecia subir da arquibancada enquanto Seth seguia em frente, subindo os degraus.

Avistou Junior Crawford, com um boné que cobria a sua careca e protegia com a sombra o seu rosto enrugado de gnomo; um menino de no máximo três anos estava sentado em seu colo.

— Oi, Seth! —Junior afastou seu traseiro magro ligeiramente para o lado e convidou Seth para sentar. — Por que está aqui em cima, em vez de estar em campo, jogando?

— Não voltei a tempo de me inscrever para o campeonato. — Examinando o campo inteiro, notou que Aubrey já estava pronta quando a atual batedora acertara a terceira bola. Então piscou para o garotinho. — Quem é esse rapazinho, Junior?

— Esse aqui é o Bart. —Junior levantou o joelho, fazendo o menino pular. — Meu bisneto.

— Bisneto?

— Isso mesmo. Já estou com oito netos, e agora tenho este bisneto. — A atenção de Junior se voltou para o campo ao ouvir o som da batida do taco. — Ei, essa rebatida não valeu! — Empunhe esse taco aí direito, Jed Wilson, pelo amor de Deus! — gritou.

— Jed Wilson? Aquele é o neto da Sra. Wilson?

— Exato! Um bom rapaz, muito correto, mas um batedor de merda!

— Batedor de merda — repetiu Bart, alegremente.

— Pare com isso, menino. — Rindo muito, Junior balançou o dedo na direção de Bart. — Você vai acabar me colocando em apuros novamente se repetir isso na frente da sua mãe.

— Batedor de merda! É o papai! — Bart deu uma gargalhada e então ofereceu o seu cachorro-quente deformado para Seth. — Quer um pedaço?

— Claro. — Grato pela distração, Seth se inclinou e fingiu dar uma mordida imensa.

Quando anunciaram a quarta bola, a multidão se agitou e Junior deu um urro de alegria.

— Até que enfim. Graças a Deus. Agora vocês vão ver só uma coisa, seus Rockfish fedorentos.

— Rockfish fedorentos — ecoou Bart, cada vez mais animado.

— Finalmente vamos ter um pouco de ação por aqui, droga! Chegou a hora de a onça beber água.

Os torcedores dos Blue Crabs começaram a entoar: "Auu-*brey*! Auu--*brey*!" no momento em que ela chegou, com ar de superioridade, à base.

— Bota pra quebrar, Aub! Essa garota é o máximo! — berrou Junior, com tanto entusiasmo que Seth se perguntou como era possível ele não ter sofrido um derrame naquele instante. — Olhe só aquilo! — disse e pareceu esfaquear Seth com a ponta do cotovelo. — Veja só ela acabar com a raça daquele safado!

— Acabar com a raça do safado! — gritou Bart, acenando com o cachorro-quente instável, de onde escorria mostarda.

Para segurança de todos, Seth pegou o menino do joelho de Junior e o colocou sobre a sua perna.

Aubrey era uma beleza de se olhar, pensou Seth. Não havia dúvida alguma a respeito. Seu corpo era forte e atlético, mas havia uma inegável feminilidade em seu aspecto, apesar do — ou talvez por causa do — uniforme masculino que usava.

De qualquer modo, isso não significava que ele olhava para ela... daquele jeito.

Ela apoiou os pés na base e arrastou os tênis no chão com força. Trocou um olhar rápido com o receptor, um olhar que Seth imaginou ser de provocação, de ambas as partes. Em seguida sacudiu o taco, testando o balanço por duas vezes. Então mexeu com a bunda.

Meu Deus, por que diabos ele estava olhando para a bunda dela?

Nesse instante fez um arremesso curto, a partir do primeiro *pitch*.

A multidão se levantou gritando. Aubrey se lançou em direção à base seguinte como uma bala que acaba de sair do cano de uma arma.

Então a multidão se acalmou quando ela voltou correndo para a base, pois fora um *foul bali*.

A torcida começou a entoar novamente o seu nome no momento em que ela tornou a pegar o taco e repetiu a jogada. Duas sacudidas no taco, uma balançada com a bunda e ela foi para o *pitch*.

Esperou um pouco, testando mais uma vez o balanço, e, quando o juiz determinou dois, girou o corpo na direção dele. Seth conseguia ver seus lábios se movendo e lhe pareceu ouvir mentalmente as suas palavras.

Strike *uma ova! Mais um pouco e esse* pitch *ia estar do lado de lá da fronteira com a Virgínia. Qual é o tamanho da zona de* strike *que você vai dar para esse cara?*

Não vá fazer alusões aos hábitos sexuais da mãe do juiz, garota, avisou Seth por telepatia, senão você vai acabar sendo expulsa do jogo.

Talvez por ter aprendido a se controlar mais nos dois últimos anos ou talvez por ter recebido a mensagem de Seth, o fato é que Aubrey lançou um olhar de desprezo para o juiz e voltou para o lugar do arremessador.

A cantoria voltou e os pés começaram a bater com força no piso da arquibancada, que começou a vibrar. No colo de Seth, o pequeno Bart apertou com força o que sobrara do cachorro-quente, transformando-o em uma massa disforme, e gritou:

— Acabe com a raça do safado!

E foi o que ela fez.

Seth sentiu no instante em que a bola atingiu o taco que o jogo estava encerrado. O mesmo sentiu Aubrey, obviamente, pois manteve a sua posição — ombros para a frente, quadris levantados, perna dianteira colocada ligeiramente para a frente como a de um dançarino—e observou a bola, que voou com força e bem longe.

A torcida tornou a se colocar em pé, em uma erupção de sons ao vê-la largar o taco e correr em volta de todas as bases.

— Que jogada sensacional — berrou Junior, com a voz de quem estava a ponto de chorar de emoção. — Essa garota joga pra cacete!

—Joga pra cacete! — concordou Bart, que se debruçou na direção de Junior e plantou-lhe um beijo na bochecha, quase caindo do colo de Seth.

O time do Rockfish não fez ponto algum na sétima entrada e fechou com um *strikeout* depois de uma bem armada *double play* executada por Aubrey. Seth começou a descer as arquibancadas em direção à saída do campo, enquanto os torcedores começavam a se dirigir para casa. Viu Aubrey em pé, com uma garrafa de Gatorade, bebendo pelo gargalo.

— Grande jogo, campeã!

— Oi! — Ela passou a garrafa para uma das companheiras de equipe e foi andando, com ar convencido, na direção de Seth. — Não sabia que você estava por aqui.

— Cheguei no fim da sexta entrada, bem a tempo de ver você chutar o traseiro do cara do Rockfish.

— Foi uma bola muito rápida, baixa e com efeito. Ele devia estar preparado. Pensei que estivesse pintando a florista agora à tarde.

— Eu estava, isto é... bem, nós fizemos uma sessão hoje.

Ela levantou uma sobrancelha e então esfregou a mão na ponta do nariz, vendo que Seth olhava fixamente para ela.

— O que foi? Estou com a cara suja ou algo assim? — perguntou a ele.

— Não, nada disso. Escute, preciso falar com você.

— Tudo bem. Fale.

— Não, não aqui. — Ele encolheu os ombros. Ali eles estavam cercados de gente. Jogadores, espectadores, crianças. Dezenas de rostos familiares. Gente que conhecia os dois. Meu Deus, será que as outras pessoas também achavam que ele e Aubrey...? — É que é um lance tipo assim... particular.

— Escute, Seth. Se algo está errado...

— Eu não disse que havia algo errado.

— Mas o seu rosto disse. — Expirou com força. — Olhe, eu peguei uma carona com Joe e Alice para vir ao jogo. Espere aqui. Vou avisar a eles que vou voltar para casa com você.

— Isso. Ótimo. Espero você no carro.

Ele colocou o cobertor e a pintura no banco de trás. Depois, se encostou no capô. Em seguida, deu uma volta em torno do carro. Quando Aubrey veio na direção dele com uma luva na mão e o taco sobre o ombro, tentou olhar para ela como se jamais a tivesse visto antes.

Só que não deu certo.

— Eu, hein... — disse ela. — Você está começando a me deixar preocupada, sabia?

— Pois não fique. Olhe, deixe-me colocar as suas coisas no porta-malas. Minhas tralhas também estão lá.

Ela encolheu os ombros, entregou o equipamento e deu uma olhada no banco de trás.

— Uau! — Tomada de emoção, abriu a porta de trás para poder observar com mais cuidado a aquarela. — Não é à toa que você estava com aquele fogo todo para pintá-la. Está lindo, Seth, eu jamais vou me acostumar com o dom que você tem.

— Ainda não está pronta.

— Dá pra ver — disse ela, com um tom de voz seco. — É sexy, mas suave. E íntimo. — Olhou para o lado, e os lindos olhos verdes dela se encontraram com o forte tom azul dos dele. Seth tentou descobrir se sentia algum tipo de sobressalto de origem sexual, como acontecia quando os olhos mais escuros de Dru se fixavam nos dele.

Era uma coisa embaraçosa demais para se pensar a respeito.

— É isso que você está procurando?

— O quê? — Assustado, olhou para ela com a boca aberta. — Como assim o que eu estou procurando?

— Você sabe, suavidade, uma atmosfera sexy e íntima.

— Ahn...

— Estou falando do quadro — ajudou ela, sentindo-se totalmente confusa.

— Ah, o quadro. — O frio em sua barriga se transformou em leve náusea. — Sim, é isso mesmo!

Nesse instante o rosto dela registrou um pouco de surpresa, especialmente ao vê-lo abrir a porta para ela, de forma cavalheiresca.

— Estamos com pressa? — perguntou.

— Ei, só porque você consegue grandes tacadas, isso não significa que um cara não possa lhe abrir a porta do carro. — Lançou essas palavras como se as cuspisse, enquanto dava a volta no carro e batia a porta do outro lado. — Se Will não a trata com respeito e cavalheirismo, você devia dar um chute no traseiro dele.

— Ei, espere aí... espere um instante! Will me trata muito bem. E por que você está tão agitado?

— Não quero falar sobre isso, ainda. — Saindo do estacionamento, arrancou com o carro.

Aubrey o deixou ficar em silêncio. Conhecia-o bem o suficiente para saber que, quando ele estava encucado com alguma coisa, ficava quieto e ia para um lugar dentro dele onde nem ela tinha permissão de entrar.

Quando estivesse pronto, ele falaria.

Entrando com o carro pela frente do galpão, Seth estacionou o veículo, desligou o motor e ficou tamborilando com os dedos sobre o volante por um momento.

— Podemos ir até o cais, lá nos fundos? — perguntou ele.

— Claro.

Quando ele saltou, porém, ela continuou sentada dentro do veículo, até que ele deu a volta no carro e abriu a porta para ela com um gesto brusco, perguntando:

— O que está fazendo?

— Simplesmente esperando que você me trate com respeito e cavalheirismo. — Balançou as pestanas para cima e para baixo com rapidez e saltou do carro. Depois riu para ele, pegou um chiclete no bolso de trás da calça e o ofereceu, com educação.

— Não, obrigado.

— O que está acontecendo, Seth? — perguntou enquanto desembrulhava o chiclete.

— Preciso lhe pedir um favor.

— Sim. O que é? — Jogou o chiclete na boca.

Ele colocou o pé no cais, olhou fixamente durante alguns segundos na direção da água, observando uma águia-pescadora que estava sobre um dos postes de amarração junto ao deque, e finalmente tornou a se virar na direção dela.

— Preciso beijar você.

Ela levantou as palmas das mãos para cima, perguntando:

— Só isso? Nossa, eu já estava pensando que você está com alguma doença e tem apenas seis meses de vida ou algo desse tipo. Tudo bem. Puxa, Seth. Você já me beijou milhares de vezes. Qual é o grande lance agora?

— Não. — Ele cruzou os braços sobre o peito; em seguida, colocou as mãos nos quadris e finalmente as enfiou nos bolsos. — O que estou dizendo é que preciso *beijar você*. Como um namorado.

— Ahn? — Um ar de choque surgiu em seu rosto.

— Preciso tirar uma dúvida e, para isso, tenho que beijar você. Como qualquer cara normal faria.

— Seth. — Ela deu uma palmadinha no braço dele. — Isso é esquisito. Você levou alguma pancada na cabeça ou algo assim?

— Sei que é esquisito — lançou ele de volta. — Você acha que não sei o quanto é esquisito? Imagine como me sinto só por falar uma coisa dessas para você.

— E como foi que você teve essa ideia, para começo de conversa?

Ele caminhou ao longo do cais, foi até a ponta e voltou.

— É que Dru tem a impressão de que eu... de que nós... puxa vida! Ela acha que eu sinto atração por você, uma atração do tipo homem-mulher. E possivelmente vice-versa... eu acho.

Aubrey piscou duas vezes, bem devagar, como fazem as corujas.

— Ela acha que eu sinto tesão por você?

— Puxa vida, Aub.

— Ela acha que existe algo desse tipo rolando entre nós dois e lhe deu um pé na bunda?

— Mais ou menos — murmurou ele.

— Então você quer me dar um beijo desses só por causa dela?

— Sim. Não! Caramba, eu sei lá! — Tinha como ser pior do que aquilo?, pensou ele. Será que havia como ele se sentir mais embaraçado, mais sem graça ou mais idiota? — Foi ela quem colocou essa ideia na minha cabeça. Agora não consigo mais tirá-la de lá. E se ela estiver certa?

— E se ela estiver certa? — Havia uma explosão de gargalhadas pronta para sair de sua garganta, mas Aubrey conseguiu engoli-la. — Será que você tem alguma fantasia reprimida a respeito de nós dois? Ei, cai na real, Seth!

— Escute, escute só o que eu vou dizer... — Envolvido com a questão com uma intensidade tal que a fez tornar a piscar, ele a segurou pelos ombros. — Você não vai morrer só por me dar um beijo!

— Certo, certo, tá legal. Pode ir em frente.

— Muito bem. — Ele soltou o ar com força e abaixou a cabeça, tentando se concentrar. Em seguida, tornou a levantá-la. — Não consigo me lembrar dos movimentos certos. Espere só um minuto.

Ele deu um passo para trás, virou-se para o outro lado e tentou clarear a mente.

— Vamos tentar desse jeito — disse ele, virando-se de frente para ela novamente, enlaçando-a pela cintura e trazendo-a na direção dele. Alguns segundos se passaram. — Você bem que podia colocar os braços em volta de mim ou algo desse tipo.

— Opa, desculpe. — Ela ergueu os braços e entrelaçou os dedos atrás da cabeça dele. — Que tal assim?

— Legal. Está ótimo. Levante o corpo um pouquinho só — sugeriu ele, e ela ficou na ponta dos pés. Ele inclinou a cabeça para a frente. Quando a sua boca já estava a poucos centímetros da dela, Aubrey caiu na gargalhada.

— Ai, cacete!

— Desculpe, desculpe. — O ataque de riso a forçou a dar um passo para trás. Ele ficou em pé diante dela, com cara de poucos amigos, até que ela conseguiu se controlar. — É que empaquei, apenas isso. — Ela começou a colocar os braços em volta dele novamente. — Merda, espere um instantinho... — Com todo o cuidado, tirou o chiclete da boca e o embrulhou na embalagem que ficara em seu bolso. —Já que vamos fazer isso, é melhor fazer direito, certo?

— Se você conseguir segurar suas gargalhadas, que mais parecem grunhidos suínos...

— Ei, carinha! Aprenda a lição número um: quando um homem está prestes a enroscar a própria língua com a de uma mulher, não a chama de porca.

Tornou a colocar os braços em volta dele, abraçou-o com força e tomou a iniciativa, antes que um dos dois tivesse chance de pensar naquilo.

Ambos permaneceram grudados, com a brisa que vinha da água circulando em torno deles. Ouviu-se um barulho de motor ao longe quando um carro passou pela estrada; o súbito e desesperado latido de um cão que perseguia o veículo por dentro da cerca cortou o ar em seguida, até que o ruído do carro desapareceu.

Os lábios se separaram e seus olhos se encontraram. O silêncio que baixou entre eles perdurou por poucos e longos segundos.

Então os dois começaram a rir.

Ainda se segurando, eles se balançavam ao ritmo das risadas e, se não estivessem agarrados um no outro, teriam caído no chão de tanto rir. Ele encostou a testa na dela e deu um suspiro aliviado.

— Então... — Ela deu um beliscão no traseiro dele. — Você me deseja loucamente, fale a verdade...

— Cale a boca, Aubrey.

Nesse momento, ele lhe deu um abraço carinhoso, fraternal e muito apertado, antes de se afastar, agradecendo.

— Muito obrigado.

— Não há de quê... a propósito, você é bom nisso, sabia?

— Você também. — Esfregou os nós dos dedos sobre a bochecha dela. — E jamais vamos tornar a fazer isso.

— Combinado!

Ele já estava colocando o braço sobre o ombro dela, mas então parou quando um pensamento assustador lhe ocorreu.

— Você não vai contar nada do que aconteceu aqui a ninguém, vai? Como a sua mãe, Will ou qualquer outra pessoa...

— Está brincando? — Só a ideia a fez estremecer de vergonha. — Você também não. Prometa! — Cuspiu na palma da mão e a estendeu na direção dele.

Com cara de nojo, ele olhou para a mão dela e reclamou:

— Jamais devia ter ensinado isso a você. — Resignado e sabendo que era preciso respeitar o trato, cuspiu na própria palma e então, solenemente, trocaram um aperto de mãos.

Ele estava agitado demais para ir direto para casa. Era obrigado a admitir que precisava de um pouco mais de tempo antes de encarar a sua família, pois o incidente do beijo ainda estava muito recente em sua cabeça.

Pensou por um momento em voltar à casa de Dru só para lhe contar que ela estava muito longe do alvo, o quanto ele se sentia insultado e o quanto ela *errara* por completo.

Uma parte da sua mente, porém, a parte mais esperta, alertou-o de que ele ainda não estava no clima para ter uma conversa racional com ela, pelo menos por enquanto.

Ela o fizera duvidar de si mesmo e isso o ferira. Ele trabalhara muito e durante muito tempo para alcançar e manter elevado o nível de confiança em si mesmo, no seu trabalho e na sua família. Nenhuma mulher tinha o direito de abalar aquilo.

Resolveu então que recuaria um pouco, antes que as coisas fossem em frente. Ele a pintaria porque não conseguiria agir de outro modo. Mas isso seria tudo.

Não havia necessidade de ele se envolver com uma mulher tão complicada assim, tão imprevisível e cheia de opiniões próprias a respeito de tudo.

Era hora de desacelerar, de se concentrar no trabalho e na família. Resolver os seus próprios problemas antes de acabar descontando em alguém.

Estacionou o carro ao lado do estúdio, levou o equipamento e a pintura para cima. Pegou o novo celular e ligou para Anna, a fim de avisá-la de que não jantaria em casa.

Ligou o som e então se pôs a trabalhar na aquarela, pintando de memória.

Como acontecia ao velejar, suas preocupações, aborrecimentos e problemas desapareciam sempre que pintava. Quando criança, ele escapava do mundo através dos desenhos. Eventualmente, aquilo era uma questão de sobrevivência ou algo igualmente dramático; em outras ocasiões lhe servia para algo simples, como afastar o tédio. Mas sempre fora um prazer, algumas vezes calmo e pessoal, e outras vezes forte como uma celebração.

No fim da adolescência ele chegara a passar por momentos de culpa e dúvida pelo fato de jamais ter sofrido por causa de sua arte, nem vivenciado nenhum drama ou conflito emocional derivado dela.

Quando, na época, se abriu a respeito disso com Cam, seu irmão olhou para ele fixamente e perguntou:

— Eu, hein... você é idiota?

Aquela foi a resposta exata para tirar Seth de seu pânico autoinduzido.

Havia outras vezes em que uma determinada obra parecia se afastar dele, deixando-o desconcertado e frustrado pela imagem em sua mente que se recusava a deixar-se prender em uma tela.

Em outros momentos, porém, a arte fluía e voava além e mais alto do que tudo o que ele imaginara alcançar.

Quando a luz do dia foi diminuindo através das claraboias e ele se viu obrigado a acender as lâmpadas, deu um passo atrás. Afastando-se da tela, analisou o que fizera. E compreendeu que aquele fora um dos momentos em que a arte fluíra.

Havia uma vibração nas cores — o verde do gramado e das folhas, o âmbar da água iluminada pelo sol, o choque do vermelho do cobertor e o tom leitoso da pele de Dru em cima dele. O estampado florido de sua saia era impetuoso, contrastando com a forma delicada com que o tecido leve se deixava drapejar no alto da coxa.

Ali estavam a curva do seu ombro, o ângulo do seu braço, a ponta quadrada do cobertor. E o jeito como algumas difusas línguas de luz lambiam a expressão sonhadora em seu rosto.

Ele não saberia explicar como conseguira. Da mesma forma que não conseguira especificar a Dru quais eram os seus pensamentos no momento em que pintava. Os aspectos formais do trabalho não passavam disso: detalhes técnicos. Necessários, essenciais, mas alcançados de forma tão inconsciente, quando ele trabalhava, quanto o ato de respirar.

Como exatamente uma pintura poderia, às vezes, expor o coração do artista e o núcleo do tema, fazendo-o respirar, ele não saberia explicar.

Nem sequer questionava nada disso. Assim, simplesmente pegou o pincel e voltou ao trabalho.

Bem mais tarde, ainda completamente vestido, ele emborcou na cama e caiu de imediato no sono, tendo a imagem de Drusilla, igualmente adormecida, a seu lado.

— Como vai chamá-lo? — perguntou-lhe Stella.

Estavam diante do quadro, estudando-o sob as luzes fortes do estúdio.

— Não sei — disse Seth. — Ainda não pensei em um nome para ele.

— *A Bela Dorme* — sugeriu Stella. — É esse o nome que eu daria.

Stella usava uma blusa de cambraia, calça jeans larga e sapatos baixos de lona que pareciam já ter percorrido milhares de quilômetros. Quando enfiou o braço por dentro do de Seth, ele conseguiu sentir o leve aroma de limão do seu xampu e do sabonete.

— Estamos orgulhosos de você, Seth. Nem tanto pelo talento em si, pois isso é uma dádiva de Deus, mas por fazer bom uso dele. Fazer bom uso do que você tem e ser fiel a quem você é, isso faz toda a diferença.

Ela deu um passo para trás e olhou em volta, continuando:

— Até que não seria mau dar uma limpezinha neste lugar. Ser artista não significa ser relaxado.

— Vou limpar tudo amanhã de manhã.

— Onde foi mesmo que já ouvi essa frase? — Lançou-lhe um olhar de ironia. — Quanto àquela ali. — Stella acenou com a cabeça na direção do quadro. — Ela é toda arrumadinha. Certinha demais até... o que, evidentemente, não é problema seu. Essa moça vive se preocupando em não deixar nada fora do lugar. Desarrumação a deixa confusa, especialmente quando se trata das suas próprias emoções. Aliás, você já deve ter reparado que ela está muito confusa com relação a você.

Ele levantou o ombro de um jeito que fez Stella sorrir.

— Estou pisando no freio e resolvi dar um tempo. Ela representa muito trabalho.

— Hum-hum. — Ela deu uma piscadela para ele. — Pois permaneça assim, garoto.

Ele queria deixar aquela área de sua vida intocada. Não se incomodava com emoções conflitantes, mas as suas próprias emoções já estavam em um estado tal, que ele não tinha certeza de algum dia conseguir arrumá-las novamente.

— Cam me pediu para lhe perguntar a respeito do pão de abobrinha.

— Pediu, é? Talvez ele pense que esqueci aquilo. Pois bem, diga a ele que posso estar morta, mas não estou caduca. Nunca fui grande coisa como cozinheira. Quem cuidava dessa parte, quase sempre, era Ray. De vez em quando, porém, eu "metia a minha colher" na cozinha, por assim dizer. Certa vez, em um dia de outono, me deu vontade de comer pão feito com abobrinha. Nós a tínhamos plantado no quintal e logo na primeira colheita acumulamos tanta abobrinha que daria para comer por anos. Especialmente se considerarmos que Ethan não gostava nem de sentir o cheiro daquilo. Assim, peguei um livro de receitas e me aventurei a preparar o tal pão de abobrinha. Preparei quatro formas, sem a ajuda de ninguém, e as coloquei sobre a bancada para esfriar. Estava orgulhosa daquele pão, pode acreditar.

Fez uma pausa e deu um tapinha na própria cabeça, como se estivesse procurando o resto da história entre suas lembranças.

— Mais ou menos meia hora depois — continuou — voltei à cozinha. Em vez de quatro formas de pão de abobrinha havia apenas três. Meu primeiro pensamento foi: "Ora, os meus meninos já se serviram e devem ter gostado do pão, porque não sobrou nada." Fiquei muito orgulhosa da façanha, até olhar pela janela da cozinha. Adivinhe o que eu vi.

— Não faço a menor ideia — disse Seth, já sabendo que ia apreciar o fim da história.

— Pois deixe-me lhe contar o que foi que vi — disse ela, com o queixo ligeiramente levantado. — Meus meninos e o meu adorado marido estavam no quintal, usando a forma de pão de abobrinha, que eu preparara sem ajuda de ninguém, como bola de futebol americano. Davam gritos entusiasmados, chamavam uns aos outros e atiravam aquele troço de um lado para outro, como se estivessem disputando o Super Bowl. Saí da cozinha como uma bala, preparada para arrancar a pele de todos eles. Nesse instante, Phil lançou o pão bem alto e longe, apesar de Ethan tentar impedi-lo. Cam, porém, que sempre foi rápido como um raio, pulou para interceptar a "bola" com uma cabeçada. Só que calculou mal o ângulo, e a forma de pão bateu bem aqui. — Bateu com a ponta do dedo no supercílio. — Ele caiu durinho no chão, quase desmaiado devido ao impacto. Aquele troço estava duro como um tijolo.

Ela começou a rir, balançando-se para a frente e para trás sobre os calcanhares.

— Nesse momento, Ethan agarrou o pão, passou por cima de Cam, que estava meio tonto, com os olhos girando, e fez o *touchdown*. Quando corri até onde Cam caíra para ver se estava tudo bem e dar uma bronca coletiva, ele já se levantara e os quatro estavam uivando de rir, como bobalhões. Começaram a debochar, chamando o novo jogo de Pãobol. Aquela foi a última vez que eu preparei pão, como você já deve ter adivinhado. Sinto saudade daqueles dias. Sinto muita saudade deles.

— Gostaria de ter passado algum tempo com a senhora, disse Seth. — Queria ter passado algum tempo em sua companhia e na de Ray.

Movendo-se na direção de Seth, ela passou os dedos entre as pontas de cabelo que lhe haviam caído sobre a testa. O gesto foi tão carinhoso que o coração dele se comoveu.

— Tudo bem se eu chamá-la de vovó?

— Claro que está tudo bem, meu garoto. Você é um menino muito doce — murmurou. — Ela não conseguiu macular seu coração, por mais que tenha tentado. Não conseguiu compreender você, e foi por isso que magoá-lo foi sempre tão fácil para ela.

Ela não estava falando de Dru agora, compreendeu Seth, e sim de Gloria.

— Não quero nem pensar nela. Gloria não pode mais me atingir.

— Não pode? Os problemas estão chegando. Eles sempre chegam. Você precisa ser forte, esperto e verdadeiro. Está me ouvindo? Você não está sozinho, Seth. Jamais estará sozinho.

— Não vá embora.

— Você não está sozinho — repetiu ela.

Quando Seth acordou, com o sol nascente penetrando pela janela, pareceu-lhe que ela fora embora, sim.

Pior ainda, notou o bilhete dobrado que fora enfiado por baixo da porta. Fez um esforço e se levantou para pegar o papel.

Na Banchonete Bucy's, junto ao Hotel By-Way, na Rodovia 13.
Onze da noite de hoje.
Beve tudo em dinheiro.

Os problemas estão chegando. Seth pareceu ouvir o eco da voz de Stella. *Eles sempre chegam.*

Capítulo Dez

Aubrey refletiu muito a respeito do assunto, desmontou as cenas e tornou a montá-las. E quanto mais pensava no assunto, mais revoltada ficava. A raiva tornou bem claro em sua cabeça que precisava muito conversar com Drusilla Whitcomb Banks, "de mulher para mulher", e Aubrey Quinn era a pessoa adequada para isso.

Como Aubrey e Seth haviam feito um pacto, ela não podia desabafar com a sua mãe nem com o seu pai. Também não poderia ir até Sybill e pedir uma avaliação psicológica da coisa toda. Nem podia ir até Anna para despejar a amolação e o ressentimento que sentia.

Assim, camada após camada, a raiva foi aumentando, até que ela já estava com a cabeça fumegando quando saiu do trabalho, às cinco da tarde.

Ensaiou várias vezes tudo o que pretendia dizer, enquanto dirigia velozmente em direção à cidade. Treinou todas as palavras frias, mordazes e cheias de arestas perigosas que iam desbastar a pequena Senhorita Perfeita até reduzi-la a um tamanho insignificante.

Ninguém escapava ileso depois de tornar Seth infeliz.

Quem sacaneia um Quinn, pensou no momento em que estacionava sua caminhonete em uma vaga junto ao meio-fio, sacaneia todos eles.

Com as botas de trabalho, a camiseta suja e os jeans largos, marchou em direção à loja Botão & Flor.

Sim, ela era uma mulher com aparência perfeita, sem dúvida, avaliou Aubrey, e mordeu o lábio para aplacar sua ira enquanto Dru embrulhava um ramalhete de margaridas para Carla Wiggins. Estava simplesmente perfeita com a sua blusa cor-de-rosa de seda e os cabelos de ninfa em tom de madeira. As calças eram cinza-claro, cor de pedra, e apresentavam um caimento leve e fluido. Provavelmente eram de seda também, concluiu Aubrey, aborrecida consigo mesma por estar admirando o seu estilo casual e cheio de classe.

Dru desviou o olhar do que fazia e se voltou para a porta que se abrira. O que poderia ter sido uma acolhida calorosa ou educada esfriou e se transformou em cautela ao ver o olhar que Aubrey lhe lançou.

Pelo menos já era alguma coisa.

Carla, toda agitada e com os olhos brilhando, se virou.

— Oi, Aubrey. Que jogo aquele de ontem, hein? Todos estão falando no *home run* que você conseguiu. As bases estavam ocupadas — disse ela a Dru —, mas Aubrey conseguiu mandar os Rockfish para o espaço.

— É mesmo? — Dru já ouvira a mesma história um monte de vezes naquele dia, relatada por vários clientes. — Meus parabéns!

— Peguei um impulso bom para marcar.

— Quase tive um infarto quando aquela bola foi batida. — Carla deu tapinhas curtos sobre o seio pequeno, como demonstração. —Jed está voando até agora. Era ele que ocupava a base quando Aubrey chegou para bater — explicou a Dru. — Bem, esta noite vou fazer um jantar especial para os pais dele e vamos continuar com os preparativos para o casamento. Tirei a tarde de folga no trabalho. De repente me lembrei que não tinha flores para colocar no centro da mesa. Vou preparar espaguete com almôndegas, o prato favorito de Jed, só para deixá-lo mais animado. Vim até aqui e Dru me aconselhou a usar margaridas, que vão combinar bem com aquele vaso vermelho que eu tenho. O que acha, Aubrey?

Aubrey olhou para as flores e levantou um ombro, concordando:

— São lindas, Carla. Simpáticas, eu diria. Um arranjo simples e bonito.

— É isso aí. Exatamente o que eu queria. — Carla deu uma ajeitada com a mão nos cabelos louros muito bonitos — Não sei por que fico tão nervosa. Conheço os pais de Jed desde que era menina. Só que agora é diferente, pois vamos nos casar em dezembro. Já comentei com Dru que a decoração da festa vai ser toda à base de azul-escuro e prateado. Queria fugir um pouco do vermelho e verde, porque ia ficar muito óbvio, perto do Natal, mas quis manter o clima natalino e festivo. Você acha que essas cores vão funcionar? — Carla mordeu o lábio, ansiosa, e tornou a olhar para Dru. — Isto é, para fazer a composição com as flores e todo o resto.

— Vão funcionar de forma maravilhosa—garantiu Dru, com um olhar caloroso. — Festivas e também muito românticas, como você planejou. Vou lhe dar mais algumas ideias, e depois você, a sua mãe e eu podemos dar uma repassada em tudo. Não se preocupe com nada.

— Não consigo evitar. Vou acabar deixando todo mundo louco antes de dezembro. Agora preciso correr. — Pegou as flores. — Eles vão chegar em menos de uma hora.

— Tenha uma boa noite — disse Dru.

— Obrigada. A gente se vê depois, Aubrey.

— Sim, diga a Jed que mandei um abraço.

A porta se fechou atrás de Carla e, no momento em que os sininhos da porta pararam de tocar, a alegria que enchia a loja desapareceu.

— Imagino que você não tenha vindo até aqui para comprar flores — disse Dru, com as mãos entrelaçadas. — Posso fazer algo por você?

— Pode sim, começando por parar de confundir a cabeça de Seth e de me colocar no papel de "outra".

— Na verdade, a minha preocupação era a de estar representando esse papel eu mesma, e não faço a mínima questão disso.

Todas as frases preparadas, mordazes e cheias de arestas que Aubrey ensaiara desapareceram e a sua cabeça esvaziou-se.

— Que diabos está acontecendo? — reagiu. — O que há de errado com você? Acha que Seth ia ficar cutucando você se estivesse interessado em outra mulher?

— Cutucando?

— É uma expressão de família — murmurou Aubrey, encolhendo os ombros. — Que tipo de homem você acha que ele é? Seth jamais se aproximaria de você se estivesse a fim de outra pessoa. Ele não é assim e, se você ainda não sacou, deve ser burra.

— Saiba que me chamar de burra só vai terminar com essa conversa antes mesmo de começar.

— Dar um soco no seu nariz também.

Dru levantou o queixo. Aubrey admirou sua determinação e também o tom de deboche que usou ao perguntar:

— É assim que resolve as coisas com quem discorda de você?

— Às vezes, sim. É mais rápido. — Aubrey mostrou-lhe os dentes. — Além disso, você ainda está me devendo uma por se referir a mim como "louraça peituda vestida de preto".

Dru recuou de leve, franzindo o cenho, mas manteve a voz firme:

— Reconheço que foi um comentário idiota, mas isso não me torna burra. Admito, porém, que foi errado e peço desculpas por isso. Imagino que você jamais tenha dito algo em sua vida de que se arrependeu logo em seguida.

— Nossa, isso acontece o tempo todo — informou Aubrey, mais animada. — Desculpas aceitas. Só que isso não livra a sua cara com relação a Seth. Você perturbou a cabeça dele e o fez ficar triste. Só isso a faz merecedora de muito mais do que um simples soco no nariz, na minha opinião.

— Não era a minha intenção perturbá-lo nem deixá-lo triste. — Ela sentiu uma fisgada de culpa. Não se importava de deixá-lo irritado, mas jamais desejou que ele ficasse triste. E, de qualquer modo, fez o que achou certo para todos.

— Não vou ser um joguete nas mãos de um homem — afirmou Dru —, mesmo que ele não perceba que é isso o que está fazendo comigo. Observei vocês dois juntos. Percebi o jeito como você me olhou ontem, quando fui até o estaleiro. E nesse exato momento você está bem aqui na minha frente, quase pulando no meu pescoço, exatamente por causa do que vocês representam um para o outro.

— E quer saber o que representamos um para o outro? — Sentindo-se novamente revoltada com aquilo, Aubrey se apoiou no balcão. — Somos uma família. E se você não sabe que os membros de uma família amam uns aos outros, apoiam uns aos outros e se preocupam quando um deles se mete em um lugar ao qual não pertence, então sinto muito por isso. E se o meu jeito de olhar para você não a agrada, isso é mau, pois vou continuar de olho em você e nessa história, porque ainda não estou certa de que você representa algo de bom na vida dele.

— Nem eu — disse Dru, com toda a calma, o que fez Aubrey parar de falar na mesma hora. — Nesse ponto estamos de acordo.

— Eu não a conheço direito — admitiu Aubrey —, mas conheço Seth. Ele gosta de você. Convivo com ele desde que... puxa, nem me lembro da época em que ainda não o conhecia, e sei enxergar muito bem quando ele se interessa de verdade por alguém. Você o magoou ontem, e eu não suporto vê-lo magoado.

Dru olhou para baixo e notou que suas mãos estavam apertando a ponta do balcão com força. Deliberadamente, forçou-se a relaxar.

— Deixe-me perguntar-lhe uma coisa, Aubrey. Se você se visse envolvida com um homem, num momento da vida em que isso é a última coisa que quer ver acontecer, mas já está acontecendo de qualquer modo, e se percebesse que esse homem tem um relacionamento com outra mulher... uma mulher atraente, vibrante e interessante, que você não consegue definir... e tudo o que vê é algo íntimo entre os dois, além do seu alcance, como se sentiria?

Aubrey abriu a boca, mas não conseguiu dizer nada. Precisava de mais um momento, antes de responder.

— Não sei — disse por fim. — Droga, mas que droga, Dru! Eu o amo. Eu o amo tanto, que, durante o período em que ele morou na Europa, era como se uma parte de mim estivesse faltando. Mas não é nada sexual nem romântico. Ele é o meu melhor amigo. Ele é meu irmão. Ele é o meu Seth.

— Eu jamais tive um melhor amigo ou um irmão. Minha família não possui a... vitalidade da sua. Talvez por isso seja tão difícil compreender essa relação, para mim.

— Pois talvez entendesse melhor a coisa se tivesse visto a hora em que caímos na gargalhada depois de nos beijarmos ontem. — Os lábios de Aubrey se abriram em um sorriso ao lembrar a cena. — Seth é assim mesmo... você plantou a semente nele, ele se preocupou com aquilo e embarcou na ideia. Pensou: "Puxa, será que estou sacaneando as duas sem querer e magoando gente que eu adoro? Como posso consertar isso?" Assim, ele me chamou em um canto e me explicou tudo, tim-tim por tim-tim. Disse que precisava me dar um beijo... um beijaço mesmo, tipo desentupidor de pia... para poder ter certeza de que não sente nenhuma atração por mim.

— Meu Deus! — Dru fechou os olhos, abismada. — Ele não percebeu que insultou você?

— Não. — Surpresa e até satisfeita por Dru ter analisado a questão por aquele ângulo, Aubrey se debruçou sobre o balcão, de forma um pouco mais amigável. — Não deixei que isso me atingisse, já que ele era idiota a respeito daquilo e se mostrou preocupado e confuso. Assim, realizamos a pequena experiência, e ele ganhou nota dez no quesito evolução de língua. O cara sabe beijar.

— Sabe mesmo...

— Houve um alívio total, porque a terra não estremeceu sob os nossos pés. Não aconteceu nada, nem mesmo uma tremidinha. Então caímos na risada feito dois idiotas, porque foi realmente hilário, e ficamos muito bem. Não pretendia lhe contar essa parte — acrescentou Aubrey. — Planejara deixar a dúvida no ar, só para você sofrer mais um pouco. Mas, depois que você disse que eu sou atraente, vibrante e interessante, resolvi lhe dar uma colher de chá.

— Obrigada. E sinto muito. Eu já estava começando a... — Dru parou de falar de repente e balançou a cabeça. — Deixa pra lá...

— Ei, já que viemos tão longe, coloque para fora o que ia dizer.

Ela começou a balançar a cabeça novamente, percebeu que esse era um dos seus problemas e resolveu ir em frente:

— Certo, vou contar. A verdade é que o que está rolando entre mim e Seth começou a me preocupar um pouco. Houve uma pessoa de quem eu gostava muito e que me traiu. Comecei a me ver no papel da mulher com quem ele me traiu e senti pena dela. O problema é que eu não queria sentir pena, preferia desprezá-lo.

— Ora, mas claro! — Nada poderia ser mais compreensível para Aubrey. — Pode relaxar, o campo está livre para você. Deixamos isso bem esclarecido?

— Sim, sim, deixamos. Obrigada por vir até aqui conversar comigo e obrigada por não me dar um soco no nariz.

— Se eu socasse o seu nariz, Seth ficaria revoltado, sem falar nos meus pais, então foi até bom. Agora é melhor eu ir andando.

— Aubrey! — Para Dru, era sempre aterrorizante seguir um impulso. — Não consigo fazer amigos com muita facilidade. Esse não é um dos meus pontos fortes. Sou ótima para arranjar conhecidos, muito boa em bater papo socialmente e conduzir conversas casuais, mas não tenho muitos amigos.

Respirou fundo e continuou:

— Resolvi fechar a loja um pouco mais cedo hoje. Vou levar alguns minutos apenas para guardar e trancar tudo. Você está com muita pressa? Gostaria de tomar um drinque comigo?

Seth estava perdido, compreendeu Aubrey. Jamais conseguiria resistir àquelas sugestões de vulnerabilidade e carência ocultas sob o verniz de polidez impecável.

— Você tem vinho em casa? — perguntou Aubrey.

— Tenho. — Dru sorriu. — Tenho sim.

— Vou dar uma passada em casa então, só para tomar um banho, e encontro você lá.

*

Da janela do estúdio, Seth viu o momento em que Aubrey entrou de volta na caminhonete. Ele a vira chegar cheia de determinação, meia hora antes. Embora não tivesse conseguido ver o seu rosto, sabia ler a sua linguagem corporal com perfeição.

Ela estava pronta para uma boa briga.

Resolveu não descer. Até encontrar Gloria e trancar novamente toda aquela história em seu cofre mental, manteria distância da família.

De qualquer modo, permaneceu atento para o caso de ouvir som de gritos ou vidro quebrando. Se as coisas chegassem àquele ponto, teria de descer para separá-las.

Mas não chegaram às vias de fato, conforme notou pelo jeito leve e descuidado com que Aubrey entrou na cabine da caminhonete e foi embora, sem demonstrar irritação.

Uma preocupação a menos, pensou ao ir até a cozinha, para checar o relógio que ficava na parede, acima do fogão. Ainda faltavam mais de cinco horas de sofrimento obsessivo, calculou. Então ele iria se encontrar com Gloria para lhe dar o dinheiro que retirara de sua conta.

Em seguida, pretendia seguir em frente com a sua vida.

Dru mal havia chegado em casa quando Aubrey surgiu, estacionando o carro junto à calçada. Não houve tempo de preparar os biscoitinhos com o queijo, conforme planejara, nem de lavar as bonitas uvas rosadas que comprara a caminho de casa.

Embora aquele fosse um encontro descontraído, ela se acostumara a receber as pessoas em sua casa com um certo padrão. Sentiu-se desconfortável, pois este padrão não admitia que ela abrisse a porta para uma convidada com um saco de compras na mão, espalhasse a comida sobre a mesinha e em seguida fosse para a cozinha assobiando.

— Que casa legal! Sua sala parece uma daquelas que aparecem na revista *House & Garden*. Não que isso seja um elogio. Nossa, minha mãe ia adorar conhecer a sua casa! Não ia resistir a dar uma olhada por dentro. Você tem faxineira? — Aubrey passou o dedo sobre o tampo da mesa. Nenhuma partícula de pó.

— Não, sou eu que limpo tudo, e não quero...

— Pois devia ter. Afinal, é uma mulher que trabalha fora e todo esse blábláblá. Minha mãe pode lhe oferecer um serviço completo. Este lugar é muito grande! — Aubrey começou a andar pelo ambiente sem ser convidada, enquanto Dru continuou em pé, segurando a sacola de compras.

— Quero um lugar grande como esse quando eu tiver a minha própria casa — continuou ela. — Para poder circular um pouco em paz, entende? Algo diferente de morar com o que às vezes parece um milhão de pessoas. Embora eu saiba que, depois de um tempo, vou sentir uma solidão estranha misturada com saudade deles e vou acabar passando metade do tempo na casa antiga. — Nesse momento olhou para o teto, comentando: — O pé-direito dessa sala é bem alto. Você deve gastar uma nota para aquecer este lugar no inverno.

— Quer ver a conta? — perguntou Dru, de forma seca, e isso fez Aubrey rir.

— Talvez mais tarde. Agora eu quero só um pouco de vinho. Trouxe um saco de biscoitos caseiros. Mamãe preparou uma fornada deles, ontem, e colocou o dobro de gotinhas de chocolate. Uma delícia! A cozinha é ali?

— Sim. — Dru suspirou e a seguiu, decidindo não nadar contra a maré.

— Você é a Senhorita Arrumadinha mesmo, não é? — implicou Aubrey depois de dar uma olhada em volta e abrir a porta dos fundos. — Uau, isto é demais! É como se você tivesse uma ilha particular, com o rio passando aqui atrás. Não sente medo de morar aqui sozinha, garota da cidade?

— Não. No princípio, achei que sentiria — afirmou Dru, colocando o saco de biscoitos sobre o balcão e pegando uma garrafa de Pinot Grigio. — Isso acabou não acontecendo. Curto ficar ouvindo o som da água, dos pássaros e do vento. Gosto de estar aqui. Não quero morar na cidade grande. Na primeira manhã em que acordei nesta casa, com o silêncio no ar e o sol entrando de mansinho pelas janelas, descobri que nunca quis. Outras pessoas é que queriam isso para mim.

Servindo o vinho, ofereceu:

— Quer se sentar ali fora, no pátio?

— Seria ótimo. Deixe que eu levo os biscoitos.

Assim, as duas ficaram tomando vinho branco seco enquanto o sol se punha lentamente atrás das árvores.

— Humm... — Aubrey jogou alguns biscoitos na boca —, deixe-me logo avisar você. Seth e eu fizemos um pacto de não contar a ninguém a respeito da nossa grande experiência.

— A grande... ah, entendi.

— Acho que você não tem como não saber, já que foi quem deu a ideia... por assim dizer. De qualquer modo, como contei tudo com detalhes, vou ter que matar você ou fazê-la jurar que jamais contará a alguém.

— E esse juramento vai envolver o uso do meu sangue de algum modo?

— Eu geralmente selo essas coisas com cuspe mesmo.

Dru pensou no assunto por uns dois segundos.

— Preferia não envolver nenhum fluido corporal. Minha palavra é o bastante?

— É. — Aubrey se serviu de mais um biscoito. — Gente como você mantém a palavra.

— Gente como eu?

— Sim. Gente bem-criada — disse, espalmando a mão na direção dela. — Tipo "puro-sangue".

— Imagino que isso seja algum tipo de elogio.

— Claro que é. Você tem um ar de "sou fina demais, muito culta e educada para me importar com algo tolo assim". Sempre parece perfeita. Eu admiro isso, mesmo quando detesto. E você não é afetada nem fresca. Simplesmente parece estar sempre bem e linda.

Aubrey parou de falar de repente, encheu as bochechas de ar e engoliu em seco, avisando:

— Ei, entenda bem... Não vá pensar que estou dando em cima de você nem nada desse tipo. Gosto de homens.

— Entendo. Se é assim, imagino que não vá rolar nenhuma grande experiência entre nós duas. — Depois de dois segundos séria, Dru não aguentou e caiu na risada. Jogou a cabeça para trás com tanta força que teve de colocar as mãos na base das costas para não dar um jeito na coluna.

— A cara que você fez! Ver uma coisa dessas não tem preço! Foi a primeira vez que eu vi você ficar totalmente sem fala — caçoou ela.

— Essa foi boa. — Balançando a cabeça em sinal de aprovação, Aubrey tomou um gole do vinho. — Foi ótima, você me pegou desprevenida. Talvez eu acabe gostando de você, afinal. E, então, vai conseguir o seu retrato em aquarela que Seth está pintando quando ele acabar?

— Não sei. — Será que ele vai terminar o trabalho?, perguntou a si mesma. Ou teria ficado tão furioso com ela que não conseguia mais vê-la com os olhos de antes? Não, ele vai terminar o quadro sim, decidiu. O seu lado artista não lhe deixaria nenhuma escolha.

— Se fosse eu — garantiu Aubrey —, arrancaria o quadro dele.

— Acho que eu me sentiria estranha vendo um quadro de mim mesma pendurado na parede. Aliás, nem mesmo o vi. Ele estava muito irritado comigo e não me deixou ver o trabalho.

— É, ele faz essas coisas quando está puto com alguma coisa. Olhe, vou lhe dar uma dica. — Olhando fixamente para Dru, Aubrey colocou os cotovelos sobre a mesa. — Você não pode chorar. Deve fazer cara de quem está lutando bravamente para não derramar nem uma lágrima. Sabe como é, seus olhos começam a ficar mais brilhantes e úmidos e seus lábios tremem ligeiramente. Aguente firme.

Levantando a cabeça, Aubrey fechou os olhos, apertando-os com força, e respirou fundo duas vezes. Então tornou a abri-los e encarou Dru com uma expressão comovente e os olhos rasos d'água.

— Meu Deus — murmurou Dru, admirando aquilo. — Você é boa nisso. Na verdade, é brilhante.

— Eu sei. — Aubrey fungou com força. — Pode deixar uma lagrimazinha cair, mas só uma. — Solitária, uma pequena lágrima escorreu-lhe pela face. Então ela começou a rir. — Se você abrir a torneira, ele vai ficar cheio de dedos, afagando sua cabeça, depois vai pegar um pano sujo de tinta qualquer antes de tirar o time de campo. Se chegar a esse ponto, você o perdeu. Mas restrinja-se apenas aos olhos úmidos e lábios trêmulos e ele vai fazer qualquer coisa por você. Isso *acaba* com ele.

— Como é que você aprendeu tudo isso?

— Ora, eu trabalho com um monte de homens. — Aubrey enxugou a lágrima do rosto. — Acabei desenvolvendo armas secretas. Para começar a chorar, morda a ponta da língua, se for preciso. Agora que me acostumei, ligo e desligo as lágrimas à hora que quero. Aliás, por falar em homens, por que não me conta a respeito do safado de quem você esteve noiva para podermos meter o pau nele?

— Jonah? Era diretor assistente da área de comunicações do Governo. Fazia parte da equipe da ala oeste da Casa Branca, um homem a quem o presidente dava ouvidos. Mente brilhante, muito estiloso, rosto lindo e um corpo feito sob medida para ternos Armani.

— Nada disso vai me ajudar a odiá-lo. Conte logo os podres...

— Não estão muito abaixo da superfície. Cenário: círculos sociais de Washington, onde meu avô continua sendo uma força poderosa e minha família exerce muita influência. Altas atividades sociais. Nós nos conhecemos em um coquetel e as coisas começaram a rolar a partir daí, de forma lenta e gradual. Curtíamos a companhia e até mesmo gostávamos um do outro. Dividíamos interesses parecidos, conhecíamos pessoas em comum e tínhamos filosofias de vida semelhantes. Então pensamos estar apaixonados um pelo outro.

Não foi ódio que ela sentiu ao contar aquilo e sim pena.

— Talvez tenhamos mesmo nos apaixonado. Nós nos tornamos amantes...

— E como foi? Ele era bom de cama?

Dru hesitou e então se serviu de mais vinho. Não costumava conversar com ninguém sobre esse tipo de coisa. Por outro lado, lembrou, jamais em sua vida conhecera alguém com quem se sentisse à vontade para discutir esse assunto.

Com Aubrey, tudo parecia mais simples.

— Ah, vou falar, que se dane — decidiu. — Ele era bom. Pelo menos eu o achava bom, mas nem dá para saber direito por que os amantes, na minha vida, se enquadram na mesma categoria que os amigos. Não é fácil consegui-los.

— Isso só serve para a ferida ser maior quando as coisas dão errado — filosofou Aubrey.

— Sim, creio que sim. Mas eu achava que Jonah e eu éramos bons juntos, não só na cama como fora dela. Estava pronta para aceitar quando ele me pediu em casamento. Estávamos mesmo caminhando nessa direção, e eu estava preparada. Havia analisado o assunto sob todos os ângulos.

Lançando um olhar de curiosidade, Aubrey deixou a cabeça pender ligeiramente para o lado e supôs:

— Se você teve que analisar o assunto com tanto cuidado, talvez não estivesse apaixonada por ele, afinal.

— Talvez não. — Dru desviou o olhar e fitou a distância, reparando no voo pulsante de uma borboleta e ouvindo o roncar constante de um barco a motor que passava no rio, ao longe. — Mas normalmente eu preciso analisar tudo de forma metódica. Quanto maior for o passo a ser dado, mais eu penso e reflito sobre o assunto. Não estava certa se queria mesmo me casar. O casamento dos meus pais... bem, não é exatamente como o casamento dos seus. No entanto, eu sentia que com Jonah as coisas seriam diferentes. Nós nunca brigávamos.

— Nunca? — O choque de ouvir uma afirmação como aquela tomou conta do rosto de Aubrey. — Vocês nunca tiveram uma daquelas brigas cheias de gritos?

— Não. — Ela sorriu de leve ao compreender como algo assim poderia parecer sem graça para alguém da família Quinn. — Quando discordávamos, discutíamos de forma civilizada.

— Ah, sim, pois nós também discutimos na minha família. Discutimos muito até, sempre que discordamos em algum ponto. Só que fazemos isso a plenos pulmões. Então você e esse cara se davam bem na cama, nunca brigavam e tinham muito em comum. O que aconteceu?

— Ficamos noivos, circulamos por um monte de festas e começamos a fazer planos para um casamento espetacular no verão seguinte. Escolhemos o mês de julho porque era o mais conveniente para as nossas agendas. Ele vivia ocupado com o seu trabalho, e eu vivia ocupada com a minha mãe, que me arrastava por toda parte em busca de novidades para o casamento. Começamos a procurar uma casa... Jonah e eu, minha mãe e eu, meu pai e eu.

— Foi uma verdadeira caçada.

— Você nem imagina. Então, uma noite, estávamos no apartamento dele e fomos para a cama. Quando estávamos transando, senti uma coisa arranhando as minhas costas. Aquilo começou a me machucar e fui obrigada a parar. Foi até engraçado e eu levei a coisa na brincadeira. Acendemos a luz e me virei para ver o que havia no lençol. E achei um brinco que pertencia, evidentemente, a outra mulher.

— Ai! — O rosto de Aubrey se encheu de solidariedade. — Essa doeu.

— Eu reconheci o brinco. Já tinha visto sua dona usá-lo em festas e eventos. Admirava a joia e chegara a comentar sobre isso com ela. O que foi, provavelmente, o motivo de ela ter deixado o brinco ali de propósito, onde eu acabaria encontrando-o, e certamente no pior momento.

— Que vaca, hein?

— Sem dúvida. — Dru levantou a taça, fazendo um brinde. — Uma vaca mesmo. Mas ela o amava e aquele foi um jeito discreto e eficaz de me tirar do caminho.

— Nada de desculpas — ralhou Aubrey, balançando o dedo. — Ela estava invadindo o território de outra mulher, mesmo que o homem em questão não valesse nada. Foi tão dissimulada quanto ele e tem o mesmo grau de culpa.

— Você tem razão. Isso não tem desculpa. Eles mereciam um ao outro.

— Isso aí, garota! E depois você torceu o pau dele? Fez exatamente o que para acabar com a sua raça?

— Nossa, como eu gostaria de ser como você. — Dru soltou um longo suspiro. — Gostaria mesmo, nem que fosse apenas por um dia. Não, eu me levantei e me vesti, enquanto ele começava a dar um monte de desculpas. Disse que me amava, a outra coisa era apenas física e não significava nada.

— Minha nossa! — O tom de Aubrey era de nojo. — Será que eles nunca conseguem arrumar alguma coisa original para dizer?

— Não que eu saiba. — O apoio e a solidariedade instantânea e incondicional que Aubrey ofereceu ajudaram a suportar um pouco a dor que ainda a acompanhava. — Ele afirmou que tinha carências e necessidades sexuais, que eu era reprimida demais para aplacar. Disse que simplesmente estava querendo liberar aquele excesso de energia sexual do organismo antes de se acomodar à vida de casado. Basicamente insinuou que se eu fosse mais "quente" na cama, com mais iniciativa ou criatividade, ele não teria de procurar outra para se satisfazer.

— E ele continua vivo? — murmurou Aubrey. — Você deixou que ele distorcesse as coisas e colocasse a culpa em cima de você, em vez de arrancar os ovos dele e pendurá-los nas orelhas?

— Mas eu também não era assim tão capacho — argumentou Dru, contando a Aubrey a destruição fria e sistemática que pôs em prática, acabando com as coisas que Jonah mais apreciava no mundo.

— Então você detonou todos os CDs dele... essa foi boa. Agora me sinto melhor. Só como sugestão, em vez de picotar o seu terno de casimira, sabe o que eu teria feito? Teria enchido os bolsos com... sei lá, talvez uma mistura de ovo podre com óleo de carro usado, um pouco de farinha para dar mais consistência e um aroma de alho. Tudo isso são coisas fáceis de conseguir. Depois tornava a dobrar e guardar tudo direitinho, com os bolsos bem protegidos por dentro. Quando ele pegasse o terno para vestir... Surpresa!

— Vou guardar essa receita para o caso de precisar usá-la em alguma outra ocasião.

— Isso! Mas eu gostei do lance dos CDs e também dos sapatos na máquina de lavar. Se ele é pelo menos parecido com Phil no amor que tem aos sapatos de grife, deve ter doído. Que tal darmos uma boa caminhada agora para desgastar os biscoitos? Depois, podemos pedir comida chinesa.

— Que ideia formidável! — Afinal, refletiu Dru, até que não fora tão difícil fazer uma nova amizade.

A lanchonete estava mais iluminada do que uma pista de decolagem, mas apresentava pouco movimento. Seth se recostou no banco de vinil vermelho desbotado em uma das mesas do fundo. Gloria não estava lá. Ia se atrasar.

Ela sempre se atrasava. Aquele era, conforme ele bem sabia, apenas mais um jeito de mostrar quem tinha as cartas mais altas.

Pediu café, sabendo muito bem que não ia bebê-lo, mas precisava de algo para segurar. Os dez mil dólares em dinheiro vivo estavam em uma velha mochila jeans, largada sobre o banco ao seu lado.

Havia um sujeito com ombros mais largos que uma porta dupla sentado em uma das banquetas do bar. Seu pescoço estava muito vermelho por efeito do sol e o seu cabelo, tão curto que poderia servir de ralador. Usava jeans, e a latinha com tabaco que devia usar habitualmente no bolso da calça deixara uma marca redonda, esbranquiçada, sobre o jeans desbotado.

Saboreava uma torta de maçã à moda da casa com muita concentração, como um cirurgião que executasse uma operação delicada.

Uma canção melancólica entoada por Waylon Jennings vinha das caixas de som e combinava com o estado de espírito de Seth.

Atrás do balcão, a garçonete usava um uniforme rosa-bebê com o nome bordado em letras brancas sobre o seio direito. Ela pegou a jarra de café na cafeteira, foi até o comedor de torta de maçã e ficou em pé diante dele, com o quadril empinado, enquanto reenchia a sua xícara.

Os dedos de Seth formigaram e ele lamentou não ter levado o caderno de esboços.

Em vez disso, imaginou o desenho em sua mente para ajudar a passar o tempo. Viu a cena no balcão da lanchonete feita em cores fortes, básicas. E também o casal um pouco adiante, na fileira de mesas, que pareciam ter viajado o dia inteiro e exibiam um ar cansado. Comiam sem trocar palavras. Em um determinado momento, porém, a mulher passou o saleiro para o homem, que lhe deu um aperto nas costas da mão com ar cúmplice.

Seth daria a esse quadro o nome de *Beira de Estrada*. Ou talvez *Rodovia 13*. Reunir todas aquelas ideias o ajudou a relaxar um pouco.

Nesse momento, Gloria entrou e a pintura perdeu toda a cor.

Estava mais magra do que nunca. Dava para ver os ossos salientes pressionando a pele do pescoço e os da bacia querendo saltar de dentro das calças vermelhas muito justas. Usava sandálias de salto alto abertas atrás, que quicavam e batucavam entre as solas de seus pés e o linóleo muito gasto do piso.

Os cabelos estavam descoloridos em um tom de louro quase branco, cortados muito curtos e cheios de pontas, o que só servia para acentuar o quanto ela emagrecera. As marcas de expressão se enterravam, profundas, acima da boca e em volta dos olhos. A maquiagem pesada que aplicara não ajudava a disfarçá-las.

Ele imaginou que aquilo devia deixá-la chateada e enfurecida a cada vez que se olhava no espelho.

Gloria ainda não chegara aos cinquenta, calculou Seth, mas seu rosto parecia ter cruzado essa marca há muito tempo.

Ela se sentou no banco em frente a ele. Seth conseguiu sentir o seu perfume — algo forte e floral. Ou o aroma estava conseguindo esconder o fedor de uísque, ou ela evitara beber antes de ir a seu encontro.

— Seu cabelo estava mais comprido da última vez — disse ela, à guisa de cumprimento. Em seguida, virou-se de lado e lançou um sorriso cheio de dentes para a garçonete, perguntando:

— Quais as tortas que você tem aí?

— Maçã, cereja e merengue de limão.

— Vou querer uma fatia da de cereja, acompanhada de sorvete de creme. E quanto a você, Seth querido?

Só o tom de sua voz já o fazia ranger os dentes.

— Para mim, nada.

— Você é quem sabe. Tem cobertura de chocolate? — perguntou à garçonete.

— Claro. Vai querer também?

— Coloque um pouco em cima do sorvete. E quero café também. Muito bem... — Recostando-se, levantou um dos braços e o apoiou na borda do encosto, atrás dela. Magra daquele jeito, reparou Seth, sua pele só poderia mesmo ficar flácida, como estava acontecendo. — Achei que você ia ficar de vez na Europa se divertindo com as italianas. Imagino que tenha sentido saudades de casa. Como vai a feliz família Quinn? Como está a minha querida irmã Sybill?

Seth levantou a mochila do banco e Gloria focou os olhos nela no instante em que foi colocada sobre a mesa. Quando esticou o braço para pegá-la, porém, ele segurou a mochila com mais força.

— Pegue isso e caia fora! Se fizer um movimento que seja na direção de alguém da minha família, vai pagar caro por isso. Muito mais do que o que está na mochila.

— Isso é jeito de falar com a sua mãe?

— Você não é minha mãe — afirmou ele, sem mudar o tom de voz. — Nunca foi.

— É, mas carreguei você no bucho por nove meses, não carreguei? Coloquei você no mundo. Você me deve isso.

Ele abriu o zíper da mochila e a virou na direção dela para exibir o conteúdo. A satisfação que Seth notou no rosto dela provocou-lhe uma fisgada na barriga.

— Pois está aqui o meu pagamento — jogou-lhe na cara. —Agora fique longe de mim e da minha família.

— Você e sua família, você e sua família... Como se houvesse alguma coisa entre você e aqueles idiotas que fosse do meu interesse! Você se acha o maioral agora, não acha? Pensa que é alguém muito especial? Pois você não é nada!

Sua voz foi aumentando tanto de volume que o sujeito sentado no balcão se virou para eles e a garçonete lançou-lhes um olhar de cautela. Seth se levantou, pegou dez dólares na carteira e jogou a nota na mesa.

— Talvez eu não seja nada, mas mesmo assim sou muito mais do que você!

Os dedos da mão dela se curvaram como se fossem garras, mas ela os fechou e bateu na mesa quando ele saiu. Agarrando a mochila, ajeitou-a no colo.

Aquela era apenas a entrada, pensou consigo mesma. Ia servir para mantê--la durante algumas semanas, enquanto planejava o que fazer em seguida.

Ainda não terminara seus negócios com Seth. Estava longe disso.

Capítulo Onze

Ele se enfiou dentro do estúdio. Costumava pintar como forma de escapar, como desculpa, canalizando para a arte toda a sua frustração. Sabia que a família andava preocupada com ele. Mal os vira nos últimos três dias. Aliás, não vira ninguém. Não conseguira ir até lá depois que estivera com Gloria.

Não queria levar um vestígio dela sequer para a casa deles ou para as suas vidas. Ela era uma pedra em seu sapato, e ele faria o que fosse necessário para ela não passar para os sapatos deles.

Dinheiro não era o bastante para livrá-lo dela. Ela ia voltar. Sempre voltava. Mas se dez mil dólares serviam para lhe proporcionar um pouco de paz, era uma pechincha.

Assim, direcionou toda aquela raiva para o trabalho, até chegar àquele momento de tranquilidade.

Pegou uma tela grande no depósito e colocou nela tudo o que sentia. A confusa massa de emoções e imagens foi tomando forma e adquirindo cores e, no processo, a sua tensão e o desespero foram se esvaindo.

Comia quando tinha fome, dormia quando a visão ficava embaçada. E pintava com total entrega, como se a sua vida dependesse daquilo.

Foi isso que Dru pensou ao olhar para ele assim que chegou ao estúdio, ainda parada sob o portal. Aquela era uma batalha entre a vida e a morte, entre a sanidade e o desespero. Uma batalha travada tendo como arma um pincel.

Era um pincel o que ele tinha na mão e empunhava-o de encontro à tela, parecendo rasgá-la. Outro pincel permanecia preso entre os dentes, como uma arma reserva. Música ribombava pelo ar, um solo repetitivo de guitarra que parecia um grito de guerra. Muita tinta estava espalhada em sua camisa, em sua calça, em seus sapatos... Por todo o piso.

Era uma espécie de hemorragia, pensou ela, apertando com mais força o vaso que carregava.

Ele não ouvira as batidas na porta por causa da música alta, mas, olhando para Seth naquele momento, ela compreendeu que ele não a teria ouvido de qualquer modo, mesmo que o lugar estivesse em completo silêncio e ela gritasse o seu nome.

Ele não estava na sala. Estava na pintura.

Ela disse a si mesma que devia recuar e tornar a fechar a porta, pois estava invadindo a privacidade dele e o seu trabalho. Mas não conseguiu.

Vê-lo daquele jeito era algo cativante, íntimo e estranhamente erótico. Ele a seduziu com uma paixão que não só parecia muito além de tudo o que ela conhecia, como estava também tão distante do mundo dela quanto a lua.

Assim, ficou ali parada, observando enquanto ele trocava um pincel pelo outro, girava-o e golpeava o quadro, para em seguida chicotear a tela com as cerdas macias. Eram golpes destemidos, quase violentos, que subitamente se tornavam delicados, parecendo expressar uma espécie de fúria contida.

Apesar da brisa que entrava pela janela, ela reparou que havia uma linha escura de suor que marcava a parte central das costas de sua camisa, além do brilho úmido sobre a pele dos braços e do pescoço.

Aquilo era trabalho pesado, concluiu, e nem todo por amor.

Ele lhe dissera que jamais sofrera por causa de sua arte, mas estava errado, compreendeu Dru naquele instante. Qualquer coisa que consumisse alguém de forma tão radical vinha, obrigatoriamente, através da dor.

Quando ele deu um passo atrás, afastando-se da tela, pareceu a ela que ele olhava para a obra como se a pintura tivesse se materializado ali naquele instante. A mão que segurava o pincel tombou ao lado do corpo. Pegando o outro, que prendera entre os dentes, ele o colocou igualmente de lado. Em seguida, massageou os músculos do braço direito com uma expressão ausente, ao mesmo tempo em que flexionava os dedos.

Ela resolveu sair, mas ele se virou na direção dela e a olhou como alguém saindo de um transe. Parecia estar exausto, um pouco chocado e dolorosamente vulnerável.

Já que ela perdera a oportunidade de sair sem ser notada, fez a única coisa que lhe pareceu razoável. Entrou, atravessou a sala até o local onde estava o som e diminuiu o volume.

— Desculpe — pediu ela. — Você não me ouviu bater. — Ela não olhou para a pintura. Quase tinha receio de fazer isso, então olhou para ele. — Eu interrompi o seu trabalho.

— Não. — Ele jogou para trás as pontas soltas de cabelo que lhe haviam caído sobre a testa. — Acho que está pronto.

Seth esperava de coração que estivesse, porque não tinha mais nada para colocar ali. A obra finalmente o havia limpado por dentro, de forma abençoada.

Foi até a bancada para limpar os pincéis.

— E então? — perguntou a ela, com um aceno de cabeça na direção da tela. — O que achou?

O quadro retratava uma tempestade em alto-mar. Brutal, selvagem e, de certo modo, viva. As cores eram escuras e assustadoras — azuis, verdes, pretos e amarelos violentos que se combinavam como marcas dolorosas em uma pele contundida.

Ela conseguiu ouvir o vento urrando e sentiu o terror do homem que lutava em desespero uma batalha de vida ou morte enquanto tentava evitar que o barco fosse engolido pelas muralhas formadas pelas ondas.

A água chicoteava o ar, e relâmpagos espalhavam lanças de luz em um céu turbulento. Ela viu rostos — apenas esboços fantasmagóricos — em meio às nuvens assustadoras que despejavam uma chuva feroz e impetuosa. Já arrebatada por completo pela pintura, viu também outras faces humanas em meio às ondas.

Faces humanas que lhe pareceram famintas.

O barco e o homem estavam sós na guerra primitiva.

Ao longe havia terra e luz. Ali, um pequeno pedaço do céu estava claro em tons firmes de azul. Havia o lar.

O homem estava lutando para voltar para casa.

— É poderoso! — conseguiu exclamar. — E há sofrimento também. Não dá para ver o rosto do homem; então me pergunto se nele estariam estampados o desespero, a determinação, a emoção ou o medo. E essa é a ideia, não é? Você não mostrou o seu rosto de propósito para podermos imaginar o que sentiríamos se fôssemos nós em seu lugar, lutando sozinhos contra os nossos demônios.

— Você não está se perguntando se ele conseguiu vencer a tormenta?

— Sei que venceu, porque ele precisa ir para casa. Eles estão à sua espera.

— Dru olhou para Seth. Ele ainda estava absorto pela pintura e esfregava a mão direita com a esquerda. — Você está bem? — quis saber ela.

— O quê? — Ele olhou para ela e depois para as mãos. — Sim, estou bem. As mãos é que ficam um pouco dormentes quando trabalho por muito tempo.

— E há quanto tempo está trabalhando neste quadro?

— Não sei. Que dia é hoje?

— Tanto tempo assim, hein? Nesse caso, imagino que você queira ir para casa descansar um pouco. — Colocou o vaso de flores que trouxera ao lado do aparelho de som. — Fiz esse arranjo um pouco antes de fechar a loja, ainda há pouco. — E o estendeu para ele. — É uma oferta de paz.

O arranjo era uma mistura de flores com folhas de diferentes formatos em um vaso quadrado azul não muito alto.

— Obrigado. É muito bonito.

— Não sei se fiquei desapontada ou aliviada ao ver que você não ficou aqui em cima trancado nos últimos dias refletindo a respeito do nosso desentendimento.

Ele aproximou o nariz das flores e aspirou de leve. Alguma coisa no buquê parecia ter cheiro de baunilha.

— Desentendimento? Foi isso o que tivemos?

— Bem, não estávamos exatamente concordando um com o outro. Eu estava errada. Raramente estou errada.

— É mesmo?

— Muito raramente — garantiu ela. — Devido a isso, é sempre um choque quando me reconheço errada, mas, quando isso acontece, gosto de admitir o erro, pedir desculpas e seguir em frente o mais depressa possível.

— OK. Agora, por que não me conta em qual parte, exatamente, dentre as coisas das quais discordamos, você estava errada?

— A respeito de você e Aubrey. Estava errada não apenas com relação aos aspectos do seu relacionamento com ela, mas também por fazer uma cena por causa de algo que era um assunto particular seu.

— Ah. Então você estava errada duas vezes.

— Não. Isso representa um erro dividido em duas partes. Estava errada uma vez só. E sinto muito.

Ele ajeitou o arranjo sobre a bancada e flexionou os ombros para aliviar um pouco a rigidez muscular.

— Como é que você descobriu que estava errada?

Bem, se ela imaginava que ele ia se contentar apenas com um pedido de desculpas, obviamente se enganara.

— Aubrey passou na loja um dia desses e me explicou tudo de forma bem clara. Depois fomos tomar um pouco de vinho e pedimos comida chinesa, na minha casa.

— Você queria uma confirmação, então... eu lhe expliquei como eram as coisas entre nós e você reagiu me chutando para fora de casa...

— Mas eu não chutei...

— Metaforicamente falando, é claro. Então, depois que Aubrey explica tudo para você, as coisas ficam cor-de-rosa?

— Cor-de-rosa? — Ela deu uma risada e encolheu os ombros, concordando: — Sim.

— Quer dizer que você acreditou na palavra dela e depois foram comer rolinhos primavera?

— Exato. — Dru gostava de como as coisas haviam acontecido. Toda aquela noite em companhia de Aubrey fora muito agradável. — Considerando que ela não tencionava me levar para a cama e não tinha nenhum outro interesse direto, não vejo por que mentiria para mim. Além do mais, se estivesse interessada em você de forma romântica ou em termos sexuais, não teria motivos para deixar o caminho livre. Isso tudo prova que eu estava errada e peço desculpas.

— Não sei identificar exatamente o porquê — reagiu ele, depois de um momento. — Realmente não consigo entender ao certo, mas isso está me deixando chateado outra vez. Quero uma cerveja. Você quer uma também?

— Isso significa que você aceitou o meu pedido de desculpas?

— Ainda estou pensando — berrou ele da cozinha. — Conte novamente a parte do "deixar o caminho livre". Acho que isso pode salvar a noite.

Ela aceitou a garrafa que ele lhe ofereceu e disse:

— Eu não conheço você, Seth. Pelo menos não o conheço muito bem.

— Querida, eu sou um livro aberto.

— Não, não é. Eu também não sou. Mas quero conhecê-lo melhor.

— Que tal pizza?

— Como?

— Que tal pedirmos uma pizza? Estou morrendo de fome. Eu também gostaria de passar mais algum tempo com você. Está com fome?

— Bem, eu...

— Ótimo! Agora, onde foi que eu coloquei o telefone? —Apalpou os objetos sobre a bancada, tirando-os do lugar, até que finalmente encontrou o telefone enterrado sob uma almofada, em cima da cama. — Esse aparelho tem memória automática — disse a ela, apertando alguns botões. — Programei todos os números vitais, como o da pizzaria. Alô? Aqui quem fala é Seth Quinn. Sim, estou bem, e você, como vai? É isso aí... quero uma gigante, com tudo o que tiver.

— Não! — disse Dru, e ele ficou olhando para ela, franzindo o cenho.

— Espere um instantinho — pediu ele junto do bocal. — Não o quê?

— Sem nenhum recheio.

— O quê? Uma pizza *sem recheio?*— Ficou de queixo caído, olhando para ela. — Sem nada? Você é maluca?

— Sem nenhum recheio — repetiu ela, com voz firme. — Se eu quero salada, como salada. Se quero carne, como carne. Se quero pizza, como pizza.

— Eu, hein! — Ele soltou o ar com força e coçou o queixo, de um jeito que ela já vira Ethan fazer. — Muito bem, então. — Tornou a falar com a boca junto do fone. — Traga metade com tudo em cima e a outra metade vazia, só com molho. Sim, é isso mesmo que você entendeu. Entregue aqui em cima da loja de flores. Valeu!

Ele desligou e jogou o telefone de volta sobre a cama.

— Não vai demorar. Olhe, preciso me arrumar. — Enfiando a mão no fundo de uma sacola de roupas, pegou o que parecia ser um jeans limpo. — Vou tomar uma ducha. Aguente um pouco aí, fique à vontade que eu não demoro.

— Posso dar uma olhada nos seus outros quadros?

— Claro. — E acenou com a mão enquanto carregava a cerveja para o banheiro apertado. — Vá em frente!

Simples assim, reparou ela, e eles já estavam numa boa. Ou tão na boa quanto antes. "Aguenta um pouco aí...", ele dissera como se eles fossem amigos.

Não era de estranhar que sentisse como se fossem exatamente isso... amigos. Não importa o que acontecesse ou não acontecesse entre os dois, eram amigos.

193

Mesmo assim, esperou até a porta se fechar e o chuveiro ser aberto antes de ir até o cavalete junto à janela, onde estava a pintura que ele fizera dela.

Sentiu o ar preso na garganta. Imaginou que talvez aquela fosse uma reação típica para alguém que se vê eternizado em um quadro. Um momento de surpresa e deslumbramento, a simples fascinação consigo mesma quando vista por outros olhos.

Ela não conseguiria se ver daquele modo, compreendeu. Não assim, tão romântica, relaxada e sensual, tudo ao mesmo tempo. Tornada ousada pelas cores, sonhadora pelo jogo de luz e sexy pela pose, com a perna nua e a saia colorida levantada de forma casual.

Transformada, de algum modo, em algo poderoso, mesmo em estado de relaxamento.

Ele terminara o quadro. Certamente já terminara, pois a obra estava perfeita. Maravilhosamente perfeita.

Ele a retratara com um rosto lindo, avaliou. Desejável, supôs, e ainda assim distante, pois estava claramente sozinha — e transmitia, na imagem, que queria estar só.

Havia dito a ele que não o conhecia muito bem. Agora, mais do que nunca, compreendia o quanto isso era verdade. Como alguém poderia conhecê-lo de verdade? Como alguém poderia compreender por completo um homem que tinha tanto dentro de si, que era capaz de criar algo tão adorável e capaz de evocar sonhos em um simples quadro e ao mesmo tempo algo tão passional e feroz em outro?

No entanto, a cada passo que dava em sua direção, queria conhecê-lo mais.

Foi se encaminhando devagar até a fileira de quadros prontos sobre o piso e encostados a uma parede, pousou sua cerveja no chão e começou a aprender mais sobre ele.

Paisagens banhadas pelo sol em Florença, cheias de telhados vermelhos, prédios dourados e ruelas tortas, calçadas com paralelepípedos. Atrás, outra explosão de cores e movimento — Veneza, ela reconheceu —, com as formas misturadas às multidões.

Depois uma estrada deserta e sinuosa que trespassava luminosos campos verdes. Em seguida um nu, onde os olhos da modelo pareciam escuros e sonolentos, com os cabelos em esplendor indomado em volta do rosto e a glória de Roma na janela atrás.

Um campo de girassóis banhado de sol, com um calor que era quase palpável — e o rosto sorridente de uma menina que corria entre eles, carregando pela mão um balão vermelho.

Ela viu alegria e romance, pesar e capricho, desejo e desespero.

Ele viu, corrigiu-se ela. Foi ele que vira tudo aquilo.

Quando ele voltou, ela estava sentada no chão, com uma pintura sobre o colo. A cerveja permanecia intocada ao seu lado.

Seth foi até ela e pegou a garrafa, perguntando:

— Que tal um pouco de vinho, em vez de cerveja?

— Tanto faz. — Ela não conseguia afastar os olhos da pintura.

Analisava outra aquarela, uma que ele fizera de memória, em um dia chuvoso, ainda na Itália, quando sentira saudades de casa e estava muito inquieto.

Era um pântano que ele explorara nos tempos de menino, um emaranhado de eucaliptos e carvalhos, com pequenos patos entre as tifas e a glória luminosa do amanhecer.

— Esse lugar fica perto de casa — disse ele. — Dá para seguir por aquela trilha e chegar ao quintal. — Ele imaginava que era exatamente isso que estava fazendo, mentalmente, quando pintara aquele quadro. Tomando o caminho de volta.

— Quer vendê-lo para mim?

— Se você continuar vindo aqui, não vou mais precisar de *marchand* — respondeu e dobrou a perna, apoiando um joelho no chão ao lado dela.

— Por que este?

— Quero caminhar por essa trilha através da neblina da manhã. Vê-la se elevar sobre a água enquanto o sol se levanta. Essa trilha me faz sentir...

Ela parou de falar e levantou os olhos, fixando-os nele.

Ele não vestira nenhuma camisa, e algumas gotinhas de água ainda brilhavam em seu peito. Seu jeans estava bem baixo, na cintura. Ele puxara o zíper da calça, mas não fechara o botão da cintura.

Ela se imaginou colocando os dedos acima do cós de sua calça e fazendo-os deslizar para dentro, lentamente.

— A trilha lhe faz sentir o quê? — perguntou ele, incentivando-a a continuar.

Carência... pensou ela. Uma espécie de comichão. A cabeça virada.

— Hum. — Com algum esforço, ela mudou ligeiramente de posição para se concentrar novamente na pintura. — Faz com que me sinta meio solitária, eu acho. Mas não de um jeito triste, porque o lugar é lindo e o caminho significa que você só está sozinho se quiser estar.

Ele se inclinou de leve na direção do quadro. Ela sentiu o frescor que vinha dele, do sabonete... os músculos da barriga se retesaram e os das coxas relaxaram.

— Onde você o penduraria? — quis saber ele.

Se aquilo era desejo, refletiu Dru, se aquilo era tesão, ela jamais sentira de modo tão forte.

— Ah, acho que no escritório de casa. Para que, quando estivesse cansada de trabalhar na contabilidade da loja, eu pudesse olhar para ele e fazer uma caminhada tranquila.

Ela se afastou um pouco dele e colocou o quadro novamente em pé junto à parede, perguntando:

— E então... posso comprá-lo?

— Provavelmente. — Ele se levantou no mesmo instante em que ela e os seus corpos se encostaram. Pelo brilho que notou em seus olhos, Dru percebeu que ele estava perfeitamente consciente da reação dela. — Você já viu o seu retrato?

— Vi. — Aquilo lhe deu uma boa desculpa para ela colocar um pouco mais de distância entre eles, enquanto caminhava em direção à tela. — Ficou lindo!

— E você não quer comprá-lo?

— Não foi pintado para mim. Como vai chamá-lo?

— A Bela Dorme— disse ele, e então franziu o cenho ao se lembrar do sonho do qual havia se esquecido. — Futebol com pão de abobrinha — murmurou ele.

— Como disse?

— Nada. Lembrei de um troço esquisito. A pizza chegou — disse ele ao ouvir as batidas rápidas na porta.

Pegou a carteira na bancada e, ainda sem camisa e descalço, foi até a porta.

— Oi, Mike, como vão as coisas?

— Numa boa.

O adolescente magricela e cheio de espinhas no rosto entregou a caixa de pizza para Seth. Nesse instante, desviou o olhar e viu que Dru estava ali. Pelo jeito que o pomo-de-adão do rapazinho subiu e desceu, e pelas expressões de surpresa, interesse e inveja que surgiram ao mesmo tempo em seu rosto cheio de acne, Dru percebeu que haveria uma nova fonte de fofocas na cidade, e em todas Seth e ela apareceriam juntos.

— Ahn... oi... humm. A minha avó mandou um monte de guardanapos e outras coisas. — Entregou um saco de papel pardo a Seth.

— Ótimo! Agradeça a ela por mim. Aqui está, Mike, pode ficar com o troco.

— Tá legal. Bem, ahn... a gente se vê.

— Acho que Mike sente uma atração especial por você — comentou Seth, fechando a porta com o pé.

— Eu diria que Mike vai levar o dobro de tempo para voltar à Village Pizza só para poder espalhar a notícia de que o pintor e a florista estão curtindo pizza quente e sexo ardente.

— Espero que ele esteja certo. Se vamos fazer com que a parte da pizza quente se torne real, é melhor cairmos dentro. — Colocou a caixa em cima da cama. — Quer um prato?

— Sim, quero. — O coração dela deu uma cambalhota ao dizer isso.

— Agora vamos lá, não faça cerimônia. Vou pegar um Chianti maravilhoso para você beber em vez da cerveja.

— Não, eu posso beber cerveja mesmo.

— Sei que pode — comentou ele, indo novamente em direção à cozinha —, mas prefere vinho. Deixe que eu bebo a cerveja. E, querida, se não gosta de gente fazendo comentários sobre a sua vida, não devia ter vindo morar em uma comunidade pequena como esta.

— Não me importo tanto assim das pessoas falarem de mim. — Pelo menos não do jeito que acontecia ali, pensou, pois era diferente; as fofocas eram muito menos maldosas do que em Washington. — Só me incomoda o fato de alguém comentar que estou fazendo algo antes de eu ter a chance de fazê-lo.

— Você está se referindo a comer pizza ou a transar? — perguntou ele, voltando com pratos descartáveis.

— Ainda não decidi. — Ela remexeu na sacola de roupas dele e encontrou uma camisa jeans. — Vista isso.

— Sim, senhora. Consegue se sentar na cama para comer, se eu prometer não pular em cima de você?

Ela se sentou, usou um dos garfos de plástico que a avó de Mike colocara no saco pardo e se serviu de uma fatia. Colocou-a no prato e, com o mesmo jeito metódico, pegou outro pedaço da parte dele e o serviu.

— Sabe de uma coisa? A gente já está se encontrando há algum tempo e...

— Não estamos *nos encontrando* — reagiu ela. — Isto não é um encontro. Estamos apenas dividindo uma pizza.

— Certo, então. Dá no mesmo. — Ele se sentou na cama com as pernas cruzadas e a camisa sem abotoar.

Era pior, percebeu ela, do que quando ele estava sem camisa.

— Ainda não trocamos informações pessoais sobre questões fundamentais, a fim de assegurar que este relacionamento tenha alguma chance — afirmou ele.

— Questões do tipo...

— Férias. Montanha ou praia?

— Montanha. Já moramos na praia.

— Concordo. — Ele mordeu o seu pedaço. — Guitarrista favorito... Eric Clapton ou Chet Atkins?

— Chet *quem*?

— Ó meu Deus! — Ele ficou pálido. Franzindo os olhos, massageou o coração. — É melhor pular essa. É doloroso demais. Filme mais assustador que você já viu, entre os clássicos... *Psicose* ou *Tubarão*?

— Nenhum dos dois. *O Exorcista*.

— Boa resposta! Em quem você confiaria para defender a sua vida contra as forças do mal: Superman ou Batman?

— Buffy, a caça-vampiros.

— Ah, qual é?! — Ele bebeu um gole da cerveja. — Superman. *Só pode ser o* Superman.

— Uma migalha de kriptonita e ele vira carta fora do baralho. Além do mais... — Comeu o resto da fatia e pegou outra. — Buffy usa roupas muito mais interessantes.

Ele balançou a cabeça, decepcionado, mas continuou:

— Banho de chuveiro ou de banheira?

— Depende...

— Não, não depende não... — Ele se serviu de mais uma fatia. — Você tem que escolher.

— Banheira, então. — Ela lambeu um pouquinho de molho que ficara no dedo. — Um banho longo, bem quente e cheio de espuma.

— Como eu suspeitava. Cão ou gato?

— Gato.

— Não tem nada a ver! — reclamou ele, pousando a fatia no prato.

— Eu trabalho fora o dia todo. Gatos são autossuficientes e não mastigam os seus sapatos.

Ele balançou a cabeça, arrasado, afirmando:

— Isso pode significar o fim de tudo entre nós dois. Será que este relacionamento ainda pode de ser salvo? Responda rápido: Batata frita ou caviar?

— Puxa, essa pergunta é ridícula. Batata frita, é claro.

— Fala sério? — Como se a esperança tivesse voltado ao seu coração, ele agarrou a mão dela com força. — Tem certeza que não está dizendo isso só para me segurar e fazer com que eu mantenha o interesse em você?

— Caviar é muito legal de vez em quando, mas não se pode dizer que é um elemento essencial à existência.

— Graças a Deus! — Ele deu um beijo estalado na mão dela e voltou a comer. —Apesar da lamentável ignorância musical e da opinião errada sobre animais de estimação, você se saiu muito bem. Topo dormir com você.

— Puxa, não sei o que dizer. Estou muito comovida. Fale-me da mulher do quadro, a morena sentada em frente à janela, em Roma.

— Ela era muito *bella*. Quer mais vinho?

— Está tentando ganhar tempo? — Dru levantou a sobrancelha de um jeito que fez o sangue dele acelerar.

— Estou. De qualquer modo, quer mais um pouco de vinho?

— Quero.

Ele se levantou para pegar a garrafa e completou a taça de Dru antes de tornar a se sentar.

— Você quer saber se eu dormi com ela?

— Nossa, devo ser transparente como vidro para você. — Deu mais uma dentada na pizza. — Você poderia responder que isso não é da minha conta.

— Poderia. Também poderia mentir. Ela é uma guia de excursões. Nós nos encontrávamos de vez em quando e acabamos nos conhecendo. Eu gostava dela. Eu a pintei e dormi com ela. Curtíamos a companhia um do outro. A coisa jamais atingiu um nível mais profundo ou complicado do que esse. Não dormi com todas as mulheres que posaram para mim. E não pintei todas as mulheres com as quais dormi.

— Estava apenas refletindo a respeito. E imaginei se mentiria para mim. Esse é um hábito meu. Sempre suponho que alguém vai me contar uma mentira prática em vez da verdade mais complicada. Você não é o tipo de homem ao qual estou acostumada.

— Drusilla... — Ele não conseguiu ir adiante porque o seu celular tocou.

—Atenda. Vou arrumar essa bagunça. — Ela se levantou da cama e recolheu a caixa de pizza e os pratos enquanto ele atendia o telefone.

— Sim? Não, não, eu estou bem. Estava distraído. Anna, estou ótimo! Estava terminando um quadro. Para falar a verdade não estou morrendo de fome, acabei de dividir uma pizza com Dru. Hum, hum, claro! Vou até aí amanhã. Prometo! Eu te amo também.

Ele estava desligando no momento em que Dru entrou.

— Era a Anna — informou ele.

— Sim, eu ouvi. — Ela pegou o telefone e o colocou em uma mesinha ao lado da cama. — Você sabia que tudo o que tem dentro da sua geladeira é cerveja, vinho, refrigerantes para um mês e agora restos de pizza?

— Sim. Antes tinha também um sanduíche de carne pela metade, mas eu comi.

— Ah, então tudo bem. — Ela foi até a porta e a trancou por dentro. O estalo do trinco ao fechar ecoou em sua cabeça, mas isso não ia detê-la.

Ela atravessou o cômodo e se aproximou de onde ele estava.

— A última vez em que fui para a cama com um homem foi uma experiência humilhante para mim. Isso faz quase dois anos. Não senti muita falta do sexo e é bem possível que, em algum nível, eu esteja usando você para recuperar algo que sinto que me foi tomado.

Como ele ainda estava sentado sobre a cama com as pernas cruzadas, Dru se sentou de frente, no colo de Seth, e passou os braços em torno do seu pescoço.

— Você se importa? — perguntou.

— Não consigo dizer que sim. — Ele passou as mãos pelas costas dela. — Só que o lance é o seguinte: pode ser que você receba em troca mais do que espera.

— Risco calculado — murmurou ela e colocou a boca sobre a dele.

Capítulo Doze

As mãos dele deslizaram suavemente pela pele dela, fazendo seus nervos faiscarem. Ela queria aquilo, desejava-o. A decisão de ir para a cama fora dela, embora soubesse que o batucar do seu coração era tanto de pânico quanto de desejo.

Acontecia o mesmo com ele, compreendeu, ao sentir aquelas mãos maravilhosas subindo e descendo por suas costas.

— Relaxe — sussurrou ele, com os lábios explorando-lhe todo o rosto.

— Isto não é uma cirurgia cerebral.

— Acho que não quero relaxar. — Os nervos eram uma emoção em separado, vibrando rápido em formigamentos de desejo. — Acho que não consigo.

— Tudo bem. — Ele continuou a passar as mãos e os lábios, suavemente, sobre ela. — Então se certifique de que é isso o que quer.

— Eu tenho certeza. Tenho certeza. — Ela se recostou. Queria ver o rosto dele. — Acho que não consigo fazer coisa alguma se não tiver certeza.

— Ela passou os dedos de leve sobre as pontas do cabelo de Seth que lhe caíam sobre a testa. — É que... já faz algum tempo desde...

Como ela poderia confessar-lhe que perdera toda a autoconfiança nessa área? Se contasse isso a ele, nunca teria certeza de que o que aconteceria entre ambos a partir daquele instante seria responsabilidade apenas dos dois.

— Podemos fazer bem devagar — propôs ele.

Ela se acalmou. Sempre acreditara que para mergulhar na intimidade era preciso tanto coragem quanto desejo. E tomara a iniciativa. Fora trancar a porta e viera até a cama dele. Agora ia dar mais um passo.

— Talvez eu queira, devagar. — Observando o corpo dele, desabotoou a própria blusa e notou que o olhar dele se desviou para acompanhar os movimentos dos dedos. Notou o momento em que o azul dos olhos dele se tornou mais acentuado, na hora em que abriu a blusa e a deixou deslizar sobre os ombros. — Ou talvez não queira.

Ele deslizou os dedos ao longo da parte mais alta dos seus seios, sentindo a carne macia junto à renda branca do sutiã.

— Sabe qual é uma das coisas mais espetaculares a respeito das mulheres? — perguntou ele, em tom de conversa casual, enquanto os dedos dançavam para cima e para baixo ao longo da renda. — Elas não apenas têm seios, o que já é motivo para o nosso deslumbramento constante, como também os colocam dentro de coisas igualmente belas.

Essa afirmação a fez rir, embora sua pele começasse a estremecer.

— Você gosta de lingerie, não é? — perguntou ela.

— Ah, gosto muito! — Brincou com a alça direita, até fazê-la escorregar pelo ombro, bem devagar. — Adoro ver roupas de baixo femininas. Costumava pegar os catálogos de lingerie da Victoria's Secret da Anna, cheios de calcinhas e sutiãs excitantes para... bem. — Ele colocou os dedos sob a alça esquerda. — Provavelmente esse não é o momento adequado para falar disso. A calcinha combina com a parte de cima?

— Isso é você quem vai ter que descobrir. — Uma sensação de poder começou a circular pelo seu corpo, fazendo seus nervos pulsarem.

— Aposto que combina. — Inclinando-se na direção dela, ele esfregou os lábios de leve sobre os seus ombros. — Você é o tipo de mulher em que todas as coisas combinam. Sabe qual é a outra parte que eu realmente aprecio em você anatomicamente falando?

— Estou até com medo de perguntar. — Os lábios dele deslizavam ao longo de seu pescoço agora, excitando-a e acalmando-a ao mesmo tempo.

— Este lugar aqui. — Os dedos dele massagearam a curva de sua nuca. — Ele me deixa louco. Vou logo avisando que daqui a pouco vou ter que dar uma mordidinha aqui; então, não fique alarmada quando isso acontecer.

— Eu gosto de... hum. — Os dentes dele foram roçando, devagar, ao longo do maxilar, fechando-se de leve em cima do queixo, antes de mordiscar-lhe o lábio superior.

— Agora você está começando a relaxar — cochichou ele quando a respiração dela voltou ao normal. — Não posso aceitar isso.

Dessa vez a boca de Seth tomou a dela de forma quente, forte e egoísta; beijou-a como se estivesse marcando sua boca a fogo. A mudança de brincalhão para possessivo foi tão rápida e avassaladora que ela não pôde fazer nada, a não ser se segurar enquanto ele a consumia.

Estável, pensou ela, com a mente girando. Ela havia mesmo acreditado que precisava se sentir estável e segura. Nossa, aquela corrida de tirar o fôlego era muito melhor. Muito melhor *mesmo!*

As pernas dela envolveram-no pela cintura, e o seu corpo se esticou todo. Em um sobressalto de desejo, ela respondeu às exigências do beijo dele com as suas próprias.

Não, aquilo não era apenas desejo, compreendeu. Era desespero total.

Ela puxou-lhe a camisa, despindo-a de seus ombros para poder enfiar os dedos na carne e sentir o formato de seus músculos.

O perfume dela estava em toda parte, era como se ela tivesse se banhado em essência de flores silvestres. A delicadeza daquilo e a fragrância sedosa de sua pele perfumada enevoaram a mente dele. Os gemidos baixinhos e constantes que ela emitia quando ele a tocava e saboreava penetraram e se espalharam em seu sangue.

A iluminação mudava suavemente em direção ao entardecer. Ele queria ver o tom amarelo do sol que se punha brilhando sobre ela e como ele se combinava com o verde dourado dos seus olhos.

A respiração dela se tornou mais ofegante, fazendo-a arquear; ele se banqueteou ao longo da linha de seu pescoço. Em seguida, pareceu desfalecer para trás, sem mais sentir os próprios ossos no instante em que sua língua deslizou em direção ao seio dela.

Lutando consigo mesmo para não se apressar, ele levantou a cabeça e olhou para ela, lançada totalmente para trás.

— Você é bem flexível...

— Eu faço... — estremeceu e arqueou o corpo — ioga duas vezes por semana.

— Minha nossa! — foi tudo o que ele conseguiu dizer ao sentir suas costas esguias se lançando ainda mais para trás, embora suas pernas continuassem firmemente enganchadas em volta de sua cintura.

De forma quase reverente então, suas mãos começaram a se mover sobre ela, explorando a inclinação do ombro, a curva do seio, a linha do torso. Abrindo o botão da calça dela, na altura da cintura, ele puxou o zíper para baixo. Lentamente.

— Eu tinha razão. — Ele torturou a ambos enfiando os dedos bem devagar por sob o elástico da calcinha branca rendada. — A parte de baixo combina. De todas as maneiras.

Segurando-a fortemente com as mãos sob os seus quadris, ele a ergueu. E beijou a sua barriga. Sentiu os músculos estremecendo sob seus lábios para, em seguida, se retesarem no instante em que pressionou a boca sobre o V do algodão rendado.

A excitação dela aumentou, forte como um punho cerrado que em seguida se abriu, e foi como se o prazer a apertasse, quase machucando-a. Quando as pernas dela começaram a tremer, ele as desenlaçou de sua cintura e as esticou, despindo lentamente as calças sob medida, até arrancá-las de todo.

— Ainda preciso trabalhar um pouco na curvinha da sua nuca — avisou ele com os lábios e dedos brincando ao longo de suas pernas. — Vamos precisar de mais um tempinho.

— Por mim, tudo bem. — Sua respiração estava ofegante, mas ela soltou o ar logo em seguida. — Leve o tempo que quiser.

Ele não se apressou. À medida que o desejo transbordava, ela enterrava as mãos no lençol com força para não suplicar. Queria passar os dedos pelos cabelos dele e em seguida fazê-los deslizar por todo o seu corpo, mas temia que ao libertar os dedos que retorciam o lençol, mesmo que apenas por um instante, pudesse voar para longe daquele redemoinho de prazeres.

E ela queria se afogar.

Ele beliscou de leve a parte interna das suas coxas, fazendo o rosto dela virar para o lado sobre o colchão, engolindo um arquejo. A língua dele deslizou junto da ponta rendada da calcinha, transformando o arquejo em gemido. Em seguida deixou a língua deslizar por dentro, ao longo da renda, transformando o gemido em um soluço rouco. E continuou a trabalhar ali, fazendo os soluços se transformarem em gritos abafados.

A necessidade dos dois era a mesma, e suas mãos foram em frente, abaixando a peça rendada suavemente, ao mesmo tempo em que espalmava a mão sobre a pele úmida e quente. Era glorioso observá-la em tal estado de excitação e ver os seus olhos parecerem chocados para, em seguida, ficarem cegos enquanto ele a tocava com carinho.

Quando seu corpo relaxou, ele começou a subir novamente, cobrindo-a de beijos indolentes. Queria que ela tremesse em suas mãos, gritasse o seu nome e o apertasse com força, como se sua vida dependesse daquilo.

E era o que ela faria, prometeu ele a si mesmo enquanto sugava lentamente o seu seio, ainda dentro do sutiã. Ela faria aquilo antes de eles acabarem.

O coração dela parecia estar batendo dentro da boca dele, e o seu ritmo acelerou no instante em que ele tirou o obstáculo rendado do caminho e tomou-lhe o seio entre os lábios.

Os dedos dela brincavam com os cabelos dele, trazendo-o mais para perto, para depois descer ao longo de suas costas.

— Deixe-me... —A voz dela estava mais pesada e sonhadora no instante em que ela agarrou a calça dele. — Deixe-me tirar a sua calça.

A música estava mais grave agora, em um ritmo constante e primitivo, tão rápido quanto o pulsar do seu sangue. Ela rolou para o lado, tirou-lhe a calça e colou o corpo no dele. Nesse instante, sentiu a boca que buscava a dela, em um beijo desesperado.

Ela precisava, e com urgência, ser totalmente preenchida por ele, mas antes obrigou os próprios lábios a se lançarem em uma jornada selvagem sobre o rosto dele, o pescoço e o peito.

Nossa, ele tinha um corpo firme, esguio e másculo.

Ela queria muito que ele a possuísse por completo, queria provar o choque e a maravilha de ter seu corpo invadido e se juntar em um só com o dele. Quando, porém, ela abriu as pernas ainda por cima dele, para tomá-lo por completo na cama, ele elevou o tronco, dizendo:

— Ainda não — e girou-a de lado, colocando-a de barriga para baixo.

— Antes, eu quero...

— Eu também quero — arfou ela. — Eu também!

Quando ele mordiscou sua nuca, o efeito erótico daquilo a fez gritar. Suas mãos buscaram o ferro trabalhado da cabeceira da cama, tentando se agarrar, mas a âncora não foi forte o bastante dessa vez.

Ela enlouqueceu.

Corcoveou sob o corpo dele, sentindo que seguia no rumo de algo que parecia insano.

— Meu Deus! Agora!

A mão dele se lançou por baixo dela e aqueles dedos longos e audazes a penetraram em meio ao calor úmido. Ela teve um orgasmo violento, e vibrou com tanta força que se sentiu indefesa e trêmula.

Quando ele percebeu que ela largara as hastes da cama, virou-a novamente, colocando-a de costas sobre o colchão.

— Agora — disse ele, esmagando a boca de encontro à dela para abafar o seu grito no instante em que a penetrou com força.

Ela se fechou em torno dele, arqueando o corpo ainda mais, levantando-se e abaixando-se em ritmo acelerado, sua carne umedecida pressionada fortemente contra a dele. A cada instante em que ela tentava inspirar, o sangue dele parecia correr mais depressa.

Ele viu os últimos raios de sol que brilharam sobre o rosto dela e notou o verde e o dourado de seus olhos, que se enchiam de lágrimas.

Ela levou a mão ao rosto dele e havia um tom de encantamento em sua voz quando sussurrou:

— Seth.

A beleza daquilo pareceu sufocá-lo.

Ele a sentiu imóvel por um breve instante sob o seu corpo, e então tudo dentro deles transbordou.

Na opinião de Seth, a segunda melhor coisa da vida, depois de fazer amor, era sentir-se flutuando no morno rio de satisfação que surgia nos instantes posteriores ao ato. Havia algo incrivelmente macio e adorável no corpo saciado de uma mulher que o tornava o lugar perfeito para se descansar.

O sol já se fora e o céu indicava a chegada da noite. Em algum momento ele percebeu que o último CD acabara de tocar. Agora havia apenas o som do vento e a respiração de Drusilla.

A chuva estava a caminho... dava para sentir pelo cheiro — o cheiro da tempestade dançando no ar.

Era melhor fechar as janelas. Mais tarde.

Ele levantou a mão e acariciou-lhe a lateral do seio.

— Acho que agora você está relaxada — murmurou ele —, quer queira, quer não.

— Acho que sim.

Ele certamente estava, reparou ela. Aquele era um bom sinal. Não era? Dru odiou a si mesma por ser tão tola. Odiou sentir que justamente agora, apesar de sua cabeça estar mais limpa, as dúvidas começavam a rastejar de volta.

Nem mesmo conseguiria perguntar se tinha sido bom para ele sem as palavras parecerem um clichê ridículo.

Mesmo assim, continuava querendo saber.

— Está com sede? — ele perguntou a ela.

— Um pouquinho.

— Hum. — Ele a acariciou com a ponta do nariz. — Vou pegar algo para bebermos assim que eu conseguir me mexer.

Ela passou os dedos por entre os cabelos dele, como se estivesse penteando-os. Ele tinha cabelos macios, com fios retos e cheios de reflexos.

— Ahn... Você está bem? — quis saber ela.

— Hum, hum — confirmou ele. — Vai chover.

— Não, não vai — retrucou ela, olhando pela janela.

— Vai sim, logo, logo. — Virou a cabeça para olhar para o céu. — E vai ser uma tempestade. Você fechou os vidros do carro?

Mas por que diabos ele estava ali, falando dos vidros do carro quando ela acabara de passar por uma experiência capaz de mudar o curso de toda a sua vida?

— Sim — respondeu-lhe, baixinho.

— Ótimo!

— É melhor eu ir embora, antes da chuva chegar — disse ela e olhou para uma das claraboias do teto.

— Ahn-ahn — recusou ele, balançando a cabeça, abraçando-a com mais força enquanto os dois rolavam sobre a cama. — Você deve ficar para ouvirmos juntos o barulho da chuva batendo no vidro quando estivermos novamente fazendo amor.

— Novamente?

— Hum-hum. Você sabia que tem outra covinha do lado direito, na base da coluna? — Ele passou o dedo ali bem de leve e reparou alguma coisa no rosto dela ao abrir os olhos. — Há algo errado?

— Não sei. Há?

Ele emoldurou o rosto dela entre as mãos, considerou a pergunta e respondeu por fim:

— Conheço essa expressão. Você está ligeiramente irritada com alguma coisa e a caminho de ficar muito zangada. O que houve? Eu fui rude demais?

— Não.

— Então não fui rude o suficiente? Ei! — Ele balançou a cabeça dela de leve. — Conte-me o que há, Dru.

— Nada. Nada. Você é um amante incrível. Jamais estive com alguém tão completo e tão excitante.

— Então o que houve? — quis saber ele ao vê-la se afastar um pouco para se sentar na cama.

— Já disse que não é nada. — Podia sentir a irritabilidade na própria voz. Puxa, pensou, ela ia acabar choramingando a qualquer momento. A primeira trovoada ribombou nesse instante e pareceu perfeita para acentuar o que sentia. — É que você devia dizer alguma coisa a meu respeito. Nem que fosse aquela frase de sempre, tipo: "Meu bem, foi maravilhoso!"

— Meu bem, foi maravilhoso! — Ele sentiu vontade de rir, mas viu que o brilho no olhar dela não era apenas irritação. — Ei, espere um instante! — Ele teve que agarrar o braço dela com força e bem depressa para ela não levantar da cama. E para evitar que escapasse rolou o corpo por cima do dela e a prendeu de costas. — O que aconteceu exatamente entre você e aquele cara de quem esteve noiva?

— Isso não tem importância nenhuma neste momento.

— Tem sim, porque você acabou de trazê-lo aqui para a nossa cama com aquele comentário.

Ela abriu a boca, pronta para reagir com uma resposta ríspida. Em vez disso, porém, suspirou.

— Você tem razão. Tem toda a razão. Sou uma completa idiota. Deixe--me levantar. Não consigo conversar direito desse jeito.

Ele se virou meio de lado para ela poder sair debaixo dele. Ela se recostou na cabeceira da cama, pegou o lençol e cobriu os seios. Ele não disse nada, mas percebeu que aquele gesto foi como o levantar de uma barreira.

Ela tentou reunir os pensamentos enquanto os trovões começaram a ribombar com mais intensidade e os relâmpagos estremeciam em espasmos de luz através da escuridão.

— Ele me traía e, apesar de dizer que me amava, sua desculpa era o fato de me achar fraca de cama, com pouca imaginação.

— Você já fazia ioga naquela época? — Quando ela simplesmente ficou olhando para ele com ar frio, Seth balançou a cabeça. — Querida, se você engoliu essa história, foi burrice sua.

— Eu ia me *casar* com ele. Já havíamos encomendado os convites. Eu tinha até mesmo feito a primeira prova do vestido. Então descobri que ele estava esquentando os lençóis... os lençóis que eu mesma comprara... em companhia de uma *advogada*.

Uma rajada de vento irrompeu pelas janelas e o clarão de um relâmpago veio logo atrás. Mas ele não desviou o olhar do rosto dela. Nem saiu correndo para fechar as janelas diante da chuva que chegava.

— Ele queria que eu aceitasse e compreendesse as suas razões — continuou ela. — Esperava que eu continuasse com os preparativos do casamento como se nada tivesse acontecido, porque era apenas sexo, uma atividade na qual eu não era muito boa.

Que sujeito babaca, pensou Seth. O tipo de cara que dava má fama aos homens em geral.

— Por acaso você acha que um cara que sai para fazer compras de casamento e encomendar os convites com uma mulher enquanto trepa com outra merece a sua consideração ou um minuto sequer do seu tempo?

— Não, senão eu não o teria largado, causando terríveis embaraços para mim e para minha família. Não estou pensando nele, estou pensando em mim.

Ela estava errada em pensar daquele modo, mas ele deixou passar.

— E você quer que eu diga como foi transar com você? Foi uma coisa mágica. — Ele se inclinou em sua direção, roçando os lábios contra os dela. — Totalmente mágica.

Quando ele a tomou pela mão, ela olhou para baixo, reparando a forma como os seus dedos se entrelaçavam. Depois, soltando um suspiro, olhou na direção das janelas.

— Está chovendo — disse baixinho.

— Fique comigo mais um pouco, Dru. — Ele levou as mãos ainda enlaçadas até os próprios lábios. — Vamos ouvir a chuva juntos.

Ainda estava chovendo quando ela se levantou. O barulho constante e suave da chuva que continuava a cair depois da tormenta transformou a sala num ninho acolhedor no qual ela desejou poder se aninhar.

— Passe a noite aqui. Posso até dar uma saída, amanhã bem cedo, para arrumar algo decente para o nosso café-da-manhã — disse ele.

— Não posso. — Era algo tão íntimo e romântico conversar com ele daquele jeito, no escuro, que a primeira reação dela foi de desapontamento quando ele acendeu as luzes. A segunda foi de choque, ao perceber que qualquer um poderia vê-la despida da rua através das janelas escancaradas.

— Pelo amor de Deus! — reagiu ela, agitando-se e saindo com a roupa de baixo na mão em direção ao banheiro.

— Ora, até parece que tem alguém lá fora a essa hora da noite, no meio da chuva. — Sem se preocupar com o pudor, ele se levantou e, absolutamente confortável em sua nudez, a seguiu. Conseguiu impedir que a porta do banheiro batesse na sua cara, mas por pouco. — Veja pelo lado bom. Você vai precisar apenas descer a escada para ir trabalhar de manhã.

— Eu não trouxe roupas. Roupas limpas — acrescentou quando ele apontou para a blusa ainda embolada no chão, junto da cama. — Só mesmo um homem seria capaz de sugerir que eu saísse de manhã com a mesma roupa da véspera. Você se incomoda de pegar aquela blusa para mim?

Ele atendeu ao pedido, mas não significou que iria desistir.

— Traga uma muda de roupas amanhã. Vou comprar alguns mantimentos e poderemos jantar aqui. Eu sei cozinhar—garantiu ele e, ao vê-la levantar uma sobrancelha, completou: — De forma bem decente, por sinal. Ou poderíamos ir para a sua casa e você prepara o jantar.

— Não sei cozinhar, nem mesmo decentemente.

— Então podemos jantar fora e voltar para cá depois. Ou ir para a sua casa — propôs, enlaçando-a com carinho. — Não me importa o lugar, só quero um encontro marcado em vez dessa coisa improvisada.

— O que tivemos não foi um encontro — respondeu e se afastou um pouco dele para abotoar a blusa. — Foi sexo.

— Desculpe discordar, mas nós comemos, consumimos bebidas alcoólicas, conversamos e depois transamos. Isso, garota, é um encontro.

— Droga. — Ela sentiu os lábios se abrirem em um sorriso. — Nessa você me pegou.

— Exato. — Ele a enlaçou novamente pela cintura no instante em que ela passou e a puxou para junto dele. —Jante comigo, vá para a cama comigo e depois acorde comigo.

— Tudo bem, mas vamos ter que jantar depois das oito. Tenho aula de ioga amanhã.

— Você está dizendo isso só para me atormentar. E por falar em ioga, já que tocou no assunto, é realmente possível prender o próprio tornozelo atrás da cabeça?

— Tenho que ir — disse ela, rindo muito e se afastando dele. —Já passa da meia-noite. Venho amanhã depois das oito. Vou me arriscar a experimentar a sua comida.

— Ótimo. Mais uma coisa... quer que eu emoldure a aquarela para você?

— Posso mesmo ficar com ela? — Sorriu.

— Depende. Estou disposto a trocar uma pintura por outra.

— Mas você já terminou de pintar aquele quadro comigo.

— Quero outro.

— Mas você já pintou dois — disse ela, colocando os sapatos.

— Um dia, quando eu estiver morto e os estudiosos de arte fizerem o valor das minhas obras aumentar de forma absurda, eles vão se referir a estes quadros como a minha "fase Drusilla".

— Interessante. Se é apenas isso que quer como pagamento, aceito posar para você novamente.

— Domingo.

— Sim, combinado. Já pensou no que está procurando desta vez? O que quer que eu vista?

— Sei exatamente o que estou procurando. — Ele foi até onde ela estava, colocou as mãos em seus ombros e beijou-a. — Você vai vestir pétalas de rosa.

— Como é que é?

— Pétalas de rosas vermelhas. E já que você é florista, vai conseguir me arranjar um bom suprimento.

— Se você acha que eu vou posar sem roupa nenhuma, a não ser... não.

— Você não quer a aquarela?

— Não a ponto de aceitar ser chantageada.

Ela se virou, mas ele simplesmente a pegou pela mão e a girou de volta na direção dele, afirmando:

— Você admira o meu trabalho o bastante para querer a aquarela.

— É verdade, eu admiro muito o seu trabalho, mas você não vai me pintar sem roupa.

— Tudo bem, então. Eu prometo usar roupas quando for pintá-la, mas você vai estar vestindo apenas pétalas de rosa. Shh... — Ele colocou o dedo sobre os seus lábios antes de ela conseguir falar alguma coisa. — Obviamente eu não vou fazer você posar nua só para poder levá-la para a cama, porque já a levei para a cama. E, só para sua informação, não uso a minha arte desse jeito. É que estou com essa imagem na cabeça desde a primeira vez em que a vi. Preciso pintá-la. Preciso pintá-la! — repetiu ele, tomando suas mãos. — E vou lhe fazer uma proposta.

— Qual é a proposta?

— Não vou mostrar o quadro a ninguém. Quando estiver pronto, você decide o que fazer com ele.

Ele reconheceu a expressão em seu rosto — um ar contemplativo, de quem está considerando a ideia.

E soube então que a convencera.

— Eu decido?

— Vou confiar em você, sabendo que será honesta a respeito do trato. E você vai confiar em mim e me deixar pintar o que vejo e o que sinto. Combinado?

— Pétalas de rosas vermelhas. — Ela inclinou a cabeça meio de lado. — Vou ter que encomendar um monte delas.

Seth foi para o estaleiro assobiando na manhã seguinte. Levava uma caixa de rosquinhas frescas que acabara de comprar na padaria.

Cam já estava trabalhando e instalava tensores para cabo no casco da embarcação que estava sendo construída.

— Esse barco está lindo! — berrou Seth, caminhando sobre a escuna bem planejada, bem proporcionada e impecável. — Vocês devem ter ralado muito para conseguir deixá-lo quase pronto assim, e tão depressa.

— Foi mesmo. Já está terminado, a não ser por alguns detalhes de acabamento na cabine. O cliente quer vir buscá-la no domingo.

— Desculpe por não ter dado uma mãozinha a vocês nos últimos dias.

— Conseguimos nos virar sem você. — Não havia insatisfação no tom de voz de Cam, apenas uma leve insinuação.

— Onde está o pessoal? — perguntou Seth.

— Phil está lá em cima. Ethan e Aubrey foram recolher as armadilhas para caranguejo agora de manhã. Kevin só vem depois da escola. Mais uma semana e ele vai estar de férias, e pretendo cobrar a presença dele por aqui.

— Férias? O ano letivo já vai acabar? Que dia é hoje?

— Você teria mais intimidade com o calendário se aparecesse em casa com mais frequência.

— Tenho andado ocupado, Cam.

— Sei. — Ele instalou mais um tensor. — Foi o que ouvi dizer.

— Por que você está puto? — Seth jogou a caixa de rosquinhas sobre o convés. — Estou aqui, não estou?

—Você aparece e desaparece conforme os seus caprichos. Só resolveu dar uma passadinha aqui hoje porque finalmente conseguiu se dar bem ontem à noite?

— O que você tem a ver com isso?

— O que eu tenho a ver com isso? — Cam colocou a furadeira de lado e se aproximou de Seth com a rapidez de um homem ofendido. — Você quer saber o que eu tenho a ver com isso, seu babaca? Tem muito a ver comigo quando você resolve sumir por quase uma semana inteira. Pinta alguma nuvem escura em sua cabeça e você se enfia naquele estúdio. Tem muito a ver comigo quando sou obrigado a aturar a preocupação de Anna, já que você não se dá ao trabalho de nos contar que porra anda acontecendo em sua vida. E depois acha que pode simplesmente aparecer aqui numa boa, sentindo-se feliz por finalmente ter conseguido tirar a saia de Dru pela cabeça.

A culpa que começara a surgir nele subitamente se transformou em fúria desenfreada. Seth se moveu sem pensar e empurrou Cam de encontro ao casco do barco, gritando:

— Não fale da Dru desse jeito! Ela não é uma vadia que só usei para dar uma trepada. Nunca mais fale dela desse jeito!

Cam empurrou Seth para trás e se colocou diante dele nariz com nariz. Pareciam dois pugilistas que não davam a mínima para o gongo.

— E você não trate a sua família desse jeito, conforme a sua conveniência!

A raiva parecia um cão feroz pronto a lhes saltar pela garganta.

— Quer sair na porrada comigo? — convidou Cam, com os punhos fechados.

— Ei, vocês, segurem essa onda. Cacete, segurem a onda vocês dois! — Phillip quase pulou entre eles, tentando separá-los. — Que diabo está rolando aqui? Deu para ouvir vocês brigando lá de cima!

— Esse moleque acha que pode me enfrentar — replicou Cam, furioso.

— Estou a fim de deixá-lo tentar.

— *Aqui* que vocês vão brigar! — reagiu Phillip. — Se quiserem se pegar, vão procurar outro lugar para isso. Aliás, Seth, caia fora! Vá esfriar a cabeça, — Phillip apontou para as portas nos fundos do galpão, onde ficava o cais. —Você tem aparecido tão pouco por aqui ultimamente que mais alguns minutos não vão fazer diferença.

— Isso é entre mim e Cam.

— Aqui é um local de trabalho — corrigiu Phillip. — *Nosso* trabalho, já que estamos falando nisso. Continue assim e o primeiro a te dar porrada serei eu. Já aturei muito de você.

— Mas de que diabo você está falando?

— Estou falando de cumprir as promessas e se lembrar das responsabilidades. Estou falando a respeito de termos uma cliente que aguarda que você termine um esboço que concordou em preparar. Onde está o trabalho, Seth?

Ele abriu a boca, mas não conseguiu falar nada. Aquele esboço era o veleiro de Drusilla. Ele esquecera por completo. Do mesmo modo que se esquecera da promessa a Anna de conseguir uma mistura de estrume e palha para aplicar no novo canteiro. E a volta em seu novo carro que prometera a Bram.

Sentindo a raiva se voltar contra ele mesmo, saiu pelas portas dos fundos.

— Estouradinho — resmungou Cam. — Precisava levar umas porradas.

— Por que você também não o deixa em paz?

— Porra, agora é você?! — Indignado e soltando fumaça, Cam rodeou Phillip. — Foi você que acabou de atacá-lo.

— Estou tão chateado e preocupado quanto vocês — retorquiu. — Só que agora já chega. Ele é grandinho o suficiente para ir e vir quando quiser, sem dar satisfações a ninguém. Na idade dele você participava de corridas de barcos e carros por toda a Europa, enfiando as mãos por baixo do maior número de saias que conseguisse.

— Mas nunca deixei de cumprir uma palavra empenhada.

— Não. — Mais calmo agora, Phillip olhou lá para fora, onde Seth estava em pé, na beira do cais. — Pelo jeito ele não pretendia fazer isso. Por quanto tempo mais você vai deixá-lo sozinho lá fora se sentindo um merda?

— Uma ou duas semanas seria o ideal.

Diante do olhar firme que Phillip lhe lançou, Cam expirou com força por entre os dentes e sentiu que a maior parte da raiva lhe saíra do peito.

— Droga! — reclamou. — Devo estar ficando velho. Detesto isso. Vou lá resolver a crise.

Seth ouviu passos atrás de si. Virou-se, preparado para se defender.

— Vá em frente e me dê um soco — reagiu olhando para Cam. — Mas saiba que só vou deixar o primeiro sair de graça.

— Garoto, eu só ia precisar de um mesmo.

— Puxa, desculpe! — Seth falou com rapidez. — Sinto muito por ter decepcionado vocês. Posso fazer qualquer trabalho pesado de que estejam precisando. E prometo entregar o esboço ainda hoje. Vou limpar a barra com vocês todos.

— Ai, cacete! — Nesse momento, Cam começou a passar os dedos com força entre os cabelos. Quem se sentia um merda agora?, perguntou a si mesmo. — Escute, você não sujou a barra comigo. Claro que fiquei preocupado, puto da vida mesmo, mas não foi uma decepção. Ninguém espera que você dedique todo o seu tempo a este lugar. Nem que esteja em casa a cada minuto de folga. Droga, primeiro foi a Anna me perturbando porque você vivia enfiado dentro de casa, não saía nunca e ela achava que aquilo não era bom. Depois veio me encher o saco porque você não aparecia mais em casa. Como é que caí nessa furada?

— Pura sorte, eu acho — brincou ele. — Eu tinha algumas coisas para resolver. Só isso. E estava trabalhando. Acabei me envolvendo e esquecendo do resto. A família não é apenas uma questão de conveniência para mim, Cam. Não acredito que você pense assim. Minha vida é um milagre. Se não fosse por vocês...

— Pode parar! Isso não tem nada a ver com lances do passado. Tem a ver com o presente.

— Mas eu não teria o presente se não fosse por vocês.

— Você não estaria aqui se não fosse por Ray. Nenhum de nós estaria. Ponto final. — Enfiando as mãos nos bolsos, olhou para a água, ao longe.

Nossa, pensou Cam. Não importa o quanto uma criança crescesse, ela seria sempre a sua criança.

— E aí? A história com a florista sexy é séria?

De forma inconsciente, Seth imitou a pose de Cam e olharam juntos para a água.

— Parece que sim.

— Agora que já coçou sua comichão, talvez consigamos algum trabalho de você.

— Parece que estou cheio de energia esta manhã — replicou Seth.

— É... comigo também sempre foi assim. Que tipo de rosquinhas você comprou?

Eles já estavam bem um com o outro, reparou Seth. De algum modo, não importava o que acontecesse, sempre acabavam se entendendo numa boa.

— Trouxe com vários recheios, mas as de creme alemão são minhas!

— Eu prefiro as de geleia mesmo. Vamos até lá antes que Phil as encontre.

Os dois começavam a caminhar juntos quando, de repente, Seth parou, pensativo, e disse:

— Vocês jogaram futebol com o pão de abobrinha.

Cam ficou lívido.

— O que foi que disse?!

— O jogo de Pãobol. Com o pão de abobrinha. Stella preparou um pão de forma e vocês o usaram como bola de futebol americano. Ela me contou tudo.

— Quando? — Abalado, Cam apertou os ombros de Seth. — Quando foi que a viu?

— Não sei. Não sei mesmo. Eu sonhei. Pelo menos me pareceu um sonho — murmurou. Seu estômago se contorceu, mas não foi uma sensação incômoda e sim uma espécie de alegria.

Ele conversara com Stella, pensou. Tinha uma avó e ela lhe contara uma história.

— Foi isso mesmo, não foi? — A alegria transparecia em sua voz e enfeitava-lhe o rosto. — Você... você tentou interceptar um passe e recebeu o pão na testa, bem perto do olho. Caiu no chão e quase apagou com o golpe. Foi desse jeito, não foi?

— Foi. — Cam precisou de um tempo para se acalmar. Aquela era uma boa recordação. Havia tantas assim, boas como aquela. — Ela saiu da cozinha pela porta dos fundos, berrando conosco no exato instante em que eu estava levantando o corpo para interceptar a "bola". Virei para olhar para ela e "bam!", fiquei ali caído, vendo estrelas. Aquele pão de forma parecia um tijolo de tão duro. Ela era uma médica insuperável, mas jamais cozinhou algo que prestasse.

— Eu sei, ela me disse isso.

— Na hora em que caí, ela se abaixou e examinou as minhas pupilas ou algo assim, levantou alguns dedos e me mandou contar quantos tinha. Disse que foi bom eu ter levado aquela bolada, pois assim ela não precisava mais me bater. Então todo mundo começou a dar risada... eu e papai, Phil e Ethan. Um bando de idiotas. Mamãe ficou ali olhando para nós, com as mãos nos quadris. Ainda consigo ver a cena nitidamente. Ainda posso vê-la.

Soltou o ar com força e continuou:

— Depois disso, ela foi até a cozinha e jogou outra forma na nossa direção para podermos continuar jogando. Ela lhe contou essa parte?

— Não. — Seth colocou a mão sobre o ombro de Cam enquanto caminhava em direção às portas duplas do galpão. — Acho que essa parte ela queria que eu ouvisse de você.

Capítulo Treze

Após as rosquinhas terem sido devidamente devoradas, Seth estava encurvado sobre uma mesa em um canto, refinando o esboço inicial que Ethan fizera para o veleiro de Dru, e ela estava do lado de fora da loja, tirando as flores e folhas velhas dos ramalhetes de verbenas e valerianas que enfeitavam a entrada, colocadas em um velho barril de uísque.

O temporal da véspera tornara o ar mais frio, mas carregara a umidade embora, deixando a manhã fresca e límpida.

A baía exibia um lindo tom de azul e ainda estava um pouco agitada devido à turbulência noturna. Várias embarcações já navegavam em suas águas. Algumas eram barcos de pesca com seus donos, outras eram esquifes alugados ou pequenas lanchas, e todos compartilhavam as águas. Os visitantes de verão que haviam ancorado os barcos na véspera e esperavam o tempo abrir para usá-los tinham saído bem cedo. Por que perder um só minuto de um dia perfeito como aquele?, refletiu Dru.

Em poucos meses ela também poderia estar passando uma manhã como aquela trabalhando no cordame, lavando o convés ou polindo os acabamentos em metal do seu próprio barco. Possuir um barco significava muito mais do que simplesmente lançá-lo ao mar, içar as velas e cavalgar as ondas. Significava também gastar tempo, dinheiro e energia em manutenção. Aquilo tudo, porém, pensou ela, era parte do prazer. Ou seria no caso dela.

Dru gostava de trabalhar. Aquela era uma das muitas pequenas realizações que curtira ao longo dos anos. Gostava do trabalho pesado, de produzir coisas e depois ter a satisfação de olhar para tudo e ver o que conseguira com o próprio esforço.

Adorava a parte *gerencial* de tocar um negócio. A contabilidade, o controle de estoques e fornecedores, preencher os pedidos e projetar os lucros. Tudo aquilo complementava o seu senso de ordem, do mesmo modo que a natureza do seu negócio complementava o seu senso de amor à beleza, unicamente pela beleza em si.

O barco, quando ficasse pronto, seria uma recompensa pessoal pelo sucesso do resto.

Quanto a Seth... Ela não estava inteiramente certa sobre o que ele representava. A noite que passara com ele fora gloriosa. Da mesma forma que um barco, porém, um relacionamento com ele jamais veria apenas águas tranquilas e ia precisar de manutenção constante.

O que aconteceria, perguntou-se, se a brisa que os carregara até o ponto em que estavam parasse de soprar de repente? O que fariam se tivessem de enfrentar uma séria tempestade, encalhassem ou simplesmente — como era tão comum — perdessem a empolgação com o passeio?

Ela adoraria simplesmente curtir o momento sem olhar muito além, em busca de problemas.

Ele a intrigava e desafiava. Excitava-a e divertia-a. Despertava dentro dela sentimentos que ninguém conseguira — nem mesmo, era forçada a admitir, o homem com quem quase se casara.

Sentia-se atraída pelo seu sólido sentido de valor próprio, por sua honestidade e sua descontração. Ficava fascinada pelas sutis sugestões de turbulência e paixões que borbulhavam pouco abaixo da superfície descontraída.

Ele era o homem mais irresistível que ela conhecia. Ele a fazia feliz. Agora eram amantes e lá estava ela, procurando por problemas adiante.

Porque quando a pessoa não olha para a frente, lembrou a si mesma, dá de cara com os problemas e afunda.

Levou a pequena tesoura de poda para os fundos da loja, guardando-a no depósito, sobre a prateleira de ferramentas. Gostaria de conversar com alguém, outra mulher, a respeito da empolgação e da ansiedade que corriam juntas dentro dela. Queria ser capaz de se sentar ao lado de uma amiga, falar sobre coisas bobas e colocar para fora tudo o que estava sentindo.

Contar como o seu coração parecia pular quando ele sorria para ela. Como acelerava no instante em que ele a tocava. O quanto era assustador e maravilhoso estar com alguém que gostava dela e a aceitava simplesmente pela pessoa que precisava ser.

Queria contar a alguém que estava se apaixonando.

Nenhuma das mulheres do seu antigo círculo social compreenderia aquilo. Pelo menos não do jeito que ela *precisava* ser compreendida. Demonstrariam interesse, é claro, e certamente lhe dariam apoio moral. Mas não conseguia se imaginar contando a uma delas o jeito como ele mordera a sua nuca, para em seguida curtir a cara da amiga, que estaria lançando gemidos e suspiros de inveja.

E era *isso* que ela queria.

Também não podia ligar para a mãe e contar que acabara de curtir o sexo mais incrível de sua vida com o homem pelo qual estava começando a se apaixonar.

Aquele não era o tipo de conversa que as duas teriam sem se sentirem desconfortáveis.

Embora seus instintos lhe dissessem que não havia nada que ela pudesse dizer que deixasse Aubrey chocada, e apesar de ter certeza de que a reação dela seria exatamente a que Dru esperava da nova amiga, a ligação de Aubrey com Seth tornava essa possibilidade meio estranha.

Assim, estava basicamente por contra própria em relação àquilo, concluiu. O que era, aliás, exatamente onde queria estar desde o princípio. Agora, no entanto, que tinha algo para compartilhar com alguém, agora que sentia a vida se movendo sob os seus pés, não tinha ninguém a quem recorrer.

A culpa era dela mesma, admitiu. Poderia conviver com aquilo ou começar a mudar. Abrir-se um pouco significava mais do que simplesmente arrumar um amante. Significava muito mais do que colocar a pontinha do pé em uma nova amizade.

Ia ter de trabalhar muito. Então era o que faria.

Os sininhos da porta da frente soaram, anunciando o primeiro cliente do dia. Dru ajeitou os ombros com determinação. Provara a si mesma que era capaz de reconstruir a própria vida. E o faria de novo.

Pronta para se mostrar mais do que apenas uma educada e eficiente florista, saiu do depósito e surgiu dos fundos da loja com um sorriso caloroso.

— Bom dia. Posso ajudá-la?

— Ahn... não sei. Estou apenas dando uma olhada por aqui.

— Fique à vontade. Está um dia lindo, não acha? — Dru foi até a frente da loja e prendeu a porta para deixá-la totalmente aberta. — Lindo demais para alguém ficar trancado em casa. A senhora está de visita em Saint Chris?

— Exato — respondeu Gloria. — Estou tirando umas feriazinhas.

— Escolheu uma época ótima! — Dru ignorou a sensação desconfortável de se sentir cuidadosamente avaliada. — Está aqui em companhia de sua família?

— Não, estou sozinha. — Gloria passou os dedos sobre as pétalas de um arranjo e disse, mantendo os olhos em Dru: — Às vezes uma mulher precisa sair e ir à luta por conta própria. Entende o que quero dizer?

— Entendo. — Ela não parecia ser o tipo de pessoa que perde tempo ou gasta seu dinheiro com flores, pensou Dru. Parecia meio... rude, tensa... e vulgar. Seu short muito curto estava colado demais no corpo e seu top era muito apertado. Ao perceber um leve cheiro de uísque misturado com o perfume forte de fragrância floral que vinha da mulher, perguntou a si mesma se não ia ser assaltada.

Logo em seguida se livrou da ideia. Ninguém assaltaria uma florista, muito menos em Saint Chris. E se aquela mulher portava alguma arma tinha de ser bem pequena para ficar escondida sob uma roupa como aquela.

Julgar alguém pela casualidade do seu modo de vestir não era um bom jeito de começar a desenvolver uma relação mais pessoal com os clientes.

— Se está apenas procurando algo para alegrar o quarto do hotel durante a sua estada na cidade, os cravos estão em promoção. Têm um perfume marcante e não exigem muitos cuidados.

— Então vão servir. Sabe de uma coisa... seu rosto me é familiar e o seu sotaque não parece com o daqui. Talvez já nos conheçamos. Você vai muito a Washington?

— Fui criada lá. — Dru tornou a relaxar.

— Então é isso! No instante em que a vi, notei logo, mas... espere um instante! Você é filha de Katherine. Prucilla... não, não... Drusilla.

Dru tentou imaginar a sua mãe tendo qualquer tipo de relacionamento com aquela mulher magra, muito malvestida, com cheiro de uísque e perfume barato. E tornou a se xingar por ser tão esnobe.

— Isso mesmo, sou filha dela.

— Ora, mas quem diria... — Gloria colocou as mãos nos quadris e armou um sorriso largo e amigável. Fizera sua pesquisa com cuidado. — Que diabos você está fazendo aqui?

— Moro aqui agora. Então a senhora conhece a minha mãe?

— Claro, claro. Trabalhei em vários comitês de caridade com Kathy. Não a vejo há algum tempo. Deve ter uns três ou quatro anos. Nosso último encontro foi em um evento literário para levantar fundos. Um jantar com um autor famoso no Hotel Shoreham, acho.

O evento aparecera na primeira página do *Washington Post*, descrito em detalhes, e estava nos arquivos pesquisados por Gloria na Internet para tornar a história mais plausível.

— Como vai a sua mãe? — continuou. — E o seu pai?

Não, pensou Dru, ela não era apenas esnobe. Era também péssima em julgar as pessoas. De qualquer modo, respondeu sem se abalar.

— Os dois vão muito bem, obrigada. Desculpe, mas qual é o seu nome mesmo?

— É Glo. Glo Harrow — disse ela, usando o nome de solteira da mãe. — Mas que mundo pequeno, não é mesmo? Parece que da última vez em que eu conversei com Kath você estava noiva. Ela ficou toda animada com isso. Estou vendo que não deu certo.

— Não, não deu.

— Bem, os homens são como os táxis. Perde-se um e vem outro logo atrás. Sabe que a minha mãe é muito amiga do seu avô? — Aquilo era verdade, embora "conhecida" fosse a palavra mais correta. — O senador continua forte como aço. Uma instituição nacional.

— Ele é um homem surpreendente — disse Dru com um tom meio frio.

— Temos que admirá-lo. Um homem daquela idade e levando uma vida ativa como a dele. Com todo aquele dinheiro de família, jamais precisaria trabalhar um dia sequer na vida, muito menos se dedicar tanto à política. É um terreno duro, mesmo para um homem jovem, ainda mais do jeito que a política virou a baixaria que é hoje em dia.

— A política sempre foi uma baixaria. De qualquer modo, a minha família jamais achou que ser mais favorecida financeiramente significava deixar o trabalho para outras pessoas.

— Temos que admirar isso, como eu disse.

Quando um homem entrou na loja, Dru engoliu a crescente irritação com aquele assunto e voltou-se para ele, cumprimentando-o:

— Bom dia.

— Oi. Olhe, não se preocupe comigo, pode acabar o que está fazendo, pois não estou com pressa.

— Gostaria de mais alguma coisa, Sra. Harrow?

— Não. — Ela já gastara mais tempo do que o necessário naquela visita. — Acho que vou levar uma dúzia das... qual é mesmo a flor em promoção?

— Cravo. — Dru apontou para o vaso onde fizera um arranjo elaborado com cravos de várias cores. —A senhora quer levá-los em cores variadas ou prefere todos em alguma cor específica?

— Não, pode misturar tudo.

Gloria viu o valor na tabela de preços e calculou que era um preço baixo a pagar pela chance de observar mais de perto a dona da loja. Pegou o dinheiro e o colocou no balcão.

Agora que já fizera contato, Gloria queria ir embora dali. Não se importava com a forma como o sujeito que acabara de entrar na loja olhava para ela, fixamente, embora tentasse disfarçar.

— Espero que goste das flores — disse Dru.

— Já estou gostando. Dê lembranças minhas à sua mãe quando estiver com ela — acrescentou Gloria, já saindo.

— Sim, eu darei. — Dru se virou para o novo cliente. Um pouco da raiva que começara a sentir transpareceu em seu rosto.

— Cheguei em má hora?

— Não, claro que não — disse ela, reajustando os pensamentos. — Posso ajudá-lo?

— Em primeiro lugar, deixe que me apresente. Meu nome é Will. Will McLean. — Ofereceu-lhe a mão.

— Ah, você é o namorado de Aubrey. — *Muito gato,* foi como Aubrey o descrevera, e Dru concordou com ela ao apertar-lhe a mão. — Prazer em conhecê-lo.

— O prazer é meu. É que acabei de sair do plantão e resolvi dar uma passadinha para ver Aubrey, e talvez bater um papo com Seth antes de ir para casa e apagar por algumas horas. As flores que Seth comprou para Aubrey há algumas semanas fizeram o maior sucesso. Não posso deixar que ele me passe a perna nesse aspecto. O que tem aí que possa deixá-la alegre e sirva para compensar os plantões duplos que estou dando a semana inteira?

— Como está de grana?

— Acabei de receber o salário. — Deu uma batidinha no bolso de trás da calça. — O céu é o limite.

— Nesse caso, espere um instantinho. — Fez uma pausa e reconsiderou. A sacudida que recebera há pouco não ia estragar seus planos de se tornar mais aberta e receptiva. — Tenho uma ideia melhor, vou lá atrás. Se o que eu tenho em mente for do seu agrado, você pode se sentar por alguns instantes e descansar enquanto eu preparo o arranjo.

— Pareço tão mal assim?

— Parece exausto — e apontou para uma cadeira. — Vamos lá, pode se sentar — ofereceu enquanto ia para o balcão frigorífico. — Estas aqui chegaram hoje de manhã — disse, pegando uma rosa com haste comprida em um tom cor-de-rosa quase branco. — Uma dúzia delas e eu garanto que Aubrey vai ficar encantada.

Ele cheirou as flores quando ela as estendeu em sua direção.

— O perfume é fantástico. Acho que vou levar duas dúzias. Cancelei dois encontros nos últimos dez dias.

— Duas dúzias vão deixá-la absolutamente sem fala.

— Perfeito! Você poderia colocá-las em uma daquelas caixas sofisticadas?

— Claro. — Dru foi até o balcão. — Você e o seu irmão vão acabar se tornando os meus melhores clientes. Ele comprou todo o meu estoque de rosas amarelas na semana passada.

— É que ele ficou noivo.

— Sim, eu sei. E estava flutuando de felicidade. Soube que você, o seu irmão e Seth são amigos há muito tempo.

— Desde que éramos moleques — confirmou Will. — Nem acredito que Seth já voltou da Europa há quase um mês e ainda não tenhamos arrumado tempo para colocar o papo em dia. Dan me disse que Seth anda muito ocupado com a pintura, o estaleiro e você... Puxa, desculpe. — Lançou um sorriso torto enquanto esfregava os olhos. — Foi mal... É que a língua fica frouxa quando fico muitas horas sem dormir.

— Tudo bem. Eu sei que não é mais segredo que Seth e eu estamos... — O quê?, pensou ela. — Ficando — decidiu.

Will fez o possível para evitar um bocejo e disse:

— Olhe, se conseguirmos alinhar as nossas agendas, talvez nós seis possamos fazer alguma coisa.

— Seria ótimo. — Dru colocou as rosas entre raminhos de chuva de prata na caixa forrada de tecido. — Eu gostaria muito mesmo!

— Legal! Ahn... posso lhe perguntar uma coisa? Aquela mulher que acabou de sair daqui... ela estava perturbando você?

— Por que pergunta?

— Não sei, tive um pressentimento, acho. Havia alguma coisa estranha nela. Acho que a conheço de algum lugar. Não consegui identificar de onde, mas senti que havia algo errado. Entende o que quero dizer?

— Sei exatamente o que quer dizer. — Ela olhou para ele fixamente. Will era amigo de Aubrey e de Seth. A nova Dru, mais aberta e acessível, também poderia considerá-lo um amigo. — Ela afirmou que conhecia a minha mãe, mas não creio que seja verdade. — Ninguém, refletiu Dru, absolutamente ninguém se referia à sua mãe como Kathy. Era sempre Katherine e, em raras ocasiões, Kate. Mas jamais Kath, nem Kathy. — Não sei exatamente o que ela queria, mas fiquei feliz quando vi você entrar na loja.

— Quer que eu fique mais um tempo por aqui para o caso de ela voltar?

— Não, mas obrigada de qualquer modo. Não estou preocupada.

— Você a chamou de Sra. Harrow? — Will balançou a cabeça. — Esse nome não me diz nada, mas eu a conheço de algum lugar. Se conseguir me lembrar, aviso você.

— Eu ficaria grata.

Foi um erro telefonar para a sua mãe, conforme Dru percebeu de imediato. O problema é que ela não conseguira tirar aquela cliente estranha da cabeça. A única maneira de confirmar a história era perguntando direto à mãe.

De forma casual ela disse a Dru que não conhecia ninguém chamada Glo Harrow, embora conhecesse uma Laura Harrow e uma Barbara que, quando solteira, tinha esse sobrenome. Pelo menos o telefonema servira para acalmar Dru, que gostou do astral da mãe, aparentemente alegre, bem como da notícia de que ela e o pai já haviam se reconciliado.

Pelo menos no momento.

A conversa, porém, acabou enveredando pelos caminhos usuais. Por que ela não aparecia para passar o fim de semana com os pais, ou, melhor ainda, o verão todo? Por que eles não poderiam passar algum dias, todos juntos, no refúgio da família em North Hampton?

Os motivos não foram aceitos e as desculpas, ignoradas, até que, quando Dru desligou, já não tinha dúvidas de que sua mãe estava tão irritada e insatisfeita com o rumo da conversa quanto ela mesma.

Decidiu deixar as coisas como estavam.

Mas descobriu que apenas isso não adiantaria, além de ser tarde demais, pois sua mãe apareceu em pessoa na loja naquele mesmo dia, dez minutos antes de Dru fechar as portas.

— Minha querida! — Katherine lançou os braços para a frente enquanto corria na direção do balcão e apertou-os em volta da filha como se fossem cordas. — Estou tão feliz por ver você, tão feliz!

— Mamãe! — Dru deu tapinhas gentis nas costas de Katherine e se odiou por sentir vontade de se desvencilhar do abraço. — O que está fazendo aqui?

— Assim que você desligou o telefone, hoje de manhã, percebi que não ia conseguir ficar mais um dia sequer sem ver você. Sinto saudades da minha filhinha. Deixe-me dar uma boa olhada em você. — Katherine se afastou da filha e passou a mão pelos cabelos de Dru. — Quando é que você vai deixá-los crescer novamente? Tem um cabelo maravilhoso e anda por aí com essas pontas picotadas e curtas desse jeito, parecendo um menino. E está tão magra! Anda perdendo peso.

— Não ando não, mamãe.

— Vivo preocupada por você não se alimentar direito. Se pelo menos contratasse uma empregada...

— Mamãe, não quero uma empregada. Estou comendo muito bem. Não perdi nem um quilo desde que a vi no mês passado. Aliás, a senhora está maravilhosa.

Aquilo era sempre verdade. Katherine vestia um blazer cor-de-rosa com corte maravilhoso e calças cinza-peroladas, ambos perfeitamente adequados à sua silhueta, mantida com dieta rigorosa e exercícios.

— Ah, eu me sinto uma bruxa ultimamente. — Abanou a mão em sinal de negação.

— Não, não acredito — animou-a Dru —, pois sua visão está ótima e há muitos espelhos lá em casa.

— Você é muito bondosa, filha.

— Veio dirigindo até aqui sozinha?

— Vim com Henry — explicou ela, referindo-se ao motorista. — Mandei-o dar uma volta por aí durante meia hora. É uma cidadezinha linda... para passar as férias.

— Sim, é verdade — concordou Dru, mantendo a voz em um tom agradável. — Nós, moradores daqui, somos gratos aos turistas que concordam conosco em achá-la encantadora.

— Mas o que há para se fazer por aqui? Olhe, não fique zangada, por favor, não fique zangada. — Tornou a balançar a mão enquanto se dirigia na direção da vitrine. — É que você está tão longe da cidade grande, minha filha... Longe de tudo o que ela oferece. Longe das coisas às quais você estava habituada. Querida, você poderia viver *em qualquer lugar*. Apesar do que, Deus é testemunha, eu ficaria louca de preocupação se você se mudasse para algum lugar ainda mais distante que este. Ver você enterrada aqui me dói o coração.

— Não estou enterrada. E Saint Christopher não fica no fim do mundo. Se eu precisasse de algo que a cidade grande tem a oferecer, poderia estar lá em menos de uma hora de carro.

— Não estou falando geograficamente, Dru, e sim culturalmente... socialmente. Esta região é muito pitoresca, sem dúvida, mas você se afastou da sua vida, da sua família, dos seus amigos. Por Deus, minha filha, faz quanto tempo desde a última vez que teve um encontro com um homem que se apresente?

— Para falar a verdade, isso aconteceu ontem mesmo.

— Sério? — Katherine arqueou uma sobrancelha, exatamente como Dru estava pronta a fazer. — O que fizeram de interessante?

— Comemos pizza — disse ela, completando sem cerimônia — e transamos.

A boca de Katherine se abriu e formou um "O" bem redondo e chocado.

— Ora, por Deus, Drusilla!

— De qualquer forma, isso não vem ao caso. O fato é que não estando satisfeita com a minha vida, mudei tudo. Agora estou satisfeita. Gostaria que a senhora também ficasse, pelo menos um pouquinho, feliz por mim.

— Isso tudo foi culpa de Jonah. Sinto vontade de estrangulá-lo.

— Não, ele é apenas um grão de areia em minha vida. Não quero ficar repetindo essa conversa a vida inteira, mamãe. Sinto muito por não nos compreendermos.

— Mas só quero o melhor para você, filha. Você representa toda a minha vida!

A cabeça de Dru começou a latejar.

— Não quero representar toda a sua vida, mamãe. Nem deveria. Afinal, o papai...

— Ah, sim, é claro, o seu pai! Só Deus sabe como consigo aturá-lo a maior parte do tempo. O problema é que investimos vinte e oito anos um no outro.

— É isso o que o seu casamento representa? Um investimento?

— Não sei como é que entramos nesse assunto. Não foi para isso que vim até aqui.

— A senhora o ama? — perguntou Dru, de forma súbita, e viu a mãe piscar.

— Claro que sim. Que pergunta! E apesar de discordarmos em muitos pontos concordamos perfeitamente em um assunto; você é a coisa mais preciosa que existe em nossas vidas. Escute... — Inclinando-se e beijando-a nas duas faces, continuou: — Tenho uma surpresa maravilhosa para você. — Apertou as mãos de Dru. — Vamos correndo até a sua casa para pegar o seu passaporte e colocar alguns itens essenciais na mala. Não precisa de muita coisa, podemos comprar um monte de roupas quando chegarmos lá.

— Lá onde?

— Paris. Já providenciei tudo. Tive essa ideia genial depois que falamos ao telefone hoje de manhã. Liguei para o seu pai e ele concordou em ir se encontrar conosco lá em um ou dois dias. O avião já está pronto à nossa espera no aeroporto. Podemos passar algum tempo no apartamento da tia Michelle, fazer um monte de compras e, quem sabe, oferecer um jantar formal. Depois podemos ir para o Sul da França, a fim de passarmos uma semana na *villa* para escapar um pouco do calor e das multidões.

— Mamãe...

— Depois, acho que devíamos dar uma fugida e curtir um fim de semana gostoso, só nós duas. Nunca temos oportunidade de passar algum tempo juntas. E há um spa fantástico não muito longe de...

— Mamãe! Não posso ir com a senhora.

— Ora, não seja tola, já está tudo planejado. Você não precisa se preocupar com nada, com nenhum detalhe.

— Não posso ir. Tenho uma loja para cuidar.

— Ora, não me venha com essa, Dru. É claro que você pode manter a loja fechada por algumas semanas ou pedir a alguém que tome conta dela na sua ausência. Não deixe esse seu novo hobby privá-la da verdadeira diversão.

— Não é um hobby. A loja não está me privando de nada. E não posso abandoná-la aqui sem mais nem menos para ir saracotear pela França.

— Não pode, não... Não quer!

— Isso! Não quero.

— Mas não enxerga o quanto é importante para mim fazer isso por você? — Lágrimas começaram a brotar nos olhos de Katherine. — Você *é* a minha filha, a minha filhinha! Morro de preocupação só de imaginar você morando neste lugar distante, sozinha.

— Não estou sozinha. Tenho quase vinte e sete anos. Preciso construir a minha vida. Do mesmo modo que a senhora e o papai precisam seguir em frente com as suas. Por favor, não chore.

— Não sei onde foi que eu errei. — Katherine abriu sua bolsinha e pegou um lenço. — Por que não pode dedicar um pouco do seu tempo a estar comigo? Sinto-me tão abandonada...

— Eu não a abandonei, mamãe. Por favor... — Quando os sininhos da porta soaram, ela olhou para trás. — Seth! — exclamou ela com imenso alívio.

— Pensei em dar uma passadinha aqui antes de... — Parou de falar de repente ao ver a mulher de mais idade que fungava em um lencinho. — Desculpe, eu... ahn... volto mais tarde.

— Não, não. — Dru teve de se conter para não pular na frente da porta e bloquear a passagem. Sabia que nada no mundo faria as lágrimas de sua mãe secarem com mais rapidez do que apresentações sociais. — Fiquei feliz por ter aparecido. Quero que conheça a minha mãe. Katherine Whitcomb Banks... Seth Quinn.

— Prazer em conhecê-la.

— Igualmente. — Katherine lhe lançou um sorriso meio aguado e ofereceu a mão. — Por favor, me perdoe. Estava morrendo de saudades de minha filha e o reencontro me deixou emocionada. — Enxugou os olhos, que de repente voltaram a brilhar pelo reconhecimento. — Seth Quinn. O artista?

— Sim — confirmou Dru, muito empolgada agora. — Nós sempre admiramos o trabalho de Seth, não é, mamãe?

— Muito. Muito. Meu irmão e sua esposa estiveram em Roma no ano passado e se apaixonaram pelo seu quadro da Praça de Espanha. Eu morri de inveja de eles o terem comprado. Você foi criado aqui em Saint Chris, não foi?

— Sim, senhora, minha família é daqui.

— É tão importante a pessoa se lembrar da família — disse Katherine, olhando com ar triste para Dru. — Por quanto tempo vai ficar na cidade?

— Eu moro aqui.

— Ora, mas pensei que você morasse na Europa.

— Passei uma temporada na Europa, mas moro aqui. Saint Chris é o meu lar.

— Entendo. E planeja organizar alguma exposição em Washington ou em Baltimore?

— Eventualmente.

— Precisa me avisar quando isso acontecer. Adoraria conhecer mais do seu trabalho. E ficaria muito feliz em recebê-lo para jantar em nossa casa assim que surgir uma oportunidade. Você tem um cartão para poder lhe enviar um convite?

—Um cartão? — Sorriu Seth. Foi um sorriso curto e brilhante que ele não conseguiu evitar. — Não tenho cartão, sinto muito, mas a senhora pode me avisar através de Dru. Ela sabe onde me encontrar.

— Sim. —Agora ela estava entendendo tudo. — O jantar será em breve.

— Mamãe está viajando para Paris — disse Dru, depressa. — Quando a senhora voltar — disse à mãe, encaminhando-a em direção à porta —, podemos combinar esse jantar.

— *Bon voyage* — desejou Seth, levantando a mão em despedida.

— Obrigada, mas não estou certa se realmente vou para...

— Mamãe! Vá para Paris! — Dru deu-lhe um beijo no rosto, com determinação. — Divirta-se! Passe alguns dias bem maravilhosos e românticos com papai, compre o seu Chanel e me envie um postal.

— Não sei, vou pensar... foi maravilhoso conhecê-lo, Seth. Espero que nos encontremos novamente em breve.

— Seria ótimo. Faça boa viagem.

Seth ficou esperando, batendo com as palmas das mãos nas coxas enquanto Dru ia se despedir da mãe na entrada. Na verdade, corrigiu ele, Dru quase a levou marchando para fora da loja, parecendo querer se ver livre da visita. Viu, pela vitrine, Dru acompanhando Katherine até um Mercedes creme com motorista uniformizado.

Aquilo o fez se lembrar de um pequeno detalhe do qual se esquecera. A família de Dru era muito rica. Era fácil não pensar nisso, refletiu, porque ela não vivia como milionária. Sua vida era normal.

Ao voltar para a loja, ela trancou a porta e se recostou nela:

— Desculpe.

— Pelo quê?

— Por usar você para escapar de uma situação muito desconfortável.

— Ora, para que servem os amigos? — Ele caminhou até ela e bateu com a ponta do dedo em seu queixo. — Quer me contar por que razão ela estava chorando e por que você ficou tão arrasada?

— Minha mãe queria que eu fosse a Paris com ela. Neste instante, agora, assim, num estalar de dedos — explicou, levantando as mãos e deixando-as cair de novo em um gesto de impotência. — Ela fez todos os preparativos sem me perguntar nada, apareceu aqui achando que eu ia pular de alegria com o convite e sair correndo para fazer as malas.

— Acho que muita gente faria exatamente isso.

— Pessoas que não têm um negócio para administrar — replicou ela com rispidez. — Pessoas que não foram a Paris tantas vezes que perderam a conta. Só que há também outras pessoas que não gostam de ver as suas vidas cuidadosamente planejadas para elas, como se ainda tivessem oito anos de idade.

— Querida... — Como sentia o corpo dela vibrar de raiva e frustração, ele acariciou-lhe os braços. — Não estou dizendo que você deveria ter agido assim, comentei apenas que algumas pessoas o fariam. Ela deixou você muito aborrecida, não foi?

— Sim. Ela quase sempre consegue isso. E o pior é que sei que essa não é a intenção dela. Sempre imagina que está fazendo as coisas pelo meu bem. Meu pai é assim também, e isso torna as coisas ainda piores. Ela supõe que vou agir de determinada maneira, toma decisões por mim em coisas nas quais não deve e depois eu acabo magoando-a quando não embarco em seus planos.

— Se isso lhe serve de consolo, levei uma esculhambação de Cam hoje de manhã porque não tenho aparecido por lá e me esqueci de fazer umas coisas que havia prometido.

— Mas ele chorou? — perguntou Dru, com a cabeça meio de lado.

— Acho que ficou com os olhos marejados — brincou. — Tudo bem, eu confesso: ele não chorou. — Seth ficou aliviado quando viu os lábios de Dru se abrirem em um sorriso. — Chegamos perto de trocarmos socos, mas Phil apareceu e nos separou.

— Bem, isso eu não poderia fazer, socar a minha mãe. E você se entendeu com o seu irmão?

— Sim, ficamos numa boa. Preciso dar uma passada por lá para rastejar um pouco ao lado de Anna, mas antes achei melhor preparar o esboço do seu barco, como havia prometido, e o trouxe comigo. — Acenou com a cabeça para a pasta grande que colocara sobre o balcão.

— Puxa... — Ela apertou os dedos sobre as têmporas. — Posso olhar mais tarde, com calma? Preciso fechar a loja, e já estou atrasada para a aula de ioga.

— Ioga. Ah, sim, você não deve faltar a essa aula. Continua tudo confirmado para hoje à noite?

— Você quer adiar?

— Passei o dia inteiro pensando em você. Em como seria estar com você à noite.

Aquilo a comoveu.

— É. — disse ela. — Acho que também pensei em você rapidamente — brincou —, embora tenha estado muito ocupada aqui o dia todo.

— Já soube. Will passou no estaleiro e Aubrey quase teve um infarto ao receber aquelas rosas.

— Ela gostou?

— Ficou toda derretida, e olhe que não é fácil deixar Aubrey assim. Will, por sua vez, parecia um zumbi. Acho que deve estar realmente apaixonado por ela para vir até aqui comprar flores e entregá-las pessoalmente, apesar de estar com cara de quem não dorme há uma semana.

— Gostei muito dele e do irmão, Dan. Você tem sorte por conseguir manter amizades desde o tempo de infância.

— Você não consegue?

— Para ser sincera, não. Mudando de assunto — continuou ela, evitando o tema —, recebi outra visita muito estranha, um pouco antes de Will chegar. Era uma mulher. — Foi para trás do balcão, a fim de fechar o caixa do dia. — Ela afirmou que conhecia a minha mãe, mas assim que começamos a conversar vi que era mentira. Não apenas pelas coisas que dizia, mas também pelo seu aspecto. Isso pode parecer esnobe, mas é apenas uma questão de lógica.

— Como ela era?

— Rude. Ela vestia coisas baratas e não se parecia com ninguém que tenha trabalhado em nenhum evento beneficente junto com a minha mãe. Parecia estar tentando arrancar coisas de mim ou me testando. — Dru encolheu os ombros. — Isso não é assim tão estranho quanto possa parecer porque sou de uma família influente.

Seth sentiu uma fisgada gelada na boca do estômago.

— O que ela disse para você? O que fez?

— Não muita coisa. Pareceu-me que estava preparando terreno para alguma coisa, mas foi bem na hora em que Will entrou. Ela acabou comprando uns cravos e foi embora. O engraçado é que Will tem certeza de que a conhece de algum lugar.

— Ela disse o seu nome? — Uma espécie de enjoo subiu-lhe pela garganta.

— Hum... disse sim. — Dru deu uma olhada em volta na loja e pegou a bolsa e as chaves. — Harrow. Glo Harrow. Agora eu realmente preciso ir andando.

Ela parou na mesma hora, surpresa quando a mão dele a apertou com força, segurando-a pelo braço.

— O que foi, Seth?

— Se ela voltar, quero que me avise na mesma hora.

— Por quê? Deve ser uma mulher comum, interessada em me aplicar algum golpe para conseguir dinheiro, ou então ser apresentada ao meu avô. Pode acreditar, lidei com esse tipo de coisa a vida inteira.

— Quero que me prometa! Estou falando sério. Se ela voltar, você vai até os fundos, pega o telefone e me chama.

Ela pensou em dizer a ele que não precisava de proteção, mas viu um ímpeto e sentiu uma urgência em sua voz que a fez balançar a cabeça, garantindo:

— Tudo bem. Eu prometo.

Capítulo Quatorze

Seth teve de esperar até amanhecer, depois que Dru desceu as escadas para fazer os pedidos do dia junto aos fornecedores. Ele mal dormira. Embora tivesse lutado para manter de lado o redemoinho que o invadiu, acabou ficando acordado quase a noite toda.

Até mesmo o prazer de ter Dru encolhida ao seu lado foi estragado.

Mas ele precisava tirar aquilo a limpo.

Embora seus instintos lhe dissessem que Gloria invadira mais um espaço de sua vida, foi ao apartamento dos irmãos McLean porque precisava ter certeza.

Já vestido para ir trabalhar, com uma enorme caneca de café na mão, Dan atendeu a porta.

— Oi, cara, tudo bem? Quase que você não me pega em casa. Tenho uma reunião agora cedo.

— Preciso falar com Will.

— Vá em frente e boa sorte. Ele é o cara morto que está no quarto no fim do corredor. Quer café? Provavelmente ele só vai ressuscitar lá pro meio-dia.

— Isso é urgente.

— Olhe, Seth, falando sério, o cara está exausto. — Ao ver que Seth não se deteve e já estava andando pelos destroços que pareciam ser a sala de estar, Dan foi atrás dele. — Esse quarto é o meu. — Resignado, Dan apontou para a porta seguinte. Havia um cartaz pregado nela com os dizeres:

TOME DUAS ASPIRINAS E VÁ PARA LONGE, BEM LONGE DAQUI.

Seth nem se deu ao trabalho de bater, e abriu a porta do quarto envolto em escuridão. Pela luz que vinha do corredor, conseguiu ver que as cortinas estavam completamente fechadas para bloquear a luz. O quarto em si era pouco maior do que um armário e mal cabia a cama.

Will estava deitado nela, de barriga para cima e os braços abertos, como se tivesse caído para trás naquela posição e não tivesse mais se movido. Vestia apenas uma cueca samba-canção, acompanhada de uma meia solitária. Roncava.

— Puxa, que figura, deixe-me pegar a minha câmera — murmurou Dan. —Agora escute, Seth, sério mesmo... essa é a primeira oportunidade que ele tem de dormir por oito horas seguidas em quase duas semanas. Quis limpar a barra passando um tempo com a Aubrey, e só chegou depois das duas da madrugada. Estava semi-inconsciente quando entrou em casa.

— É importante.

— Bem, droga! — Dan foi até a janela. — Provavelmente ele vai falar tudo engrolado. — Sem pena, abriu as cortinas com toda a força.

O sol da manhã iluminou a cama. Will nem mesmo se mexeu. Seth foi até a cama e o sacudiu pelos ombros.

— Acorde!

— Glumph... argh.

— Não falei? — Dan foi até a cama. — Olhe, só funciona desse jeito... — Colocou a boca junto do ouvido de Will e gritou: — Alerta azul! Alerta azul! Dr. McLean, apresente-se à sala de exames número 3! É urgente!

— Que foi? — Will pulou da cama como se uma mola tivesse impulsionado a parte de cima do seu corpo e se pôs sentado. — Onde está a maca? Onde está o... — Uma parte do seu cérebro começou a clarear e ele piscou com força, olhando para Seth. — Ah, merda! — Ao tentar se lançar novamente de costas na cama, Seth o agarrou pelo braço.

— Preciso falar com você.

— Está com hemorragia interna?

— Não.

— Mas vai ficar se não der o fora daqui agora mesmo para eu poder voltar a dormir. — Pegou o travesseiro da cama e cobriu o rosto com ele para bloquear a luz. — A gente fica sem ver o cara durante anos e, de repente, não consegue se livrar dele. Cai fora e leve esse boçal do meu irmão junto.

— Você esteve na loja da Dru ontem.

— Vou começar a gritar com você daqui a pouco.

— Will! — Seth arrancou-lhe o travesseiro da cara. — A mulher que estava na loja quando você entrou lá. Você disse que a reconheceu.

— Nesse momento eu não conseguiria reconhecer nem a minha mãe. Para falar a verdade, quem diabos é você e o que está fazendo no meu quarto? Vou ligar para a polícia.

— Diga-me como ela era.

— Se eu disser, você se manda daqui?

— Prometo. Por favor.

— Caramba, deixe-me pensar. — Soltando um enorme bocejo, Will passou as mãos sobre o rosto. Fungou. Fungou novamente. — Café! — Seus olhos começaram a vagar em torno do quarto até pousarem na xícara de Dan. — Quero esse café!

— Ei, esse é meu, qual é?

— Anda logo, me dá essa porcaria de café senão vou contar à mamãe que você acha que aquele vestido amarelo que ela adora faz o traseiro dela parecer maior. Sua vida não vai valer nem um centavo.

— Entregue logo essa porra de café para ele! — ordenou Seth.

Dan obedeceu.

Will sugou o líquido e o engoliu com força. Seth esperou até ele imergir por completo a cara na xícara imensa e estalar a língua, perguntando:

— O que era mesmo que você queria saber?

Seth fechou os punhos, colocou as mãos cerradas sobre os quadris e imaginou a raiva aprisionada dentro delas, completamente sob controle.

— A mulher que você viu na loja de Dru.

— Sei... tá legal. — Will bocejou novamente com vontade e tentou se concentrar. — Alguma coisa nela me deixou com a pulga atrás da orelha. Estava vestida como uma daquelas prostitutas de Baltimore. Não que eu conheça pessoalmente alguma delas, é claro — acrescentou ele com um sorriso angelical. — Muito pálida, magra demais e com os cabelos pintados de louro. Alguém que meu pai classificaria como "muito rodada". Só de olhar dava para diagnosticar nela um sério caso de abuso de álcool e outras drogas variadas. A pele era amarelada, por comprometimento do fígado provavelmente.

— Qual a idade dela, mais ou menos? — quis saber Seth.

— Em torno de cinquenta anos, mas muito acabada. Talvez um pouco mais nova. Tinha um tremendo pigarro, certamente devido ao excesso de fumo. Se ela resolver doar o corpo para a ciência, não vai dar para aproveitar quase nada.

— Entendo. — Seth se sentou pesadamente na beira da cama de Will.

— Foi como eu disse a Dru. Havia algo de familiar nela, mas não consegui descobrir de onde eu a conhecia. Talvez fosse apenas o seu tipo, muito manjado. Um ar duro, meio irritável, não sei, assim... predatório. O que aconteceu? Ela voltou para perturbar Dru? Eu teria ficado mais um pouco na loja, se soubesse que ela...

De repente a sua boca se abriu em um espasmo de espanto quando a descrição se encaixou por completo e ele exclamou:

— Merda! Caramba! Gloria DeLauter.

— Agora fodeu! — Seth apertou a base das mãos contra a testa.

— Ei, esperem um instante, um instantinho só. — Dan levantou as duas mãos. — Vocês estão dizendo que Gloria DeLauter esteve na loja de Dru? Ontem? Não pode ser. Ela já se mandou daqui. Foi embora há anos!

— Era ela — garantiu Will. — Eu não tinha percebido até agora. Nós só a vimos naquela única vez, muitos anos atrás — disse a Dan —, mas foi uma lembrança muito marcante. Ela berrando, tentando arrastar Seth para dentro do carro, Sybill dando um soco tão forte na cara dela que quase a nocauteou, e Bobalhão rosnando ao lado, como se estivesse prestes a arrancar um pedaço de seu traseiro. Ela mudou com o passar dos anos, mas não muito.

— Não. — Seth abaixou as mãos. — Ela não mudou nada.

— Mas que diabos ela estava fazendo lá? — quis saber Will. — Você já não é mais um garotinho. Ela não pode tentar carregá-lo com ela para depois chantagear seus irmãos por um resgate ou algo desse tipo. Também não deve estar a fim de um reencontro emocionante entre mãe e filho; então, o que está acontecendo?

— Will é meio lerdo — comentou Dan —, especialmente quando se trata da maldade humana. Dinheiro não seria problema, não é, Seth? Nosso amigo aqui é um artista de sucesso, subindo mais e mais a escada da fama e da fortuna. Não importa o buraco em que ela se enfiou, deve ter ouvido falar dele. Agora está de volta e quer uma parcela nos lucros.

— Basicamente, você disse tudo — resmungou Seth.

— Continuo sem entender direito. — Will esfregou o cabelo. — Você não lhe deve nada. Ela não vai conseguir arrancar nada de você.

— Estou dando dinheiro a ela há anos.

— Cacete, Seth!

— Ela vivia aparecendo de vez em quando. Eu lhe dava grana para ela tornar a sumir. Sei que foi burrice, mas não conseguia enxergar outro modo de evitar que ela assediasse a minha família. A firma de construção de barcos estava decolando e os filhos deles estavam nascendo. Não queria lhes trazer problemas.

— Então eles não sabem? — perguntou Will.

— Não. Jamais contei isso a ninguém. — Ele guardara o problema no fundo da alma, em um lugar que tentava manter trancado, longe de tudo o que a sua vida se tornara. — Ela conseguiu me localizar em Roma, há alguns meses. Foi quando descobri que não adiantava nada eu estar a cinco mil quilômetros daqui e resolvi voltar para casa. Ela apareceu novamente há uma semana. Normalmente, depois de um contato, ela tornava a sumir por um ou dois anos. Eu achei que ganhara mais um pouco de tempo. Porém, se ela apareceu na loja de Dru, certamente não foi até lá para comprar algumas margaridinhas.

— O que você quer que a gente faça? — perguntou Dan.

— Não há nada que vocês possam fazer. Mantenham o bico fechado a respeito dessa história até eu encontrar um meio de sair dessa. Enquanto isso, vou esperar para ver qual será o próximo passo dela.

Mas ele não conseguiu simplesmente esperar. Passou horas dirigindo pela cidade, vasculhando hotéis, motéis e pousadas, tentando achá-la, sem ter a mínima ideia do que faria *se* e *quando* a encontrasse.

Começou a agir motivado pela raiva, sem planos, pensando apenas que precisava de um confronto direto com ela para tirá-la de campo pelos meios que fossem necessários. Enquanto parava de hotel em hotel, porém, sentiu que se acalmava. Começou a raciocinar exatamente como ela. De cabeça fria.

Se ela achasse que Dru era importante para ele, certamente tentaria usá-la. Como ferramenta, arma ou vítima. Provavelmente, os três. Quando ele a encontrasse, precisaria ter todo o cuidado para se referir ao seu relacionamento com Dru como algo casual ou até mesmo incômodo.

Se havia algo que Gloria sabia fazer muito bem, e até apreciava, era usar outra pessoa. Usar alguém para seus próprios objetivos.

Enquanto Gloria achasse que Seth estava usando Dru apenas para sexo ou como modelo de baixo custo para o seu trabalho, ela estaria a salvo.

Então pelo menos uma pessoa com a qual ele se importava não seria manchada pela presença de Gloria.

Seth estava a quase sessenta quilômetros de Saint Chris quando encontrou uma pista.

O motel de beira de estrada tinha uma piscina externa, tevê a cabo e suítes para famílias inteiras. A atendente era jovem e arrogante demais e Seth reparou que ela fora contratada apenas como mão-de-obra extra, no verão.

Encostou-se no balcão e falou, com um ar amigável:

— Oi. Como vão as coisas com você?

— Tudo na boa, obrigada. Vai querer um quarto?

— Não, estou aqui para ver uma amiga. Gloria DeLauter.

— DeLauter. Um momento, por favor. — Ela mordeu de leve o lábio inferior, enquanto digitava algo no teclado. — Ahn... poderia soletrar o sobrenome, por favor?

— Claro.

Ela continuou a procurar e então olhou para ele com ar de desculpas.

— Sinto muito. Nenhuma Gloria DeLauter se registrou aqui.

— Hã... Sabe, talvez ela tenha usado o nome de solteira, Harrow. É o nome que usa quando viaja a negócios.

— Gloria Harrow? — Voltando ao teclado, ela franziu o cenho. — Sinto muito, mas a Srta. Harrow já foi embora.

— Foi embora? — Seth se empertigou todo e fez o possível para manter o tom de voz casual: — Quando?

— Esta manhã. Eu mesma fechei a sua conta.

— Isso é estranho. Era uma mulher loura, magra, dessa altura mais ou menos? — Levantou a mão para dar uma estimativa.

— Ela mesma.

— Bem, eu devo ter confundido as datas, então. Obrigado, de qualquer modo. —Já se preparava para sair quando se virou, mantendo a postura casual. — Ela por acaso mencionou se estava indo em direção a Saint Christopher?

— Não. Pelo contrário, tive a impressão de que ela seguiu na direção oposta. Espero que não haja nada de errado com ela.

— Não, apenas uma confusão de datas na minha cabeça — garantiu ele, sentindo uma pequena onda de alívio. — Obrigado pela sua ajuda.

Seth tratou de convencer a si mesmo que ela se fora. Pegara os dez mil dólares e desaparecera. Fora na loja pesquisar a respeito de Dru, e isso era preocupante, mas Seth imaginava que, depois de conhecê-la, Gloria descartara a possibilidade de ele e Dru estarem envolvidos em um relacionamento mais sério que ela pudesse explorar.

Na verdade, nem mesmo Seth sabia ao certo em que pé estavam as coisas entre ele e Dru.

Ela era do tipo que escondia o que se passava no coração e não dava a mínima pista a respeito. Afinal, essa não era parte do fascínio que sentia por ela, o fato de ela ser tão contida?

Pelo menos fora assim no início; o interesse e a atração que ele sentia por ela, porém, se fundiram e formaram algo muito mais forte.

E agora ele queria mais.

Um dos recursos que utilizava para conhecer as pessoas era retratá-las.

Sabia muito bem que ela estava longe de se ver convencida a posar de novo para ele — especialmente da forma que ele tinha em mente. Mesmo assim, montou todo o aparato no estúdio, domingo de manhã, como se ela tivesse concordado com tudo de modo entusiasmado.

— Por que simplesmente não aceita o dinheiro como pagamento pelo quadro? — perguntou ela.

— Não quero dinheiro. — Ele arrumou os lençóis, peças especiais de alta qualidade que pegara emprestado com Phil depois de pesquisar em seu armário de roupas de cama.

O material era suave e daria um efeito drapeado, bem fluido. Com um tom muito claro de madressilva, o lençol ficaria perfeito como contraste com o vermelho ousado das pétalas de rosa e o branco com textura delicada da pele de Dru.

Ele queria exatamente essa mistura — morno, quente, frio — porque ela era tudo isso junto.

— Afinal, esse não é o motivo de você vender quadros? — Ela apertou o roupão com mais força junto do pescoço enquanto lançava olhares desconfortáveis para a cama. — Ganhar dinheiro?

— Eu não pinto pelo dinheiro. A grana é um subproduto da minha arte, e eu deixo isso por conta do *marchand*.

— Não sou uma modelo.

— Também não quero trabalhar com uma modelo. — Insatisfeito, empurrou, arrastou e tornou a empurrar a cama até mudar o ângulo e a posição dela, colocando-a exatamente onde pretendia. — As modelos profissionais dão ao artista a possibilidade de fazer esboços fantásticos. Só que sinto que com pessoas comuns o rendimento é melhor. Além do mais, não posso usar mais ninguém para esse trabalho a não ser você.

— Por quê?

— Porque esse quadro é você.

— O que isso *significa?* — perguntou ela, entre os dentes, enquanto ele abria o primeiro saco de pétalas.

— Significa que eu a vejo aqui. — Ele começou a atirar as pétalas sobre a cama de modo aparentemente aleatório. — Relaxe e deixe tudo por minha conta.

— Não posso relaxar deitada nua em cima de uma cama, cercada de pétalas de rosa e com você olhando fixamente para mim o tempo inteiro?

— Claro que pode. — Ele lançou mais pétalas, deu um passo para trás e analisou tudo com atenção.

— Nós fizemos amor em cima dessa cama há poucas horas.

— Exato! — Nesse momento ele olhou para ela e sorriu. — Ajudaria se você pensasse nisso enquanto estou trabalhando.

— Ah, quer dizer que você fez sexo comigo só para me colocar no clima?

— Não, fiz sexo com você porque não consigo obter o bastante de você em minha vida. Mas o clima é outro subproduto muito bem-vindo.

— Deixe-me dizer onde você deve enfiar o seu subproduto.

Ele simplesmente riu e a agarrou antes que ela tivesse tempo de sair indignada e se trancar no banheiro

— Sou louco por você — garantiu ele.

— Pare com isso. — Ela agitou-se enquanto ele lhe mordiscava o lóbulo da orelha — Estou falando sério, Seth.

— Estou completamente louco. Você é linda demais! Não seja tímida.

— Você não vai conseguir tirar a minha roupa só com elogios e bajulação.

— Bajulação. É uma palavra legal. Então, que tal apelarmos para a sua apreciação pela arte? Tente. — Ele deslizou os lábios por sobre os dela.

— Dê-me ao menos uma hora. Se continuar se sentindo desconfortável, poderemos pensar em outra coisa. O corpo humano é uma coisa natural.

— Roupa de baixo em algodão também.

— Certamente que sim, especialmente os modelos que você usa.

Claro que isso a fez sorrir.

— Uma hora apenas? — perguntou ela, afastando-se ligeiramente dele.

— E eu fico com aquele quadro?

— Combinado. Agora me diga: a música está adequada ou você quer que eu coloque algo especial para você tirar a roupa?

— Muito engraçado!

— Vamos começar tirando isso, então. — Desfazendo o laço do roupão, ele o deixou escorregar de leve pelos ombros dela. — Adoro olhar para você. Adoro as suas formas. — Ele falava baixinho, conduzindo-a com todo o cuidado em direção à cama. — Adoro quando a luz reflete sobre a sua pele. Quero lhe mostrar como você é aos meus olhos.

— E acha que me seduzir vai ajudar a me deixar relaxada?

— Deite. Não pense em nada, ainda. Quero que você vire o rosto de lado, olhando para mim. Coloque o braço assim... — Ele o levantou e o posicionou mais para baixo sobre os seios.

Ela fez o que pôde para ignorar a sensação que passou como uma corrente elétrica nos lugares onde as pontas e os nós dos dedos dele roçaram.

— Eu me sinto... exposta.

— Revelada — corrigiu ele. — É diferente. Levante um pouco o joelho e mantenha o braço nesse ângulo baixo. Palma da mão para cima, aberta. Ótimo. Está confortável agora?

— Não acredito que eu esteja fazendo uma coisa dessas. Essa não sou eu.

— É sim. — Ele pegou o saco plástico com pétalas de rosa e espalhou um monte sobre o seu corpo, deixando algumas sobre a palma da mão dela, antes de colocar mais algumas deliberadamente sobre o seu cabelo, a elevação nos seios, por cima do braço e ao longo do quadril e da perna.

— Tente manter todas as pétalas no lugar. — Dando um passo para trás, percorreu-a com os olhos de cima a baixo, fazendo-a enrubescer.

— Seth.

— Tente não se mover muito. Preciso fazer o esboço do seu corpo antes. Não estou muito preocupado com a cabeça e o rosto, pelo menos nesse estágio. Converse comigo. — E desapareceu por trás da tela.

— Conversar sobre o quê? Sobre o quanto me sinto ridícula?

— Por que não saímos para velejar de tardinha? Podemos filar o jantar da Anna e sair logo depois.

— Não consigo pensar a respeito de jantar, e certamente não quero ficar conversando a respeito da sua cunhada quando estou... Nossa, as pessoas vão me ver assim, vão ver *a mim*. Nua!

— As pessoas vão ver a pintura de uma mulher deslumbrante.

— Minha mãe! — lembrou Dru, subitamente horrorizada.

— Como ela está? Ela e seu pai se reconciliaram, afinal?

— Pelo que eu soube, sim. Foram para Paris, mas não estão satisfeitos comigo.

— É difícil contentar todo mundo ao mesmo tempo. — Ele esboçou a curva do ombro dela, a linha graciosa do seu pescoço e a forma esbelta do torso. — Qual foi a última vez em que esteve em Paris?

— Faz uns três anos. Fui para o casamento de minha tia. Ela vive lá. Mora nos arredores de Paris, na verdade, mas mantém um apartamento no centro.

Então ele conversou com ela a respeito de Paris, ficando mais satisfeito ao sentir que a tensão abandonava o seu corpo pouco a pouco. Só então começou a pintar.

Retratou o contraste do vermelho com a pele muito branca, o brilho da luz, a delicadeza dos lençóis em oposição às partes mais escuras entre as dobras. Ele queria retratar a elegância de sua mão aberta e os músculos fortes de sua perna.

Ela se mexeu ligeiramente, mas ele não disse nada para tentar corrigir a pose. A conversa que mantinha com ela para mantê-la relaxada acontecia em um ponto diferente da sua mente. O resto estava comprometido com a imagem que criava com pincel e tinta.

Aqui estava a sua rainha das fadas, mais uma vez, só que agora acordada e alerta.

Ela parou de pensar na pose e no recato. Era uma emoção incrível vê-lo trabalhar. Um regozijo. Será que ele percebia, perguntou-se ela, que a intensidade do momento o envolvia? Será que ele notava o jeito que seus olhos mudavam, assumindo uma certa ferocidade e concentração derivadas de seu esforço, o oposto da fluidez casual de suas palavras?

Será que ele se via desse jeito? Certamente que sim. Tinha de conhecer a fluidez e o foco que eram uma parte básica de sua técnica e também a sexualidade do seu trabalho. Além da beleza e do poder que faziam com que o tema que retratava se sentisse igualmente lindo e poderoso.

Ela esqueceu o limite de tempo que impusera. Não importava a fantasia que ele criara em sua mente. Fosse qual fosse, ela se tornara uma parte muito grande daquilo para quebrar o encanto.

Será que a modelo sempre acabava se apaixonando pelo artista?, especulou consigo mesma. Será que era parte natural das coisas ela sentir aquela intimidade escandalosa, além da necessidade avassaladora que sentia dele?

Como foi que ele se tornara o primeiro homem, o único homem a quem ela queria se entregar por inteira? Oferecer qualquer coisa que ele pedisse? Era assustador perceber aquilo e compreender que o amor podia significar desistir de tantas partes de si mesma.

O que sobraria dela se continuasse a se entregar àquele sentimento?

Quando o olhar dele se moveu por todo o corpo dela, como se estivesse absorvendo cada molécula do que ela era, sentiu um leve tremor.

— Está com frio? —A voz dele pareceu impaciente. Então, como se desligasse um botão, ele repetiu a pergunta, de forma mais carinhosa: — Desculpe, mas você está com frio?

— Não. Sim. Talvez um pouco. Estou me sentindo meio rígida.

Ele franziu o cenho e olhou para o pulso em busca do relógio, que novamente se esquecera de colocar.

— Provavelmente já completamos uma hora de trabalho — disse ele.

— Até mais. — Ela exibiu um sorriso.

— Você precisa de uma pausa para descanso. Quer um pouco d'água? Suco? Será que comprei suco?

— Água seria ótimo. Posso me sentar agora?

— Claro, claro. — De qualquer modo, ele não estava olhando para ela naquele momento, mas para o trabalho.

— Posso ver o que você fez até agora?

— Hum-hum — concordou ele, pousando o pincel e pegando um trapo sem tirar os olhos da tela nem por um instante.

Dru saiu da cama bem devagar, pegou o roupão e, vestindo-o, foi até onde ele estava.

A cama aparecia no centro da tela, e a maior parte do espaço em volta ainda estava em branco, sem nada pintado. E ela estava no centro da cama.

Ainda faltava pintar o rosto, e por isso havia apenas o corpo — pernas longas enfeitadas com pétalas de rosa. Seu braço cobria os seios, mas não era um gesto de recato. Era mais uma atitude de flerte, avaliou. De convite. De conhecimento.

Apenas uma fração do quadro estava pronta, compreendeu ela, mas a imagem era brilhante. Alguma vez ela já vira luz e sombras brincando juntas de forma tão maravilhosa?

Ele escolhera muito bem a cama. As barras de ferro finas exibiam um ar de simplicidade atemporal. O tom delicado dos lençóis parecia aquecer-lhe a pele e formava outros contrastes em pinceladas ricas e fortes.

— Está lindo!

— Vai ficar — concordou ele. — Começamos bem.

— Você sabia que eu não desistiria depois de ver o quadro iniciado.

— Se você olhasse para ele e não conseguisse enxergar o que eu queria, seria falha minha. Drusilla...

Ela avaliou o seu rosto. Sua pulsação acelerou quando percebeu a mesma intensidade concentrada no rosto dele, a força do foco, do objetivo. A carência que vibrara nele enquanto trabalhava.

Só que agora tudo convergia para ela.

— Jamais desejei tanto alguém como desejo você — ela conseguiu dizer. — Não sei o que isto significa.

— Não ligo a mínima para o significado — Ele a puxou para junto de si e uniu seus lábios com os dela.

Ele já estava novamente arrancando o roupão dela, enquanto a arrastava de volta para a cama.

Em parte ela — porque fora nascida e criada em meio a luxo e sofisticação — se sentiu chocada com o tratamento. Ainda mais chocada ao perceber a sua resposta àquilo. E a parte que respondeu acabou triunfando.

Ela agarrou a camisa dele, tentando arrancá-la, enquanto os dois se lançavam sobre os lençóis cobertos por pétalas de rosas.

— Toque em mim. Por favor, toque em mim — pediu ela, agarrando-o com força. —Toque-me do jeito que me imaginei sendo tocada enquanto você me pintava.

As mãos dele percorreram o corpo dela de forma rude e sôfrega, fazendo crescer ainda mais as chamas que atiçara enquanto ela estava deitada nua só para ele. Isso a energizou ainda mais e fez o seu sangue ferver, até que ela sentiu o corpo todo se tornar uma massa trêmula de necessidade crua, entremeada com uma voracidade insaciável.

Suas bocas se digladiaram em uma frenética batalha de doação.

Ele se viu perdido nela, aprisionado no labirinto de emoções que ela criara em torno e através dele. Deixou-se arrastar pela correnteza de sensações que ela fazia surgir em cada carícia, em cada sabor, em cada palavra.

A fome por mais tropeçou em uma protuberância rochosa de puro amor.

Quando ele a puxou para junto de si e a segurou com mais força, sentiu-se desabar.

Algo mudou e um pouco de ternura se filtrou por entre a urgência de tê-la. Ela sentiu-se inundada e se lançou de forma dócil de encontro ao corpo dele.

Então suas bocas novamente se uniram em um beijo longo e voluptuoso. Suas mãos percorriam a pele um do outro, de forma carinhosa. O ar pareceu ficar mais denso, preenchido por uma fragrância de rosas, de tinta, de terebintina, tudo misturado com a brisa que trazia o cheiro do mar.

Ela se levantou, colocando-se por cima dele, e, quando olhou para baixo, o que viu foi amor.

Sua garganta doeu. Seu coração palpitou. Incrivelmente comovida, ela abaixou os lábios novamente na direção dos dele, até que a sua garganta pareceu apertar-se ainda mais de tanta doçura.

Aquilo, avaliou ela, era mais do que prazer e estava muito além do desejo e da necessidade. Aquilo, se ela se permitisse senti-lo por inteiro, era tudo.

E, se era tão absorvente, então ela se deixaria ser consumida. E quando o tomou por inteiro dentro dela, doou-se por completo.

De forma lenta e suave, profunda e constante, eles se moveram juntos. Tremeram, agarrados um ao outro enquanto subiam, suspirando ao flutuar. Pareceu-lhe que as cores fortes e penetrantes que ele usara na pintura espalhavam-se por dentro dela.

Ele levantou a cabeça na direção dela, encontrando mais uma vez a sua boca, enquanto seus braços a envolviam. Apertando-a com mais força, acabaram por se render.

Por algum tempo não falaram nada. Ela mantinha a cabeça sobre o ombro dele e olhou para a luz que entrava com força.

Ele abrira uma janela dentro dela, compreendeu. Uma janela que ela tinha certeza de ter trancado bem. Agora toda aquela luz e muito ar estavam penetrando através dela.

Como conseguiria tornar a fechá-la?

— Eu jamais havia feito amor sobre pétalas de rosa — disse ela, baixinho. — Gostei.

— Eu também.

Ela pegou uma das pétalas grudadas nas costas dele.

— Veja só o que fizemos — disse ela, mostrando a pétala para ele. — O artista vai ficar muito chateado conosco.

— Deveria, mas não está. Além do mais — completou ele, com a voz cheia de uma alegria que parecia percorrer-lhe todo o corpo —, o artista é muito criativo.

— Isso dá para perceber.

— Ofereça mais uma hora para mim.

— Você vai voltar a pintar? — Ela levantou um pouco o corpo para olhar para ele. — Agora?

— Confie em mim. É muito importante, importante de verdade! Fique bem aqui, quietinha... — Ela ainda estava boquiaberta quando ele a tirou de cima dele e a colocou novamente de costas na cama, empurrando-a de leve.

— Você se lembra bem da pose ou quer que a coloque do jeito que estava?

— Você quer saber se me lembro? Puxa, pelo amor de Deus. — Ligeiramente ofendida, ela se virou meio de lado e cobriu novamente os seios com os braços.

— OK, agora deixe-me arrumar o resto. — Animado e cheio de energia, ele a moveu um pouco e redistribuiu as pétalas de rosa; deu um passo para trás e tornou a se debruçar sobre ela, a fim de fazer mais ajustes.

— Tudo bem se você fizer beicinho, mas vire a cabeça na minha direção.

— Não estou fazendo beicinho. Sou adulta e não preciso fazer beicinho.

— Tudo bem. — Ele pegou o jeans e tornou a vesti-lo. — Preciso que você eleve a cabeça um pouquinho... queixo para cima. Ei, um pouco menos, querida! Assim está ótimo! — disse ele, pegando o pincel. —Agora vire a cabeça só um pouquinho... isso, exato! Você é fantástica, perfeita. Você é a melhor!

— Você está me zoando, não está?

— Ora, isso é que é ser adulta? — Ele voltou ao trabalho. — Que palavras indelicadas vindas de você.

— Posso ser indelicada quando a ocasião pede. — No que lhe dizia respeito, notar que um homem estava mais interessado no trabalho do que em abraçá-la, no exato instante em que ela descobrira que se apaixonara, era a ocasião ideal.

— Tudo bem, agora fique quieta. Simplesmente olhe para mim e ouça a música.

— Ótimo, porque eu não tenho mesmo nada a dizer para você.

Talvez não, pensou ele, mas o seu rosto tinha muito a dizer. E ele queria ouvir tudo. Pintou o ângulo arrogante que ela exibia naquele momento, o queixo forte com a adorável sombra da covinha no centro, as maçãs do rosto que pareciam ter sido esculpidas, o maravilhoso formato dos seus olhos, as sobrancelhas e a linha aristocrática do nariz. Para o resto, porém, para a boca, para o brilho *interior* dos olhos, ele precisava de algo mais.

— Não se mova! — ordenou ele ao voltar para a cama. — Quero que você pense no quanto eu desejo você.

— Como assim?

— Pense no quão poderosa você é, no jeito que você tem. Como se acabasse de acordar e me pegasse olhando para você. Ansiando por você. Aqui é você que detém todo o poder.

— É mesmo?

— Estou desesperado para ter você. — E se inclinou na direção dela, com os lábios a centímetros dos seus. —Você sabe disso. Tudo o que tem a fazer é me chamar com a ponta do dedo. Sorrir. — Colocou os lábios sobre os dela, aprofundou o beijo de forma lenta e íntima e lhe deu um gostinho do desejo que sentia por ela. — Sou seu escravo.

Voltando para a tela, com os olhos ainda sobre os dela, ele se mostrou mais à vontade junto do cavalete.

— É você, Drusilla. Você.

Os lábios dela se abriram em um sorriso, como se soubesse de algo. Em seus olhos um convite brilhou, luminoso e lânguido.

Ele viu tudo o que precisava ver naquele breve instante, a consciência, a segurança, o desejo e a promessa.

— Não se mexa.

Ele não viu mais nada a não ser ela, não sentia mais nada a não ser ela, até chegar a um ponto em que quase não percebia a própria mão se movendo. Misturando a tinta, dando pinceladas leves e em seguida outras, mais fortes. Finalmente, acariciou a tela com tal leveza que foi como se o rosto dela florisse de repente, apenas para ele.

Captou o que queria, e sabia que veria aquela luz no rosto dela para sempre. A sensação estaria ali quando precisasse dela para completar a obra. Estaria ali, na sua mente e no seu coração, sempre que estivesse só. Sempre que se sentisse só.

— Vou conseguir expressar isso — anunciou ele, colocando o pincel de lado. — Quando terminar, vai ser a coisa mais importante que eu já fiz. Sabe por quê?

Ela nem conseguiu falar naquele momento e mal pôde respirar devido ao estado de agitação em que se encontrava o seu coração. Tudo o que fez foi balançar a cabeça lentamente para os lados.

— Porque isto é o que você representa para mim. É o que eu soube, de algum modo, desde o primeiro momento, Drusilla. — Voltou para a cama. — Eu amo você.

— Eu sei. — O coração dela estremeceu. Ela colocou a mão sobre o coração, surpresa por ele não ter explodido em uma louca cambalhota de alegria. — Sei disso e estou apavorada. Por Deus, Seth, estou apavorada porque também amo você.

Ela se lançou para a frente como uma mola, espalhando pétalas de rosa por toda parte, e se atirou em seus braços.

Capítulo Quinze

O furacão Anna circulava por toda a casa, obrigando os seus homens a correr em busca de abrigo. Soprou sua rajada através da sala de estar, colhendo com determinação meias, sapatos, bonés e copos vazios. Os que não se moviam a tempo recebiam objetos que voavam pelo ar ou, então, eram atingidos na cabeça.

No momento em que ela alcançou a cozinha, os sobreviventes já haviam escapado para algum lugar mais seguro. Até o cão correra para se esconder.

De uma distância que lhe pareceu segura, Seth pigarreou e disse: — Puxa, Anna, é apenas um jantar.

Ela girou o corpo na direção dele. Seth sabia que pesava uns vinte quilos mais que ela, mas mesmo assim a sua barriga se contraiu com algo semelhante a medo diante do brilho assassino que viu em seus olhos escuros.

— Apenas um jantar?! — repetiu ela. — E você acha que a comida se prepara sozinha?

— Não, mas qualquer coisa que você sirva está bem... Ficará uma delícia, com certeza — consertou ele. — Dru não tem frescura com essas coisas.

— Ah, Dru não tem frescura com essas coisas? — revoltou-se Anna, abrindo com energia as portas dos armários, pegando ingredientes e depois tornando a fechá-las com força. — Então você acha que está tudo bem me avisar de que temos companhia para jantar com apenas uma hora de antecedência?

— Não é propriamente uma visita, na verdade. Achei apenas que podíamos comer alguma coisinha e depois...

— Ah, achou apenas que vocês podiam comer alguma coisinha... — Foi andando na direção dele com passos lentos e deliberados que lançaram farpas de terror no centro do seu coração. — Podemos encomendar uma pizza, e ela pega quando estiver vindo para cá.

Cam, na esperança de que alfinetar Seth como se ele fosse um inseto ia deixá-la distraída por um momento, entrou de fininho na cozinha a fim de pegar uma cerveja na geladeira. Devia ter adivinhado.

— Quanto a você... — Ela rangeu os dentes na direção de Cam. — Acha que pode simplesmente ir entrando assim na minha cozinha com os pés sujos? E nem pense que vai ficar com o traseiro sentado na sala e bebendo essa cerveja. Você não é o rei por aqui, não!

Pegando a cerveja, ele a escondeu atrás das costas, só para o caso de ela tentar agarrar a lata de sua mão, e reclamou:

— Ei, eu estava só passando...

— Não há inocentes nesta casa. E você fique onde está! — ordenou a Seth ao ver que ele tentava escapulir. — Ainda não acabamos o nosso assunto.

— Tudo bem, tudo bem... Qual é o grande problema? Tem sempre alguém aparecendo por aqui para jantar. Outro dia mesmo veio um amigo do Kevin, aquele todo esquisitão.

— Ele não é esquisitão! — berrou Kevin, da segurança da sala de estar.

— Ora, mas o cara tinha uma argola espetada no nariz e ficou o tempo todo recitando poemas de Dylan Thomas.

— Ah, esse é o Marcus. Ele é esquisitão mesmo. Achei que você estava falando do Jerry.

— Viu só? — Seth levantou as mãos. —Tem tanta gente que entra e sai desta casa que até perdemos a noção de quem é quem.

— Isso é diferente! — Como Anna acabara de pegar uma faca gigantesca e Cam, o covarde, desertara do campo de batalha, Seth achou melhor não discutir.

— Certo, certo! — apressou-se ele em dizer, — Sinto muito. Eu ajudo você.

—Ah, mas vai ajudar mesmo! Pegue algumas batatas! — Apontou para a despensa com a faca. — Descasque-as!

— Sim, senhora.

— Cameron Quinn!

— O que foi? — Com voz de ofendido, Cam voltou e se encostou no portal, mas manteve a cerveja fora das vistas dela. — Eu não fiz nada!

— Exato! Vá para o chuveiro! *Não* deixe a toalha jogada no chão! E faça a barba.

— Fazer a barba? — Ele esfregou a mão no queixo e pareceu chateado. — Mas não estamos de manhã!

— Vá fazer a barba! — repetiu ela e começou a esmagar dentes de alho com um entusiasmo tão violento que Seth enfiou os dedos nos bolsos para protegê-los, só por precaução.

— Minha nossa! — Cam fez um bico ao olhar para Seth e saiu dali correndo.

— Jake! Vá recolher o seu lixo que está espalhado no escritório. Kevin! Passe o aspirador.

— Por que você quer que eles me odeiem? — apelou Seth.

— Quando acabar de descascar as batatas — respondeu Anna, lançando-lhe apenas um olhar frio como aço —, quero que as corte em cubinhos... mais ou menos deste tamanho — mostrou ela, deixando um pequeno espaço entre o polegar e o indicador. — E quando acabar de fazer isso coloque o sabonete e as toalhas de visitas no banheiro aqui de baixo. O primeiro que eu pegar usando o sabonete das visitas ou deixando impressões digitais nas toalhas vai ter os dedinhos decepados! — gritou.

Colocando alguns ingredientes em uma tigela, começou a misturá-los.

— Aquele lixo que está espalhado no escritório não é só meu, se quer saber — reclamou Jake, lançando um olhar de desdém para Seth. — Um monte de gente por aqui espalha lixo também.

— O que pensa que está fazendo? — quis saber Anna quando Jake abriu a geladeira.

— Eu vou só pegar um...

— Não vai não. Quero que você ponha a mesa...

— É a vez de o Kevin pôr e tirar a mesa. Não tenho tarefas para hoje à noite.

— Pois a programação mudou! Você vai pôr a mesa e depois lavar a louça.

— Por que tenho que pôr a mesa e lavar a louça? Não convidei garota nenhuma para jantar.

— Tem que fazer isso porque eu mandei. Vá pôr a mesa na sala de jantar. Use os pratos bons.

— Por que vamos comer lá? Não é Dia de Ação de Graças nem nada...

— E não se esqueça dos guardanapos de linho — acrescentou Anna.

— Pegue aqueles com rosas estampadas. Prepare a mesa para seis pessoas, mas lave as mãos antes de começar.

— É apenas uma garota. Até parece que a rainha da Inglaterra vem jantar aqui! — Ele foi até a pia e abriu a torneira, rindo de leve exatamente do mesmo jeito que seu pai fizera há pouco. — Não pretendo *jamais* trazer uma garota para jantar aqui em casa.

— Vou lembrá-lo dessa frase daqui a uns dois anos. — Como a ideia de seu menininho trazendo uma garota para jantar em casa lançou-lhe fisgadas de emoção nos olhos, Anna fungou e colocou os peitos de frango em vinha-d'alho.

— Eu mesmo vou pensar duas vezes antes de fazer isso da próxima vez — resmungou Seth, entre os dentes.

— Como é que é?

— Nada... — Ele franziu o cenho. — É só que... puxa, Anna, eu já trouxe garotas para jantar aqui antes. A própria Dru esteve aqui uma vez e você não teve nenhum chilique desse tipo.

— Aquilo foi diferente. Ela apareceu sem avisar, e você mal a conhecia.

— Sim, mas...

— Pode ser que você já tenha trazido garotas aqui, mas nunca convidou para jantar uma mulher pela qual estava apaixonado. Os homens não entendem nada mesmo! Não entendem nadinha, e não sei o que fiz para me ver cercada por um bando deles!

— Não chore... puxa vida, Anna, por favor, não faça isso.

— Choro sim, se me der vontade. Quero ver você me impedir!

— Boa... — murmurou Jake e saiu correndo para a sala de jantar.

— Deixe que eu prepare o frango. — Desesperado, Seth largou as batatas e correu até onde Anna estava para acariciar seus cabelos. — É só me dizer como quer que eu faça a comida. E o resto todo também. E posso lavar os pratos depois que... — Dando um passo para trás, ele exclamou: — Eu jamais falei que estava apaixonado por Dru.

— E pensa que eu sou burra ou cega? — Ela pegou o azeite e a mostarda para preparar o seu molho especial para as batatas. — Pegue a porcaria do molho Worcestershire.

Em vez de fazer isso, ele a tomou pelas mãos e então começou a subir com os dedos pelos braços dela.

— Anna, acabei de contar a ela. Como é que você soube a respeito disso?

— Porque eu amo você, seu bobalhão — brincou ela, carinhosa. — Agora saia da minha frente. Estou ocupada.

Ele colou o rosto no dela e suspirou.

— Droga! — Ela atirou os braços em volta dele. — Quero que você seja feliz. Quero tanto que você seja feliz!

— Eu já sou. — Pressionou o rosto sobre os cabelos de Anna. — E também um pouco assustado ao mesmo tempo com tudo isso.

— Se não estivesse um pouco assustado, não seria amor de verdade. — Ela se manteve abraçada a ele por mais um momento, e então o afastou. — Agora saia daqui. Vá pegar os sabonetes de visita e as toalhas. Abaixe as tampas das privadas. E vista um jeans que não tenha buracos

— Acho que não tenho nenhum desses, sem buracos. Obrigado, Anna.

— De nada, querido. De qualquer modo, você não vai escapar de lavar a louça.

Da sala de jantar ouviu-se o entusiasmado *iu-hu* de Jake.

— Obrigada por me receber assim, sem aviso. Mais uma vez.

Anna escolheu um vaso azul-marinho para os lindos heliantos de miolo preto que Dru trouxera.

— É um prazer recebê-la para jantar, não é trabalho algum.

— Não acredito que uma convidada de última hora não dê trabalho — afirmou Dru —, especialmente depois de você ter trabalhado o dia todo.

— Ora, o jantar é só frango. Nada sofisticado. — Sorriu Anna, de leve, enquanto Jake revirava os olhos de forma dramática atrás de Dru. — Você deseja alguma coisa, Jake?

— Estava só querendo saber a que horas vamos jantar.

— Você será informado. — Ela colocou as flores sobre a mesa da cozinha. — Vá chamar Seth e peça para ele abrir este vinho maravilhoso que Dru nos trouxe. Vamos tomar uma taça antes do jantar.

— Assim vou acabar morrendo de fome — reclamou Jake, aos sussurros, enquanto saía da cozinha.

— Há algo que eu possa fazer para ajudar? — perguntou Dru. Um aroma fantástico inundava a cozinha. Alguma coisa que ela imaginou ser o frango cozinhava em fogo brando, em uma panela larga e funda.

— Está tudo sob controle, obrigada. — Com habilidade, Anna levantou a tampa da panela e a balançou de leve, segurando-a pelo cabo; em seguida espetou o frango com um garfo de churrasco e recolocou a tampa. — Você sabe cozinhar?

— Não tão bem quanto você. Minha especialidade é macarrão instantâneo com um molho pronto aquecido no micro-ondas. Misture tudo e sirva.

— Minha nossa! — reagiu Anna, rindo. — Você é uma novata; argila em estado bruto, e eu adoro moldar argila. Qualquer dia desses ensino você a preparar um molho de tomate simples, bem básico, e se tudo der certo tentaremos com outras coisas. Seth! — Sorriu, ao vê-lo chegar. — Abra o vinho, por favor, e sirva uma taça para Dru. Depois a leve para dar uma volta. Vá mostrar-lhe o meu novo canteiro de plantas que florescem o ano inteiro enquanto acabo de preparar o jantar.

— Mas eu quero ajudar — protestou Dru. — Posso não saber cozinhar, mas sei seguir instruções muito bem.

— Da próxima vez. Agora, vá passear um pouco com Seth e curta o vinho. O jantar sai em dez minutos.

Anna enxotou-os para fora da cozinha e então, muito satisfeita, esfregou as mãos de contentamento, antes de mergulhar de cabeça no resto dos preparativos.

Quinze minutos mais tarde, já estavam todos sentados em volta da mesa da sala de jantar, que raramente era usada; meia dúzia de velas miúdas haviam sido acesas e tremeluziam alegremente. O cão, Dru reparou, havia sido expulso para fora de casa.

— Que pratos lindos— comentou Dru.

— Eu também acho. Cam e eu compramos este aparelho de jantar na Itália, em nossa lua-de-mel.

— Se alguém quebrar um desses — informou Jake enquanto atacava o seu pedaço de frango , corre o risco de ser acorrentado no porão até os ratos roerem suas orelhas.

— Jake! — Tentando prender o riso, Anna passou as batatas para Kevin à sua esquerda. — Isso é coisa que se diga? Nós nem temos porão aqui.

— Mas foi isso que o papai falou que você faria conosco, mesmo que tivesse que construir um porão só para nos prender lá. Não foi, papai?

— Não sei do que você está falando, Jake. Tome, sirva-se de aspargos.

— Sou obrigado a comer isso?

— Se eu tenho que comer, você também tem.

— Nenhum dos dois é obrigado a comer nada — disse Anna, rezando para se manter calma.

— Isso mesmo, sobra mais para mim! — Kevin esticou o braço com entusiasmo para pegar a tigela de aspargos, quando então percebeu o olhar de censura da mãe. — O que foi? Eu gosto de aspargos!

— Então peça para alguém lhe passar a tigela, Senhor Educadinho, em vez de mergulhar na direção dela, passando por cima dos outros. Nós quase nunca os deixamos comer fora do canil — explicou Cam, virando-se para Dru.

— Eu sempre desejei ter irmãos.

— Para quê?—quis saber Jake. — Irmãos só servem para transformar você em saco de pancada.

— Ora, pois você não tem cara de quem apanha do seu irmão — avaliou ela. — Sempre achei que seria divertido ter alguém com quem conversar... e em quem bater. Alguém para dividir o sufoco quando meus pais ficavam irritados ou chateados com alguma coisa. Quando se é filho único, não há ninguém com quem dividir o foco das atenções, se entende o que quero dizer. Nem ninguém para comer os aspargos quando você não quer.

— Pode ser, mas Kev roubou quase todos os meus doces de Halloween no ano passado.

— Ih, qual é? Esquece isso!

— Eu jamais me esqueço de nada. — Jake olhou com ar de ameaça para o irmão. — Todos os dados ficam armazenados no meu banco de memória. Um dia, seu glutão, você vai me pagar caro.

— Você é um mané mesmo! — reagiu Kev.

— E você é um téspico.

— Este é o mais recente insulto descoberto por Jake — explicou Seth, balançando a taça de vinho. — É uma brincadeira com téspio, que é como os meninos chamam quem faz parte do grupo de teatro da escola, como Kev.

— Téspico é melhor... rima com lésbico — explicou Jake, tentando ajudar, enquanto Anna reprimia um grito de censura. — É um jeito divertido de dizer que ele parece uma menina, com essa história de teatro.

— Você é esperto, Jake. Gostei muito da peça que vocês apresentaram na escola, no mês passado, Kevin — elogiou Dru, virando-se na direção dele. — Foi muito bem montada. Está pensando em fazer teatro na faculdade?

— Estou. Eu gosto muito. As peças são legais, mas eu gosto ainda mais de cinema. Meus amigos e eu produzimos uns vídeos muito irados. O último que fizemos, *Retalhados,* foi o melhor. É a história de um *serial killer* de um braço só que persegue caçadores na floresta e os retalha como vingança por um deles ter arrancado o seu braço em um acidente de caça esquisito. O filme tem *flashbacks* e tudo. Você quer assistir?

— Claro.

— Eu não sabia que você tinha ido assistir à peça do Kevin — disse Seth.

— Gosto de participar dos eventos comunitários — afirmou Dru, voltando a atenção para Seth. —Além do mais, adoro teatro amador.

— Poderíamos ter ido juntos.

— Tipo, assim, um encontro? — Dru pegou a taça e sorriu para ele de um jeito que fez o coração de Anna inflar de emoção.

— Dru tem uma espécie de objeção filosófica contra encontros marcados — explicou Seth, com os olhos grudados nela. — Por que será?

— É porque geralmente encontros marcados envolvem homens que não me interessam. Além disso, não tive tempo para esse tipo de atividade social desde que me mudei para cá. Montar a casa e gerenciar a loja têm sido as minhas prioridades.

— O que a fez decidir ser florista? — perguntou Anna.

— Perguntei a mim mesma o que eu seria capaz de fazer com competência e, além disso, o que me daria mais prazer. Adoro flores, fiz alguns cursos de floricultura e descobri que tinha talento para a coisa.

— É muita coragem abrir um negócio sozinha e se mudar para um lugar diferente só para isso.

— Minha vida teria acabado por completo se eu continuasse a morar em Washington. Isso parece meio dramático, mas é verdade. Precisava de um lugar novo, um lugar só meu. Tudo o que eu imaginava fazer, entre todos os lugares para os quais eu pensava em ir, acabava voltando sempre para o mesmo lugar: eu me via aqui em Saint Christopher, trabalhando em uma loja de flores. Uma floricultura permite que você se misture com o pessoal da região.

— Como assim? — perguntou Cam.

— Você adquire intimidade imediata com a comunidade. Quem vende flores sabe dos aniversários de todo mundo, conhece as datas especiais, sabe quem morreu e quem teve um bebê. Sabe quem está apaixonado ou quem quer fazer as pazes com alguém. Sabe quem foi promovido e quem está doente. Numa cidade pequena como esta, você acaba descobrindo todos os detalhes.

Ela parou de falar, mostrou-se pensativa por alguns instantes e então continuou, imitando a fala arrastada típica do litoral:

— A velha Sra. Wilcox faleceu. Ia completar oitenta e nove anos em setembro. Chegou do mercado e teve um derrame quando estava na cozinha, guardando os mantimentos. Foi uma pena não ter feito as pazes com a irmã antes que fosse tarde demais. Elas não se falavam havia doze anos.

— Muito bem! — Divertindo-se com aquilo, Cam apoiou o queixo na mão. Ali havia mais que beleza e inteligência, pensou. Havia também sentimento e humor. Era preciso apenas um esforço para ajudá-la a colocar tudo isso para fora.

Seth fora fisgado.

— E eu pensei que você estivesse apenas empurrando ramalhetes para as pessoas levarem para casa — acrescentou Cam.

— Não, uma floricultura é muito mais do que isso. Quando um homem chega afobado porque acabou de lembrar que é seu aniversário de casamento, não posso simplesmente colocar as flores certas na mão dele, preciso também demonstrar discrição...

— Como um padre — completou Cam, fazendo-a rir.

— Sim, acho que não fica muito longe disso. Você ficaria surpreso se soubesse as coisas que as pessoas me confessam. Tudo isso faz parte do trabalho.

— E você adora o que faz — murmurou Anna.

— Sim. Adoro mesmo. Adoro não apenas o negócio em si, mas também a oportunidade de fazer parte de alguma coisa. Quando eu morava em Washington... — parou de falar de repente, ligeiramente surpresa por se sentir tão à vontade. — As coisas eram diferentes — completou ela, devagar. — Era isso que eu queria para a minha vida.

Ele a levou até em casa, onde sentaram nos degraus da varanda, curtindo a noite quente de verão e acompanhando os vagalumes que dançavam na escuridão.

— Você se divertiu?

— Sim, muito... não apenas o jantar, mas também a chance de conhecer melhor a sua família... E gostei do passeio de barco.

— Ótimo — disse ele, colocando a mão dela sobre os seus lábios —, porque a Anna vai espalhar sobre o evento para todo mundo e você vai ter de repetir a visita na casa da Grace e depois na da Sybill.

— Oh... — Ela não pensara naquilo. — Vou precisar retribuir a hospitalidade também. Preciso marcar um dia e convidar todos para...

Ela teria de contratar um bufê, é claro. E teria de descobrir qual a melhor maneira de distrair um monte de adolescentes.

— Nossa, sinto-me meio perdida para preparar tudo isso — admitiu ela. — O tipo de festa que eu costumava organizar não tem nada a ver com a sua família.

— Quer convidar todo mundo para vir à sua casa? — A ideia o agradou. — Vamos conseguir uma churrasqueira e preparar tudo nós mesmos. Podemos grelhar alguns bifes e cozinhar umas espigas de milho. Tudo bem simples.

Nós, pensou ela. De algum modo eles haviam perdido um pouco da individualidade e passaram a ser *nós.* Ela não sabia muito bem como se sentir a respeito.

— Ando querendo lhe perguntar uma coisa. — Seth se recostou no degrau para poder analisar o perfil dela. — Como é crescer numa família podre de rica?

As sobrancelhas dela se uniram do jeito que ele tanto gostava quando respondeu:

— Preferimos o termo "vida confortável" em vez de "podre de rico". E, obviamente, havia algumas vantagens.

— Aposto que sim. Acho que já descobrimos por que a patricinha largou a vida confortável e montou uma loja de frente para o mar em uma cidadezinha do interior, mas não sabemos até agora por que ela não tem um monte de criadas e uma equipe de empregados na loja.

— Tenho o Sr. Gimball para fazer as entregas e deu certo. Ele tem disponibilidade de tempo, é confiável, conhece e ama flores. Pretendo contratar mais alguém para trabalhar na loja em meio expediente. Antes eu precisava ter certeza de que haveria movimento que justificasse isso. Vou começar a procurar alguém para me ajudar em breve.

— Mas você mesma cuida da contabilidade.

— Sim, gosto de fazer a contabilidade.

— E cuida dos pedidos, do estoque e sei lá mais o quê...

— É que eu gosto de...

— Já sei, já sei, não precisa se colocar na defensiva. — Ele achava divertido vê-la contrair os ombros. — Você gosta de bancar o timoneiro. Não há nada de errado com isso.

— Por falar em timoneiro, gostei do projeto do meu veleiro. Gostei muito mesmo. Falarei com o Phillip para pedir que ele prepare o contrato.

— Ótimo, só que você está fugindo do assunto. Por que não contrata uma empregada para cuidar da casa?

— Se é uma indireta para usar os serviços da firma da Grace, pode deixar que a Aubrey vive me falando a respeito disso. Vou conversar com a mãe dela.

— Não era indireta, mas a ideia é boa. — Ele passou os dedos de leve ao longo da perna dela, um gesto inconsciente de intimidade. — Você oferece emprego às pessoas, com o dinheiro que tem, e ainda ganha mais tempo livre. Mata dois coelhos com uma cajadada.

— Você me parece muito interessado em dinheiro de repente.

— Interessado em você — corrigiu ele. — Sybill é a única pessoa que conheço, isto é, conheço de verdade, que veio de uma família muito rica. E tenho a leve desconfiança de que a fortuna da família dela é pequena comparada a da sua. Sua mãe veio até aqui só para fazer uma visita rápida, mas veio com motorista. Sofisticação total! E você não tem nem mesmo uma pessoa para esfregar a sua privada. Eu fico me perguntando: como é que pode? Será que ela *gosta* de esfregar privadas?

— Sempre foi o meu grande sonho de infância — replicou ela, com um tom de voz seco.

— Quando quiser curtir esse sonho lavando o banheiro do meu estúdio, sinta-se à vontade.

— Nossa, como você é generoso!

— Ora, eu amo você. Faço o que posso para agradá-la.

Ela quase soltou um suspiro. Ele a amava. E queria compreendê-la.

— Dinheiro... — ela tentou explicar. — Ter grandes quantidades de dinheiro resolve um monte de problemas. E cria outros. De um jeito ou de outro, porém, seja rico ou pobre, quando você dá uma topada, o dedão do pé dói. Além do mais, o dinheiro acaba por isolar um pouco as pessoas; ninguém encontra gente nova nem faz amizades com gente de fora desse círculo fechado e encantado. Você ganha e perde um monte de coisas.

Certamente perde mais do que ganha, especialmente quando os seus pais fazem questão de proteger você de uma série de situações que acontecem fora do tal círculo fechado.

Ela se virou para encará-lo.

— Isso não é papo de "pobre menina rica" — garantiu ela. — É um fato. Eu tive uma criação privilegiada. Jamais desejei ardentemente possuir uma coisa material que fosse, e nunca vou sentir isso. Tive uma instrução excepcional e a oportunidade de viajar pelo mundo todo. Só que se eu tivesse me mantido presa naquele círculo encantado acho que iria começar a morrer aos poucos. — Balançou a cabeça. — Lá vem o drama novamente...

— Não considero isso dramático no sentido pejorativo. Existem vários tipos de fome. Se você não consegue alimento, morre.

— Então poderíamos dizer que eu precisava de um cardápio diferente. Na nossa casa em Washington, minha mãe administra uma equipe de dezesseis empregados. É uma linda casa, com apresentação impecável. Esta casa aqui em Saint Chris foi a primeira que eu montei sozinha. Quando me mudei para um apartamento próprio, em Georgetown, os meus pais, apesar de eu ter cansado de dizer a eles que não precisava de uma empregada morando na casa, contrataram uma governanta, como se ela fosse um presente para mim. Fiquei sem saída.

— Mas poderia ter recusado.

— Não é assim tão fácil quanto você pensa. — Balançou a cabeça. — Isso só teria servido para criar mais conflitos num momento em que estávamos passando pela crise de eu querer morar sozinha. De qualquer modo, não era culpa da governanta. Ela era supergentil, absolutamente eficiente, uma mulher extremamente agradável. Só que eu não a queria ali. Acabei aceitando porque meus pais estavam histéricos com a ideia de eu não querer mais morar com eles, e viviam repetindo o quanto estavam preocupados comigo e que se sentiriam muito mais tranquilos se soubessem que havia alguém de confiança morando comigo. Acabei cedendo de tanto eles insistirem.

— Ninguém sabe fazer pressão melhor do que a nossa família.

— Eu que o diga! — concordou ela. — Parece até ridículo reclamar por ter alguém que vai cozinhar, cuidar da limpeza da casa, realizar pequenas tarefas, levar recados e assim por diante. Só que você abre mão da sua privacidade em troca de conveniência e lazer. Jamais consegue ficar só. E não importa o quanto a equipe de empregados seja simpática, leal e discreta, eles sabem coisas a respeito de você, sabem de tudo! Sabem se você brigou com os seus pais ou com o seu namorado. Sabem o que você comeu ou não comeu. Se você dormiu direito ou não. Se transou com alguém ou não. Conhecem o seu astral, cada movimento seu e, se estiverem trabalhando com você há muito tempo, até os seus pensamentos.

"Não quero nada disso aqui. — Ela soltou um longo suspiro. Além do mais, adoro cuidar de mim mesma e decidir os pequenos detalhes. Gosto de saber que sou boa nisso. Só não sei se vou ser competente para preparar um jantar para toda a família Quinn."

— Se isso a faz se sentir melhor, saiba que Anna estava toda baratinada, entrando em parafuso, uma hora antes de você chegar.

— É mesmo? — Aquela informação serviu de consolo. — Bem, agora me sinto um pouco melhor. Ela parece tão segura, com tudo sob controle.

— E mantém esse controle mesmo. Nós todos morremos de medo dela.

— Vocês a adoram. Todos vocês. É fascinante de ver. Essas são coisas absolutamente novas para mim, Seth.

— Para mim também.

— Não. — Ela virou a cabeça. — Para você, não. Reuniões de família, informais ou tradicionais, improvisadas ou planejadas, são território conhecido em sua vida. Você não precisa de mapa. Considere-se muito afortunado por ter uma família assim.

— Eu me considero... — Lembrou o lugar em que nascera e de onde viera. Pensou em Gloria. — Eu sei disso.

— Sim, dá para perceber. Vocês adoram uns aos outros. E eles criaram espaço para mim porque você lhes pediu que fizessem isso, Você gosta de mim, então eles também vão gostar. Na minha família, as coisas não seriam desse jeito. Quando você os conhecer, se isso acontecer, será cuidadosamente questionado, estudado, analisado e julgado.

— Isso prova que estão cuidando de você.

— Não, estão cuidando de si mesmos. Cuidando do nome da família — corrigiu ela. — De suas posições sociais. Vão fazer perguntas sutis a respeito da sua estabilidade financeira para se assegurarem de que você não está apenas atrás do meu dinheiro. Minha mãe, por sua vez, vai se mostrar muito empolgada por eu estar envolvida com alguém com a sua desenvolta exuberância nos círculos de arte...

— Desenvolta exuberância. Você usa umas palavras bem interessantes.

— É tudo muito superficial.

— Puxa, Dru, dê um tempo a ela. — Desarrumou os cabelos dela com os dedos, como faria com um menino de dez anos. — Você não quer que eu me sinta insultado por alguém se mostrar impressionado com a minha reputação artística.

— Mas talvez fique insultado quando todo o seu passado for cuidadosamente investigado ou quando a situação financeira da Embarcações Quinn for vasculhada.

A ideia de investigarem o seu passado fez o seu sangue gelar.

— Ora, mas pelo amor de Deus...

— Você precisa saber, Seth. Esse é um procedimento padrão na minha família. Jonah passou no teste com notas altas, e a sua influência no mundo da política foi um bônus muito apreciado. Por isso, ninguém se mostrou particularmente satisfeito quando cancelei o casamento. Sinto muito. Sei que estou estragando o clima dessa noite linda, mas achei que pela rapidez com que as coisas estão acontecendo entre nós você precisava ser informado sobre tudo isso, e é melhor saber agora do que mais tarde.

— Tudo bem. Só que eu também quero que você me diga outra coisa, e prefiro saber a resposta agora a descobrir mais tarde. — Ele tomou a mão dela entre as dele e começou a brincar com os seus dedos. — Se eles não gostarem de algo em especial em mim, isso mudaria alguma coisa entre nós dois?

— Olhe, eu me afastei de Washington e vim para longe deles exatamente por não conseguir mais viver daquele jeito. — Ela entrelaçou os dedos entre os dele. — Agora eu decido por mim mesma as coisas da minha cabeça e do coração.

— Então não vamos nos preocupar por causa disso. — Ele a puxou para seus braços. — Eu amo você. Não me importo com o que os outros pensem.

Ele queria que as coisas fossem simples daquele jeito.

Aprendera que o amor era a força mais poderosa que existe. Podia superar e vencer a ganância, a mesquinharia, o ódio, a inveja. Mudava vidas.

Só Deus sabia o quanto o amor mudara a vida dele.

Acreditava no poder inexplorado do amor, independentemente de ele se exibir sob a forma de paixão, altruísmo, fúria ou ternura.

Só que o amor raramente era algo simples. Tinha mil facetas e complexidades que o tornavam uma força poderosa.

Assim, por amar Dru, ele enfrentou o fato de que teria de contar tudo a ela. Afinal, ele não nascera com dez anos. Dru tinha todo o direito de saber de onde ele viera, e como. Precisava achar um meio de contar a ela a respeito da sua infância. E de Gloria.

Mais tarde.

Convenceu a si mesmo de que merecia um tempo para simplesmente estar com ela e curtir a leveza e o vigor dos sentimentos que tinham um pelo outro. Assim, criou desculpas para si próprio.

Queria que ela conhecesse a sua família melhor e se sentisse cada vez mais confortável com ela. Precisava terminar o quadro. Queria dedicar mais tempo e esforço à construção do barco para ela, de modo que quando ele estivesse terminado representasse algo que pertencesse aos dois.

Afinal, não havia prazo determinado. Não havia necessidade de precipitar as coisas.

Os dias se transformaram em semanas e Gloria não tornou a fazer contato. Era fácil se convencer de que ela tornara a desaparecer por um bom tempo. Quem sabe dessa vez ela se mantinha longe?

Assim, ele foi se convencendo disso aos poucos. Não queria pensar em mais nada até depois do feriado de 4 de Julho. Todo ano os Quinn ofereciam um piquenique memorável para todos com quem tinham contato. Familiares, amigos e vizinhos se reuniam na casa, como acontecia desde os tempos de Ray e Stella, para comer, beber, fofocar, nadar nas águas frias da pequena enseada atrás da casa e apreciar os fogos de artifício.

Antes, porém, da cerveja e do caranguejo, haveria champanhe e caviar. Com óbvia relutância e depois de muita insistência e pressão por parte dos seus pais, Dru concordara em comparecer a um dos jantares de gala em Washington, levando Seth como acompanhante.

— Caramba, olhem só para isso! — reagiu Cam, encostando-se no portal do quarto e assobiando para Seth, que envergava um smoking. — Você está todo enfeitado nessa fantasia de pinguim.

— Bem que você gostaria de ser tão bonito assim — replicou Seth, prendendo as abotoaduras. — Tenho a impressão de que vão me colocar numa vitrine, como um animal premiado, o astro do zoológico dessa pequena *soirée*. Pensei até em me fantasiar de pintor, com uma boina e uma capa branca curta, mas me contive. — Continuou a ajeitar a gravata. — Foi Phil quem escolheu essa roupa. Clássica, segundo me informou, mas sem parecer antiquada.

— Ele deve saber dessas coisas. Pare de amassar essa gravata. Nossa! — Cam endireitou o corpo junto à porta e atravessou o quarto para ajeitar o acessório pessoalmente. — Você está mais nervoso do que uma virgem no baile de formatura.

— É, talvez. Vou nadar em uma piscina de puro sangue azul esta noite e não gostaria de me afogar.

Cam ergueu os olhos e encarou Seth, dizendo:

— Dinheiro não significa bosta nenhuma. Você é tão bom quanto qualquer uma das pessoas que vai conhecer, e até melhor do que a maioria delas. Os Quinn não ficam atrás de ninguém.

— Cam, eu quero me casar com ela.

Cam sentiu uma fisgada na barriga. O grande salto de menino para homem, pensou ele, sempre acontecia mais cedo do que se esperava.

— Sei... eu já saquei isso.

— Quando um cara se casa com uma mulher, traz também a família dela, sua bagagem, o lote completo, não é?

— Isso mesmo — confirmou Cam.

— Se eu conseguir lidar com o pessoal dela, ela vai saber lidar com o meu pessoal. Se conseguir voltar para casa inteiro depois desta noite, ela vai ter que aturar o hospício em que a nossa casa se transforma no 4 de Julho, e então... vou ter que contar a ela a respeito do que aconteceu antes. Vou contar sobre Gloria e sobre outras coisas que jamais mencionei. Vou ter que lhe contar... tudo.

— Se acha que ela vai fugir correndo, então é porque não é a mulher certa para você. Porém, conhecendo as mulheres como eu conheço, sei que ela não é do tipo que foge.

— Não estou achando que ela vá fugir. Não sei exatamente o que vai fazer. Ou o que eu vou fazer. Só sei que preciso colocar as cartas na mesa e dar a ela a chance de decidir se quer seguir em frente a partir. Adiei esse momento por muito tempo.

— São coisas do passado. Mas é o seu passado, a sua história, e você tem que contar a ela. Depois torna a se livrar do assunto. — Cam deu um passo para trás. — Você está todo engomadinho mesmo. — Apertou o bíceps de Seth, sabendo que o gesto ia afastar a preocupação que via em seu rosto. — Ooohh, quantos músculos! Anda malhando?

— Enfie as piadinhas você sabe onde.

Seth ainda estava rindo quando saiu de casa e sorria no instante em que abriu a porta do carro. E o pânico foi como um punho apertando-lhe a garganta ao ver o bilhete no banco da frente.

Amanhã à noite, às dez horas.
Bar do Miller, em Saint Michael.
Vamos conversar.

Ela esteve aqui, pensou, sobressaltado, enquanto amassava o bilhete, transformando-o em uma bolinha dura. Esteve em sua casa. A poucos metros da sua família.

Sim, vamos conversar. Pode ter certeza de que vamos conversar.

Capítulo Dezesseis

E le se lembrou de dizer a Dru que ela estava linda. E realmente estava, dentro de um vestido vermelho berrante que deslizava pelo seu corpo e deixava as costas nuas, exceto por duas tiras finas que se cruzavam, bordadas com vidrilhos.

Ele se lembrou de sorrir e de puxar conversa no caminho para Washington. Ordenou a si mesmo que relaxasse. Ia lidar com Gloria como sempre fizera.

Disse a si mesmo que ela não poderia tirar nada dele, a não ser dinheiro. Mas sabia que isso não era verdade.

Não foi isso que Stella insinuara no sonho?, lembrou Seth naquele momento. Não era só dinheiro o que Gloria queria. Ela queria drenar o seu coração até que a última gota de felicidade tivesse escorrido dele.

Ela o odiava por ser íntegro. De algum modo, ele sempre soubera disso.

— Obrigada por você se dar a todo esse trabalho hoje à noite.

— Ora, qual é? — Olhou para ela e acariciou-lhe a mão de leve. — Não é todo dia que eu consigo me enturmar com os bambambãs da sociedade em uma festa de bacana. Isso é que é estilo! — acrescentou.

— Pois eu preferia ficar em casa, sentada no balanço da varanda.

— Você não tem um balanço na varanda.

— Mas estou querendo comprar um. Adoraria ficar sentada nesse meu balanço imaginário, curtindo uma boa taça de vinho enquanto o sol se põe. — E ele também gostaria, pensou Dru.

Não importava o que ele dissesse, a verdade é que havia algo errado. Ela já conhecia o rosto dele muito bem — tão bem que conseguiria fechar os olhos e pintá-lo de cor, detalhe por detalhe. Certamente havia algum problema que o estava perturbando e se refletia em seus olhos.

— Duas horas — disse ela. — Vamos ficar apenas duas horas e, então, saímos.

— A festa é sua, Dru. Podemos ficar pelo tempo que quiser.

— Pois eu nem mesmo iria se pudesse evitar. Meus pais fizeram um ataque duplo desta vez. Acho que é passar dos limites, quando um pai ou uma mãe faz chantagem emocional com a filha e a obriga a fazer algo que não quer.

As palavras dela imediatamente o fizeram se lembrar de Gloria, e um sentimento de temor pareceu fazer seu estômago se contorcer.

— É apenas uma festa, querida — disse ele.

— Ah, se fosse apenas isso... uma festa é um lugar aonde você vai para se divertir, relaxar e curtir a companhia de pessoas que têm algo em comum com você. Eu não tenho mais nada a ver com nenhuma das pessoas que vou encontrar lá. Talvez jamais tenha tido. Minha mãe quer exibir você, e eu vou deixá-la fazer isso porque ela me venceu pelo cansaço.

— Bem, pelo menos você tem que admitir que esta noite estou mais bonito do que nunca.

— Sem dúvida. Sei que está tentando me animar, e agradeço. Prometo fazer o mesmo na volta, quando você estiver desorientado e falando coisas incoerentes depois de ter sido interrogado.

— O que pensam de mim é importante para você?

— Claro! — Divertindo-se com aquilo, ela pegou o batom e não percebeu o jeito como os lábios dele se apertaram. — Quero que todas aquelas pessoas que morreram de pena de mim no rompimento do noivado com Jonah, toda aquela gente que tocava no assunto com a esperança de ter alguma coisa sobre a qual fofocar no dia seguinte, deem uma boa olhada em você. Quero que pensem: "Ora, ora, certamente a Dru acabou se dando bem, não foi? Agarrou *il maestro giovane.*"

Uma espécie de tensão voltou à nuca de Seth e era forte demais para não ser notada.

— Quer dizer que agora virei um símbolo de status? — perguntou ele, tentando manter o tom descontraído.

Ela retocou o batom e fechou a embalagem, confirmando:

— Muito melhor do que uma gargantilha de diamantes da Harry Winston. Sei que isso é uma coisa cruel, mesquinha e ridiculamente feminina, mas não me importo. É uma revelação para mim mesma descobrir que devo ter herdado isso da minha mãe, porque estou parecendo ela com essa história de querer exibir você para todos também.

— Acho que não há como escapar das nossas origens, por mais que a gente tente.

— Nossa, essa é uma ideia deprimente. Se eu realmente acreditasse nisso, seria melhor pular de um precipício. Pode acreditar em mim: juro que *não vou* dedicar a minha vida a organizar comitês beneficentes, nem a fazer reuniões para tomar chá nas tardes de quarta-feira.

Alguma coisa no silêncio de Seth a fez esticar a mão e tocar o braço dele com carinho.

— Duas horas, Seth. No máximo.

— Vai ser legal — disse ele.

Seth teve a primeira amostra de como era a vida que Dru levava antes de conhecê-lo minutos depois de entrarem no salão de festas.

Grupos de pessoas estavam misturados e combinados sob uma música de fundo discreta, executada por uma orquestra de doze músicos. A decoração era em tons patrióticos de vermelho, azul e branco, e se repetia nas flores, nas toalhas das mesas, nos balões e faixas.

A gigantesca escultura de uma bandeira americana fora cuidadosamente entalhada em gelo, de forma a fazer parecer que ela drapejava ao vento.

Muitas mulheres vestiam branco, a maioria usando colares de pérolas ou brilhantes. Os vestidos eram conservadores, clássicos, bem tradicionais e muito, muito caros.

Seth percebeu que aquele evento era uma mistura de comício político, reunião social e usina de fofocas.

Se tivesse que representar aquilo em tela, pensou, usaria tinta acrílica, com cores berrantes, muitos contornos fortes e luz brilhante.

— Drusilla! — Katherine surgiu, resplandecente em um vestido azul royal. — Nossa, você está linda! Mas pensei que tínhamos combinado que você usaria o Valentino branco. — Beijou Dru no rosto e, com um indulgente estalar de língua, passou os dedos de leve sobre os cabelos da filha.

— Seth! — cumprimentou ela, em seguida, estendendo-lhe a mão. — Que maravilha poder revê-lo. Estava com medo de vocês terem ficado presos em algum engarrafamento por aí. Queria tanto que você e Dru pudessem passar todo o fim de semana aqui em casa. Assim, não precisariam fazer essa cansativa viagem de volta ainda hoje.

Ele não soubera do convite, mas manteve-se impassível e acompanhou a anfitriã, dizendo:

— Agradeço muito pelo convite, mas eu não podia me afastar do trabalho. Espero que a senhora me perdoe e me conceda uma dança, mais tarde. Assim poderei dizer que dancei com as duas damas mais bonitas da festa.

— Ora, mas como você é galante! — Ela enrubesceu de leve. — Certamente guardarei uma dança para você. Agora venha, porque preciso apresentá-lo às pessoas. Há um monte de gente aqui louca para conhecê-lo.

Antes que ela tivesse a chance de se virar, o pai de Drusilla apareceu. Era um homem com estilo marcante, cabelos grisalhos e olhos ligeiramente empapuçados com um tom denso de castanho.

— Aqui está a minha princesa! — Agarrou Dru em um abraço forte e possessivo. — Você demorou tanto, que eu estava preocupado.

— Chegamos no horário marcado.

— Pelo amor de Deus, deixe a menina respirar um pouco — exigiu Katherine, cutucando o braço do Sr. Proctor.

Por um instante, passou pela cabeça de Seth a imagem de Paspalhão ganindo e tentando se enfiar entre Anna e qualquer pessoa que tentasse abraçá-la.

— Proctor, este é o acompanhante de Drusilla, Seth Quinn.

— Prazer em conhecê-lo. Finalmente. — O Sr. Proctor apertou a mão de Seth com muita firmeza e os seus olhos escuros se fixaram no rosto do rapaz, estudando-o atentamente.

— É um grande prazer conhecê-lo também. — Quando Seth já estava achando que ia ser desafiado para um round de luta-livre pelo longo tempo em que o pai de Dru manteve o cumprimento, o Sr. Proctor libertou-lhe a mão.

— É uma pena que vocês não possam passar o fim de semana inteiro conosco — comentou ele.

— Sim, senhor, eu sinto muito.

— Papai, não é culpa de Seth. Eu disse ao senhor e à mamãe que era *eu* que não podia me afastar da loja, porque...

— A loja de Dru é fantástica, não acham? — interrompeu Seth, com um tom alegre, enquanto pegava taças de champanhe em uma bandeja que passava, distribuindo-as para Katherine, Dru e para o Sr. Proctor, antes de pegar uma para si. — É claro que administrar um negócio sempre é complicado e desafiador, mas estou falando em termos estéticos. O uso que ela fez do espaço e da luz, a fantástica mistura de cores e texturas envolventes. Falo como um artista que admira o trabalho de outro — continuou, com descontração. — Os senhores, como pais, devem se sentir imensamente orgulhosos dela.

— Claro que estamos. — O sorriso do Sr. Proctor era penetrante, de forma quase letal. *Ela é a minha menina,* parecia dizer tão claramente quanto a imagem de Katherine cutucando-lhe o braço. — Drusilla é o nosso maior tesouro.

— E não poderia ser de outra forma — replicou Seth.

— Aí está o meu avô, Seth — interveio Dru, apertando a mão dele. — Quero apresentar você a ele.

— Claro. — Ele lançou um sorriso luminoso para os pais dela. — Desculpem-nos por um minuto.

— Você é muito bom nisso, hein? — comentou Dru.

— Departamento de tato e diplomacia. Provavelmente aprendi isso com Phil. Você deveria ter mencionado o convite para o fim de semana.

— Sim, sinto muito, devia mesmo. Achei que estava tentando resguardar a nós dois e acabei deixando você no sufoco, sem saber.

Eles foram parados meia dúzia de vezes a caminho da mesa onde o Senador Whitcomb recebia as pessoas. A cada vez, Dru trocava beijos leves ou apertos de mãos, fazia apresentações e então escapava.

— Você é muito boa nisso também — retribuiu Seth.

— Está no sangue. Olá, vovô. — Ela se inclinou para beijar um senhor com boa aparência e compleição sólida.

Ele exibia um ar rude e de cautela, pensou Seth. Como um pugilista que dominava o seu espaço no ringue com sabedoria e músculos. Seus cabelos densos estavam quase brancos e os olhos possuíam o mesmo tom intenso de verde que se via nos da neta.

Ele se levantou e segurou o rosto dela com as duas mãos, de forma carinhosa. Seu sorriso era magnético.

— Ora, ora, aqui está a minha garotinha predileta.

— O senhor fala isso para todas as netas.

— E estou sendo sincero todas as vezes. Onde está o pintor sobre o qual a sua mãe fala sem parar, a ponto de deixar minhas orelhas vermelhas? É este aqui? — Mantendo uma das mãos em volta do ombro de Dru, avaliou Seth de cima a banco. — Ora, mas você não me parece um desses idiotas, meu rapaz.

— Tento não parecer.

— Vovô!

— Quieta. Você tem juízo bastante para saber que não deve usar essa coisinha linda como passatempo, não tem?

— Tenho sim, senhor — respondeu Seth, rindo.

— Senador Whitcomb, Seth Quinn. Não me faça ficar sem graça, vovô.

— Deixar as netas embaraçadas é privilégio dos velhos, minha filha. Aprecio muito o seu trabalho, meu jovem — disse a Seth.

— Obrigado, senador. Eu aprecio o seu trabalho também.

Os lábios do Senador Whitcomb se apertaram por um momento e depois se abriram em um sorriso.

— Parece-me que você possui firmeza de caráter, meu rapaz. Vamos ver se é verdade. Minhas fontes me informaram que está ganhando muito dinheiro com os seus quadros.

— Fique quieta — disse ele a Dru, quando ela abriu a boca para reclamar. — Tenho sorte por conseguir ganhar a vida fazendo uma coisa que adoro, senador. Como o senhor é um reconhecido patrono das artes, obviamente compreende e aprecia a arte pelo que ela é. As recompensas financeiras são secundárias.

— E você também constrói barcos, não é?

— Sim, senhor. Quando tenho oportunidade. Meus irmãos são os melhores projetistas e construtores de veleiros e barcos de madeira em geral de toda a Costa Leste. Se o senhor tiver a chance de fazer uma nova visita à nossa cidade, poderá constatar isso pessoalmente.

— Pode ser que eu faça exatamente isso. O seu avô era professor, não é mesmo?

— Sim, senhor — respondeu Seth com a voz firme. — Ele era.

— A mais honrada das profissões. Conheci o seu avô em um comício eleitoral na universidade em que dava aulas. Era um homem interessante e uma excepcional figura humana. Adotou três filhos, não foi?

— Sim, senhor.

— Mas você é filho de uma filha dele.

— De certa forma, sim. Não tive a felicidade de ter o meu avô ao meu lado durante toda a minha vida, como foi o caso de Dru, que tem o senhor. Mas o seu impacto sobre toda a minha formação, bem como a sua importância são muito profundos. Quisera eu que ele sentisse metade do orgulho de mim que sinto dele.

Dru colocou a mão sobre o braço de Seth e sentiu a tensão em seus músculos.

— Se o senhor já acabou de bisbilhotar a vida dele, eu gostaria de dançar um pouco. Vamos, Seth?

— Claro. Com licença, senador.

— Sinto muito. — Dru se lançou nos braços de Seth assim que chegaram à pista de dança. — Sinto muito mesmo.

— Não precisa ficar assim.

— Mas eu fico. É da natureza dele ficar fazendo perguntas, mesmo quando são assuntos pessoais.

— Ele não pareceu querer me fritar em óleo fervente, como o seu pai.

— Não. Ele não é tão possessivo e é mais aberto quando se trata de deixar que eu tome minhas próprias decisões e confie nos meus próprios instintos.

— Gostei dele. — Isso, Seth pensou, era parte do problema. Ele acabara de conhecer um homem muito perspicaz e inteligente, que amava a neta, esperava o melhor para ela e que obviamente concluiu que ela também esperava o melhor para si mesma.

E o melhor dificilmente seria um sujeito desgarrado com um pai que jamais conhecera e uma mãe chantagista.

— Normalmente o meu avô é um pouco mais sutil — explicou Dru. — E mais razoável. O que aconteceu comigo e com Jonah o deixou furioso. Agora, imagino que ele vá se mostrar um pouco superprotetor por algum tempo, pelo menos no que diz respeito a mim. Por que simplesmente não vamos embora, Seth?

— Fugir não adianta nada. Pode acreditar em mim porque eu já tentei essa estratégia.

— Tem razão, mas isso é muito chato.

Ela relaxou um pouco mais até a música parar, mas então viu Jonah atrás de Seth.

— Quando não é uma coisa, é outra — avisou ela, baixinho. — E essa outra *é* muito pior. Como está o seu nível de tato e diplomacia?

— Até aqui, tudo bem.

— Então me empreste um pouco — disse, forçando um sorriso frio e distante, enquanto cumprimentava o ex-noivo: — Olá, Jonah. E como vai, ahn... Angela, não é?

— Como vai, Dru? — Jonah ensaiou uma inclinação do corpo para beijá-la no rosto, mas parou na mesma hora ao ver o olhar hesitante que ela lhe lançou. Sua transição para um aperto de mãos educado foi quase imperceptível. — Você está linda, como sempre. Eu sou Jonah Stuben — disse a Seth, estendendo a mão.

— Quinn. Seth Quinn.

— Sim, o famoso pintor. Já ouvi falar de você. Esta é a minha noiva, Angela Downey.

— Meus parabéns — disse Dru. Ciente de que dezenas de olhos em todo o salão estavam grudados nela, manteve a expressão afável. — Muita felicidade aos noivos — desejou a Angela.

— Obrigada. —Angela manteve a mão enfiada no braço de Jonah o tempo todo. — Vi dois dos seus quadros em uma mostra de pintores contemporâneos no Instituto Smithsonian no ano passado — comentou olhando para Seth. — Um deles parecia uma obra muito pessoal, feita a óleo, onde se viam uma antiga casa branca, árvores frondosas, pessoas reunidas em volta de uma mesa de piquenique e cães. Era linda, muito serena.

— Obrigado. — O quadro chama-se *Lar,* lembrou Seth. Um dos trabalhos que ele fizera de memória e seu *marchand* enviara de navio especialmente para a galeria.

— Como vai a sua lojinha, Dru? — perguntou Jonah. — Como é levar a vida em um ritmo mais lento?

— Muito gratificantes ambas as coisas. Estou adorando morar e trabalhar entre pessoas que não se vestem com ares pretensiosos e asas de anjo logo de manhã.

— É mesmo? — O sorriso de Jonah pareceu ficar mais tenso. — Seus pais me deram a impressão de que você ia voltar para Washington em breve.

— Você está enganado. E eles também, pelo visto. Seth, quero tomar um pouco de ar fresco.

— Claro, querida. E... Jonah... queria lhe agradecer por você ser um completo idiota. — Seth lançou um sorriso exuberante para Angela. — Espero que vocês sejam muito felizes juntos.

— Isso não foi exatamente um exemplo de tato nem de diplomacia — ralhou Dru quando saía com ele.

— Acho que aprendi com Cam essa tática de chamar um idiota de idiota. O controle completo que evitou com que eu lhe desse um chute no saco quando ele chamou a sua floricultura de "lojinha" provavelmente foi influência de Ethan. Quer ir para o terraço?

— Sim, mas... me dê só um minutinho, está bem? Quero ficar sozinha por alguns instantes, só para me acalmar. Depois podemos continuar a marcar presença mais um pouco para então sairmos daqui correndo.

— Por mim está ótimo.

Ele a observou sair, mas, antes de conseguir encontrar algum lugar onde se esconder, Katherine já estava em seu encalço.

Do lado de fora, Dru respirou fundo duas vezes e tomou um gole do champanhe que pegara a caminho do terraço.

Aquela cidade, pensou ela, olhando para as luzes e os marcos históricos, deixava-a sufocada. Não era de estranhar que ela tivesse procurado um lugar onde o ar era mais limpo.

O que queria mesmo era se sentar na varanda de sua casa e sentir a tranquila satisfação de um longo dia de trabalho bem-feito. Queria saber que Seth estava ao seu lado ou que estaria...

Parecia-lhe estranho que conseguisse ver essa imagem com tanta clareza, repetindo-se dia após dia, ano após ano. Ela mal se lembrava do tipo de vida que levara antes. Tudo o que sentia era o peso de momentos como aquele.

— Drusilla?

Ela olhou por cima do ombro e conseguiu evitar o suspiro de desagrado — bem como o xingamento que teve vontade de soltar — ao ver que Angela vinha em sua direção.

— Não vamos fingir que temos algo a dizer uma à outra, Angela, por favor... já jogamos para a torcida lá dentro.

— Tenho algo a lhe dizer, Drusilla. É uma coisa que estou querendo dizer há muito tempo. Eu lhe devo um pedido de desculpas.

— Desculpas? — Dru levantou uma sobrancelha. — Pelo quê?

— Olhe, isso não é fácil para mim. Eu tinha ciúmes de você. Tinha ressentimentos por você ter o que eu queria. E usava isso como justificativa para dormir com o homem com quem você ia se casar. Eu o amava, o desejava, e então simplesmente peguei o que estava disponível.

— E agora você o tem. — Dru levantou as mãos com as palmas para cima. — Problema resolvido!

— Não gostava de desempenhar o papel da "outra". Esquivando-me o tempo todo, pegando as migalhas que ele me oferecia. Convenci a mim mesma de que a culpa era sua, e aquele foi o único jeito de resolver a minha vida. Tudo o que precisei fazer foi tirar você do caminho, para que Jonah e eu pudéssemos ficar juntos.

— Você fez de propósito. — Dru se virou, encostando-se na grade, de frente para Angela. — Eu já imaginava isso.

— Sim, fiz de propósito. Foi meio impulsivo e eu me arrependi depois, apesar de ter conseguido o que queria. Você não merecia descobrir daquele jeito. Não fizera nada contra mim. Foi você quem saiu machucada, e eu tive grande participação nisso. Sinto muito, sinto de verdade.

— Você está se desculpando porque a sua consciência a está incomodando, Angela, ou porque isso vai limpar a sujeira do caminho para você se casar com Jonah?

— As duas coisas.

Honestidade era uma coisa que ela sabia respeitar, pensou Dru.

— Muito bem, você foi perdoada. Vá e não peque mais. Ele jamais teria coragem de pedir desculpas, de vir até mim desse jeito, cara a cara, e admitir que estava errado. Por que você está com um homem como esse, Angela?

— Eu o amo — respondeu ela com simplicidade. — Ele tem alguns pontos fortes, outros fracos, e eu amo o conjunto.

— Sim, acho que sim. Boa sorte. Sinceramente.

— Obrigada. — Ela se virou para voltar ao salão e então parou. — Drusilla... saiba que Jonah nunca olhou para mim do jeito que vi Seth Quinn olhar para você. Acho que jamais vai fazer isso. Algumas pessoas são obrigadas a se contentar com o que conseguem.

E outras, compreendeu Dru, conseguem mais do que sequer sonharam.

Ele estava extremamente cansado quando voltou para casa com Dru. Cansado da viagem, da tensão e dos pensamentos que circulavam dentro de sua cabeça como abutres.

— Devo muito a você.

— O quê? — Ele virou a cabeça e olhou para ela sem expressão.

— Devo muito a você por ter tolerado tudo. O interrogatório do meu avô, a presunção do meu ex-noivo, minha mãe desfilando com você por todo o salão por mais de uma hora, como se você fosse um cavalo premiado em alguma exposição, por todos os questionamentos, as insinuações, as especulações. Foi como passar por um corredor polonês.

— Bem, acho que sim. — Ele encolheu os ombros e abriu a porta do carro para ela sair. — Você bem que me avisou.

— Meu pai foi rude com você várias vezes.

— Não especificamente. Acho que ele simplesmente não gosta de mim. — Com as mãos nos bolsos, Seth foi caminhando ao lado dela até a porta da frente. — Tenho a impressão de que ele não vai gostar de nenhum cara que ouse tocar na princesa dele.

— Não sou uma princesa.

— Ora, querida, se a sua família tem um monte de empresas e importância na política, é claro que você é uma princesa. Você simplesmente não quer morar em uma torre de marfim.

— Não sou o que eles imaginam. Não quero o que eles insistem em acreditar que eu devo querer. Jamais vou lhes agradar do jeito que vivem esperando que eu faça. Esta aqui é a minha vida agora. Você vai ficar?

— Esta noite?

— Para começar.

Ele entrou com ela. Não sabia o que fazer com o desespero, com a urgência, com o medo de que fosse perder tudo o que tentara obter com tanto esforço.

Ele a puxou para junto de si, como para provar a si mesmo que poderia se segurar naquilo. E ouviu um riso de desdém aumentando dentro de sua cabeça.

— Eu preciso... — Ele apertou o rosto de encontro à curva do pescoço dela. — Droga. Eu preciso...

— O quê? — Tentando acalmá-lo, ela passou as mãos pelas costas dele. — Do que você precisa?

Coisas demais, pensou. Mais, ele tinha certeza, do que o destino o deixaria ter. Por ora, porém, naquela noite, todas as carências se resumiam em uma só.

— Preciso de você. — Ele a girou para a frente dele e a apertou de encontro à porta, em um movimento rápido e inesperado como uma chicotada. Sua boca cortou a exclamação de surpresa que ela lançou, transformando-a em um beijo ardente que tendia para o selvagem.

— Eu preciso de você — repetiu, olhando para baixo e vendo os olhos dela assustados, arregalados. — Esta noite eu não vou tratar você como princesa. — Levantou-lhe o vestido com força até a cintura, e a sua mão, rude e íntima, pressionou o espaço entre as suas pernas. — E você também não vai querer que eu a trate assim.

— Seth... — Ela apertou com força os ombros dele, muito confusa para conseguir empurrá-lo.

— Peça-me para parar. — Ele colocou dois dedos dentro dela e a empurrou para cima, com força e determinação.

Uma onda de pânico e excitação explodiu dentro dela, acompanhada do mais sombrio dos prazeres,

— Não, não vou pedir. — Ela se permitiu alçar voo e jurou que o carregaria com ela. — Não quero que você pare, vamos juntos.

— Vou me apossar de tudo o que quero. — Soltando uma das alças cintilantes do vestido, fez com que o tecido escorregasse pelo seu colo até ficar solto sobre a região alta do seio. — Talvez você não esteja pronta para o que eu preciso esta noite.

— Não sou frágil. —A respiração dela ficou presa na garganta. — Não sou fraca. — Embora seu corpo trepidasse de excitação, manteve os olhos fixos nos dele. — Talvez você é que não esteja preparado para o que eu quero hoje.

— Então vamos ter que descobrir. — Ele tornou a girá-la de costas para ele, sem tirar a mão do seu corpo, colou a frente do corpo dela na porta e mordiscou-lhe a nuca.

Ela soltou um grito, e suas mãos socaram a porta enquanto ele percorria com a boca o corpo dela.

Eles já haviam feito amor de forma rápida e arrebatadora. Outras vezes com muita ternura, e até entre risos. Ela, porém, jamais conhecera o tipo de desespero que ele demonstrava naquele momento. Um desespero implacável, impulsivo e rude, quase animalesco. Ela jamais imaginara que poderia apreciar algo daquele tipo ou sentir a violência que a chicoteava por dentro. Nunca imaginou que pudesse se regozijar pelo desaparecimento total do autocontrole.

Ele invadiu todos os seus sentidos, deixando-a atormentada entre as ruínas da sua compostura.

Ele arrancou a outra alça do vestido, arrebentando o bordado que a enfeitava, e a roupa deslizou suavemente pelo corpo dela, formando uma poça de ondas vermelhas em volta dos seus pés.

Ela usava um sutiã sem alças, uma cinta-liga rendada de cor champanhe, meias sete oitavos e sandálias de salto alto prateadas. Quando tornou a virá-la de frente para ele e olhou-a com atenção, seus dedos apertaram-lhe os ombros com força.

O corpo dela tremia e toda a sua pele parecia ruborizada e úmida. Um ar de poder e conhecimento dançava nos olhos dela.

— Leve-me para a cama.

— Não — afirmou ele, moldando-lhe os seios com as mãos. — Vou ter você aqui mesmo.

De repente as palmas das mãos dele já estavam em volta dos quadris dela, levantando-a e puxando-a na direção dele. Ele assaltou-lhe a boca com furor, enquanto transportava as mãos em uma jornada impaciente sobre renda, pele e seda. Com o sangue bombeando-o por dentro, seguiu a trilha das mãos com os lábios quentes.

Ele queria saboreá-la, alimentar-se dela até que o seu apetite triturador fosse finalmente saciado. Queria perder a cabeça até não conseguir pensar em mais nada a não ser em instintos primitivos.

A delicadeza de sua pele só serviu para aumentar ainda mais a loucura e o desejo de possuí-la. A suave fragrância feminina exalada pelo seu corpo atiçava o seu apetite animal.

Quando ela explodiu de prazer, com o corpo colado ao dele, ele sentiu uma onda de triunfo forte e abrasador.

Ela agarrou o paletó dele, tentando despi-lo com os dedos atrapalhados pela pressa e pelos gritos abafados à força por sua boca colada na dela. Tonta, desesperada, arrancou-lhe a gravata.

— Por favor... — Ela já não se importava mais por estar implorando. — Por favor, depressa!

Ele ainda não ficara completamente nu quando a colocou no chão, de frente para ele, mas ela já estava com as costas arqueadas, esperando a sua chegada, no instante em que ele se lançou com força dentro dela.

As unhas dela se enterraram na camisa que ele não tirara e depois por baixo dela para sentir sua carne quente e úmida. Acompanhando o ritmo com que ele a cavalgava, ela deleitou-se com o golpear contínuo das estocadas, uma após outra.

Com a respiração descompassada e os corações batendo no mesmo ritmo selvagem, eles se renderam ao delírio.

Em meio à louca cavalgada, pareceram mergulhar em um abismo ao mesmo tempo.

Ela se soltou, exausta, arrasada e absolutamente feliz, deixando-se largar sobre o piso encerado, sob a luminária exclusiva da Tiffany que espalhava joias de luz no ar. Quando a pressão dos golpes de sua corrente sanguínea diminuíram, ela começou a reconhecer, pouco a pouco, os ruídos da noite que entravam pelas janelas abertas.

Ouviu o barulho do rio, o pio preguiçoso de uma coruja, o zumbir suave dos insetos ao longe.

Sentiu que o calor ainda pulsava vindo do corpo dele e se espalhava lentamente através dela como uma droga. Ela esfregou o pé de forma indolente de encontro ao tornozelo dele.

— Seth?

— Hum.

— Jamais pensei que um dia me ouviria dizendo isso, mas a verdade é que fiquei satisfeita por termos ido àquela festa chata e irritante. Se foi ela que colocou esse fogo todo em você, acho que devíamos procurar uma festa dessas pelo menos uma vez por semana.

Ele virou a cabeça de lado e viu a brilhante poça de pano vermelho embolado no chão.

— Vou pagar para alguém consertar o seu vestido.

— Tudo bem, mas talvez seja difícil explicar ao costureiro como ele se rasgou.

Ele vinha de um lugar violento, lembrou. Sabia como controlar a violência dentro dele, sabia como canalizá-la. Reconhecia muito bem a diferença entre a violência da paixão e a da punição. Sabia que o sexo podia ser algo mesquinho, da mesma forma que o que acabara de acontecer entre eles estava muito longe do que ele conhecera e testemunhara durante os primeiros anos de sua vida.

Mesmo assim...

— Há muita coisa que você ainda não sabe a meu respeito, Dru.

— Imagino que haja muita coisa que nós dois ainda desconhecemos a respeito um do outro. Nós dois tivemos relacionamentos com outras pessoas, Seth. Não somos crianças. Só que eu tenho certeza de que nunca me senti desse jeito com mais ninguém. Pela primeira vez na vida não me preocupei em planejar cada detalhe e analisar cada opção. Isso para mim é... libertador. Gosto de estar descobrindo aos poucos quem você é, quem eu sou. E quem nós somos quando estamos juntos.

Ela passou os dedos por entre os cabelos dele e continuou:

— O que vamos ser juntos. Para mim, essa é a parte mais maravilhosa de estar apaixonada. A descoberta. — Quando ele levantou a cabeça para olhá-la melhor, ela completou: — E saber que ainda temos muito tempo para descobrir outras coisas.

O receio dele era que o tempo fosse o grande problema, e sabia que ele estava acabando.

— Sabe o que eu gostaria que você me fizesse agora? — perguntou ela.

— Não. O que gostaria que eu fizesse?

— Que me carregasse até a cama. — Ela enlaçou o pescoço dele com os braços. — Essa é uma das coisas que você ainda não sabe a meu respeito. Desde pequena, eu sempre tive fantasias, secretamente, é claro, a respeito de um homem forte e lindo que me pegava no colo, me carregava escada acima e me colocava na cama. Isso vai de encontro ao meu bom senso, mas a verdade é que sempre tive vontade de curtir isso.

— Uma fantasia romântica secreta. — Determinado a curtir aquela noite de paz, ele pousou os lábios suavemente sobre os dela. — Muito interessante. Vamos ver se eu consigo realizar esse sonho para você.

Ele se levantou e então abaixou a cabeça, olhando para si mesmo.

Vou ter que tirar essa camisa antes. Vai ser uma imagem ridícula, um cara seminu, só de camisa, carregando uma mulher completamente nua escada acima.

— Boa ideia.

Ele abriu os botões lentamente, tirou as abotoaduras sem pressa e, finalmente, jogou a camisa por cima do vestido que continuava no chão. Então se abaixou para pegá-la, enquanto ela arqueava o corpo para ele.

— Então, como estou me saindo até agora?

— Perfeito! — garantiu ela, roçando-lhe o pescoço com o nariz enquanto ele subia os degraus lentamente, com ela no colo. — Agora me conte algo a respeito de você que eu ainda não saiba, Seth.

Ele quase perdeu o equilíbrio, mas ajeitou-a melhor e continuou escada acima.

— Ando tendo uns sonhos estranhos com a mulher do meu avô, Stella. Eu jamais a conheci pessoalmente. Quando vim para Saint Chris, ao dez anos, ela já havia morrido.

— É mesmo? E que tipo de sonhos você tem tido?

— Muito detalhados, sonhos muito claros, e neles nós sempre curtimos longas conversas. Eu costumava ouvir os meus irmãos falando dela e sempre desejei ter tido a chance de conhecê-la.

— Acho isso lindo, adorável.

— O problema é que não acho que sejam apenas sonhos. Penso que estou tendo essas conversas com ela, de verdade.

— Você acha isso dentro do sonho?

— Não. — Ele colocou Dru sobre a cama e se deitou também, esticando o corpo para, em seguida, se virar e ficar colado nela. — Eu acho isso na vida real.

— Ah...

— Você está achando estranho?

— Estou pensando. — Ela se mexeu um pouco, até que a cabeça repousou de forma confortável sob o queixo dele. — Você acha que pode ser uma espécie de visita sobrenatural? Que você está se comunicando com o espírito dela?

— Algo desse tipo.

— Sobre o que vocês conversam?

— Família. Apenas assuntos de família. — Ele hesitou um pouco, tentou se esquivar, mas acabou dizendo: — Ela me contou coisas que eu não sabia, coisas que aconteceram quando meus irmãos ainda eram crianças. E as histórias eram todas verdadeiras, conforme eu descobri depois.

— É mesmo? — Dru se aninhou mais próxima de Seth. — Então é melhor ouvir com atenção tudo o que ela diz.

— Você arrumou uma mulher muito inteligente — comentou Stella.

Eles caminhavam através da neblina e do ar úmido na beira do rio que corria atrás da casa de Dru. A luminária da sala de estar lançava lindos raios coloridos sobre o gramado.

— Ela é determinada e forte, mas meio complicada. Tudo nela é meio forte e complicado.

— Essa força é sexy — disse Stella. — Você não acha que ela busca o mesmo em você? Força de espírito, de caráter, de coração? O resto são apenas hormônios... não que haja algo de errado com eles, pois é isso que faz o mundo continuar.

— Eu me apaixonei por ela tão depressa. Num minuto eu estava em pé diante dela. No minuto seguinte já estava de quatro, caído de paixão. Nunca pensei que com ela também fosse acontecer do mesmo jeito, mas aconteceu, de algum modo.

— E o que vai fazer a respeito?

— Não sei. — Ele pegou uma pedra e a lançou com força no rio escuro. — Quando nos dispomos a ficar com alguém para sempre, temos que carregar sua bagagem pela vida, junto com a nossa. E a minha bagagem de vida é pesada demais, vovó. E tenho o pressentimento de que vai ficar ainda mais pesada.

— Você se algemou a essa bagagem, Seth. Mas a chave das algemas está com você. Sempre esteve. Não acha que já está na hora de usá-la e jogar esse peso para fora do barco?

— Ela jamais vai se afastar de mim para sempre.

— Provavelmente não. O que você fizer a respeito do problema é que vai determinar o peso do fardo sobre os seus ombros. Você é muito teimoso para compartilhar o problema. Igualzinho ao seu avô.

— É mesmo? — Aquela ideia o deixou emocionado. — A senhora acha que eu me pareço com ele em algumas coisas?

— Você tem os olhos dele. — Esticando o braço, ela tocou em seus cabelos. — Mas disso você já sabia. Tem também o jeito teimoso dele, sempre achando que vai conseguir lidar com tudo sozinho. Isso é irritante. Ele tinha um jeito meio calmo e sossegado... até explodir. Você também é assim. E cometeu os mesmos erros que ele ao lidar com Gloria. Você está deixando que ela use o amor que você tem por sua família e por Dru como arma.

— É apenas dinheiro, vovó.

— Você sabe que não é apenas dinheiro. E sabe o que tem de fazer, Seth. Agora, vá em frente e faça o que é certo. Embora sendo homem, você vai acabar arrumando um jeito de estragar tudo antes.

— Não pretendo arrastar Dru para o meio dessa lama — reagiu ele, apertando os maxilares.

— Pois saiba que essa garota não quer um mártir. — Colocando as mãos nos quadris, olhou de cara feia para ele. — Tão teimoso que chega a ser burro. Igualzinho ao seu avô — resmungou.

E desapareceu.

Capítulo Dezessete

O bar era uma verdadeira espelunca, o tipo do lugar onde beber era uma ocupação séria e sobretudo solitária. A cortina de fumaça azul, tão densa que quase dava para ser partida com as mãos, transformava tudo em uma cena enevoada de filme em preto-e-branco com produção pobre. As luzes eram fracas, o que incentivava os clientes a cuidar apenas de suas vidas e fornecia o benefício adicional de esconder as manchas quando alguém decidia se meter com o vizinho.

O lugar cheirava a cigarros velhos e cerveja choca.

A área de recreação consistia em uma faixa estreita ao lado, onde uma mesa de bilhar estava lotada. Um grupo de sujeitos jogava uma partida enquanto outros ficavam em torno bebendo cerveja com expressão de nojo e enfado, mostrando ao mundo que nenhum deles era flor que se cheire.

O ar-condicionado instalado em uma das janelas tinha um revestimento de fórmica imitando madeira e só servia para espalhar o fedor e fazer barulho.

Seth foi até o fundo do bar, onde se sentou e, para não chamar atenção, pediu uma garrafa de Budweiser.

Imaginou que era típico dela arrastá-lo para um lugar daquele tipo. Afinal, fizera isso com o filho o tempo todo, quando ele ainda era apenas um menino e, muitas vezes, caso ela estivesse dirigindo, abandonava-o sozinho no carro, deixando-o dormindo no banco de trás, do lado de fora de bares como aquele.

Gloria fora criada por uma família de classe alta, mas todos os benefícios e vantagens da criação que teve haviam sido desperdiçados com um espírito que buscava continuamente, e sempre encontrava, o nível mais baixo da condição humana.

Ele já deixara de questionar, há muitos anos, o que se passara dentro dela que a levava a odiar e desprezar qualquer coisa que fosse decente. Ou o que a impelia a usar qualquer um que se importasse com ela por qualquer razão, até ter sugado tudo o que pudesse dessa pessoa e a destruísse.

Seus vícios — homens, drogas, bebidas — não eram a causa disso. Representavam apenas mais uma forma de absoluta autoindulgência.

Era compreensível, portanto, que o lugar escolhido dessa vez fosse aquele, pensou, ainda sentado, ouvindo os estalos fortes das bolas batendo umas nas outras, sentindo o zumbido do ar-condicionado velho e aspirando os velhos cheiros que o transportavam de volta ao pesadelo que fora a sua infância.

Ela entraria em um lugar daqueles para arranjar um homem, lembrou ele, caso estivesse precisando de dinheiro. No caso de já ter algum dinheiro, procuraria um bar daquele tipo para beber até cair — a não ser que o álcool não fosse a droga escolhida para aquela noite específica. Nesse caso, iria ali com o intuito de conseguir alguma coisa mais pesada.

Se o alvo fosse um homem, ela o levaria para o lugar onde estivesse morando com o filho. Haveria barulho de sexo e riso selvagem no cômodo ao lado de onde ele dormia. Se o dia fosse de bebida ou drogas, e elas elevassem o seu astral, haveria uma parada em alguma lanchonete vinte e quatro horas. Nessa noite ele teria algo para comer.

Se, porém, o astral baixasse, haveria socos em vez de comida.

Pelo menos foi essa a rotina, até ele ficar grande demais, rápido demais ou esperto demais para evitá-los.

— Pretende beber essa cerveja — perguntou o atendente do bar — ou vai ficar só olhando para ela a noite toda?

Seth desviou o olhar e o aviso frio com o qual revestiu seu rosto fez com que o atendente recuasse um passo. Mantendo os olhos nele, fixamente, Seth pegou uma nota de dez dólares do bolso e a colocou em cima do bar, ao lado da garrafa intocada.

— Algum problema? — Sua voz transmitia uma ameaça velada.

O atendente deu de ombros e foi cuidar de outra coisa.

Quando ela entrou, alguns dos jogadores de bilhar olharam para ela, analisando-a. Seth imaginou que Gloria considerava os seus sorrisos tortos como um sinal de que ela estava agradando.

Usava um short jeans muito curto e apertado, que lhe moldava os quadris ossudos e descia pouco abaixo da virilha, com a bainha desfiada. O top grudado ao corpo em um tom forte de rosa expunha vários centímetros de barriga. Ela colocara um piercing no umbigo e mandara fazer uma tatuagem de libélula ao lado. As unhas das mãos e dos pés estavam pintadas em um tom escuro que parecia preto sob a luz fraca do bar.

Ela deslizou suavemente, acomodou-se sobre um dos bancos altos e lançou um olhar quente e insinuante para os jogadores de bilhar.

Bastou uma rápida olhada em sua expressão para Seth perceber que boa parte do dinheiro que ele lhe dera na última vez fora toda cheirada.

— Um gim-tônica — pediu ao atendente do bar. — Com pouca tônica e muito gim.

Pegou um cigarro, acendeu-o com um isqueiro prateado e jogou a cabeça para trás, soltando uma nuvem de fumaça em direção ao teto. Cruzou as pernas e ficou balançando os pés.

— Gostou do visual? — perguntou, rindo.

— Você tem cinco minutos.

— Por que tanta pressa? — Dando mais uma longa tragada no cigarro, começou a tamborilar com a ponta das unhas na beira do balcão. — Beba a sua cerveja e relaxe.

— Não bebo com pessoas de quem não gosto. O que você quer, Gloria?

— Quero este gim-tônica. — Pegou o copo que o barman acabara de servir e tomou um gole grande e demorado. — Talvez um pouco de movimento também. — Lançou mais um olhar insinuante para os jogadores de bilhar e lambeu os lábios de um jeito que fez o estômago de Seth se embrulhar. — Acho que estou precisando de uma casinha na beira da praia. Em Daytona talvez.

Tomou mais um gole e deixou a borda do copo marcada de batom.

— E quanto a você, Seth? Também não sente falta de um lugar só para você? Continua morando na mesma casa entulhada de crianças e cachorros? Já virou rotina.

— Fique longe da minha família.

— Ou o quê? — Lançou-lhe um olhar tão sombrio quanto o esmalte das suas unhas. — Vai fazer queixinha de mim para os seus irmãos mais velhos? Você acha que os Quinn me preocupam? Eles devem ter ficado frouxos depois desse tempo todo, como acontece com as pessoas que se enfiam numa cidadezinha do fim do mundo e curtem vidas fodidas e inúteis, criando pirralhos barulhentos e colocando o traseiro diante da tevê toda noite como um bando de zumbis. A única coisa esperta que fizeram na vida foi ficar com você, para colocarem as mãos na grana do velho, exatamente como aquele babaca que se casou com a minha irmã só para colocar as mãos na grana dela.

Bebendo o resto do drinque em um único gole, bateu duas vezes com o copo sobre o balcão, exigindo outro. Seu corpo não parava de se mexer. Os pés continuavam balançando, os dedos tamborilavam e a cabeça parecia girar, instável, sobre o pescoço.

— O velho tinha o meu sangue, não o deles. O dinheiro do seguro de vida devia ter vindo para mim.

— Mas foi você a sanguessuga que lhe chupou toda a grana, pouco antes de ele morrer. Nunca é o bastante, não é?

— Porra! — Ela acendeu outro cigarro. — Pelo menos você ficou mais esperto depois de todos esses anos. Arrumou uma gata cheia da grana, não foi? Drusilla Whitcomb Banks. Iu-hu! — Gloria jogou a cabeça para trás e deu uma gargalhada. — Coisa fina. Podre de rica. Faturar a herdeira milionária foi a única coisa esperta que você fez desde que nasceu. Vai se dar bem pelo resto da vida.

Ela agarrou o drinque no instante em que o barman o serviu.

— É claro que você está se saindo muito bem fazendo aqueles quadrinhos. Melhor do que eu esperava. — Mastigou um pouco de gelo. — Não consigo entender como é que certas pessoas desperdiçam um monte de grana em um troço que só serve para pendurar na parede. Enfim... tem gosto pra tudo!

Ele a pegou pelo pulso e lentamente foi apertando os dedos com tanta força que a fez dar um pulo do banco.

— Escute bem o que eu vou dizer: chegue perto da minha família, de Dru ou de qualquer pessoa de quem eu goste e você vai saber do que eu sou capaz. Garanto que vai ser muito pior do que aquele soco que Sybill deu na sua cara e que a jogou de bunda no chão quando eu ainda era criança.

— Você está me ameaçando. — Inclinou o rosto na direção dele. — *Filhinho?*

— Não, só prometendo...

Através da cortina de álcool e drogas ela percebeu algo sólido naquela promessa. Recuou ligeiramente ao ver que o barman se afastava.

— Essa é a sua exigência? — Com a mão livre, ela pegou o drinque, e seu rosto magro e envelhecido mostrou-se mais cauteloso. — Você quer que eu me afaste dos seus entes queridos?

— Sim, essa é a minha exigência.

— Pois aqui vai a minha. — Puxando o pulso com força para libertar-se de Seth, pegou outro cigarro. — Nós dois estamos apostando ninharias há muito tempo. Você está nadando em dinheiro com os seus quadros e está se preparando para se deitar em uma cama ainda mais gorda e recheada. Quero minha parte. Lance único, pagamento total em uma parcela e eu me mando para sempre. Não é isso que você quer? Que eu suma do mapa?

— Quanto?

Satisfeita, ela deu mais uma tragada bem longa e jogou a fumaça lentamente no rosto dele. Aquele garoto sempre fora um alvo fácil.

— Um milhão.

— Você quer um milhão de dólares? — Ele nem mesmo piscou.

— Fiz minhas pesquisas, queridinho. Você recebe grandes boladas de cada um daqueles babacas que compram os seus quadros e vendeu um monte deles na Europa. Quem sabe quanto tempo mais você vai conseguir enganar os otários com a sua arte? Ainda bem que pintou essa milionária que você anda comendo.

Ela se remexeu no banco e tornou a cruzar as pernas. A mistura de álcool e drogas que circulava pelo seu organismo a fez se sentir mais poderosa. A fez se sentir *viva*.

— Ela não tem mais onde enfiar o dinheiro. É muita grana! Dinheiro antigo, riqueza de família. O tipo de dinheiro que não se dá muito bem com escândalos. A coisa vai ficar esquisita se eu procurar a imprensa para contar que a netinha puro-sangue do senador anda por aí abrindo as pernas para um bastardo. Um menino que foi arrancado dos braços da mãe quando ela procurou o pai que ela jamais conhecera em busca de abrigo. Posso contar mil histórias, de mil maneiras — acrescentou —, e garanto que os Quinn não vão sair limpos de nenhuma delas. E a sujeira vai respingar na sua namorada também. Aposto que ela não vai ficar por perto depois que eu jogar a merda no ventilador.

Pedindo um terceiro drinque, tornou a se mexer no banco e continuou:

— Ela vai te dar um chute na bunda bem depressa, e talvez as pessoas não fiquem mais tão ansiosas para comprar os seus quadrinhos depois de ouvirem a minha versão da história. "Olhem, fui eu que comprei o primeiro estojinho de pintura para ele" é o que eu vou dizer, chorosa.

Ela lançou a cabeça para trás e soltou uma gargalhada tão escandalosa, tão cheia de maldade e júbilo que os jogadores de bilhar até pararam de jogar para olhar.

— Os repórteres vão lamber os beiços diante de uma história dessas. Para falar a verdade, eu até poderia vender a minha versão para eles, só para fazer um pé-de-meia. Mas resolvi dar a você a chance de comprar antes deles. Pode considerar isso uma espécie de investimento. Você me paga e eu desapareço da sua vida, de uma vez por todas. Você não me paga e pode ter certeza de que alguém vai pagar.

Seth estava pálido, como ficara durante todo o discurso. Não adiantava oferecer a ela nem mesmo a sua versão.

— Isso tudo é conversa fiada — reagiu ele.

— Claro que é. — Riu ela, tomando mais um gole de gim. — As pessoas adoram essas conversas fiadas, ainda mais quando a fofoca envolve gente famosa. Dou-lhe uma semana para você me trazer a grana, em dinheiro vivo. Só que quero uma entrada antes. Vamos chamar isso de garantia de boa-fé. Dez mil. Traga a grana aqui, amanhã. Dez da noite. Se você não aparecer, vou começar a dar alguns telefonemas.

Seth se levantou e reagiu:

— Se você comprar drogas com esses dez mil dólares e cheirar tudo, Gloria, vai acabar morta no fundo de um buraco como este bem antes de poder curtir o seu milhão.

— Deixe que eu me preocupo comigo mesma. Pague os drinques.

Seth, porém, simplesmente virou as costas para ela e se encaminhou para a porta.

Não conseguiu ir para casa, pois pretendia se sentar no escuro e ficar lenta e completamente bêbado.

Sabia que era tolice. Tinha consciência de que era uma atitude de fuga, autopiedade, uma viagem só de ida. Ficar bêbado de modo deliberado era apenas uma muleta, uma ilusão, uma armadilha.

Ele não dava a mínima. Assim, serviu-se de mais uma dose de Jameson e observou o brilho âmbar da bebida à luz da única lâmpada que deixara acesa no estúdio.

Seus irmãos lhe haviam servido a primeira dose de uísque no dia do seu vigésimo primeiro aniversário. Estavam apenas eles quatro, lembrou Seth, e se colocaram em volta da mesa depois que as crianças e as mulheres haviam ido dormir.

Aquela era uma das lembranças mais marcantes e ricas que, ele sabia, nunca o abandonaria. O cheiro forte do charuto que Ethan passara de mão em mão. O gosto pungente do uísque na sua língua, descendo pela garganta, suavizando ao chegar ao estômago. O som das vozes dos seus irmãos, seu riso e a absoluta certeza que sentiu de pertencer àquela família.

Ele não apreciava muito o sabor do uísque e continuava a se sentir assim, mesmo depois de adulto. Mas era a isso que um homem recorria quando sua intenção era esquecer.

Há muito tempo ele deixara de questionar o que Gloria DeLauter era ou no que se transformara. Parte dela estava dentro dele, e ele aceitava aquilo como se fosse uma marca de nascença. Não acreditava que os filhos herdavam os defeitos do pai — ou da mãe. Jamais acreditara em sangue manchado. Cada um dos seus irmãos passara por algum tipo de horror em suas infâncias e eram os melhores homens que ele conhecia.

O que quer que houvesse de Gloria dentro dele fora afogado pela decência, pelo orgulho e pela compaixão que lhe foram ensinados pelos Quinn.

Talvez apenas esse fato representasse parte do motivo de ela o odiar e de odiar todos eles. O porquê não era importante. Ela era parte da sua vida, e era ele que precisava lidar com ela.

De um jeito ou de outro.

Ele ficou ali sentado, bebendo sob a lâmpada solitária em um aposento cheio de quadros seus e os instrumentos do trabalho que amava. Ele já tomara a sua decisão e iria viver com isso. Naquela noite, no entanto, ocultaria o seu futuro em uma névoa de uísque irlandês e a pulsação do blues desolado que escolhera como acompanhamento sonoro.

Quando o celular tocou, ele o ignorou. Pegou a garrafa e se serviu de mais uma dose.

Dru desligou e ficou andando de um lado para outro na sala de estar. Tentava falar com Seth, ligou para ele inúmeras vezes e quase gastara o tapete nas últimas duas horas, desde que Aubrey telefonara, procurando por ele.

Ele não estava com Aubrey, embora tivesse dito a Dru que passaria na casa dela naquela noite. Também não estava com Dru, como avisara à sua família que estaria.

Então, onde foi que ele se metera?

Seth estava estranho. *Alguma coisa estava* estranha. Mesmo antes da festa, lembrava agora. Mesmo antes da viagem. Havia uma espécie de violência reprimida nele — e reprimida com ferocidade, compreendia agora. Aquilo, no fim da noite, tomara a forma de sexo selvagem.

E mesmo então, depois de terem se exaurido mutuamente, ela sentira nele uma turbulência latente. Deixou passar a sensação, admitiu para si mesma. Não era da sua natureza meter o nariz onde não devia. Ressentia-se com o jeito como seus pais reparavam e questionavam todos os seus estados de espírito. As emoções das pessoas era um assunto pessoal e ela realmente pensava assim.

O problema é que ele mentira para ela. E isso, como ela já sabia com certeza, não era da natureza dele.

Se algo estava errado, ela precisava ajudar. Afinal, isso não era parte das obrigações impostas pelo amor?

Ela conferiu o relógio e já não conseguia evitar torcer as mãos de ansiedade. Já passava de meia-noite. Será que ele estava ferido? E se ele tivesse sofrido algum acidente?

E se ele simplesmente quisesse uma noite só para si?

— Se foi assim, devia ter dito de forma direta — resmungou ela, marchando em direção à porta.

Havia apenas um lugar onde ela imaginou que ele pudesse estar, e ela não ia sossegar até verificar lá.

No caminho para a cidade, em seu carro, começou a ralhar consigo mesma. Seu relacionamento com Seth não determinava que ele seria obrigado a reportar a ela cada minuto do seu tempo. Ambos tinham interesses e obrigações na vida, e ela certamente não era o tipo de mulher que não se sentia satisfeita nem produtiva quando estava sozinha.

Isso, por outro lado, não dava a ele o direito de mentir para ela a respeito dos seus planos para a noite. Se ao menos ele atendesse à porcaria do telefone, ela não estaria, indo de carro à cidade no meio da madrugada para procurar por ele, como uma esposa chata típica de um seriado de tevê. Pretendia voar em cima dele por fazê-la se sentir assim.

Já estava fumegando de raiva quando entrou no caminho ao lado da loja, foi estacionar nos fundos e viu o carro dele parado ali. Sentiu-se tão furiosa que quase deu meia-volta e voltou para casa. Ele não podia ter dito a ela e a todo mundo que queria ficar sozinho para trabalhar um pouco? Não podia pelo menos ter pegado o telefone e...

Freou o carro com força.

E se ele não tivesse tido chance de pegar o telefone? E se estivesse sem condições de atender por estar inconsciente ou passando mal?

Entrou com o carro na vaga, saltou na mesma hora e saiu correndo em direção à escada.

A imagem dele caído no chão desacordado era tão forte que quando da entrou porta adentro e o viu sentado na cama, entornando o conteúdo de uma garrafa em um copo baixo, não caiu em si de imediato.

— Você está bem! — A sensação de alívio a inundou de imediato e fez seus joelhos ficarem bambos. — Meu Deus, Seth! Eu estava tão preocupada!

— Por quê? — Ele pousou a garrafa e analisou o rosto dela com olhos turvos enquanto bebia.

— Ninguém sabia onde você... — A compreensão do que viu surgiu em seguida e fez o seu sangue gelar. — Você está bêbado!

— Tentando ficar. Ainda falta muito. O que está fazendo aqui?

— Aubrey me ligou procurando por você há várias horas. A história que você contou para ela não bateu com a que disse para mim. Como você não atendia o telefone, a idiota aqui começou a se preocupar.

Ele ainda estava relativamente sóbrio. Sóbrio o bastante para achar que ela podia pegar mais leve.

— Se veio correndo até aqui na esperança de me encontrar na cama com outra mulher, sinto desapontá-la.

— Jamais me ocorreu que você pudesse me trair. — Quase tão desnorteada quanto zangada, foi até a cama e conferiu o nível de uísque que ainda havia na garrafa. — Também nunca me ocorreu que você precisasse mentir para mim. Nem que fosse capaz de se sentar sozinho em um canto e beber até cair.

— Pois eu a avisei de que existe um monte de coisas a meu respeito sobre as quais você nem faz ideia, querida. — Torceu o polegar, apontando para a garrafa. — Quer um pouco? Os copos estão na cozinha.

— Não, obrigada. Existe uma razão em especial para você deixar a sua família preocupada e se lançar nessa maratona alcoólica?

— Sou um menino crescido, Dru, e não preciso de você me perturbando só porque resolvi tomar uns drinques. Saiba que isso faz mais o meu estilo do que algumas educadas taças de champanhe em uma festa de gala para políticos chatos. Se isso não faz o seu, o problema não é meu.

Aquilo doeu, mas ela manteve o queixo erguido.

— Eu fui obrigada a ir àquela festa, você não — replicou. — A escolha de ir comigo até lá foi sua. E se quer se afogar em uma garrafa de uísque, a escolha também é sua, mas não quero que minta para mim nem me faça de tola.

Ele deu de ombros, sem demonstrar interesse e, ainda movido a uísque, decidiu que sabia o que era melhor para ela. Mais alguns golpes em seu orgulho, pensou, e ela iria embora dali.

— Sabe qual é o problema com as mulheres? — disse ele. — Um cara dorme algumas vezes com elas, diz o que querem ouvir, faz com que se divirtam um pouco e na mesma hora elas começam a pegar no pé do coitado. O pobre tenta pegar um pouco de ar sozinho e elas grudam nele como carrapato. Puxa, eu sabia que não devia ter ido àquela festa com você ontem. Disse a mim mesmo que isso só ia servir para colocar ideias em sua cabeça.

— Ideias? — repetiu, sentindo a garganta arder. — *Ideias*?!

— Vocês, mulheres, não conseguem simplesmente deixar a coisa rolar, não é? — Balançando a cabeça, serviu-se de mais uma dose. — Estão sempre imaginando algo a mais. O que vai ser da gente amanhã, o que vai acontecer na semana que vem? Você está montando um futuro completo na sua cabeça, querida, e não é disso que estou a fim. Você é muito divertida quando fica mais solta, mas é melhor desistirmos disso tudo enquanto é tempo.

— Você está... está me deixando?

— Ah, não coloque a coisa desse jeito, amorzinho. Simplesmente precisamos dar um tempo.

Uma sensação de dor e perda a inundou, deixando-a desnorteada.

— Então tudo aquilo... tudo o que aconteceu entre nós foi para quê? Sexo e arte? Não acredito nisso, simplesmente não acredito!

— Ei, não vamos transformar isso em drama. — Ele tornou a pegar a garrafa. Colocou mais uísque no seu copo. Tudo para não ter de olhar para ela nem para as lágrimas que começavam a brilhar em seus olhos.

— Eu confiei em você com o meu corpo e com o meu coração. Nunca lhe pedi nada. Você sempre me deu antes que eu tivesse chance de pedir. Não mereço ser tratada desse jeito, descartada feito lixo simplesmente por ter me apaixonado por você.

Ele olhou para ela, e a combinação de orgulho ferido e tristeza em seu rosto o destruiu.

— Dru...

— Eu amo você — disse ela suavemente enquanto ainda conseguia manter a calma. — Só que isso é problema meu, eu sei. Agora vou deixar você sozinho com os seus problemas e a sua garrafa.

— Droga! Droga, não vá embora! — pediu ele no instante em que ela girou o corpo em direção à porta. — Não vá, Dru, por favor! — Ele largou o copo sobre a mesa, com força, e deixou a cabeça cair entre as mãos. — Não posso permitir isso. Não posso deixar que ela arranque você de mim também.

— Acha que vou ficar aqui em pé e começar a chorar na sua frente? Acha que vou *conversar com* você no momento em que está bêbado e me insultando?

— Desculpe. Por Deus, me perdoe.

— Ah, é? Você sente muito. — A mão que apertava a maçaneta tremeu e uma lágrima lhe escorreu pelo rosto. A combinação das duas coisas a deixou enfurecida. — Não preciso da sua patética consciência masculina culpada só porque me magoou e me provocou algumas lágrimas. O que realmente quero neste exato momento é que você vá daqui direto para o inferno!

— Por favor, não saia por essa porta! Não sei se eu conseguiria suportar isso. — Tudo dentro dele... pesar, culpa, ódio e amor... apertou-lhe a garganta como mãos que o estrangulavam. — Achei que conseguiria enxotá--la da minha vida antes que você fosse arrastada por essa lama, mas não consigo. Não posso *suportar*. Não sei se isso é egoísmo ou se é a coisa certa a fazer, mas não posso deixar você ir. Pelo amor de Deus, não vá embora.

Ela parou, olhou para ele e notou sofrimento em estado bruto em seu rosto. Seu coração, já rachado, pareceu quebrar-se ao meio.

— Seth, por favor, diga-me o que está acontecendo. O que está fazendo você sofrer desse jeito?

— Eu não devia ter falado todas aquelas coisas para você. Foi idiotice minha...

— Então me explique por que disse tudo aquilo. Conte-me por que está sentado aqui sozinho, bebendo desse jeito.

— Acho que já estava meio bêbado antes mesmo de comprar a garrafa. Nem sei por onde começar. — Ele passou as mãos pelos cabelos, desespera-do. — Pelo começo, imagino. — Apertou as mãos sobre os olhos fechados. — De qualquer modo, estou meio alto. Vou precisar de um pouco de café.

— Deixe que eu preparo.

— Dru. — Ele tornou a levantar as mãos, mas deixou-as cair. — Tudo o que eu disse hoje desde o instante em que você colocou os pés aqui dentro era mentira.

Ela respirou fundo. Por ora, pensou, ia deixar a raiva e a mágoa de lado para ouvi-lo.

— Tudo bem — disse ela. — Vou fazer o café e então você me conta a verdade.

— A coisa toda começou há muito tempo — disse ele. — Antes de o meu avô aparecer. Antes de Ray Quinn se casar com Stella. Antes mesmo de ele conhecê-la. Dru, desculpe por ter magoado você.

— Simplesmente me conte a história. Cuidamos do resto mais tarde.

— Ray conheceu uma mulher quando era jovem e se envolveu com ela. — Seth tomou um gole de café. — Na verdade, eles tiveram um caso — corrigiu. — Ambos eram jovens e solteiros, então... por que não? O fato é que ele não era o tipo de homem que ela queria. Sabe como é, um professor com tendências políticas de esquerda, enquanto ela era de direita. Vinha de uma família tradicional como a sua. O que eu quero dizer é que...

— Entendo o que quer dizer. Ela desfrutava uma certa posição política e possuía determinadas aspirações sociais.

— Isso! — Ele soltou um suspiro e tomou mais um gole de café. — Obrigado. Ela terminou o namoro e foi embora. Estava grávida e, pelo que eu soube, não ficou nem um pouco satisfeita quando descobriu. Logo em seguida, conheceu um cara que combinava mais com ela. Assim, levou a gravidez em frente e se casou com ele.

— E nunca contou ao seu avô a respeito da criança.

— Não, jamais contou. Um ou dois anos depois, teve uma segunda filha. Nasceu Sybill.

— Sybill? Mas... oh... — Dru tentou encaixar as coisas, até que tudo fez sentido. — Entendo. Sua mãe era filha de Ray Quinn e meia-irmã de Sybill.

— Sim, isso resume bem. Ela... Gloria, seu nome é Gloria... não é nem um pouco parecida com Sybill. Gloria odiava Sybill. Acho que ela já nasceu odiando Deus e o mundo. Não importa a criação que teve nem as coisas que ganhou, nada lhe parecia o bastante.

Ele estava pálido e parecia tão arrasado e doente que Dru teve de se segurar para não abraçá-lo e simplesmente lhe oferecer algum conforto.

— Para alguns, as coisas que recebem nunca são suficientes — comentou baixinho.

— Sim. Depois de adulta ela se enrabichou com um sujeito, em algum ponto da sua vida, e engravidou dele. O que leva a mim. O cara até se casou com ela, mas isso não importa. Eu jamais o conheci, e ele não entra nessa história.

— O seu pai...

— Doador de esperma, apenas — corrigiu ele. — Não sei o que aconteceu entre eles nem perco o sono tentando imaginar. Quando Gloria ficou sem grana, voltou para a casa dos pais carregando-me com ela. Eu não me lembro de nada disso. Pois bem, eles não a receberam exatamente como a filha pródiga, se entende o que eu quero dizer. A essa altura, Gloria já tomara gosto pela bebida e por diversas drogas. Parece que ela foi e voltou algumas vezes no decorrer dos anos. Só sei que quando Sybill já morava sozinha, em um apartamento em Nova York, ela me largou lá com ela. Eu nao me lembro muito dessa época. E não me lembrava de nada relacionado com Sybill quando tornei a reencontrá-la, alguns anos mais tarde. Nessa ocasião, Sybill me deu um cão de pelúcia. Ela me disse: "Ele é seu", e foi esse o nome que eu dei para o bicho de pelúcia: *Seu.*

— *Seu...* — repetiu Dru, comovida, passando a mão sobre o cabelo dele. — Sua tia foi uma pessoa boa para você.

— Ela era fantástica. Como eu falei, não me lembro de muita coisa, só de me sentir seguro quando estava em companhia dela. Sybill nos recebeu em sua casa, nos alimentou, nos comprou roupas e cuidou de mim quando Gloria desapareceu por um tempo. O pagamento de Gloria por tudo isso foi voltar depois de alguns dias e roubar tudo o que conseguiu de Sybill, certa tarde em que ela não estava em casa. Em seguida tornou a desaparecer e me levou com ela.

— Mas você não teve escolha. As crianças nunca têm.

— Eu sei, não me sinto responsável por isso, estou apenas contando. Não sei por que Gloria não me deixou de vez com a irmã e foi viver a sua vida. Só posso supor que ela percebeu que Sybill e eu já estávamos ligados um ao outro. Tínhamos...

— Começado a amar um ao outro — terminou Dru, pegando a mão dele e deixando os dedos se entrelaçarem. — Ela se ressentiu por aquilo, pois não conseguia sentir o mesmo.

— Ajuda saber que você entende isso. — Seth fechou os olhos por um momento.

— Você achou que eu não conseguiria compreender?

— Nem sei o que achei. Ela me deixa desarvorado, essa é a única desculpa que tenho.

— Deixe as desculpas de lado e conte-me o resto.

Ele colocou o café na mesinha. Não estava adiantando muito para a sua dor de cabeça, mas pelo menos o estava deixando mais acordado e alerta.

— Moramos em muitos lugares, sempre por curtos períodos de tempo. Ela teve muitos homens. Aprendi tudo sobre sexo antes mesmo de aprender a ler e escrever. Ela bebia muito e consumia drogas, de modo que eu me via muitas vezes por conta própria. Quando a grana acabava e ela não conseguia ficar doidona, descontava em mim.

— Ela batia em você.

— Puxa, Dru. Sei que você é uma pessoa perspicaz, mas nunca conheceu esse tipo de mundo. Por que deveria? Por que alguém deveria conhecer? — Voltou à história: — Ela me espancava terrivelmente, sempre que lhe apetecia. Eu passava fome quando ela não estava a fim de me preparar comida. E quando pagava as drogas que consumia com sexo, eu ouvia tudo o que acontecia no quarto ao lado. Não há muita coisa que eu já não tivesse visto quando completei seis anos.

Isso deixou Dru enjoada e fez com que sentisse vontade de chorar. Porém, se havia algo que Seth precisava naquele momento, era da força que ela pudesse lhe dar.

— Por que o Serviço de Assistência Social do governo não fez alguma coisa por você?

Ele simplesmente olhou para ela como se ela estivesse falando em outro idioma.

— Nós não costumávamos morar por muito tempo em locais onde adultos conscientes e responsáveis ligam para as autoridades e denunciam mães drogadas que abusam dos filhos. Ela era cruel e mesquinha, mas não burra. A partir de um determinado momento, eu comecei a planejar uma fuga, e resolvi economizar algum dinheiro para isso. Uma moeda de cinco centavos aqui, uma de vinte e cinco ali. Quando cheguei à idade exigida por lei, ela me atirou na escola, porque isso lhe dava mais tempo para circular sozinha. Eu adorei aquilo. Adorei a escola. Jamais admitia o quanto gostava, pois isso podia ser ruim para mim, mas a verdade é que a escola era uma paixão.

— Nenhum dos seus professores desconfiou sobre o que estava acontecendo?

— Nunca me ocorreu contar nada daquilo a alguém. — Ele encolheu os ombros. — Pensava que a vida era daquele jeito mesmo. Além do mais, para ser sincero, morria de medo dela. Então... acho que eu devia ter uns sete anos na época... um dos homens que ela trouxe para casa...

Ele balançou a cabeça para os lados e se colocou em pé. Mesmo depois de tantos anos, as lembranças pareciam estar coladas com suor em sua pele.

— ... alguns deles tinham interesse por meninos pequenos.

— Não... não! — O coração de Dru pareceu parar, e então voltou a bater com um salto, pulando em sua garganta.

— Mas eu sempre consegui escapar. Era bem rápido e muito esperto. Descobria lugares para me esconder. Mas sabia o que aconteceria se um deles conseguisse colocar as mãos em mim. Sabia o que isso ia significar. Passou muito tempo antes de eu permitir que alguém, qualquer pessoa, me tocasse. Eu não suportava ser tocado. Não posso continuar contando a história se você começar a chorar.

Ela limpou as lágrimas que estavam a ponto de escorrer. Ao levantar-se, foi até ele. Sem dizer uma palavra, envolveu-o com seus braços.

— Pobrezinho... — cantarolou ela, como se o estivesse ninando. — Pobre menininho.

Muito emocionado, ele apertou o rosto contra o ombro dela. O cheiro de seus cabelos e sua pele era maravilhoso.

— Eu não queria que você soubesse de nada disso, Dru.

— Achou que eu o amaria menos por causa disso?

— Simplesmente não sabia o que pensar.

— Pois eu sei e sinto admiração pelo homem que você é. Talvez você ache que esse sentimento está fora da minha capacidade de compreensão, devido à minha história de vida, mas está enganado. — Ela o apertou com mais força. — Está enganado, Seth. E saiba que ela nunca conseguiu destruir a sua fibra.

— Mas poderia ter conseguido se não fossem os Quinn. Tenho que contar o resto. — Ele se afastou dela, devagar. — Deixe-me terminar.

— Venha se sentar aqui ao meu lado.

Ele foi até ela e se sentou na cama novamente.

— Durante uma das cenas desagradáveis com a mãe, Gloria descobriu tudo a respeito de Ray. Aquilo serviu para dar a ela alguém novo para odiar, alguém a quem culpar por todas as injustiças que ela gostava de achar que lhe eram dirigidas. Ray estava lecionando na universidade quando ela o encontrou. Isso aconteceu depois que Stella já havia morrido. Meus irmãos eram adultos e haviam saído de casa para morar sozinhos. Cam estava na Europa, Phil em Baltimore e Ethan comprara uma casinha em Saint Chris. Ela começou a chantagear Ray.

— Baseada em quê? Ele nem sabia da existência dela.

— Isso não importava. Ela exigiu dinheiro dele; ele pagou. Ela quis mais, foi ao reitor da universidade e declarou mentiras sobre um suposto assédio sexual que sofrera nas mãos do Professor Quinn. Tentou me fazer passar por filho de Ray. A história não colou, mas serviu para plantar sementes de dúvida aqui e ali. Ele propôs um acordo. Queria me tirar da guarda dela. Queria ficar tomando conta de mim.

— Ele era um homem bom. Todas as vezes que ouvi o seu nome ser mencionado por alguém aqui em Saint Chris foi com afeto, admiração e respeito.

— Ele era o máximo — concordou Seth. — E ela sabia que ele era um homem bom. Aquilo era o tipo de coisa que ela desprezava, e precisava usar. Assim, ela me vendeu para Ray.

— Bem, isso foi um erro — disse Dru, com a voz suave —, mas a primeira coisa decente que ela fez por você.

— Foi mesmo. — Ele soltou um longo suspiro. — Parece que você está entendendo tudo. Eu não sabia quem ele era. Tudo o que senti era que aquele homem grande me tratou de forma... boa e decente, e eu queria ficar morando naquela casa junto da água. Quando Ray fazia promessas, ele as cumpria e jamais me magoou de forma alguma. Ele me fazia andar na linha e me dava disciplina, mas, puxa, aquilo era bom vindo de Ray. Ganhei um cãozinho de presente e nunca mais passei fome. O melhor de tudo é que, pela primeira vez na vida, eu estava longe dela. E nunca mais ia voltar para lá. Ele me garantiu que eu nunca mais teria de voltar, e acreditei nele. Mas foi Gloria que voltou.

— Deve ter achado que deixar você lá tinha sido um erro.

— Bem, na verdade percebeu que havia me vendido barato demais. Exigiu mais dinheiro e ameaçou me levar embora, caso não o conseguisse. Ele lhe deu mais, vivia dando. Um dia, ele bateu com o carro quando voltava para casa, depois de ter ido entregar uma bolada a ela. Foi um acidente muito grave. Mandaram chamar Cam na Europa. Ainda me lembro com clareza da primeira vez em que o vi, a primeira vez em que vi os três juntos em volta da cama de Ray, no hospital. Ray os fez prometer que iriam cuidar de mim, que me manteriam com eles. Não contou a ninguém a respeito de Gloria nem sobre ela ser filha dele. Talvez não estivesse conseguindo pensar direito. Estava morrendo, sabia disso, e pensava apenas em se certificar de que eu ficaria a salvo. Confiou nos filhos e sabia que eles iam cuidar de mim.

— Conhecia bem os filhos que criara — disse Dru, com a voz firme. — Sim, ele os conhecia. Melhor do que eu. Assim que ele morreu, imaginei que eles fossem se livrar de mim ou então que eu teria de fugir deles. Jamais acreditei que fossem me manter ali, morando com eles. Nem me conheciam; então, por que iriam se incomodar comigo? Mas eles mantiveram a promessa que haviam feito a Ray, por gratidão a ele. Modificaram as suas vidas por ele e por mim. Construíram um lar, meio selvagem e desorganizado a princípio, pois era Cam quem cuidava da casa.

Pela primeira vez desde que começara a contar a história, um pouco da tristeza pareceu desaparecer da sua voz, e um ar divertido surgiu.

— Ele vivia fazendo alguma comida explodir no micro-ondas ou inundando a cozinha. O cara não tinha a menor noção... Eu forcei a barra, revoltado com a situação e cheio de incertezas. Fiz com que eles, especialmente Cam, passassem o maior sufoco comigo. E garanto que eu sabia aprontar muito bem. Vivia esperando que fossem me dar um chute na bunda e me expulsar da vida deles, ou então me espancar até eu desmaiar. Mas ficaram ao meu lado. Todos me apoiaram quando Gloria tentou chantageá-los como fizera com Ray, e depois lutaram bravamente por mim. Muito antes de descobrir que eu era, na verdade, neto de Ray, eles já haviam me transformado em um deles, em um Quinn.

— Eles amam você, Seth. Qualquer um consegue ver que esse sentimento não nasceu apenas da gratidão a Ray, mas existe por você mesmo.

— Eu sei. Não havia nada que eu não pudesse fazer por eles. Inclusive dar dinheiro para Gloria quando ela voltou a aparecer regularmente, desde o dia em que completei quatorze anos.

— Então ela não se manteve longe de você?

— Não. E está de volta. Era com ela que eu estava hoje à noite. Fui encontrá-la para discutir as suas mais recentes exigências. Ela esteve em sua loja também. Imagino que tenha querido dar uma olhada em você bem de perto, enquanto planejava por onde atacar dessa vez.

— Aquela mulher! — Dru ficou com as costas retas e esfregou os braços com as mãos, sentindo um frio súbito. — Ela disse que Harrow era o seu nome. Glo Harrow.

— O nome é DeLauter, na verdade. Acho que Harrow era o seu nome de solteira, pela família da mãe. E ela sabe tudo sobre a *sua* família. O dinheiro, os contatos, as implicações políticas. Acrescentou todos esses ingredientes à mistura. Vai fazer tudo o que conseguir para atingir você, do jeito que sempre fez tudo o que pôde para machucar a minha família, a não ser que eu lhe dê o que está querendo.

— É a forma mais vil de chantagem. Conheço um pouco sobre esse tipo, o tipo que usa os seus sentimentos para sugar o que conseguir. Ela está usando o seu amor como arma.

Um calafrio percorreu Seth ao ouvir esta frase, e em sua cabeça ele ouviu o eco da voz de Stella.

— O que você disse, Dru?

— Disse que ela está usando o seu amor como uma arma, e você está entregando tudo de mão beijada. Isso tem que parar. Você precisa contar tudo à sua família. Agora!

— Puxa, Dru, eu ainda nem decidi se contar tudo a eles era a coisa certa a fazer, imagine contar algo desse tipo às duas da madrugada.

— Você sabe muito bem que este é o momento certo e a única coisa a fazer. Acha que o fato de ser duas da manhã vai incomodá-los?

Ela foi até a bancada onde ele atirara o celular, completando:

— Acho que Anna deve ser a primeira que devemos contatar, e ela pode ligar para os outros. — Passou o telefone para ele. — Você quer ligar para ela e dizer que estamos a caminho de lá ou eu faço isso?

— Você ficou muito mandona de repente.

— Porque você precisa de alguém determinado que decida as coisas por você nesse momento. Acha que vou ficar de braços cruzados, deixando que ela faça isso com você? Acha que algum de nós vai?

— A questão é que é a mim que ela está perturbando, é no meu pé que ela está. Não quero que ela cumpra as ameaças contra você ou contra a minha família. Preciso proteger vocês disso.

— Proteger a mim? Você tem sorte de eu não dar com esse celular na sua cabeça até você desmaiar. Sua brilhante solução foi me dispensar, não é? Acha que eu quero algum príncipe encantado num cavalo branco fazendo esse tipo de autossacrifício por mim?

— Como assim, príncipe encantado num cavalo branco? — Ele quase sorriu. — Você quer dizer, como uma espécie de herói?

— É quase a mesma coisa.

— Tudo bem, mas não precisa me atacar com o celular. — Estendeu a mão. — Simplesmente me passe o telefone.

Capítulo Dezoito

A cozinha sempre fora o lugar para as reuniões de família. Todas as discussões e pequenas celebrações aconteciam ali; decisões eram tomadas e planos eram arquitetados naquele espaço. Sermões eram passados, castigos eram definidos e elogios eram feitos quase sempre em volta da grande mesa da cozinha que ninguém nunca pensara em substituir.

Era ali que todos se reuniam naquele momento, com café e todas as luzes acesas para afastar a escuridão. Dru achou que não ia caber todo mundo naquele lugar limitado, mas eles abriram espaço uns para os outros. Abriram espaço para ela.

Todos vieram sem hesitação, saindo da cama e arrastando os filhos sonolentos. Deviam estar alarmados com a urgência, mas ninguém perturbou Seth com perguntas. Dru conseguia sentir a tensão que parecia fazer trepidar o ar indolente da alta madrugada.

Os mais novos foram encaminhados para o andar de cima, de volta ao sono em qualquer cama que estivesse disponível, e Emily comandou essa operação. Dru imaginou que estivesse acontecendo um bocado de especulações sussurradas lá em cima entre os que conseguiram permanecer acordados.

— Sinto muito por essa situação — começou Seth.

— Se resolveu tirar todo mundo da cama às duas da madrugada é porque deve haver uma boa razão. — Phillip colocou a mão sobre a de Sybill. — Você matou alguém? Porque se vamos nos livrar de algum corpo a essa hora da noite *é* melhor começarmos logo.

Grato pela tentativa de aliviar a tensão, Seth balançou a cabeça.

— Dessa vez não é isso, Phil. Talvez fosse mais fácil se o caso fosse esse.

— Desembucha logo, Seth! — reagiu Cam. — Quanto mais cedo você falar, mais rápido vamos poder fazer algo a respeito.

— É que me encontrei com Gloria hoje à noite.

Um silêncio pesado e longo caiu sobre todos. Seth olhou para Sybill, compreendendo que ela era a pessoa que ficaria mais preocupada com aquilo.

— Desculpem. Eu estava tentando encontrar um meio de não contar isso a vocês, mas não consegui.

— E por que razão você não nos contaria? — Havia muita tensão na voz de Sybill, e a sua mão apertou a de Phillip. — Se ela anda incomodando você, precisamos saber.

— Não é a primeira vez que ela aparece.

— Pois vai ser a última! — Um ar de fúria surgiu na voz de Cam. — Que diabos é isso, Seth? Ela esteve por aqui antes e você não nos contou nada?

— Não vi motivos para deixar todo mundo preocupado, como vai acabar acontecendo agora.

— Foda-se a preocupação. Quando foi? Desde quando ela voltou e começou a procurar por você?

— Cam... — interveio Anna.

— Se vai começar a me dizer que é melhor eu me acalmar, pode economizar saliva — disse ele, olhando para Anna. — Eu fiz uma pergunta, Seth.

— Desde que eu fiz quatorze anos.

— Filha da mãe! — Cam se afastou da mesa, empurrando o corpo para trás e se levantando. Do outro lado, Dru deu um pulo. Nunca presenciara aquele tipo de fúria, o tipo de violência pronta e armada que ameaçava esmagar tudo em seu caminho.

— Quer dizer que ela vinha procurando você durante todo esse tempo, durante todos esses anos, e não nos contou uma palavra sequer a respeito?

— Não adianta nada começar a gritar com ele agora. — Ethan se apoiou na mesa e, embora o seu tom de voz fosse mais calmo, havia algo em seus olhos que transmitiu a Dru a ideia de que o seu tipo de fúria era tão letal quanto a do irmão. — Ela arrancou dinheiro de você?

Seth pensou em falar, mas simplesmente encolheu os ombros.

— *Agora sim* pode começar a gritar com ele — murmurou Ethan.

— Você pagou a ela? Tem dado dinheiro a ela durante todo esse tempo? — O choque vibrava no olhar que Cam lançou para Seth. — Mas que diabos *aconteceu* com você? Nós teríamos chutado aquela bunda gananciosa dela com tanta força que ela ia sair do mapa se você nos tivesse dito alguma coisa a respeito do que estava acontecendo. Tomamos todas as medidas legais para mantê-la longe de você. Por que deixou que ela chupasse o seu sangue?

— Fiz tudo o que pude para mantê-la longe de qualquer contato com cada um de vocês. Era apenas dinheiro. Pelo amor de Deus, a grana não era importante, desde que ela tornasse a sumir.

— Mas ela não sumiu de vez — disse Anna, baixinho. E falou em voz baixa porque o seu gênio forte estava começando a borbulhar sob a super-fície. Se fervesse, sua fúria iria fazer com que a reação de Cam parecesse uma pirraça de criança. — Ela não sumiu, não foi?

— Não, mas...

— Você devia ter confiado em nós. Tinha obrigação de saber que fica-ríamos a seu lado.

— Ora, por Deus, Anna, é claro que eu sabia disso!

— Pois esse não foi um bom jeito de demonstrar! — rugiu Cam.

— Eu dei dinheiro a ela. — Seth estendeu as mãos. — Era só dinheiro! Era o único jeito que eu conhecia de proteger vocês. Precisava fazer *alguma coisa*, e algo que servisse para retribuir tudo a vocês.

— Nos retribuir? Nos retribuir pelo quê?

— Vocês me *salvaram*. — As emoções começaram a transbordar pela voz de Seth e o despejar quase desesperado delas silenciou o aposento. — Vocês me deram tudo que eu tive de decente na vida, tudo que era limpo, puro, tudo o que era *normal*. Vocês modificaram por completo as suas vidas por minha causa e fizeram isso quando eu não representava nada para vocês. Vocês me deram uma família. Droga... droga, Cam, foi você que me transformou na pessoa que sou hoje.

Levou alguns instantes antes de Cam conseguir falar, mas, quando isso aconteceu, sua voz era áspera e definitiva.

— Não quero ouvir esse tipo de papo vindo da sua boca, Seth. Não quero saber nada dessa história de retribuições e dívidas.

— Não foi isso o que ele quis dizer. — Lutando para não chorar, Grace falou, baixinho: — Sente-se. Sente-se, Cam, e não fale desse jeito com Seth. Ele tem razão.

— Mas que diabos você está querendo dizer com isso? — reagiu Cam, mas se sentou de volta na cadeira, a contragosto. — O que quer dizer, Grace?

— Ele nunca me deixa explicar — Seth conseguiu dizer. — Nenhum deles nunca me deixa...

— Silêncio agora—pediu Grace. — Eles realmente salvaram a sua vida, Seth, e começaram a fazer isso quando você não passava de uma promessa feita ao pai deles, pois o amavam. A partir daí, passaram a fazer tudo por você, porque aprenderam a amá-lo. Todos nós aprendemos a amá-lo desde então. Se não houvesse gratidão em seu coração pelo que eles fizeram e por tudo o que jamais deixaram de fazer em seu benefício, haveria algo de muito errado com você, Seth.

— Eu só queria...

— Espere! — Grace só precisou levantar um dedo para calá-lo. — Amor não exige pagamento. Nesse ponto, Cam tem razão. Não é uma questão de dívida de gratidão.

— Eu precisava dar-lhes algo de volta. Mas não se tratava apenas disso. Ela ameaçou fazer coisas contra Aubrey. — Fixou os olhos em Grace e viu que a cor desaparecera de seu rosto.

— Como é que é? —Aubrey, que estava quietinha em um canto, chorando, conseguiu se expressar. — Ela me *usou?*

— Vivia dizendo coisas do tipo: "Ela não é uma gracinha? Não seria uma pena se alguma coisa acontecesse com ela? Ou à sua irmãzinha ou aos seus primos?" Nossa, eu ficava apavorado. Tinha apenas quatorze anos! Morria de medo de contar alguma coisa a alguém e ela arranjar um meio de machucar Aubrey ou alguma das crianças.

— É claro que sim — disse Anna. — Era com isso que ela contara.

Quando ela me disse que eu devia a ela por todos os problemas que lhe causara quando era criança e do quanto ela precisava de alguma grana para ir embora, achei que seria a melhor forma de me livrar dela. Puxa, Grace, você estava grávida de Deke; Kevin e Bram eram apenas bebês. Eu simplesmente queria que ela sumisse de vez e ficasse bem longe deles.

— Ela sabia de tudo isso. — Sybill soltou um longo suspiro, levantou-se e foi em direção à cafeteira. — Sabia muito bem o quanto a sua família era importante para você e usou isso como arma. Ela sempre foi muito boa em descobrir qual o botão exato apertar. Fez isso comigo um monte de vezes e eu tinha bem mais de quatorze anos. — Colocando a mão sobre o ombro de Seth, deu-lhe um aperto carinhoso. — Ray era um homem maduro, e também deu dinheiro a ela.

— Ela ia embora e ficava longe durante muitos meses — continuou Seth —, anos até! Mas voltava. Eu tinha dinheiro. Tinha a minha parte nos lucros da fábrica de barcos, além da parte do seguro de vida de Ray, e depois comecei a ganhar dinheiro vendendo quadros. Ela me procurou em duas ocasiões, quando eu ainda estava na faculdade, e depois voltou uma terceira vez. Imaginei que ela fosse se afastar apenas por mais algum tempo. E sabia que era burrice continuar lhe dando grana. Então apareceu a oportunidade de eu ir para a Europa, estudar e trabalhar. Agarrei essa chance. Não haveria razão para ela continuar vindo me procurar aqui se eu tivesse ido embora de vez.

— Seth... —Anna esperou até que ele olhasse para ela. — Você foi para a Europa apenas para fugir dela? Para que ela se mantivesse longe de nós?

O olhar que ela lhe lançou era tão forte, tão cheio de amor que presenciar aquilo fez a garganta de Dru se fechar de emoção.

— Eu queria ir embora — respondeu Seth. — Precisava descobrir o que fazer do meu trabalho por conta própria. Essa foi mais uma porta que todos vocês me abriram. No fundo da minha mente, porém... bem, me afastar dela pesou um pouco na decisão, sim.

— Muito bem. — Ethan girou a caneca de café na mão, em pequenos círculos. — Você fez o que achou que devia fazer na época. E quanto ao momento?

— Há mais ou menos quatro meses ela apareceu na minha porta em Roma. Havia um cara com ela, com quem estava tendo um caso. Ela ouvira falar a meu respeito, lera algumas reportagens sobre o meu trabalho e percebeu que o seu pote de ouro estava bem mais cheio agora. Ameaçou ir à imprensa, procurar as galerias de arte e oferecer a eles de bandeja a história toda. Segundo a versão dela — emendou ele. —A versão que ela inventou, distorcendo tudo. Arrastando o nome de Ray pela lama mais uma vez. Eu paguei o que ela queria e voltei para casa. Queria voltar para casa. Só que acabei trazendo-a comigo.

— Você não a trouxe para lugar nenhum — corrigiu Phillip. — Enfie isso em sua cabeça dura.

— Tudo bem. O fato, porém, é que ela voltou. Só que dessa vez o dinheiro não foi suficiente para mandá-la embora de novo. Ela continua por aqui, em algum lugar desta região. Chegou a visitar a loja de Dru.

— Ela ameaçou você, Dru? — Como tinha o gênio estourado, a raiva apareceu no rosto de Cam novamente. — Ela tentou machucar você?

— Não — garantiu Dru, balançando a cabeça. — Mas ela sabe que Seth e eu estamos envolvidos, e me adicionou à mistura, usando-me como mais uma arma para atingi-lo. Eu não a conheço, mas por tudo o que soube e pelas coisas que estou ouvindo aqui ela quer atingi-lo tanto quanto quer dinheiro. Quer não apenas machucar Seth, mas também todos vocês. Não concordo com o que Seth fez, mas compreendo as razões de ele ter feito isso durante todo esse tempo.

O olhar dela passeou em torno da mesa, indo de rosto em rosto, antes de continuar:

— Eu não devia estar aqui nesta mesa enquanto vocês conversam sobre isso. Trata-se de um assunto de família e muito pessoal por sinal. Apesar disso, nenhum de vocês questionou a minha presença.

— Você faz parte de Seth — disse Phillip com simplicidade.

— Olhem, vocês nem devem imaginar o quanto são especiais. Todos vocês. Esta... união. Quanto ao fato de Seth estar certo ou errado ao tentar proteger essa união, isso não importa a essa altura do campeonato. A questão é que ele ama vocês demais para conseguir agir de outro modo... e ela sabia disso. Agora isso tudo precisa ter um ponto final.

— Essa é uma garota inteligente! — elogiou Cam. — Você deu algum dinheiro a ela hoje à noite, garoto?

— Não, porque ela fez novas exigências. Ameaçou ir aos jornais, contar a sua história, blábláblá. — Encolheu os ombros, sentindo que grande parte do peso que carregava desaparecera. — Ela agora tem uma nova abordagem para as ameaças e colocou Dru no bolo. Neta de senador envolvida em escândalo sexual. É um absurdo, mas, se ela conseguir fazer emplacar essa história, arrasta todo mundo. Haverá repórteres acampados na porta da floricultura, caçando vocês todos e virando a família de Dru de cabeça para baixo. E todos nós também.

— Foda-se ela — disse Aubrey com todas as letras.

— Outra garota inteligente! — Cam piscou para Aubrey. — Quanto ela exigiu dessa vez?

— Um milhão.

— Porra! — Cam se engasgou com o café que acabara de provar. — Um milhão? Um milhão de dólares?

— Pois não vai conseguir nem um centavo! — Com o rosto sério, Anna bateu nas costas de Cam para desengasgá-lo. — Nem um centavo dessa vez, nem nunca mais. Estou certa, Seth?

— Eu sabia quando me sentei na espelunca que ela escolheu para nosso encontro que ia ter que resolver essa história de uma vez por todas. Mas ela vai fazer o que for preciso.

— Pois não ficaremos aqui sentados de braços cruzados — prometeu Phillip. — Quando ficou de se encontrar com ela?

— Amanhã à noite, com dez mil dólares em dinheiro, como entrada.

— Onde?

— Em um bar vagabundo em Saint Michael.

— Phil está pensando — comentou Cam, abrindo um sorriso muito largo. —Adoro quando isso acontece.

— Sim, estou pensando.

— Acho que vou preparar o café-da-manhã para todo mundo — anunciou Grace, levantando-se. — Então você poderá nos contar o que tem em mente, Phillip.

Dru escutou as ideias que surgiram, testemunhou algumas brigas e, o que era incrível considerando-se a situação, as risadas e insultos ocasionais, enquanto um plano tomava forma.

Tiras de bacon frito e ovos mexidos foram preparados e o cheiro de café fresquinho encheu o ar. Dru perguntou a si mesma se foi a noite em claro que a deixara meio tonta ou se simplesmente era impossível para alguém de fora, como ela, acompanhar a dinâmica daquela família.

Quando fez menção de se levantar e ajudar a pôr a mesa, Anna colocou a mão em seu ombro e o massageou de leve, dizendo:

— Fique sentadinha aí, querida. Você parece exausta.

— Estou bem. Acho apenas que não estou entendendo direito o que está acontecendo. Imagino que Gloria não tenha cometido oficialmente nenhum crime, mas me parece que a polícia devia ser avisada ou um advogado ser contatado, em vez de vocês tentarem resolver tudo sozinhos.

A conversa parou de repente. Por alguns segundos ouviram-se apenas o gorgolejar da cafeteira e o chiado do bacon britando.

— Ora, ora... bem — disse Ethan, com seu jeito pensativo —, isso seria uma opção. Precisamos, porém, considerar o fato de que os policiais simplesmente vão dizer a Seth que ele foi um idiota por dar dinheiro a ela, para início de conversa. A essa conclusão também já chegamos, e sem precisarmos de ajuda externa.

— Mas ela o *chantageou*.

— De certo modo, sim — concordou Ethan. — Eles não vão prendê-la por isso, vão?

— Não, mas...

— Talvez um advogado pudesse redigir um monte de petições, cartas e o diabo a quatro. Talvez até conseguíssemos processá-la por alguma coisa, a meu ver. Talvez até chegue ao tribunal. Aí empaca e se arrasta.

— Mas não adianta apenas que a extorsão pare de uma vez por todas — insistiu Dru. — Ela deve pagar pelo que fez. Você trabalha com a lei e conhece o sistema penal — disse a Anna.

— Sim, é verdade, e acredito nele. Sei também que existem falhas. Por mais que eu queira que esta mulher pague por cada minuto de dor, preocupação e infelicidade que trouxe a Seth, sei que isso não vai acontecer. Tudo o que temos a fazer é lidar com o problema agora mesmo.

— Nós sempre lidamos com os nossos problemas — afirmou Cam com um forte tom de determinação. — A família apoia-se mutuamente. É simples assim.

— E você acha que eu não vou apoiá-lo? — perguntou Dru, inclinando-se na direção dele.

— Dru, você é uma garota linda, mas não está sentada a esta mesa só para efeito decorativo — replicou Cam de volta. — Os homens da família Quinn não se apaixonam por mulheres que não tenham muita fibra.

— Isso é um elogio? — Ela manteve os olhos nos dele.

— Na verdade, foram dois elogios — sorriu ele de volta.

— Tudo bem. — Ela se recostou e concordou com a cabeça. — Então tratem do assunto como quiserem, do velho jeito dos Quinn. Mas acho que seria muito útil descobrir se ela, considerando os seus hábitos e estilo de vida, não tem um mandado de prisão emitido em algum lugar. Um telefonema para meu avô pode nos fornecer essa informação bem depressa, antes de amanhã à noite. Não seria nada mau ela descobrir que também sabemos jogar duro.

— Gosto dela — disse Cam a Seth.

— Eu também. — Seth pegou a mão de Dru. — Só que não queria arrastar a sua família para isso.

— É por você não querer arrastar sua família nem a mim para o meio dessa história que estamos sentados aqui às quatro da manhã. — Pegando o prato com ovos mexidos que Aubrey lhe entregara, colocou um pouco em seu próprio prato. — Sua solução brilhante foi ficar de porre e me dar um pé na bunda. E, então, o que achou do rumo que as coisas tomaram?

— Foi melhor do que eu esperava. — Lançou um sorriso meio torto enquanto pegava o prato.

— Mas não graças às suas ideias. Meu conselho é que você não repita essa história nunca mais. Agora me passe o sal.

Enquanto a família reunida observava os dois, ele esticou os braços, pegou o rosto dela nas mãos e a beijou de forma longa e ardente.

— Dru — disse, por fim. — Eu amo você.

— Ótimo. Eu amo você também. — Pegando o pulso dele, ela o torceu de leve, pedindo: —Agora me passe o sal.

Seth achou que não conseguiria dormir, mas desabou na cama e dormiu como uma pedra por quatro horas. Quando acordou em seu antigo quarto, desorientado e meio zonzo, seu primeiro pensamento claro foi que ela não estava na cama ao lado dele.

Cambaleando, saiu do quarto, desceu as escadas e encontrou Cam sozinho na cozinha.

— Onde está Dru? — perguntou Seth.

— Foi para o trabalho há cerca de uma hora. Pegou o seu carro emprestado.

— Ela foi para a loja? Puxa... — Esfregando os olhos, Seth tentava fazer o cérebro funcionar à força depois de uma noite com muito uísque, muito café e pouco sono. — Por que ela não deixou a loja fechada pelo menos por hoje? Não deve ter dormido quase nada.

— Pois me parece que ela aguentou a falta de sono melhor do que você, meu chapa.

— É... mas ela não tomou meia garrafa de Jameson antes.

— Aqui se faz, aqui se paga.

— É. — Abrindo o armário da cozinha, procurou uma aspirina. — Eu que o diga!

Cam encheu um copo com água e o ofereceu a Seth, dizendo:

— Tome isso e vamos dar uma volta.

— Preciso espairecer, ir para a cidade. Talvez eu possa dar uma mãozinha a Dru na loja, sei lá!

— Ela se ajeita sozinha por mais algum tempo. — Cam abriu a porta dos fundos. — Vamos lá fora um instantinho.

— Se está planejando me dar uns chutes no traseiro agora de manhã, saiba que eu nem vou sentir.

— Bem que pensei em fazer isso, mas seu traseiro já foi chutado demais, por ora.

— Escute, Cam, eu sei que meti os pés pelas mãos...

— Cale a boca. — Cam empurrou Seth pela porta. — Tenho umas coisas para lhe dizer.

Ele seguiu na direção do cais, como Seth esperava. O sol já estava alto e quente. Ainda não eram nove da manhã, mas o ar já estava pesado e ameaçava piorar, com o avançar do dia.

— Você me deixou muito puto — começou Cam. — Já superei quase tudo, mas quero deixar uma coisa bem clara, e vou falar também em nome de Ethan e de Phil. Entendeu?

— Sim, entendi.

— Nenhum de nós desistiu de nada por causa de você. Fique calado e me escute! — reagiu quando Seth abriu a boca. — Apenas feche a matraca e escute! — Suspirou fundo. —Acho que ainda estou meio puto com tudo isso, afinal. Grace tem razão em algumas das coisas que falou, e não vou discuti-las. Quero que saiba apenas que nenhum de nós abriu mão de nada por sua causa.

— Mas você queria disputar as corridas em...

— E disputei! — retorquiu Cam. —Já mandei você calar a boca e me ouvir. Espere até eu acabar! Você tinha dez anos e nós fizemos o que devíamos ter feito. Ninguém espera nenhum pagamento de você, e é um insulto você imaginar o contrário.

— Não se trata disso.

— Quer que eu dê um nó na sua língua ou você vai calar a boca? — ameaçou Cam, chegando mais perto dele.

Sentindo-se novamente com dez anos Seth encolheu os ombros.

— As coisas mudaram em sua vida do jeito que deveriam ter mudado mesmo. Tudo mudou para nós também. Você já parou para pensar que se eu não fosse obrigado a aturar um moleque abusado, magricela, um verdadeiro pé no saco que nem você, talvez não tivesse conhecido Anna? Talvez tivesse que passar toda a minha vida sem ela, e sem Kevin e Jake. Com Phil e Sybill aconteceu o mesmo. Eles se conheceram porque você apareceu em suas vidas. Quanto a Ethan e Grace, era bem capaz de os dois ainda estarem namorando até hoje, quase vinte anos depois, se você não fizesse parte dos acontecimentos que acabaram por uni-los.

Ele esperou um segundo antes de continuar:

— Então quanto acha que devemos a você por termos conseguido nossas esposas e nossos filhos? Quanto acha que devemos a você por ter nos reunido novamente sob um mesmo teto e nos dado motivação para abrir um negócio?

— Sinto muito.

— Eu não quero que você sinta muito, pelo amor de Deus! — Por pura frustração, Cam começou a puxar os próprios cabelos. — Quero apenas que você acorde!

— Estou acordado. Não me sinto exatamente como George Bailey, mas estou acordado. É um filme — explicou Seth. — *A felicidade não se compra.* Vovó... Stella me aconselhou a pensar sobre tudo isso.

— Sim, ela adorava filmes antigos. Devia ter imaginado que, se existe alguém capaz de colocar alguma coisa nessa sua cabeça dura, só poderia ser a mamãe.

— Acho que não dei ouvidos a ela. E ela deve estar muito zangada comigo também. Eu devia ter contado tudo a vocês logo de cara.

— Mas não contou, e o que está feito está feito! Vamos pensar no agora. Vamos resolver o problema dela esta noite.

— Estou louco para chegar logo a hora. — Virando-se na direção de Cam, Seth exibiu um leve sorriso. —Jamais imaginei que um dia diria isso, mas a verdade é que mal posso esperar para me encontrar com ela hoje à noite. Temos muito tempo pela frente. Que tal? Você ainda quer me dar um chute no traseiro ou umas porradas?

— Ah, qual é, deixe de drama! Só queria esclarecer algumas coisas. — Cam colocou o braço sobre o ombro de Seth de um jeito amigável e, de repente, o empurrou do cais, atirando-o na água. — Não sei por quê... — comentou Cam quando Seth reapareceu na superfície —, mas fazer isso sempre levanta o meu astral.

— Fico feliz por poder ajudar — informou Seth, jogando água para cima com a boca e voltando a afundar.

— Você vai ficar aqui, e assunto encerrado!

— Desde quando chegamos ao ponto em que você decide aonde vou e o que faço? Refresque a minha memória, eu não me lembro desse momento.

— Não vou discutir isso com você.

— Ah, vai! — disse Dru, com a voz quase doce. — Vai mesmo!

— Ela não vai nem chegar perto de você. Esse é o ponto número um. O buraco onde eu vou me encontrar com ela não é lugar apropriado para você. Esse é o ponto número dois.

— Ah, entendi. Agora é você quem decide o melhor lugar para eu frequentar. Ouvi essa ladainha a vida inteira, e não estou mais a fim disso.

— Dru... — Seth fez uma pausa. Caminhou até a porta que dava para os fundos, na cozinha, e voltou. — A coisa já está complicada o bastante na minha cabeça para eu ter que me preocupar ainda mais com algum babaca que resolva abordar você. O lugar é de um nível baixíssimo!

— Não sei o que leva você a imaginar que não sei lidar com babacas. Tenho me saído bem com você, não tenho?

— Muito engraçada. Mais tarde acho que vou explodir de rir ao me lembrar dessa piadinha. Dru, eu quero resolver logo isso, de uma vez por todas. De uma vez por todas! Por favor... — Mudando de tática, colocou a mão sobre o ombro dela, de forma carinhosa. — Fique aqui e me deixe fazer o que é preciso.

Naquele instante ela viu um redemoinho de preocupação em seus olhos, não raiva. E respondeu à altura:

—Tudo bem, já que você pediu com tanto jeitinho.

Os ombros dele relaxaram um pouco quando ele encostou a testa na dela.

— Certo, então está combinado. Talvez fosse melhor você dar uma descansada. Não dormiu quase nada na noite passada.

— Não abuse, Seth.

— Certo. Vou andando, então.

— Você sabe a pessoa que é. Ela virou a cabeça e roçou de leve os lábios sobre os dele. — Eu também sei. Ela não sabe. Jamais poderia saber.

Ela o deixou ir e ficou na varanda da frente, acompanhada pelas outras mulheres da família Quinn, enquanto os dois carros se afastavam.

Anna abaixou a mão que ficara acenando para eles e disse:

— Lá vão os nossos fortes e bravos homens, rumo à batalha. E nós, as mulheres, ficamos para trás, protegidas em casa e em segurança.

— Vamos colocar os nossos aventais — resmungou Aubrey. — Precisamos começar a preparar a salada de batatas para o piquenique de amanhã.

Dru olhou em volta e percebeu em suas companheiras o mesmo olhar que sentia no próprio rosto.

— Eu não concordo — afirmou.

— Então — Sybill flexionou os ombros e deu uma olhada no relógio —, quanto tempo de dianteira devemos dar a eles?

— Quinze minutos devem ser suficientes — decidiu Anna.

— Vamos na minha caminhonete — acrescentou Grace.

Seth se sentou no bar, olhando fixamente para a cerveja intocada. Imaginou que a sensação de medo que sentia no estômago fosse natural. Ela sempre provocara aquilo nele. O lugar escolhido também era o ideal para aquele confronto final com ela, com a sua própria infância, seus fantasmas e demônios.

Pretendia sair daquele lugar para sempre quando tudo acabasse, deixando para trás toda a miséria, como se fosse apenas mais uma mancha no ar imundo do lugar.

Precisava se sentir limpo de novo, completo. Perguntou a si mesmo se Ray teria compreendido aquele terrível cabo-de-guerra que acontecia dentro dele, com a fúria puxando de um lado e a tristeza do outro.

Gostava de achar que sim. Do mesmo modo que gostava de pensar que Ray estava sentado ao seu lado no bar.

No instante em que ela entrou, porém, a coisa era só entre eles dois. Os outros frequentadores do bar, os jogadores de bilhar, o atendente do balcão e até mesmo a nebulosa conexão com o homem que fora seu avô dissolveram-se no ar enfumaçado.

Agora era apenas Seth e a sua mãe.

Ela sentou-se no banco alto, parecendo relaxada, cruzou as pernas e deu uma piscadela para o barman.

— Você parece meio cansado — disse a Seth. — Dormiu mal a noite passada?

— Você também. Sabe de uma coisa, eu estava aqui sozinho, pensando, antes de você chegar. Você foi muito bem criada, por uma família rica.

— Grande merda! — Ela pegou o gim-tônica que o barman colocou no balcão. — Até parece que você entende disso.

— Uma casa grande, muito dinheiro, uma boa educação.

— Foda-se tudo isso. — Ela tomou um grande gole. — Eram todos um bando de babacas e imbecis.

— Você os odiava.

— Minha mãe era uma mulher sem sal, capacho do meu padrasto. Sybill era a queridinha da casa, a filha perfeita. Eu mal conseguia esperar para dar o fora daquele inferno.

— Não sei de nada a respeito dos seus pais. Eles não quiseram ter qualquer tipo de contato comigo. Mas Sybill nunca magoou você. Ela recebeu você em sua casa, hospedou a nós dois quando você foi bater na porta dela em Nova York, quebrada e sem ter para onde ir.

— Sim, mas fez isso só para se sentir dona da situação. Sempre foi uma piranha metida a superior.

— Foi por isso que você roubou tudo dela quando estávamos em sua casa? Limpou o lugar do que havia de valor depois de ela tê-la recebido e oferecido um lugar para ficar?

— Peguei coisas das quais precisava. É assim que a gente vence na vida. Além do mais, eu tinha que sustentar você, não tinha?

— Deixe de papo furado. Você nunca se importou comigo. A única coisa que impediu que você caísse fora, sumisse do mapa e me largasse com Sybill foi o fato de perceber que ela se apegara a mim. Você me levou embora e roubou as coisas dela porque a odiava. Roubou a grana para poder comprar drogas.

— Ah, ela adoraria se eu tivesse deixado você para ela criar. Sairia por aí sentindo-se correta, íntegra, contando para todo mundo o quanto eu não prestava. Foda-se ela! As coisas que levei da casa dela eram objetos aos quais eu tinha direito. Na vida é preciso cuidar das prioridades. Jamais consegui ensinar isso a você.

— Ora, mas você me ensinou muita coisa — Ao ver que Gloria balançava o gelo no fundo do copo, Seth fez sinal pedindo outro drinque. — Ray nem sabia da sua existência, mas você o odiava mesmo assim. Quando ele descobriu que tinha uma filha e tentou ajudá-la, você o odiou ainda mais.

— Ele me devia muita coisa. Quando um canalha não consegue manter o pau dentro das calças e emprenha uma estudante idiota, tem que pagar pelo que fez.

— E ele pagou em dinheiro para você. E olha que ele nem sabia que Barbara estava grávida quando terminaram o caso. Ele nem sequer sabia que você existia. Mesmo assim, quando você lhe contou tudo, ele a ajudou e lhe ofereceu dinheiro. Mas isso não foi o bastante. Você tentou arruinar a carreira dele com mentiras. Depois, usou a decência dele para me vender, como se eu fosse um animal de estimação do qual você já estivesse cansada.

— Que papo é esse de eu estar cansada de você? Sustentei você por dez anos, atrasando o meu lado. O velho Quinn me devia muito por eu ter dado um neto a ele. E no fim, até que as coisas acabaram dando muito certo para o seu lado, não foi?

— Acho que nesse ponto eu lhe sou grato. — Levantando a cerveja em um brinde, bebeu àquilo. — Mas o fato é que as coisas correram melhor ainda para você, pelo menos enquanto ele estava vivo. Você vivia atacando em busca de mais dinheiro, usando-me como isca.

— Ora, mas ele poderia ter se livrado de você a qualquer hora. Você não significava nada para ele, da mesma forma que eu.

— É... Tem gente que é simplesmente idiota, fraca, um alvo fácil por acreditar que a promessa feita a um menino de dez anos deve ser cumprida. Imagino que seja o mesmo tipo de pessoa que acha que esse garoto também precisa de uma chance para ter uma vida decente, uma casa e uma família. Ele teria dado tudo isso a você também, se estivesse disposta a aceitar.

— E você acha que eu ia querer me enfiar numa cidade que fica onde Judas perdeu as botas, prestando homenagens a um velho que criava vagabundos que encontrava pela rua? — Ela bebeu mais gim. — Essa é a sua praia, não a minha. E, se acabou conseguindo tudo o que queria, por que está reclamando? Agora, se quiser manter o que conseguiu, vai ter que pagar, como sempre fez. Trouxe a grana da entrada, como eu mandei?

— Quanto você calcula que sugou de mim ao longo dos anos, Gloria? Contando com o que extorquiu de Ray e mais o que tem chupado do meu bolso todo esse tempo? Deve chegar a uns duzentos mil dólares, pelo menos. É claro que você jamais conseguiu arrancar nem um centavo dos meus irmãos. Bem que tentou, com as mentiras usuais, as ameaças e intimidações... mas eles não são alvos fáceis. Você se dá melhor explorando velhos e crianças.

— Eles teriam me dado um bom dinheiro se eu exigisse isso deles. — Ela riu com desdém. — Sorte eu ter outras coisas para fazer na época, peixes maiores para pescar. Quanto a hoje, se quiser continuar vendendo os seus peixes, se quiser manter a sua carreira de artista bambambã, sem vê-la desaparecer em meio a uma enxurrada de escândalos, se quiser manter a netinha do senador ao seu lado, você vai ter que pagar.

— Você já me disse isso ontem. Deixe-me ver se entendi os termos do acordo... Eu pago a você um milhão de dólares, começando com esse pagamento inicial de dez mil dólares de hoje à noite...

— Em dinheiro!

— Certo, em dinheiro. Se eu não fizer isso, você vai procurar a imprensa, a família de Dru e vai inventar outro monte de mentiras sobre como você foi usada e abusada pelos Quinn, a começar por Ray Quinn. Vai manchar o nome de todos eles, bem como o meu e o de Dru. Vai bancar a mãe pobre e desesperada, apenas uma menina na época, lutando para criar um filho sozinha, implorando por ajuda para, no fim, ser forçada a desistir da criança.

— Nossa, um lindo enredo. Dava até para fazer um filme...

— Claro que na história não aparecerão as coisas terríveis que você fazia enquanto essa mesma criança ficava apavorada no quarto ao lado, nem os homens que você permitia que fossem lá para assediá-lo. Não serão mencionadas também as drogas, a bebida nem os espancamentos que o menino sofria.

— Ai, mande entrar os violinos! — Ela se inclinou, com o rosto perto do dele. — Você era um pé no saco! Teve sorte de eu aturar ficar com você por tanto tempo. — Baixou a voz e completou: — Teve sorte de eu não ter vendido você para um dos homens que iam trepar comigo. Alguns deles me pagariam uma boa nota para ficar com você.

— Era o que você ia acabar fazendo, mais cedo ou mais tarde.

— Eu precisava arrancar alguma coisa útil de você, não acha? — respondeu e encolheu os ombros.

— Você vem me arrancando dinheiro desde que eu tinha quatorze anos. Sempre paguei para proteger a minha família e a mim mesmo. Na maioria das vezes pagava porque a paz de espírito que eu conseguia quando você sumia valia muito mais do que o dinheiro. Deixei você me chantagear o tempo todo.

— Quero o que é meu por direito! — Ela pegou o terceiro drinque. — Estou fazendo um acordo aqui. Um pagamento único e você pode ficar com a sua vida bonitinha e tediosa. Se tentar me sacanear, vai perder tudo o que tem.

— Um milhão de dólares ou você vai fazer tudo o que puder para atingir a minha família, arruinar a minha carreira e destruir o meu relacionamento com Dru. É isso?

— É uma mixaria. Pague logo.

Seth colocou a cerveja de lado e olhou-a fixamente nos olhos.

— Não vou pagar. Nem agora nem nunca mais!

Ela o agarrou pela camisa e o puxou até seus olhos ficarem bem próximos.

— Você não vai querer me sacanear.

— Ah, vou sim, vou querer. Na verdade, já fiz isso. — Colocando a mão no bolso, exibiu um minigravador. — Tudo o que conversamos ficou registrado aqui. Pode causar um monte de estragos em um tribunal, caso eu decida ir à polícia.

Quando ela tentou arrancar-lhe o aparelho da mão, ele apertou-lhe o pulso com força e avisou:

— Aliás, por falar em policiais, acho que eles vão ficar muito interessados em descobrir que você foi liberada sob fiança, mas fugiu da cidade, em Fort Worth, depois de ter sido presa por prostituição e posse de drogas. Coloque a boca no trombone e saiba que vai aparecer um monte de gente pulando de alegria pela chance de arrastar você de volta até o Texas.

— Seu filho da puta!

— Nada mais verdadeiro — disse Seth com suavidade e ar de filósofo. — Vamos lá, pode ir em frente. Tente vender para alguém a sua versão das coisas. Acho que qualquer um que se disponha a escrever essa história vai se mostrar muito interessado na conversa informal que acabou de rolar entre nós.

— Quero meu dinheiro! — Ela começou a guinchar e jogou o resto de gim que havia no fundo do copo no rosto de Seth.

Os homens que jogavam bilhar olharam para trás. O maior deles bateu com o taco na palma da mão enquanto avaliava Seth com os olhos.

Ela saltou do banco e a fúria em seus olhos quase a fez chorar.

— Esse cara roubou o meu dinheiro!

Os quatro homens avançaram na direção de Seth, que se levantou do banco.

Nesse momento, seus irmãos entraram e se colocaram ao lado dele.

— Agora ficou mais equilibrado... quatro contra quatro. — Cam enfiou os polegares nos bolsos da frente da calça e lançou um sorriso forçado para Gloria. — Há quanto tempo a gente não se via, hein?

— Seus canalhas. São todos uns canalhas, bastardos de merda. Quero o que é meu!

— Não temos nada que pertença a você — anunciou Ethan, com a voz calma.

— Eu roubei alguma coisa dela? — perguntou Seth ao atendente do bar.

— Não — disse e continuou a limpar o balcão. — Olhem, se querem problemas, é melhor irem resolver as diferenças lá fora.

— Vocês querem problemas? — perguntou Phillip, encarando os quatro homens.

— Se Bob diz que ele não roubou nada, é porque não roubou nada. — O sujeito maior bateu com o taco mais duas vezes na mão. — A gente não quer encrenca.

— E quanto a você, Gloria? Quer encrenca? — perguntou Phillip.

Antes que ela tivesse a chance de responder, a porta se abriu e as mulheres entraram.

— Mas que droga! — murmurou Cam por entre os dentes. — Eu devia ter imaginado.

Dru seguiu direto na direção de Seth e enlaçou os dedos entre os dele.

— Olá novamente, Gloria — cumprimentou ela. — Engraçado... a minha mãe não lembra absolutamente nada de você. Aliás, ela não está nem um pouco interessada na sua existência. Mas o meu avô está. — Pegou um papel no bolso. — Este aqui é o número da sala dele no Senado. Ele vai adorar falar com você, caso esteja a fim de ligar para ele.

Gloria arrancou o papel da mão de Dru, mas recuou depressa quando Seth se aproximou dela.

— Vou fazer com que vocês se arrependam disso. — Ela se lançou pelo meio deles, rumo à porta de saída.

— Você não devia ter voltado, Gloria — disse-lhe Sybill quando ela passou. — Devia ter ficado onde estava.

— Sua piranha! Vou fazer você se arrepender também. Vou fazer com que todos se arrependam. — Lançando um último olhar de ódio, saiu porta afora.

— Quanto a você, deveria ter ficado em casa — disse Seth, olhando para Dru.

— Não, não devia. — Dru tocou-lhe o rosto.

Capítulo Dezenove

A casa e o quintal estavam apinhados de gente. Os caranguejos já estavam cozinhando e meia dúzia de compridas mesas de piquenique estavam lotadas de comida.

A tradicional festa de 4 de Julho da família Quinn corria animada.

Seth serviu-se de um chope tirado do barril, foi para baixo de uma árvore, à sombra, e deu um tempo na conversa com os amigos para desenhar um pouco.

Aquele era o seu mundo, pensou. Amigos, família, vozes com o sotaque suave da baía de Chesapeake e crianças gritando. A mistura dos cheiros de caranguejo temperado, cerveja, talco e grama. O cheiro da água.

Dois garotos estavam em um *hobbie cat* de vela amarela. O cão de Ethan brincava nos baixios, espalhando água em companhia de Aubrey, que patinhava, descalça, como nos velhos tempos.

Ele ouviu a risada de Anna e o jogo de arremesso de ferraduras com seu som metálico e alegre.

Dia da Independência, pensou. E aquele era muito especial, um dia que ele lembraria pelo resto da vida.

— Já tínhamos o hábito de fazer esse piquenique desde antes de você nascer — disse Stella, sentando-se ao lado dele.

O lápis pulou da mão de Seth. Dessa vez não era sonho, pensou, sentindo algo maravilhoso que o deixou sem fôlego. Ele estava ali, sentado à sombra, rodeado de pessoas e barulho.

E conversando com um fantasma.

— Achei que a senhora não ia mais querer conversa comigo.

— Você quase estragou tudo e isso me deixou revoltada. Mas no final você acertou as coisas.

Ela usava o velho chapéu cáqui, uma blusa vermelha e uma bermuda bag azul. Sem planejar nada, Seth pegou o lápis, virou a página do seu caderno de esboços e começou a desenhá-la enquanto ela observava a festa, ali sentada sob a sombra e parecendo contente.

— Em parte eu vivia em sobressalto — argumentou ele. — Eu morria de medo dela, não importava a situação. Tudo isso acabou.

— Ótimo. Que as coisas fiquem desse jeito, porque ela vai sempre causar problemas. Meu Deus, olhe só para o Crawford. Como foi que ele ficou assim tão velho? O tempo passa voando, não importa o que tentemos fazer para impedir. Algumas coisas deixamos para trás, mas outras vale a pena repetir. Como esta festa, ano após ano.

Ele continuava a desenhar, mas sentiu um aperto na garganta.

— A senhora nunca mais vai voltar, não é?

— Não, querido. Nunca mais vou voltar.

Ela o tocou com carinho, e ele jamais esqueceria a sensação da sua mão pousada em seu joelho.

— Hora de seguir em frente, Seth. Jamais esqueça o que ficou para trás, mas olhe sempre em frente. Veja os meus meninos. — Soltou um longo suspiro ao olhar para Cam, Ethan e Phillip. —Todos crescidos, com suas próprias famílias. Fico feliz por ter tido a chance de dizer-lhes que os amava e sentia orgulho deles, enquanto ainda estava viva.

Sorrindo para ele, deu-lhe alguns tapinhas de leve no joelho, completando:

— Fico feliz também por ter a chance de lhe dizer que eu o amo e sinto orgulho de você.

— Vovó...

— Construa uma boa vida para você, senão eu fico novamente revoltada e volto para lhe passar um sabão. Lá vem a sua garota — anunciou ela e desapareceu.

O coração de Seth se agitou dentro do peito e Dru se sentou ao seu lado.

— Quer companhia? — perguntou.

— Só se for a sua.

— Tem tanta gente aqui — comentou ela, recostando o corpo e apoiando-se nos cotovelos. — Saint Chris deve estar parecendo uma cidade fantasma neste momento.

— Quase todo mundo vem até aqui e fica pelo menos por algum tempo. O movimento cai um pouco quando começa a anoitecer, mas o resto de nós fica para ver os fogos.

Algumas coisas deixamos passar, lembrou ele, enquanto outras vale a pena repetir.

— Eu amo você, Drusilla. Acaba de me ocorrer que valia a pena repetir isso.

— Pois pode repetir essa frase sempre que quiser. — Colocou a cabeça meio de lado e reparou no leve sorriso que surgira em seu rosto. — Se vier comigo para casa, depois, poderemos lançar os nossos próprios fogos.

— Mas isso é um encontro!

Ela endireitou o corpo e examinou o desenho que ele fazia.

— Que lindo. Um rosto forte e muito amigável. — Olhou em volta, à procura da senhora que ele usara como modelo para fazer o esboço. — Onde ela está? Não me lembro de ter visto esse rosto por aqui hoje.

— Ela não está mais aqui. — Dando uma última olhada no desenho, fechou o caderno com todo o cuidado. — Está a fim de dar um mergulho?

— Até que está bem quente, mas eu me esqueci de trazer roupa de banho.

— Ah, é? — Sorrindo, ele se levantou e puxou-a pela mão. — Mas você sabe nadar, não sabe?

— É claro que eu sei nadar. — Quando acabou de falar as palavras, reconheceu o brilho nos olhos dele. — Nem pense em fazer isso!

— Tarde demais. — Ele já a pegara no colo.

— Não! — Ela se remexeu, tentou escapar e entrou em pânico ao vê-lo correr com ela nos braços em direção ao cais. — Isso não tem graça!

— Mas vai ter. Não se esqueça de prender a respiração.

Ele correu com disposição ao longo do cais e pulou no mar com ela no colo.

— Isso é uma coisa típica dos Quinn — explicou Anna, enquanto emprestava uma blusa para Dru. — Não sei explicar o porquê, mas eles vivem fazendo isso.

— Perdi um sapato.

— Depois eles encontram.

— Os homens são tão estranhos... — comentou Dru, sentando-se na beira da cama.

— Temos que nos lembrar sempre que, sob certos aspectos, eles têm cinco anos de idade a vida toda. Tome, essas sandálias devem servir em você. — Entregou-as para Dru.

— Obrigada. Nossa, elas são lindas!

— Eu adoro sapatos em geral. São a minha paixão.

— Comigo são os brincos. Não consigo resistir a eles.

— Gosto muito de você.

— Obrigada. — Dru parou de admirar as sandálias e olhou para Anna.
— Gosto muito de você também.

— Então isso é um bônus. Claro que eu abriria espaço em meu coração
para qualquer mulher que Seth amasse. Todos nós faríamos isso. Mas você
é uma pessoa realmente especial, e isso se tornou um bônus. Queria que
soubesse disso.

— Eu... eu não tenho muita experiência em me relacionar com famílias
como a de vocês.

— E quem é que tem? — Soltando uma gargalhada, Anna se sentou na
cama, ao lado dela.

— Minha família não é generosa. Vou tentar conversar novamente
com meus pais. Depois de ver o que Seth passou e as coisas que enfrentou
ontem à noite, compreendi que preciso tentar me entender com eles. Só
que não importa o nível de compreensão mútua que alcancemos, nunca
teremos o que vocês têm aqui. Meus pais não vão receber Seth da forma
aberta que vocês me receberam.

— Não tenha tanta certeza disso. — Anna passou o braço sobre o ombro
de Dru. — Seth tem um jeitinho especial de conquistar as pessoas.

— Certamente funcionou comigo. Eu o amo. — Apertou o estômago
com a mão. — Fico apavorada ao pensar no quanto o amo.

— Conheço bem esse sentimento. Vamos, já vai anoitecer. — Anna deu
um abraço apertado em Dru, com carinho. — Vamos descer para pegar
uma taça de vinho e procurar um bom lugar para assistir ao show.

Assim que ela saiu, Seth veio ao seu encontro com um sapato de lona
encharcado, muito sujo, e anunciou, com um sorriso meio sem graça:

— Achei!

Ela agarrou o sapato e o colocou atrás da porta dos fundos, onde já
havia guardado o outro.

— Seu bobo alegre!

— Sra. Monroe trouxe sorvete caseiro de pêssego. — Fez surgir um cone
duplo com a mão esquerda, que estava escondendo nas costas.

— Hum. — Ela cheirou o sorvete e o aceitou.

— Quer sentar comigo na grama para assistir ao show dos fogos?

— Talvez — disse ela, dando uma longa lambida no sorvete.

— Vai me deixar beijar você quando ninguém estiver olhando?

— Talvez.

— Vai dividir esse sorvete comigo?

—Absolutamente não!

No instante em que Seth tentava roubar um pedaço do sorvete de pêssego, sentindo-se como um menino empolgado e inquieto pela expectativa das explosões de luzes e cores no céu noturno, Gloria DeLauter entrava com o seu veículo no estacionamento da Embarcações Quinn.

Freou subitamente e ficou ali sentada, remoendo a sua raiva e misturando-a com generosos goles de gim.

Eles iam pagar caro. Todos eles iam pagar. Canalhas! Então acharam que podiam assustá-la, pensaram que ela ia sair com o rabo entre as pernas, atacando-a em bando e depois voltando para sua casa idiota, onde poderiam rir dela à vontade?

Pois iam ver quem ia rir por último depois que ela acabasse com eles.

Eles *deviam* a ela. Ela bateu com a base da mão no volante e sentiu o ódio que a sufocava.

Ela ia fazer aquele filho da puta que ela colocara no mundo sofrer muito. Ia fazer todos eles sofrerem.

Saltando do carro, tropeçou no cascalho enquanto o gim fazia sua cabeça rodar. *Nossa!* Ela adorava sentir aquele pileque. As pessoas que passavam pela vida sóbrias e sem sair da linha eram babacas. E o mundo estava cheio de babacas, pensou, enquanto enfiava a chave para abrir o porta-malas.

Você precisa entrar em um programa de recuperação, Gloria.

Era isso que todos viviam dizendo a ela. Não apenas a sua mãe, que não valia nada, mas também o padrasto sem pulso firme e sua irmã travada. Ray Quinn, o santo de pau oco, também tentara jogar esse papo para cima dela.

Era tudo babaquice!

Na quarta tentativa, conseguiu enfiar a chave na fechadura. Levantou a tampa e uivou de alegria ao tirar lá de dentro dois galões de gasolina.

— Agora sim vamos ter um tremendo show de fogos!

Tropeçou mais uma vez e deixou um dos sapatos para trás, mas nem notou de tão bêbada. Mancando um pouco, levou os galões até a porta e respirou fundo.

Levou um tempo até conseguir abrir o primeiro galão, e enquanto lutava com a tampa xingou o garoto desajeitado do posto que os enchera para ela.

Mais um babaca em um mundo já cheio deles.

Seu bom humor, porém, voltou logo em seguida, ao espalhar gasolina nas portas e sentir o cheiro penetrante e perigoso que se espalhava pelo ar.

— Enfiem esses barcos todos no rabo! Os Quinn que se fodam!

Espalhou gasolina nos tijolos aparentes, nos vidros e nos lindos arbustos de bérberis que Anna plantara em volta da construção, junto das paredes. Quando o primeiro galão ficou vazio, partiu para o segundo.

Foi emocionante lançá-lo, ainda meio cheio, em direção ao vidro da frente do estaleiro. Dançou no escuro ao som do vidro que se quebrava.

Em seguida, voltou até o porta-malas, pegou as duas garrafas que enchera com gasolina mais cedo e enfiou alguns trapos nos gargalos.

— Coquetel Molotov! — Soltou alguns risinhos, cambaleando. — Preparei uma dose dupla para vocês, seus bastardos!

Tateou a roupa em busca de um isqueiro e o acendeu. Sorriu ao ver que os trapos começavam a pegar fogo.

O fogo se alastrou mais depressa do que ela calculara, queimando-lhe a ponta dos dedos. Deu um grito assustado e atirou a garrafa em direção à janela, mas acertou na parede.

— Merda! —As chamas começaram a lamber as folhas dos arbustos, desceram para o chão e seguiram em direção às portas. Mas ela queria mais.

Aproximou-se um pouco do prédio e, sentindo o calor no rosto, acendeu o trapo da segunda garrafa. Sua mira foi melhor dessa vez e ela ouviu a explosão de vidro e as chamas no instante em que a garrafa se quebrou, ao cair no chão, no interior do prédio.

— Vão se foder! — gritou, fora de si, e se deu o prazer de assistir às chamas que se espalhavam, antes de sair correndo em direção ao carro.

O foguete foi lançado e explodiu em uma fonte dourada contra o céu escuro. Com Dru aninhada entre as suas pernas e os braços em volta da sua cintura, Seth se sentiu muito contente, de um jeito quase tolo.

— Eu realmente senti saudades disso aqui quando estava na Europa — confessou a ela. — De ficar sentado aqui no quintal, no dia 4 de Julho, observando os fogos de artifício explodirem no céu em várias cores. —

Baixando os lábios, ele os deixou roçar em sua nuca. — A ideia dos fogos só entre nós dois mais tarde ainda está valendo?

— Provavelmente. Na verdade, se você se comportar direitinho, pode ser até que eu deixe...

Ela parou de falar nesse instante, olhando para trás ao mesmo tempo que Seth, ao ouvir vozes alteradas. Ele já estava em pé e ajudava Dru a se levantar no momento em que Cam chegou correndo.

— O galpão está pegando fogo!

Os bombeiros já estavam combatendo as chamas. As portas e janelas da construção haviam desaparecido e os tijolos em volta estavam enegrecidos. Seth ficou ali em pé, estático, com os punhos cerrados, observando a água que era lançada pelas janelas e a fumaça subindo em rolos escuros.

Pensou no trabalho que estava dentro daquele antigo armazém de tijolos, na determinação pura e no orgulho que a família tinha pelo que construíra ali.

Nesse instante ele se abaixou e pegou o sapato que viu no chão, junto do seu pé.

— Isso pertence a ela. Fique aqui com Anna e o resto do pessoal — disse a Dru, e foi procurar os irmãos.

— Algumas crianças ouviram a explosão e viram o carro deixando o local. — Cam passava as mãos sobre os olhos que ardiam devido à fumaça. — Não há dúvida de que foi um incêndio criminoso, pois ela deixou os galões de gasolina para trás. A polícia já sabe a marca e o modelo do carro dela, bem como a sua descrição completa. Ela não vai conseguir ir muito longe.

— Para ela, esta é a sua vingança — disse Seth. — Se você me sacanear, eu te sacanelo ainda mais.

— É? Pois ela vai ter uma grande surpresa. Dessa vez, vai direto para a cadeia.

— Mas esculhambou com a nossa vida.

— O seguro vai cobrir tudo. — Cam olhou para os tijolos pretos, os arbustos queimados e a fumaça que continuava a ser expelida pela porta quebrada.

A dor em seu peito era como uma facada.

— Construímos e montamos esta fábrica juntos uma vez e podemos fazer tudo de novo — continuou Cam. E se você está pensando em embarcar em alguma viagem de culpa...

— Não. — Seth balançou a cabeça. —Já saí dessa. — Estendeu a mão para Aubrey, que se aproximou.

— Estamos todos bem — disse ela, apertando os dedos dele. — É isso que importa. — As lágrimas em seu rosto, porém, não eram causadas apenas pela fumaça.

— Que caos — comentou Phil, ao se aproximar, com o rosto manchado de fuligem e as roupas imundas. — Mas eles conseguiram apagar o fogo. Os meninos que ligaram para os bombeiros salvaram a nossa pele. A brigada atendeu ao chamado em poucos minutos.

— Pegou os nomes deles? — perguntou Cam.

— Peguei. — Soltou o ar com força. — Ethan está conversando com o capitão da brigada de incêndio. Ele vai nos avisar quando for seguro entrarmos. Vai levar algum tempo, porque a polícia vai abrir um inquérito de incêndio criminoso e precisa recolher as provas.

— Qual de nós vai até lá atrás mandar as mulheres para casa com as crianças?

— Vamos tirar na sorte. — Phillip enfiou a mão no bolso em busca de uma moeda. — Se der cara, a dor de cabeça é sua, se der coroa, eu enfrento as feras.

— Combinado. Mas eu jogo a moeda. Seus dedinhos são muito ágeis para o meu gosto.

— Está insinuando que eu ia roubar?

— Numa disputa boba dessa? Claro que sim!

— Você é um cara sem sentimentos — reclamou Phillip, mas entregou a moeda a Cam.

— Droga! — reclamou Cam, rangendo os dentes quando deu cara.

— Nem pense em propor uma melhor de três.

Fazendo cara feia, Cam atirou a moeda de volta para Phillip e foi até onde as mulheres estavam, preparado para se aborrecer.

— Bem... — Phillip cruzou os braços e avaliou o prédio arrasado. — Podíamos jogar tudo pro alto, nos mudar para o Taiti e abrir um *tiki bar* por lá. Nossos dias iam se resumir a pescar até ficarmos mais bronzeados que os nativos. Nossas noites iam ser dedicadas à prática de sexo selvagem com nossas mulheres.

— Não... — discordou Seth. — Se você mora em uma ilha, acaba bebendo apenas rum, e eu nunca gostei de rum.

— Então tudo bem, ficamos por aqui mesmo. — Phillip deu um tapa carinhoso no ombro de Seth. — Quer avisar isso a Ethan? — Apontou com a cabeça para o irmão, que vinha chegando pelo gramado enlameado.

— Ethan vai aceitar bem a decisão. Ele também detesta rum. — O otimismo e o ar descontraído que Seth tentava manter, porém, se desvaneceram ao ver o rosto de Ethan.

— Eles a pegaram. — Passou o braço sobre a sobrancelha suada.

— Ela estava em um bar, a menos de dez quilômetros daqui. Você está bem? — perguntou a Seth.

— Estou.

— Tá legal. Acho que devia convencer a sua garota a ir para casa. Vamos ter uma longa noite aqui.

Foi uma longa noite que se transformou em um longo dia. Iam se passar algumas semanas, avaliou Seth, antes de a Embarcações Quinn poder estar de volta em plena operação.

Ele entrou por entre os escombros, sentindo o cheiro de queimado que vinha do prédio, e lamentou, junto dos irmãos e de Aubrey, a perda do lindo esquife cujo casco já estava quase pronto e se transformara em lascas de teca queimada.

Seth lamentou especialmente pelos esboços que desenhara desde criança e que agora eram apenas cinzas. Ele poderia redesenhá-los um por um, e certamente o faria, mas não conseguiria obter a alegria que cada um deles lhe proporcionara.

Quando não havia mais nada a fazer, foi para casa, tomou banho e dormiu até não poder mais.

Estava quase escurecendo, no dia seguinte, quando ele dirigiu até a casa de Dru. Continuava extremamente cansado, mas seus pensamentos estavam claros como jamais estiveram em toda a sua vida. Pegou o balanço de varanda que havia comprado e transportara até ali na caminhonete de Cam. Em seguida, pegou suas ferramentas.

Quando ela saiu de casa, ele estava apertando o primeiro parafuso.

— Você disse que queria um balanço de varanda. Esse aqui me pareceu o melhor lugar para instalá-lo.

— É o local perfeito. — Foi até ele e tocou-lhe no ombro. — Converse comigo.

— Vou conversar. É para isso que estou aqui. Desculpe por não ligar para você o dia inteiro.

— Sei que andou muito ocupado. Metade da cidade passou o dia entrando e saindo da loja, o mesmo número de pessoas que esteve no local do incêndio, ontem à noite.

— Tivemos ajuda de todo mundo, mais até do que precisávamos. O fogo não se alastrou para o andar de cima.

Ela já sabia de tudo. As novidades se espalhavam tão depressa quanto as chamas por ali. Mesmo assim, deixou que ele falasse.

— O primeiro andar está um desastre. Depois do fogo, da fumaça e da água, não se aproveitou nada. Vamos ter que tirar tudo de lá. Perdemos quase todas as ferramentas e temos um casco torrado. O perito da seguradora esteve lá hoje de manhã. Tudo vai dar certo.

— Sim, tudo vai dar certo.

Ele seguiu em frente, preparando-se para prender o segundo parafuso.

— Prenderam Gloria — informou ele. — Os meninos que deram o alarme reconheceram o carro e o rapaz do posto a identificou oficialmente. Além do mais, ela deixou impressões digitais em toda parte e também nos galões que abandonou no terreno. Quando eles a prenderam e levaram para interrogatório, ela ainda estava com um sapato só. Acho que perder um dos sapatos está na moda — brincou ele.

— Sinto tanto por tudo o que aconteceu, Seth...

— Eu também, mas não vou me prender a isso — acrescentou ele. — Sei que a culpa não foi minha. Tudo o que ela conseguiu foi destruir um prédio. Não nos fez mal algum. Não pode fazer. Construímos uma coisa que ela não consegue tocar.

Fixando uma das presilhas, passou a corrente por dentro dela e deu um puxão forte, para testar.

— Não que ela vá parar de tentar depois disso — concluiu.

Dando a volta, foi para o outro lado do balanço e fixou a outra presilha.

— Ela vai para a cadeia — disse ele. Falava em um tom de conversa casual, e Dru se perguntou se ele achava que a fadiga em seu rosto não era perceptível. — Apesar de tudo, ela não vai mudar. E não vai mudar porque não se enxerga. Depois de cumprir sua pena, é provável que venha mais uma vez até aqui, mais cedo ou mais tarde, e tente arrancar mais algum dinheiro. Ela faz parte da minha vida e posso lidar com isso.

Dando um pequeno empurrão, fez com que o balanço começasse um suave movimento de vaivém.

— Acho que é pedir muito a outra pessoa que aguente isso.

— Sim, é. Estou planejando ter uma conversa longa e franca com meus pais, mas não creio que vá mudar muita coisa. Eles são possessivos demais, pessoas insatisfeitas que, muito provavelmente, continuarão a me usar como arma um contra o outro, ou como desculpa para não terem de enfrentar o próprio casamento como deveriam. Mas eles são parte da minha vida e posso lidar com isso.

Fez uma pausa, virou a cabeça ligeiramente para o lado e concluiu:

— Acho que é pedir muito a outra pessoa que aguente isso.

— Sim, é. Você está a fim de tentar?

— Estou.

Os dois se sentaram no balanço recém-instalado e começaram a se balançar no ar com suavidade, enquanto a noite caía devagar e a água lambia as margens do rio.

— Está bom para você? — perguntou ele.

— Certamente. Este é exatamente o lugar onde eu o teria instalado.

— Dru?

— Hum.

— Você quer se casar comigo?

— Esse é o meu plano.

— É um bom plano. — Ele pegou as mãos dela e levou-as aos lábios. — Quer ter filhos comigo?

— Sim. — Os olhos dela arderam por causa das lágrimas que tentavam escapar, mas ela os manteve fechados e continuou a se balançar suavemente. — Só que esta é a segunda fase do plano. Você sabe como eu me sinto a respeito de seguir os planos passo a passo.

— Quer envelhecer comigo aqui nesta casa, junto do rio? — Virando o antebraço dela para cima, beijou-lhe a palma da mão.

Ao ouvir isso, ela abriu os olhos e deixou que a primeira lágrima lhe escorresse pelo rosto, reclamando:

— Puxa, você sabia que com essa ia me fazer chorar.

— Sim, mas só um pouquinho. Tome. — Pegou um anel no bolso, uma aliança simples com um rubi redondo no centro. — Não é muito sofisticado, mas era o anel de noivado de Stella. Essa joia era da minha avó. — Colocou-a de leve em seu dedo. — Meus irmãos acham que ela gostaria que o anel ficasse para mim.

— Ô... — reagiu ela.

— Que foi?

Os dedos dela apertaram com força os dele, enquanto ela puxava a sua mão de encontro à face.

— Acho que eu não vou chorar apenas um pouquinho, afinal. É a coisa mais maravilhosa que alguém já me deu na vida.

Ele encostou os lábios nos dela e a puxou para mais perto de si, enquanto ela o enlaçava com os braços.

— Uma pessoa muito sábia me disse que devemos sempre olhar para a frente. Não podemos esquecer o que ficou para trás, mas temos que seguir em frente. E começa agora. Para nós começa agora.

— Neste exato momento.

Ela pousou a cabeça nos ombros dele e apertou-lhe a mão com mais força. Ficaram ali, movendo-se de leve para a frente e para trás sobre o balanço, em meio ao denso ar da noite, enquanto a água do rio foi ficando mais escura e os vagalumes começaram a dançar.

Este livro foi composto na tipografia
Minion Pro Regular, em corpo 11/15, e impresso em
papel off-white no Sistema Digital Instant Duplex
da Divisão Gráfica da Distribuidora Record.